T0102476

BESTSELLER

Sofía Segovia nació en Monterrey. Estudió comunicación en la Universidad de Monterrey. Ha escrito guiones de comedia y comedia musical —y colaborado en otros— para el teatro local amateur. Es autora de *El murmullo de las abejas* (2015), novela con la que ha conquistado el aplauso de la crítica y el público. *Huracán* (Lumen, 2016) es el *remake* de su primera novela, *Noche de huracán*, publicada por primera vez en 2010 por Conarte. Vive en Monterrey con su esposo, sus hijos y sus tres mascotas. Sin el barullo alegre que logran entre todos, no podría concentrarse para escribir.

Encuéntrala en:

sofiasegovia.com

Tiwtter: @msofiasegovia

Facebook: /sofiasegoviaautora

SOFÍA SEGOVIA

El murmullo de las abejas

DEBOLS!LLO

Penguin
Random House
Grupo Editorial

El murmullo de las abejas

Primera edición en Debolsillo: agosto, 2017
Primera reimpresión: noviembre, 2017
Segunda reimpresión: marzo, 2018

D. R. © 2014, Sofía Segovia

D. R. © 2017, derechos de edición mundiales en lengua castellana:
Penguin Random House Grupo Editorial, S. A. de C. V.
Blvd. Miguel de Cervantes Saavedra núm. 301, 1er piso,
colonia Granada, delegación Miguel Hidalgo, C. P. 11520,
Ciudad de México

www.megustaleer.mx

Penguin Random House Grupo Editorial apoya la protección del *copyright*.
El *copyright* estimula la creatividad, defiende la diversidad en el ámbito de las ideas y el conocimiento,
promueve la libre expresión y favorece una cultura viva. Gracias por comprar una edición autorizada
de este libro y por respetar las leyes del Derecho de Autor y *copyright*. Al hacerlo está respaldando a los autores
y permitiendo que PRHGE continúe publicando libros para todos los lectores.

Queda prohibido bajo las sanciones establecidas por las leyes escanear, reproducir total o parcialmente esta
obra por cualquier medio o procedimiento así como la distribución de ejemplares
mediante alquiler o préstamo público sin previa autorización.
Si necesita fotocopiar o escanear algún fragmento de esta obra diríjase a CemPro
(Centro Mexicano de Protección y Fomento de los Derechos de Autor, https://www.cempro.com.mx).

ISBN: 978-607-315-603-5

Impreso en Colombia – *Printed in Colombia*

Dedico esta novela a mi esposo, José;
a nuestros hijos, Sofía, David y Cristina.
A mis padres, Enrique y Susana.
Va en especial para mi Soledad Betancourt,
que tocó mi vida con sus cuentos.

En estas páginas quiero honrar
a Francisco y a Lydia,
a Arturo y a María Luisa,
a Chelo,
a María Teresa y a otro Francisco,
a otra Lydia y a Angélica,
a la China, a Enrique y a María Elena.

Ésta no es la historia que contaron,
es sólo el cuento que inspiraron.

1

Niño azul, niño blanco

En esa madrugada de octubre el llanto del bebé se mezclaba con el ruido del viento fresco circulando entre los árboles, el canto de los pájaros y la despedida de los insectos de la noche. Salía flotando de la espesura del monte, pero se apagaba a unos cuantos metros de su origen, como impedido por una brujería a salir en busca de cualquier oído humano.

Se comentaría por años cómo don Teodosio, rumbo a su trabajo en una hacienda vecina, seguramente debió pasar al lado del pobre bebé abandonado sin haber oído ni pío, y cómo Lupita, la lavandera de los Morales, cruzó el puente que la llevaría a La Petaca en busca de una poción de amor sin haber notado algo extraño: y si yo lo hubiera oído, lo habría levantado siquiera, porque por más horrible, no sé quién pudo haber abandonado a un bebé recién nacido así nomás, a morir solito, diría por la tarde a quien la quisiera escuchar.

Ése era el misterio. ¿Quién de los alrededores había mostrado un embarazo indiscreto recientemente? ¿A quién pertenecía ese bebé desafortunado? En el pueblo las noticias de indiscreciones de ese tipo se esparcían más rápido que el sarampión, así que de saberlo uno, lo sabrían todos.

Sin embargo, en este caso nadie sabía nada.

Había teorías de todo tipo, pero la que más seducía la imaginación colectiva era la de que el bebé pertenecía a alguna de las brujas de La Petaca, que como todos sabían eran libres con sus favores de la carne y que, al resultarle un crío tan deforme y extraño —castigo del Altísimo o del diablo, ¿quién sabe?—, lo había ido a tirar bajo el puente para abandonarlo a la buena de Dios.

Nadie supo cuántas horas estuvo así aquel bebé, abandonado bajo el puente, desnudo y hambriento. Nadie se explicaba cómo sobrevivió a la intemperie sin desangrarse por el cordón umbilical sin anudar o sin ser devorado por ratas, aves de rapiña, osos o pumas que abundaban en esos cerros.

Y todos se preguntaban cómo la vieja nana Reja lo encontró cubierto por un manto vivo de abejas.

Reja había escogido pasar su tiempo eterno en el mismo lugar, afuera de uno de los cobertizos que se usaban como bodega en la hacienda La Amistad, el cual era de construcción sencilla y sin ventanas, idéntico a varios otros de servicio erigidos a espaldas de la casa principal para no ser vistos por el visitante social. Lo único que distinguía a este cobertizo de los otros era su techo volado, que le permitía a la vieja permanecer a la intemperie ya fuera en invierno o en verano. Que lo tuviera no era más que una buena casualidad. Reja no había elegido ese lugar para protegerse de los elementos sino por la vista que desde ahí apreciaba y por el viento que, atravesando entre el laberinto de montes, descendía hasta ella, para ella.

Habían transcurrido muchos años desde que la vieja escogió su puesto, por lo que además de Reja ya no quedaba entre los vivos ningún testigo del día en que su mecedora llegó hasta ahí o que recordara el momento en que la nana la había ocupado para siempre.

Ahora casi todos creían que ella nunca se levantaba de ese lugar y suponían que era porque a su edad, que nadie era capaz de precisar, sus huesos ya no la sostendrían y sus músculos ya no le responderían. Porque al salir el sol la veían sentada ya, meciéndose con suavidad, impulsada más por el viento que por sus pies. Después, por la noche, nadie notaba su desaparición, porque ya todos estaban ocupados con su descanso.

Tantos años en la mecedora propiciaron que la gente del pueblo se olvidara de su historia y de su humanidad: se había convertido en parte del paisaje y echado raíces en la tierra sobre la que se mecía. Su carne se había transformado en madera y su piel en una dura, oscura y surcada corteza.

Al pasar frente a ella nadie le ofrecía un saludo, como tampoco se saludaría a un viejo y moribundo árbol. Algunos niños la miraban de lejos cuando hacían el corto viaje desde el pueblo buscando a la leyenda, pero de vez en cuando alguno tenía las agallas de acercarse de más para cerciorarse de que en verdad se trataba de una mujer viva y no de una labrada en madera. Pronto se daban cuenta de que en esa corteza había vida cuando, sin necesidad de abrir los ojos siquiera, propinaba al atrevido aventurero un buen golpe con su bastón.

Reja no consentía ser la curiosidad de nadie; prefería fingir que era de palo. Prefería que la ignoraran. Sentía que a sus años, con las cosas que sus ojos habían visto, sus oídos escuchado, su boca hablado, su piel sentido y su corazón sufrido, había tenido suficiente para hastiar a cualquiera. No se explicaba por qué seguía viva ni qué esperaba para irse, si ya no le servía a nadie, si su cuerpo se le había secado, y por lo tanto prefería no ver ni ser vista, no oír, no hablar y sentir lo menos posible.

Aunque ese aspecto de sus sentidos aún no lo dominaba del todo.

Existían ciertas personas que Reja toleraba a su alrededor; entre ellas la otra nana, Pola, que de igual manera había visto pasar sus mejores días hacía mucho. Toleraba también al niño Francisco porque algún día, cuando aún se permitía sentir, lo había querido con intensidad, pero apenas soportaba a su esposa Beatriz o a sus hijas. A la primera porque no tenía ganas de dejar que alguien nuevo entrara a su vida, y a las segundas porque le parecían insoportables.

No había nada que necesitaran de ella y nada que ella quisiera ofrecerles, porque la vejez la había eximido poco a poco de sus tareas como sirvienta. Llevaba años de no participar en el mantenimiento de la casa, y así se fue convirtiendo en parte de su mecedora. Tanto así, que poco se notaba ya dónde terminaba la madera de una y empezaba la de la otra.

Antes del amanecer caminaba desde su cuarto hacia el cobertizo, donde la esperaba su silla móvil bajo el techo volado, y cerraba los ojos para no ver y los oídos para no oír. Pola le llevaba el desayuno, la comida y la cena, que casi no probaba porque su cuerpo ya no necesitaba demasiado alimento. Se levantaba mucho más tarde, sólo cuando detrás de sus párpados cerrados las luces de las luciérnagas le recordaban la noche, y cuando en su cadera empezaba a sentir los empujones y los pellizcos que le daba su mecedora de madera, la cual se cansaba mucho antes que ella de tan constante cercanía.

A veces abría los ojos en el camino de regreso a su cama. No necesitaba abrirlos para ver. Luego se acostaba en fondo sobre las cobijas, sin sentir frío, porque su piel ya ni eso dejaba pasar. Pero no dormía. La necesidad de sueño era algo que su cuerpo había dejado atrás. Si era porque había dormido cuanto debe dormir un ser a lo largo de una vida o porque se negaba a dormir para no caer en el gran sueño, ella no lo sabía. Tenía mucho de no pensar en eso. Tras unas horas en la suavidad de la cama, empezaba a sentir los empujones y los pellizcos que ésta le daba para recordarle que era hora de ir a visitar a su amiga fiel, la mecedora.

Nana Reja no sabía con precisión cuántos años llevaba en esa vida. No sabía cómo había nacido ni su nombre completo —si acaso alguna vez alguien se había tomado la molestia de darle alguno—. Aunque se suponía que debió tenerla, no recordaba su infancia ni a sus padres —si alguna vez los tuvo—, y si alguien le hubiera dicho que nació de la tierra como un nogal, lo habría creído. Tampoco se acordaba de la cara del hombre que le hizo aquel crío, pero sí recordaba haberle visto la espalda mientras se alejaba para dejarla en una choza de palos y lodo, abandonada a su suerte en un mundo desconocido.

Como sea, no olvidaba los movimientos fuertes en la barriga, las punzadas en los pechos y el líquido amarillento y dulzón que brotaba de ellos aun antes de que le naciera el único hijo que tendría. No sabía si recordaba la cara de ese niño, porque quizá su imaginación le gastaba algunas bromas al juntar los rasgos de todos los bebés, blancos o prietos, a los que amamantó en la juventud.

Recordaba con claridad el día en que entró por primera vez a Linares, medio muerta de hambre y de frío, y sentía aún a su bebé en brazos, acurrucado con fuerza contra su pecho para protegerlo del aire helado de ese enero. Nunca había bajado de la sierra, por lo que era natural que nunca hubiera visto tantas casas juntas ni caminado por una calle o atravesado una plaza; tampoco se había sentado jamás en una banca pública, y eso fue lo que hizo cuando la debilidad le aflojó las rodillas.

Sabía que debía pedir ayuda aunque no supiera cómo, aunque por sí misma no lo hiciera. Pediría ayuda por el bebé que traía en brazos porque llevaba dos días sin querer mamar ni llorar.

Nada más eso la impulsó a bajar a este pueblo que a veces contemplaba a lo lejos, desde su choza en la sierra.

Jamás había sentido tanto frío, de eso estaba segura. Y quizá los pobladores del lugar también lo percibían, porque no veía a nadie caminando por ahí, enfrentándose al aire helado como ella. Todas las casas le parecían inaccesibles. Las ventanas y las puertas tenían barrotes, y detrás de éstos, postigos cerrados. Así que siguió sentada en esa banca de la plaza, indecisa, cada vez más helada y temerosa por su bebé.

Ignoraba cuánto tiempo había permanecido así, y quizá ahí habría seguido, convertida en estatua de la plaza, de no haber sido porque el médico del pueblo, que era un buen hombre, se alarmó al ver a una mujer tan desgarrada.

El doctor Doria salió de su casa bajo esas condiciones porque la señora Morales moriría pronto. Hacía dos días que la mujer había dado a luz a su primer bebé, atendida por una comadrona. Ahora el marido lo había mandado llamar en la madrugada, alarmado por la fiebre de su esposa. Hubo que convencerla para que dijera dónde sentía el malestar: los pechos. La infección se manifestó con un fuerte dolor al amamantar.

Mastitis.

—¿Por qué no me lo dijo antes, señora?

—Porque me dio vergüenza, doctor.

Ahora la afección estaba muy avanzada. El bebé no dejaba de llorar porque llevaba más de doce horas sin alimento, pues su madre no soportaba darle pecho. Él nunca había visto ni sabido que mujer alguna muriera de mastitis y estaba claro que la señora Morales se moría. La piel cenicienta y ese brillo enfermizo en los ojos le indicaban al doctor que la nueva madre pronto entregaría el alma. Consternado, sacó al señor Morales al pasillo.

—Necesita dejarme examinar a su señora.

—No, doctor. Dele una medicina nada más.

—¿Cuál medicina? La señora está muriendo, señor Morales, y tiene que dejarme averiguar de qué.

—Será de la leche.

—Será de otra cosa.

Era necesario convencerlo: prometerle tocar, pero no ver; o ver, pero no tocar. Al final el marido accedió y convenció a la moribunda de dejarse palpar los pechos, y peor: dejarse ver o tocar el vientre bajo y la entrepierna. No hubo necesidad de tocar nada: el intenso dolor en la pelvis y los loquios purulentos que brotaban del cuerpo enfermo auguraban el deceso.

Algún día se descubrirían las causas de la muerte de parto y la manera de prevenirla, aunque para la señora Morales ese día llegaría demasiado tarde.

No había nada que hacer: sólo mantener a la enferma lo más cómoda posible hasta cuando Dios dijera basta.

Para salvar al bebé, el médico mandó al mozo de los Morales a buscar una cabra lechera. Mientras tanto, el doctor Doria intentó alimentarlo con una mamila improvisada llena de un suero hecho de agua y azúcar. El recién nacido no toleró la leche de cabra, por lo que de seguro moriría en una agonía lenta y terrible.

Doria seguía preocupado durante el camino a su casa. Se había despedido del esposo y padre tras decirle que él no podía hacer más.

—Sea fuerte, señor Morales. Dios sabe por qué hace las cosas.

—Gracias, doctor.

Entonces vio a la mujer de hielo negro mientras caminaba de regreso a su casa, lo cual en sí le pareció al doctor Doria un pequeño milagro, porque estaba exhausto y porque el frío lo hacía caminar cabizbajo. La vio en la plaza, sentada justo en la placa de bronce que anunciaba que esa banca había sido donada al pueblo por la familia Morales. La compasión atravesó su cansancio lo suficiente para animarlo a acercarse y preguntarle ¿qué hace aquí? ¿Necesita ayuda?

El hombre hablaba demasiado rápido para que Reja lo entendiera, pero comprendió la mirada de esos ojos y confió lo suficiente para seguirlo hasta su casa. Ya en el calor del interior, Reja se animó a descubrir un poco la cara del bebé. Estaba azul e inerte. No logró suprimir un gemido. El hombre, como doctor del pueblo, hizo cuanto pudo para revivirlo. De haber podido hablar, pese a lo entumida que estaba por el frío, Reja le habría dicho pa' qué le hace. Pero sólo era capaz de gemir y gemir más, asediada por la imagen de su hijo azul.

No supo cuándo la desvistió el doctor ni se detuvo a pensar que era ésa la primera vez que un hombre lo hacía sin echársele encima. Como muñeca de trapo se dejó tocar y revisar; sólo reaccionaba cuando el médico le rozaba los pechos calientes, enormes, tiesos y dolorosos por la leche acumulada. Luego se dejó vestir con ropas más gruesas y limpias sin siquiera preguntarse a quién pertenecían.

Cuando el doctor la sacó a la calle, pensó que al menos ya no sentiría tanto frío una vez que la dejara de nuevo en la misma banca, y se sorprendió cuando pasaron de largo la plaza por un camino que los condujo hasta la puerta de la casa más imponente de todas.

Por dentro el inmueble era oscuro. Igual a como ella se sentía. Reja nunca había visto a gente tan blanca como la que la recibió, aunque algo tenía ella en la mirada que la ensombrecía: una tristeza. La sentaron en la cocina, donde mantuvo la mirada baja. No quería ver caras ni miradas. Quería estar a solas, de nuevo en su choza de palos y lodo, pese a que muriera de frío, sola con su tristeza, porque no soportaba la de otros.

Oyó el llanto de un recién nacido, primero con sus pezones de madre nueva y luego con los oídos. De esa manera reaccionaba su cuerpo cada vez que su crío lloraba de hambre, aunque no estuviera cerca para oírlo. Sin embargo, su bebé ya estaba azul, ¿no? ¿O acaso el médico lo habría salvado?

Los pechos le punzaban cada vez más. Necesitaba alivio. Necesitaba al bebé.

—Me manca mi niño —dijo quedo y nadie de los que se encontraban con ella en la cocina pareció oírla, así que se atrevió a repetir más alto—: Me manca mi niño.

—¿Qué está diciendo?

—Que le manca su niño.

—¿Qué es eso de que le manca?

—Que le hace falta su hijo —el doctor llegó con un bulto en brazos y se lo pasó—. Está muy débil. Quizá no pueda comer bien.

—¿Es mi crío?

—No, pero igual la necesita.

Se necesitaban mutuamente.

Se abrió la blusa, le ofreció el pecho y el niño dejó de llorar. En el alivio que sentía al vaciar sus senos poco a poco, Reja observó al bebé: no era su niño. Lo supo de inmediato, porque los ruidos que producía al llorar, al mamar o al suspirar mientras lo hacía eran diferentes. También olía distinto. Para Reja el resultado era igual de atrayente: deseaba bajar su rostro para olfatearlo profundamente en el hueco del cuello, aunque pensó que tal vez no se lo permitirían, ya que por encima de otros, el mayor indicador de que sostenía en brazos a un bebé ajeno era el color. Si el suyo había pasado de un tono oscuro a uno azul profundo, éste se tornaba en forma paulatina desde un color rojo vivo hasta el blanco.

Todos la observaban en silencio. El único ruido en la cocina era el que hacía el bebé al succionar y tragar.

Alberto Morales se había quedado dormido, velando a su esposa en agonía. Tras varios días de gemidos de su mujer y del llanto incesante del recién nacido, se había hecho a la idea de que mientras hicieran ruido era un indicador de que seguían con vida. Por eso lo despertó aquel silencio ensordecedor: ni su esposa se quejaba ni el niño lloraba. Angustiado y sin atreverse a tocar a su mujer, corrió en busca de su hijo.

En la cocina encontró a la servidumbre y al doctor Doria alrededor del que supuso era el cadáver de su hijo. Al notar su presencia, todos se hicieron a un lado para permitirle el paso.

Miró a su bebé mamando del pecho más oscuro que hubiera visto.

—Encontramos una nodriza para su hijo.

—Está muy negra.

—Pero la leche es blanca, como debe ser.

—Sí. ¿Estará bien el niño?

—El niño estará bien. Sólo tenía hambre. Mírelo ahora.

—Doctor, mi mujer no hacía ruido cuando desperté —dijo Morales.

Ése había sido el final de la señora Morales.

Reja se mantuvo ajena al proceso del duelo, el velorio, el entierro y los llantos. Para ella era como si la señora jamás hubiera existido, y a veces, en los momentos que el niño le daba tiempo, cuando ella se permitía escuchar el llamado silencioso de los cerros, llegaba a creer que ese bebé que no había salido de su cuerpo había brotado de la tierra. Como ella, que no poseía más recuerdo que los montes.

Algo más fuerte que el instinto materno se apoderó de ella, y durante los siguientes años lo único que existió en el mundo de Reja fue el bebé. Imaginaba que lo mantenía vivo para la tierra, madre imposibilitada, así que nunca se le ocurrió dejar de ofrecerle el pecho tras el primer diente ni con la dentadura completa. Simplemente le decía: no muerda, niño. Su leche era alimento, consuelo, arrullo. Si el niño lloraba: al pecho; si el niño estaba enojado, ruidoso, chípil, triste, muino, mocoso o insomne: al pecho.

Seis años del pecho de nana Reja gozó el niño Guillermo Morales. A nadie se le había quitado de la cabeza la idea de que el pobre niño había estado a punto de morir de hambre, por lo que nadie se atrevía a negarle nada. Pero un día las tías Benítez llegaron a visitar al pobre viudo, que, escandalizadas al ver a un niño casi en edad escolar prendido del negro pecho de la sirvienta, exigieron al señor Morales el destete del huerco.

—Ni que se fuera a morir de hambre, hombre —dijo una.

—Es un escándalo, una peladez, Alberto —dijo la otra.

Al final de su visita, como favor al confundido padre, el par de solteronas se llevó a Guillermo una temporada a Monterrey, pues se dieron cuenta de que no existía otro modo de que el niño entendiera razones o conciliara el sueño, pues nunca lo había hecho lejos del pecho de su nana Reja.

A Reja la dejaron con los brazos vacíos, y tan rebosante que por donde pasaba dejaba un reguero de leche.

—¿Qué vamos a hacer, Reja? —le preguntaban las otras sirvientes, hartas de ir tras ella limpiando el goterío que dejaba al caminar.

Ella no sabía qué contestar. Sólo sabía que le mancaba su niño.

—Ay, Reja: si va a estar así, mejor no la desperdicie.

Y de ese modo le trajeron bebés malnutridos o huérfanos para amamantar y botellas de vidrio para llenar, porque entre más amamantaba, más leche tenía para regalar. Luego el viudo Morales se casó en segundas nupcias con María, la hermana menor de su difunta esposa, y juntos le dieron a nana Reja veintidós críos más que alimentar.

En los años siguientes a Reja nunca se le vería sin un niño en pecho, aunque recordaba con especial cariño a Guillermo Morales: el primer niño del que fue nodriza, el que la salvó de la soledad absoluta, el que la encaminó en un propósito que la mantendría satisfecha por años.

Por supuesto, Guillermo regresó aún niño. Se hizo hombre y formó su propia familia. Al heredar la hacienda tras la muerte de su padre —víctima de nada, sino del paso de los años—, heredó también a su nana Reja, que todavía se encargó de amamantar a sus hijos cuando llegaron.

Extraño caso el de un padre que se había alimentado del mismo pecho que sus hijos. Sin embargo, al plantear una alternativa —buscar a otra nodriza y darle descanso a Reja—, su mujer se había negado con firmeza: ¿qué mejor leche que la de la nana? Ninguna. Entonces Guillermo había desistido, aunque evitara pensar mucho en el caso, aunque tratara de fingir que no recordaba su prolongado turno al pecho.

Cansado de vivir en el bullicio del centro de Linares, Guillermo había tomado la decisión extravagante de abandonar la casona familiar en la plaza para irse a vivir a la hacienda La Amistad, la cual se situaba a un kilómetro de la plaza principal y de la zona edificada del pueblo. Allí había envejecido Reja, y también él, cuya nana lo vio morir de un contagio. Y como antes, al heredar la hacienda a Francisco, el único hijo sobreviviente de una epidemia de disentería y de otra de fiebre amarilla, también le heredó a la vieja nana Reja, junto con su mecedora.

Ya no amamantó a las hijas de Francisco y de su esposa, Beatriz. El tiempo se había encargado de secar a Reja, que ya ni se acordaba cuántos niños de los alrededores habían vivido gracias a su abundancia. Ni siquiera recordaba la última gota blanca que había brotado al exprimir sus pechos ni la sensación de éstos al comprimirse aun antes de oír el llanto de un bebé hambriento.

Esa mañana de octubre de 1910 los habitantes de la hacienda amanecieron, como todos los días del año, dispuestos a emprender su rutina.

Pola abrió los ojos sin siquiera voltear a ver la cama de su compañera de cuarto. Tras décadas de dormir a un lado, ella sabía que nana Reja iba y venía en silencio sin avisarle a nadie. Ésa era su rutina. Ya los ruidos de la hacienda comenzaban: los peones llegaban por sus herramientas para irse a los campos de caña de azúcar y la servidumbre de la casa se disponía a desterrar el sueño. Se aseó y se vistió. Había que ir a la cocina para tomar café antes de salir al pueblo a comprar el pan recién horneado de la panadería de la plaza. Después de terminar su café con leche, tomó el dinero que siempre dejaba la señora Beatriz en una caja de hojalata en la cocina.

Prometía ser un día soleado, aunque necesitaba su rebozo porque a esas horas, en esa época del año, perduraba el aire frío de la noche. Caminó por el sendero más corto, como hacía todos los días para salir de la hacienda rumbo al pueblo.

—¿Ya se va, doña Pola? —le preguntó Martín, el jardinero, como también hacía todos los días.

—Sí, Martín. No me tardo.

A Pola le gustaba esa rutina. Le agradaba ir por el pan todos los días. De esa manera se enteraba de las novedades de Linares y veía de lejos a aquel muchacho, convertido ya en abuelo, que tanto le gustaba cuando era joven. Caminaba al ritmo de los crujidos constantes de la mecedora de Reja. Disfrutaba andar por el camino flanqueado por enormes árboles que conectaba la hacienda con el centro del pueblo.

Cuando todavía hablaba, nana Reja le contó cómo el viudo Alberto Morales los había plantado cuando apenas eran unas ramas.

Al regresar le llevaría el desayuno a Reja, como de costumbre.

Nana Pola se detuvo de repente, tratando de hacer memoria. ¿Y Reja? Como todos los días, Pola había pasado frente a la mecedora negra. Muchos años atrás había desistido de entablar conversaciones con la vieja, pero le consolaba pensar que, así como esos antiguos árboles, nana Reja permanecía, y que acaso permanecería para siempre.

¿Y hoy? ¿La vi al pasar? Se dio la media vuelta.

—¿Qué se le olvidó, doña Pola?

—¿Vio a nana Reja, Martín?

—Pos claro, en su mecedora.

—¿Seguro?

—¿Pos dónde más podría estar? —dijo Martín, siguiendo los pasos apresurados de nana Pola.

Al llegar a la mecedora vieron que nana Reja no estaba, a pesar de que aquélla se mecía. Alarmados, regresaron al cuarto que compartían las nanas.

Tampoco la encontraron allí.

—Martín: corra a preguntarle a los trabajadores que si vieron a nana Reja. Búsquela en el camino. Yo le aviso a la señora Beatriz.

La rutina de Beatriz no consistía en despertar tan temprano. Comenzaba con la certeza de que todo lo necesario para empezar el día estaba listo: el pan y el café en la mesa, los jardines regándose y la ropa limpia planchándose. Le gustaba iniciar sus días oyendo a su marido en sus abluciones, entre sueños y a lo lejos, y luego espabilarse, todavía envuelta entre sus sábanas, rezando un rosario en paz.

Pero, ese día, en casa de los Morales Cortés no hubo abluciones, rosario ni paz.

2

Ecos de miel

Nací entre ese montón de ladrillos de sillar, enjarres y pintura hace mucho tiempo, no importa cuánto. Lo que sí importa es que mi primer contacto fuera del vientre de mi mamá fue con las sábanas limpias de su cama, porque tuve la fortuna de nacer un martes por la noche y no un lunes, y desde tiempo inmemorial las mujeres de su familia habían cambiado las sábanas los martes, como hace la gente decente. Ese martes las sábanas olían a lavanda y sol. ¿Que si lo recuerdo? No, pero lo imagino. En todos los años que conviví con mi mamá nunca supe que variara su rutina, sus costumbres, el modo de hacer las cosas como Dios mandaba: los martes se cambiaban las sábanas de lino lavadas un día antes con lejía, se rociaban con agua de lavanda, luego se ponían a secar al sol y finalmente se planchaban.

Todos los martes de su vida, con una sola y dolorosa excepción que todavía estaba por venir.

Habrá sido el día de mi nacimiento, pero el mío fue un martes como cualquier otro, así que sé a qué olían esas sábanas aquella noche y sé cómo se sentían al contacto con la piel.

Aunque no lo recuerdo, el día en que nací la casa ya olía a lo que olería siempre. Sus ladrillos porosos habían absorbido como esponjas los buenos aromas de tres generaciones de hombres trabajadores y mujeres quisquillosas para la limpieza con sus aceites y jabones; se habían impregnado de las recetas familiares y de la ropa hirviendo con jabón blanco. Siempre flotaban en el aire los perfumes de los dulces de leche y nuez que hacía mi abuela, los de sus conservas y mermeladas, los del tomillo y el epazote que crecían en macetas en el jardín, y más recientemente los de naranjas, azahares y miel.

Como parte de su esencia, la casa también conservaba las risas y los juegos infantiles, los regaños y los portazos del presente y del pasado. El mismo mosaico de barro suelto que pisaron descalzos mi abuelo y sus veintidós hermanos, y luego mi papá en su infancia, lo pisé yo en la mía. Era un mosaico delator de travesuras nocturnas, pues con su inevitable *clunc* alertaba a la madre del momento del plan que fraguábamos sus vástagos. Las vigas de la casa crujían sin razón aparente, las puertas rechinaban, los postigos golpeaban rítmicamente contra la pared aun sin viento. Afuera, las abejas zumbaban y las chicharras nos rodeaban con su incesante canción de locura cada tarde del verano, justo antes del anochecer, mientras yo vivía mis últimas aventuras de la jornada. Al bajar el sol empezaba una y la seguían las demás, hasta que todas decidían callarse de tajo, asustadas por la inminente oscuridad, sospecho.

Era una casa viva la que me vio nacer. Si a veces despedía perfume de azahares en invierno o se oían algunas risillas sin dueño en medio de la noche, nadie se espantaba: eran parte de su personalidad, de su esencia. En esta casa no hay fantasmas, me decía mi papá: lo que oyes son los ecos que ha guardado para que recordemos a cuantos han pasado por aquí. Yo lo entendía. Me imaginaba a los veintidós hermanos de mi abuelo y el ruido que deben de haber creado, y me parecía lógico que todavía, años después, se oyeran evocaciones de sus risas reverberando en algunos rincones.

Y así como supongo que mis años en esa casa le dejaron algunos ecos míos, pues no en balde me decía mi mamá ya cállate niño, pareces chicharra, la casa dejó en mí sus propios ecos. Aún los llevo en mí. Estoy seguro de que en mis células llevo a mi mamá y a mi papá, pero también porto la lavanda, los azahares, las sábanas maternas, los pasos calculados de mi abuela, las nueces tostadas, el *clunc* del mosaico traidor, el azúcar a punto de caramelo, la leche quemada, las locas chicharras, los olores a madera antigua y los pisos de barro encerado. También estoy hecho de naranjas verdes, dulces o podridas; de miel de azahar y jalea real. Estoy hecho de cuanto en esa época tocó mis sentidos y la parte de mi cerebro donde guardo mis recuerdos.

Si hoy pudiera llegar solo hasta allá para ver la casa y sentirla de nuevo, lo haría.

Pero soy viejo. Los hijos que me quedan —y ahora hasta mis nietos— toman las decisiones por mí. Hace años que no me dejan manejar un auto ni llenar un cheque. Me hablan como si no los oyera o no los entendiera. La verdad, aquí lo confieso, es que oigo, pero no escucho. Será que no quiero. Es cierto —admito— que mis ojos no funcionan tan bien como antes, que mis manos me tiemblan, que mis piernas se cansan y que la paciencia se me agota cuando me visitan nietos y bisnietos, pero aunque estoy viejo no soy incompetente. Conozco el día en que vivo y el desorbitante precio de las cosas: no me gusta, mas no lo ignoro.

Sé a la perfección cuánto me costará este viaje.

Tampoco por viejo hablo solo ni veo cosas que no están. Aún no. Distingo entre un recuerdo y la realidad, si bien cada vez me encuentro más atraído por los recuerdos que por la realidad. Repaso en la privacidad de mi mente quién dijo qué, quién se casó con quién, qué sucedió antes y qué después. Revivo la dulce sensación de estar escondido entre las ramas altas de un nogal, estirar la mano, arrancar una nuez y partirla con el mejor cascanueces que he tenido: mis propios dientes. Oigo, huelo y siento cosas que son tan parte de mí hoy como ayer, y que brotan desde dentro. Alguien puede partir una naranja a mi lado, y al llegarme el aroma la mente me transporta a la cocina de mi mamá o a la huerta de mi papá. Los botes comerciales de leche quemada me recuerdan las manos incansables de mi abuela, que pasaba horas meneando la leche con azúcar sobre el fuego para que se quemara sin tatemarse.

El sonido de las chicharras y las abejas, que ahora se oye poco en la ciudad, me obliga a viajar a mi niñez, aunque ya no pueda correr. Todavía busco con el olfato algún indicio de lavanda y lo capto aun cuando sé que no es real. Al cerrar los ojos por la noche oigo el *clunc* del mosaico, las vigas de madera que truenan y los postigos que golpean, pese a que en mi casa de ciudad ya no tenga mosaicos sueltos ni vigas ni postigos. Me siento en mi casa, la que dejé en la infancia. La que dejé demasiado pronto. Me siento acompañado, y me gusta.

3

La mecedora vacía

Beatriz Cortés de Morales recordaría esa mañana de octubre de 1910 toda su vida.

Habían tocado a su puerta con insistencia, y pensando que venían a avisar que uno de los campos de caña se incendiaba, dejó el calor de su cama para ir a abrir. Era Pola llorando: no encontraban a nana Reja por ningún lado. ¿No estaría en su cama? No. ¿No se hallaba en su mecedora? Tampoco. ¿Dónde más podría estar la viejita?

Muerta, de seguro tirada por ahí, entre algunos matorrales.

Beatriz conocía a nana Reja de toda su vida, ya que, al ser vecinos por generaciones, los Morales y los Cortés iban y venían de visita entre sus propiedades. Aunque lo conocía de siempre, se había enamorado del que sería su esposo a los dieciséis años, cuando Francisco Morales regresó de estudiar ingeniería civil en la Universidad de Nôtre Dame y la sacó a bailar una pieza romántica durante los festejos del Sábado de Gloria.

Desde la muerte de su suegro, y al heredar Francisco sus propiedades, Beatriz había compartido la responsabilidad de todo, incluida la ahora extraviada anciana.

Los Morales movilizaron a los empleados de la hacienda: unos a preguntar por el pueblo, otros a buscar entre los arbustos.

—¿Y si se la llevó un oso?

—Habríamos encontrado huellas.

—¿A dónde pudo haber ido, si tiene más de treinta años de no moverse de su lugar?

Para esa pregunta no había respuesta. Viva o muerta, necesitaban encontrarla. Mientras Francisco coordinaba la búsqueda a caballo, Beatriz fue a sentarse a la silla vacante de la nana, que crujió al sentir su peso. Le pareció que ése sería el lugar indicado para esperar noticias, aunque pronto le pidió a Lupita, la lavandera, traer otra silla. Por más que trataba, no lograba domar a la mecedora ajena al contorno de su cuerpo.

Pasó horas interminables sentada en su propia silla, a un lado de la de nana Reja, que se mecía sola, tal vez ayudada por el aire que soplaba desde la montaña o quizá por pura costumbre. Mati, la cocinera, le llevó de desayunar, pero Beatriz no tenía apetito. No podía hacer más que mirar a lo lejos. Tratar de distinguir algún movimiento en la lejanía. Alguna interrupción en la monotonía de los plantíos o en la improvisada e intacta belleza de los cerros.

Bonita la vista de las montañas y de los campos de caña de azúcar que se disfrutaba desde ahí. Nunca la había apreciado desde esa perspectiva y ahora entendía el encanto inicial que el lugar infundía en nana Reja. Pero ¿por qué mirar eternamente hacia esos cerros interminables, inmutables? ¿Por qué mirar siempre hacia ese camino de tierra que se curvaba en ellos? ¿Y por qué mirar de modo constante hacia allá si lo hacía con ojos cerrados? ¿Qué esperaba?

Mientras aguardaba noticias, Beatriz, mujer de mente práctica, llegó a la conclusión de que difícilmente encontrarían a la nana con vida. Por lo tanto, su pragmatismo también le había permitido hacer planes concretos para el velorio de la querida nana Reja: la envolverían en una sábana de lino blanco y la enterrarían en un ataúd de madera fina que ya había mandado traer. La misa la oficiaría el padre Pedro y se invitaría al pueblo entero a asistir al entierro de la mujer más longeva de la región.

Claro que sin cuerpo no habría velorio. ¿Podría haber misa de difunto sin el difunto?

En cuanto a la mecedora, no lograba decidir qué sería correcto hacer. Podrían quemarla, hacerla aserrín y esparcirla por el jardín de la casa o meterla así, hecha aserrín, junto con la muerta en el ataúd. O podrían dejarla donde estaba, como recuerdo del cuerpo que tanto tiempo la ocupó.

Habría sido sacrílego dejar que pasara de una extensión de la nana Reja a volver a tener un uso práctico para alguien más. Eso estaba claro.

Miró la antigua mecedora con detenimiento, porque nunca la había visto vacante. Nunca había hecho algo para repararla o mantenerla en buenas condiciones, pero se mantenía. Crujía un poco al mecerse, aunque parecía inmune al tiempo y a la intemperie, igual que su dueña. La simbiosis entre la silla y su dueña existía, e imaginó que mientras una viviera, viviría la otra.

Alarmada, frente a ella vio que alguien regresaba corriendo por el camino que cruzaba los cañaverales de los cerros.

—¿Qué pasó, Martín? ¿La encontraron?

—Sí, señora. El señor Francisco me mandó por la carreta.

Beatriz lo observó alejarse deprisa en busca del transporte. Encontraron el cuerpo, pensó, y a pesar de su mente de mujer práctica, sintió un fuerte pesar. La nana Reja era incalculablemente vieja y era de esperar que muriera pronto, si bien deseaba que se hubiera ido de otra manera: en paz, en su cama o meciéndose con el aire en su mecedora. No así, quizá tras el ataque de algún animal, sola y de seguro asustada, expuesta a los elementos en ese camino que se perdía entre los cerros.

Tanta vida para terminar en eso.

Se sacudió el pesar: había muchas cosas que hacer antes de que llegaran con el cuerpo.

Cuando los hombres volvieron con la carreta cargada, resultó evidente que los preparativos y planes habían sido en vano: contra toda predicción, la nana regresó viva.

4

A la sombra de la anacahuita

Francisco le relataría después cómo la encontraron unos peones, a una legua y media de la casa. Habían ido a buscarlo, contrariados, pues cuando al fin la hallaron la vieja se negó a contestar y a moverse de donde estaba. Entonces Francisco mandó por la carreta y luego él mismo fue al sitio donde se encontraba nana Reja, descansando con los ojos cerrados y sentada en una piedra, meciéndose a la sombra de una anacahuita. En los brazos traía dos bultos envueltos: uno con su delantal y el otro con su rebozo. Él se acercó a ella con suavidad para no alarmarla.

—Nana Reja, soy Francisco —dijo, alentado cuando ésta abrió los ojos—. ¿Qué haces tan lejos de la casa, nana? —preguntó, a pesar de que no esperaba respuesta de la vieja, que había enmudecido hacía años.

—Fui a buscarlo —respondió ella quedamente, con la voz rasposa por la edad y el desuso.

—¿A quién?

—Al bebé que lloraba.

—Nana, aquí no hay bebés —respondió él—. Ya no.

En respuesta, Reja extendió los bultos a Francisco.

—¿Qué son? —Francisco tomó primero el bulto con el delantal envuelto. Al abrirlo, lo soltó con rapidez, espantado. Era un panal de abejas—. Nana, ¿por qué lo traes? ¿Te picaron?

Con el impacto contra el suelo, las pocas abejas que aún moraban en el interior salieron enojadas, en busca del culpable.

Algunos peones corrieron para alejarse del peligro, perseguidos por los insectos, pero sólo unos metros, porque éstos detuvieron su vuelo agresivo al unísono y regresaron, como llamados al hogar. El bulto que la nana Reja conservaba entre los brazos se movió dentro de su envoltura de rebozo. Francisco y algunos trabajadores que habían resistido la tentación de correr tras el primer embate de las enfurecidas abejas quedaron pasmados, más aún cuando la anciana volvió a abrazar el paquete contra sí para seguir meciéndolo como se mece a un crío.

—Nana. ¿Qué más traes ahí?

Entonces el bulto estalló en llanto y en movimientos frenéticos.

—Tiene hambre, niño —dijo nana Reja mientras seguía en su constante vaivén.

—¿Me dejas ver?

Al desenrollar el rebozo, Francisco y sus hombres al fin vieron qué llevaba la nana en brazos: un bebé.

El horror los hizo retroceder. Algunos se persignaron.

5

Entre listones y piojos

Nunca se me permitieron demasiadas ilusiones infantiles en cuanto a la procedencia de los bebés. Desde siempre supe que el cuento ése de la cigüeña de París era precisamente eso, puro cuento para niños preguntones. Mi mamá jamás disimuló conmigo, como hacía la mayoría de las damas de su época. Si yo hacía un berrinche, me decía tanta hora que tardé para parirte; si la desobedecía, me reclamaba el dolor del parto. A veces siento que, de haber podido, tras alguna travesura me habría cobrado cada contracción.

Mi mamá era una buena mujer. En serio. Tan sólo no se explicaba de dónde había salido yo. No me refiero a lo físico: ella era muy inteligente, y a pesar de vivir en la época del recato sabía que la consecuencia de la intimidad conyugal son los hijos. El problema fue que, para cuando se enteró de que estaba encinta, ya había dado por terminada su época fecunda: mis dos hermanas ya se habían casado y la habían hecho abuela. Mi aparición tardía en su vida le cayó de sorpresa.

Con esos antecedentes es fácil entender el patatús de mi mamá al enterarse de su preñez, a la vejez viruela de treinta y ocho. Me imagino el sufrimiento que pasó para admitir su estado ante mis hermanas mayores. Peor ante sus amigas del casino de Linares. Y entiendo su desesperación cuando, luego de tener a dos señoritas de listones y encajes, le naciera un varoncito de lodos, piojos güeros y sapos prietos.

Así que le nací a mi mamá cuando ella ya tenía vocación de abuela. Me quiso mucho y la quise mucho, pero teníamos nuestros problemas. Recuerdo que al no poderme cubrir de holanes y moños, insistía en vestirme como señorito español, con trajes que ella misma confeccionaba, y yo de señorito fino nunca tuve nada. De español tampoco, aunque ella insistía en ponerme trajecitos bordados que copiaba de las últimas revistas madrileñas.

Para su consternación, yo siempre estaba embarrado de comida, tierra o caca de perro, vaca o caballo. Siempre tenía raspones en las rodillas y el pelo rubio tieso y oscuro por el lodo. Jamás me molestaron los mocos colgando de mi nariz. El pañuelo bordado con mis iniciales, que mi mamá ordenaba que pusieran a diario en mi bolsillo, me servía para todo menos para limpiarlos. Si bien no lo recuerdo, porque debo de haberlo superado temprano en la vida, me dicen que prefería comer escarabajos antes que el hígado de pollo o de res que me preparaban las nanas —por órdenes de mi mamá— para que mis mejillas se sonrosaran.

Ahora que soy padre, abuelo y bisabuelo admito que no fui un niño fácil de tratar. Mucho menos de manipular.

Mi mamá se quejó toda la vida de que desde que al fin aprendí a hablar mis palabras favoritas fueron no, yo solo y no es justo; de que a partir de mis primeros pasos corrí; de que al dominar la velocidad trepé a cuanto árbol se me ponía enfrente. En pocas palabras, nunca pudo conmigo. Se sentía demasiado vieja y pensaba que ya había hecho su labor de madre con sus dos hijas mayores, que casi eran perfectas.

Decía que tenía a una niña de sus ojos, pues mi hermana mayor, Carmen, hay que decirlo, era preciosa. De pequeña mi mamá le rizaba el pelo rubio y se complacía cuando la gente le decía es un ángel, una muñeca, una preciosidad. Más grande había roto la mitad de los corazones del pueblo, tras su partida a Monterrey como estudiante, y luego como mujer casada. Aunque nunca dijo nada, ya casada y viviendo fuera, sé que a mi hermana la avergonzaba que en las calles del pueblo se mantuviera viva la leyenda de su belleza. Mi mamá conservó por años las innumerables cartas de amor eterno y versos cursis de cuanto enamorado no correspondido tuvo Carmen, antes y después de su matrimonio. Cualquiera diría que se las escribían a ella, porque guardaba ese montón de papeles como trofeos que presumía en cualquier oportunidad.

También decía que tenía una niña de sus oídos, porque la segunda de mis hermanas, aunque bonita, se distinguía más por su voz. Mi mamá hacía que Consuelo cantara frente a cualquier persona que llegara de visita, y su melodiosa voz siempre recibía alabanzas.

—¡Tiene voz de ángel! —opinaban todos.

Nunca he oído a los ángeles cantar, aunque supongo que era verdad: mi hermana poseía una voz de ángel. Lo que pocos sabían era que tras esa voz escondía un genio del demonio. Claro que ni en sus peores momentos perdía el tono melodioso, y cualquiera de sus frases sonaba a poesía pura. Podía decir: no te me acerques, mocoso piojoso, que das asco, y aún sonar como ángel a los oídos de mi mamá.

—Le estoy contando cuentos de hadas —respondía siempre que mi mamá le preguntaba qué le dices al niño.

A mí no me afectaba gran cosa lo que me dijera, pues ella era una extraña que en realidad no pertenecía a mi mundo. Por años fue para mí una bruja como las de los cuentos de hadas que conocía, y por eso entendía que usara su voz para hechizar a todos y hacerlos creer en su bondad y dulzura de ángel, en especial a mi mamá.

Yo era de los pocos que permanecían inmunes a sus encantos. Mi mamá no entendía por qué cuando mi hermana nos visitaba yo no caía rendido a sus pies. No comprendía que prefiriera pasarme el día lejos o que, cuando me mandaban de visita a Monterrey, optara por quedarme hospedado en casa de Carmen, la mayor. Tan buena que es tu hermana, tan linda, tan dulce, me decía seguido mi mamá para suavizar o enmendar la relación.

Así pues había dos ángeles en la familia, además del niño, que era yo. Cuando mi mamá hablaba de mí, decía como disculpándose: éste es el niño. O es el pilón. Nunca dijo que tuviera en mí al niño de sus suspiros. Nunca se habría atrevido o tal vez jamás se le ocurrió, pero ése era yo. ¡Ay, Dios!, decía todo el tiempo. No recuerdo haberme topado con mi mamá en los pasillos de mi casa, en el patio, comedor o cocina, sin que ella soltara un sonoro suspiro. Ay, Dios, decía, resoplando un poco, mira nada más qué pelo, qué mocos, qué ropa, qué sucio, qué tosco, qué asoleado, ya estoy vieja para esto, ¡ay, Dios! Pronto fue acortando sus suspiros. Se fue quedando con el ¡ay, Dios!, después sólo ¡ay!, y luego ya sin eso: con el puro resoplido.

Todo el tiempo yo era ruidoso y de voz estridente. Mi cuerpo fue el refugio para cuanta garrapata, pulga o piojo se encontrara en la necesidad de hogar y de sustento, por lo cual de nada le servía a mi mamá intentar dejar crecer mis rubios rizos. Vivía a rape por necesidad. Como pelón de hospicio.

¡Ay, Dios! Suspiro.

Si me hubiera quedado por completo al cuidado de mi mamá, quizá habría terminado por usar más moños que mis hermanas. Las circunstancias me salvaron de ese destino, porque mi papá, que para cuando nací ya era abuelo y se había resignado a trabajar las tierras para heredárselas a los yernos, no permitiría que a su único aunque tardío hijo nadie lo convirtiera en un timorato. Y aunque nunca antes opinó sobre la crianza de sus hijas mayores, desde que supo que le había nacido un hombre empezó a enfrentar a mi mamá sobre la mía. Sabía bien que en nuestras tierras y en nuestra época no había lugar para los delicados, con la guerra alrededor y a veces visitándonos.

A mi mamá, a la que nunca vi amedrentarse ante nada, esos enfrentamientos debieron perturbarla más de lo que era capaz de soportar. Ella adoraba a mi papá, algo extraño en una mujer

—una abuela— de la tan avanzada edad, de casi cuarenta, por lo que prefirió retirarse un poco de mi crianza directa para mantener la paz. A su vez, mi papá no tenía el tiempo ni la disposición de encargarse de mí, primero porque no habría sabido qué hacer con un bebé o un chiquillo, y luego porque se la pasaba de un lado a otro supervisando y defendiendo los ranchos ganaderos de Tamaulipas y las huertas de Nuevo León.

Sin embargo, tenía muchos brazos sólo para mí. Mi nana Pola me dejaba con la cocinera Mati, que me encargaba con Lupita, la lavandera, que me olvidaba con Martín, el jardinero, que después de un rato me dejaba acompañado, cuidado y entretenido con Simonopio. Él no me pasaba con nadie hasta que oscurecía y alguien salía de la casa preguntando dónde está el niño.

6

Alas que lo cubren

La llegada de Simonopio a la familia fue un suceso que nos marcó en forma irremediable. Un parteaguas familiar. Más adelante se convirtió en la diferencia entre la vida y la muerte, aunque no lo entendiéramos más que en una lejana retrospectiva.

Mi papá se recriminaría el resto de su vida su primera reacción al verlo.

Supongo que por más viajado, estudiado e iluminado que se sintiera, no se había deshecho del todo de cuanta superstición existía en un pueblo vecino a una comunidad de brujas. Y quizá la situación de ese día lo había enervado: la mecedora vacía, la nana perdida, la certeza de su muerte, la búsqueda entre los arbustos circunvecinos y cada vez más lejos de la casa; luego el hallazgo, la nana parlante, el enjambre guerrero del panal transportado en un delantal; un bebé recién nacido con la cara desfigurada, abrigado por el rebozo de la nana y por una cobija viva de abejas.

En cuanto a primeras impresiones, que siempre son tan importantes, Simonopio, como lo bautizarían después a insistencia de la nana y pese a la objeción de mis papás y del cura, no había causado la mejor. Los campesinos le habían pedido al patrón dejar ahí a tal monstruosidad, bajo la anacahuita, a un lado del camino.

—Pa' que sea lo que Dios quiera, señor, porque este niño es del diablo —insistía Anselmo Espiricueta.

Para entonces mi papá ya había superado la reacción a su primera impresión. Haciendo uso de cuanta fortaleza le confería saberse hombre de mundo, viajado, estudiado e iluminado, se había sacudido la superstición para concentrarse en el misterio.

—Ésas son ideas absurdas. Aquí no creemos en esas cosas, Espiricueta —dijo, para proseguir con su suave interrogatorio a la nana.

Con las pocas palabras que la viejita pronunció, Francisco entendió dónde lo había encontrado y en qué circunstancias. Cómo y por qué la anciana había caminado montaña arriba hasta el puente, bajo el cual halló al bebé, jamás nadie lo comprendería. Lo oí, decía tan sólo; lo oí. Ya fueran supersticiosos o iluminados, todos sabían que era imposible escuchar el débil llanto de un niño abandonado bajo un puente cuando se está a leguas de distancia.

Ése era el gran misterio, el cual se hizo aún mayor y perduraría por siempre luego de que don Teodosio y Lupita, la joven lavandera, negaron haberlo visto a su paso por el mismo lugar, un poco antes. ¿Cómo era posible que lo hubiera oído la anciana? No había respuesta posible. Respuesta creíble.

—Yo no oigo ni cuando mi mujer me habla de cercas a comer —dijo Leocadio, peón de la hacienda, para el que lo quisiera escuchar.

Pero existía un hecho que nadie podía negar: la vieja inmóvil, de madera, había abandonado su pequeño mundo para ir al rescate del desafortunado crío, y había tenido a bien transportarlo con todo y colmena y sus compañeras aladas. Cuando mi papá se dispuso a sacudir las abejas que cubrían por completo el cuerpo del recién nacido, Reja se lo impidió.

—Déjalas, niño —dijo, arropando de nuevo al bebé.

—Pero, nana, lo van a picar.

—Ya lo habrían hecho.

Contrariado, ordenó a sus hombres que subieran a nana Reja a la carreta, pero ésta se aferró con fuerza a su carga, temerosa de que se la arrancaran y cumplieran la amenaza de dejar al bebé otra vez al abandono.

—Es mío.

—Es tuyo, nana —le aseguró mi papá—, y viene con nosotros.

—La colmena también.

Él mismo, reticente pero con gran cuidado, la volvió a cubrir con el delantal para subirla a la carreta. Y sólo así emprendieron el regreso hacia la casa y hacia la mecedora vacante.

7

De gota blanca a gota bendita

Francisco Morales estaba muy lejos de sentir la certeza con que le había contestado a su nana. Viene con nosotros, le dijo. Sí, pero ¿para qué? ¿Qué vamos a hacer con una criatura que al entrar al mundo ya viene marcada? Abandonar al niño no fue una opción que le hubiera pasado por la mente, pero escuchaba lo que los peones venían diciendo por lo bajo y en especial Anselmo Espiricueta, el empleado más nuevo, después de que se rehusaron a subir a la carreta con el recién nacido. Que si lo había besado el diablo, que si se dio algún pacto con el diablo, que si era el mismísimo demonio o un castigo divino. Supersticiones ignorantes. Sin embargo, no veía cómo un bebé que en vez de boca tenía un boquete sobreviviría un solo día, ni qué decir de sobreponerse a los prejuicios ignorantes de la gente que lo rodearía cuan larga fuera su vida.

Cerca del pueblo había ordenado a Espiricueta que se desviara. Por una parte porque alguien debía pedirle al doctor Cantú que fuera a la casa a revisar a la vieja nana y al desafortunado bebé, y por otra para alejarlo del crío y de su ya nerviosa comitiva. No necesitaba que se sugestionaran aún más con las profecías apocalípticas del sureño.

—Y no empieces con esos chismes del beso del diablo, ¿eh? No nos vamos a andar con cuentos de brujerías. La nana encontró a un bebé que necesita ayuda y eso es todo. ¿Entendiste, Anselmo?

—Sí, patrón —contestó Anselmo Espiricueta mientras se alejaba corriendo.

Al llegar al pueblo y ver a Juan, el afilador de cuchillos, Anselmo no resistió la tentación de explicarle, aquí en confianza, que vengo con mucho espanto, que la nana, que las abejas, que el bebé de una bruja, para luego continuar su perorata con todo tipo de presagios funestos que le vinieron a la mente en el momento.

—Y ya verá usté cómo nos cae el mal.

Y así ocurrió, como suelen suceder esas cosas, que antes de que Anselmo encontrara al médico, ya Linares entero sabía del infortunio de Simonopio y de la posible desgracia de la familia Morales y toda su descendencia.

El doctor Cantú, como hombre serio y profesional que era, había acudido de inmediato al llamado de Morales sin detenerse ante las preguntas de los necios y los supersticiosos. Le sorprendió entrar en la hacienda detrás de una carreta que llevaba un féretro. Era una lástima: él había entendido que no había muertes en este asunto de la vieja y el bebé.

Al llegar a la casa encontró a la nana donde siempre: apoltronada en su mecedora, rodeada de la familia y de la servidumbre más cercana. Ya que la anciana se hubiera movido de su agarrotamiento le parecía suficiente para sorprenderse. Le parecía difícil creer que alguien de tan avanzada edad se lanzara de repente a la aventura por un camino escarpado y, aún más, que volviera de ésta sin daño aparente. ¿Y regresar del monte con un bebé vivo en brazos?

Si lo decía Francisco Morales, no quedaba más que creerlo.

—¿Quién murió?

—Nadie —contestó Francisco.

—Entonces, ¿para quién es el ataúd?

Cuando voltearon, ahí estaban Martín y Leocadio cargando la pesada caja, a la espera de instrucciones. El doctor quedó intrigado, Francisco, confundido, y Beatriz, alarmada: ¡el ataúd! Había olvidado por completo los preparativos que había hecho durante la desaparición de la nana, cuando le ordenó a Leocadio que fuera al pueblo por una caja. Ahora Francisco la miraba sorprendido.

—Eh... Es para una emergencia.

Beatriz se alejó para indicarle a Martín que cubriera bien el ataúd con lona gruesa y lo almacenara en la bodega del cobertizo, lejos de la vista de todos. Cuando regresó, el doctor Cantú pedía revisar al crío.

No lo dejaron acercarse al bulto que cargaba la vieja sin antes ponerse guantes de cuero grueso, propiedad de algún jornalero, porque las abejas, doctor, están por todas partes. Al deshacer aquel molote de rebozo comprendió lo que decían: cientos de abejas se paseaban por el pequeño cuerpo del bebé. Dudó cómo hacer que los insectos se alejaran sin alarmarlos, pero de eso se encargó Reja. Cantú no sabía si, ayudada por su piel curtida, la mujer se sentía inmune a los aguijones de abeja o si tan sólo sabía que éstas no se atreverían a picarla.

Cualquiera que haya sido la razón, con gran calma procedió a sacudirlas sin enrabiarlas.

El bebé se mantenía atento y tranquilo. El doctor se sorprendió de verlo seguir con la mirada las últimas abejas que revoloteaban a su alrededor para después introducirse en un panal que alguien había colgado con un alambre en una esquina del techo volado. Notó que el ombligo sin anudar comenzaba a sangrar, así que lo lazó con hilo de sutura.

—A este bebé lo abandonaron para que muriera, Morales. Ni trataron de dejarlo a la suerte: pudo haber muerto desangrado. Es más, debió haber muerto desangrado.

Sin embargo, no se había desangrado, aun cuando habría sido lo esperado, con el ombligo como manguera abierta. Contra toda lógica, no mostraba una sola picadura de abeja. Era obvio que no había sido devorado ni había muerto por la exposición a los elementos. Ese conjunto de factores aumentaba el misterio que siempre perduraría en torno a Simonopio.

—El niño está sorprendentemente sano.

—Pero, doctor, ¿y la boca? —preguntó Beatriz, preocupada.

La quijada inferior estaba formada a la perfección, pero la superior se abría desde la comisura del labio hasta la nariz. No tenía labio, encía superior al frente ni paladar.

—Lo besó el diablo —dijo alguien entre el montón: Espiricueta.

—Nada de besos del diablo —contestó el doctor, enérgico—: es una malformación. A veces así sucede, como cuando se nace sin dedos o con dedos de más. Es triste, pero natural. Nunca me había tocado atender un caso, aunque lo he visto en libros.

—¿Se arregla?

—No.

Así viviría el niño cuanto le durara la vida.

—Los niños como éste no viven mucho: se mueren de hambre porque no pueden mamar, y si por algún milagro lo logran, se ahogan con el líquido, que se les va a las vías respiratorias. Lo siento. Dudo mucho que sobreviva más de tres días.

Antes de mandar traer a una cabra lechera o de buscar a alguna madre dispuesta a compartir su leche, Francisco ordenó ir por el padre Pedro, porque si este niño va a morirse, necesita bautizarse como Dios manda. La cabra llegó antes que el cura y la nana pidió que llenaran una taza con un poco de la leche tibia y un poco de la miel de abeja que comenzaba a escurrir de la colmena. Remojó una orilla de su rebozo en esa mezcla y, exprimiendo la tela gota a gota y por más de una hora, alimentó al bebé hasta que se quedó dormido.

Para cuando llegó el sacerdote, con mucho apuro, cargado de aceites y agua bendita, a bautizar y ungir al niño desahuciado, lo encontró de nuevo despierto y con la boca abierta, a la espera de cada dulce gota blanca que caía y rodaba por su lengua. Ya lo habían aseado y vestido con finos pañales y el ropón blanco que las niñas Morales habían usado en su bautizo y que Beatriz mandó sacar de un baúl. Como había prisa, porque era de esperarse que el niño muriera en cualquier momento, la ceremonia comenzó sin interrumpir el alimento, y así, de gota blanca a gota bendita, con la nana a un lado y Francisco y Beatriz del otro, Simonopio salvaría el cuerpo y el alma.

8

La cosecha de la guerra

Ese día había perdido toda la cosecha de maíz. No había sido la más abundante, pero la sacó adelante a pesar de la plaga. Por salvarla, se había desvelado como si ésta fuera una hija más. Casi le parecía que había acariciado cada mazorca.

Pero se la habían arrebatado. Llegaron por ella ya que pasó la plaga, ya que se le regó lo necesario, ya que maduró, ya que, tierna y jugosa, la pizcaron bajo el sol candente de abril que a veces, como ése, podía ser peor que el de julio. Llegaron por ella ya cuando estaba hasta el último maíz en las cajas de madera y a punto de irse a los mercados cercanos y lejanos.

—Es pa'l ejército —le dijeron antes de darse la media vuelta.

A Francisco Morales no le quedó más remedio que verlos desaparecer en carretas con cajas llenas y, en silencio, decirle adiós al esfuerzo completo de una temporada.

Pero es pa'l ejército, se consoló, con sarcasmo, mientras se servía un whisky. Y a él, ni un elote para la cena le dejaron. Ni un peso para semilla nueva. Es pa'l ejército, sí, ¿pero para cuál de todos?

En esa guerra los ejércitos eran uno, decidió, sólo que le salían piezas sin fin como la muñeca rusa de madera en forma de pino de boliche que un compañero ruso le había mostrado en la universidad.

—Es una *matryoshka*. Ábrela —le dijo el ruso.

Notó que la *matryoshka* tenía un corte imperceptible hacia el centro del cuerpo. Jaló y la abrió. Adentro, sorprendido, vio que había una idéntica. Luego otra y luego otra y otra cada vez más pequeña, hasta contar diez.

Así le parecía que era el ejército —los ejércitos— de esa revolución: de uno surgía otro y otro y otro; todos idénticos; todos con la misma convicción de que eran el ejército oficial de la nación y, por tanto, que tenían derecho a atropellar a quien fuera. A matar a quien fuera. A declarar traidor a la patria a quien fuera. Y cada vez que pasaban por su tierra, a Francisco le parecía que, como la muñeca rusa, se empequeñecían, si no en número, sí en credibilidad y sentido de la justicia. En humanidad.

Esa cosecha era lo menos que la guerra les había robado. Habían perdido al padre de Beatriz cuando uno de esos ejércitos lo había sorprendido camino a Monterrey y lo había acusado de traidor por ofrecer una cena al general Felipe Ángeles, su amigo de la juventud y nuevo —pero efímero— gobernador de la región, pero enemigo del presidente depuesto Carranza.

La guerra les había robado entonces la paz, la tranquilidad, la certeza y la familia, pues por Linares pasaban bandoleros que mataban y robaban. Se llevaban cualquier falda que encontraran en su camino. Feas o bonitas, viejas o jóvenes, ricas o pobres: no hacían distingos.

A Francisco le parecía insólito que tal cosa sucediera en tiempos modernos. Entonces supuso que, con la guerra, hasta los tiempos modernos se esfumaban.

Ya sus hijas empezaban a dejar la niñez atrás: eran jóvenes, bonitas y ricas. Por temor a que algún día llegaran a buscarlas, Francisco y su mujer habían tomado la decisión de mandarlas de internas con las monjas. Estaban guardadas en Monterrey, pero sus padres las sentían perdidas.

Con la leva también se perdían los hombres si no lograban esconderse del paso de alguno de los ejércitos, pues, sin más preguntas y sin explicación, se los llevaban a pelear. Francisco perdió a dos de sus peones así, lo cual no era fácil de olvidar, porque a ambos los conocía desde niños.

A él —a hombres como él— la leva lo pasaba por alto. Tener renombre y riqueza todavía contaba para algo en 1917. La guerra no requería de su carne como un escudo más, pero de todas maneras lo rondaba, le enviaba guiños y amenazaba más que a su maíz, pues el maíz de ese día duraría muy poco y nunca satisfaría esa voracidad que lo demandaba todo.

Los ejércitos de la guerra querían ahora las tierras como las de él. Tierra y libertad, pedían. Todos peleaban por lo mismo y él, los hombres como él, no tenían dónde guarecerse del fuego cruzado: el único desenlace posible para ellos con la nueva Reforma Agraria, que todos los bandos decían defender como propia, era perder la tierra; era entregarla por decreto para el uso de alguien que la deseaba, pero que nunca había sudado por ella, que nunca llegaría a comprenderla. Era darla con docilidad el día en que llegaran a tocarle a la puerta, tal como él había dejado ir ese día su cosecha: en silencio. Sería eso o morir.

Por eso no se había atrevido a oponerse cuando llegaron por su maíz. Ni su renombre serviría de escudo contra una bala entre los ojos. Por una cosecha de maíz no valía la pena morir. Él amaba la tierra que le habían heredado sus ancestros pero había algo que él apreciaba más: su vida y la de su familia. ¿Permitiría que le arrebataran la tierra con la misma facilidad con que le arrebataron la cosecha?, se preguntaba, frustrado.

Hasta ahora lo único que había logrado hacer por sus tierras era un reparto a su modo: poner a nombre de amigos de confianza algunas. Esas medidas no eran suficientes. No había forma legal de registrar las restantes a nombre de Beatriz o de las niñas, por lo que grandes extensiones aún eran susceptibles de ser expropiadas. Por eso ahora estaba sentado en su oficina, tomando el único vaso de whisky que se permitía al día, pero más temprano que de costumbre.

—¿Francisco?

A Beatriz no le gustaría la excusa ésa de que me emborracho porque perdí y porque voy a perderlo todo y no encuentro salida. Porque, ¿cómo se defiende uno de un robo legal?

—…entonces Anselmo quiere echarles jabón.

Tomaría su whisky. Uno. Como de costumbre. Lo disfrutaría, aunque supiera que en éste no encontraría respuestas. Luego se levantaría e iría a caminar entre los cañaverales. Se forzaría a dar cada paso. Acariciaría cada vara de caña de ser necesario: era el único recurso que quedaba para no caer en número rojos; para no hacer uso de…

—…de Simonopio.

—¿Qué?

—Se dice mande. ¿Cómo que *qué*? ¿Así te educó tu mamá? ¿Pues en qué estás pensando?

Cansado de tanta responsabilidad y tanta incertidumbre, hundido en un derrotismo que apenas le permitía atender lo que ya existía y le impedía proceder con los planes trazados con antelación para el futuro, como extender los cultivos, contratar más campesinos, edificar más bodegas para equipo y cosechas o construir y ampliar las casas para los empleados —y comprar el tractor tan deseado—, también se preguntó en qué estaba pensando, en qué perdía tanto tiempo sentado ahí, por qué no tenía ánimos esa tarde para nada más que su whisky.

Sabía que aunque todas las cosechas se dieran, aunque las vendiera al mejor precio, completas y sin que se las robaran los cuatreros o el gobierno para sus ejércitos, tal vez de nada le serviría. Tal vez terminaría trabajando para que alguien más las cosechara, para que alguien más ocupara su propiedad. ¿Para qué invertir en esas tierras heredadas tiempo, dinero y esfuerzo, si no sabía a quién le pertenecerían dentro de un mes o un año?

¿No sería mejor irse a Monterrey a seguir comprando propiedades allá? ¿A disfrutar de lo que todavía quedaba de la juventud de sus hijas? La guerra también le había robado tiempo, además de todo lo demás. Desearía tener más para su mujer, para sus hijas; más tiempo para el niño que había llegado a sus vidas para quedarse.

Ese día había tiempo, comprendió, sorprendido. Ese día la guerra —con el maíz entregado como impuesto del ciento por ciento— le había robado su quehacer planeado. Sin embargo, le había dejado tiempo. Le dejó un raro día con manos vacías; sin maíz que proteger, sin mercancía qué entregar ni enviar. Dejaría de lamentarse, entonces. Ese día no dedicaría más tiempo ni a la guerra ni a la Reforma. Ni al maíz perdido.

El whisky podía esperar a la hora habitual. La caña podía esperar su visita. Aprovecharía el tiempo de otro modo.

—¡Francisco: te estoy hablando!

—Mande, mande, mande. Así me enseñó mi mamá —dijo al tiempo que dejaba el vaso de whisky a medio tomar sobre la mesa para ir a abrazar a su mujer y sonreírle, como sólo hacía cuando estaban solos.

—Ay, Francisco...

—Entonces, ¿mande?

—¡No! Déjate de cosas. Vine a decirte que Anselmo quiere echarle jabón a las abejas para matarlas. Dice que son las mensajeras del diablo, o no sé qué idioteces. No para de hablar. Ya ni entiendo lo que dice.

—Dile que no.

—¡Ya le dije! ¿Tú crees que a mí me hace caso ese hombre? No. Ve tú. Dejé a la pobre nana Reja, sentada en la mecedora, pero agitando su bastón. Está furiosa. ¡Hasta abrió los ojos!

—¿Y Simonopio?

—Simonopio nunca está cuando llega Anselmo. No sé dónde se esconde ese niño.

Ni los años, ni las largas pláticas, lograron que Anselmo Espiricueta dejara atrás sus supersticiones, pensó Francisco, frustrado. Miró su whisky. Miró a su mujer, pesaroso por abandonar el juego que habían iniciado. Poco tiempo le dejaban la guerra y la tierra para Simonopio, pero hoy se lo daría. Defendería a sus abejas por él, porque eran suyas, porque habían llegado con él, porque si bien Simonopio había tenido siempre manos que lo cuidaran y padrinos que velaran por él, a Francisco —en sus recorridos monótonos a caballo entre rancho y rancho—, lo asaltaba la noción de que ellas eran sus principales tutoras. Matarlas sería como matarlo un poco a él también. Sería como dejarlo huérfano.

Además, a pesar de que poco a poco habían ido cubriendo el techo del cobertizo de la nana, y que por lo tanto ya nadie se atrevía a entrar en él para guardar lo de costumbre, nunca habían lastimado a nadie. Ya la mayoría se había habituado a su presencia alrededor del niño. Parecían interesadas sólo en Simonopio y él en ellas. Bastante dura sería la vida para él con las abejas a su lado. ¿Qué sería sin ellas?

Habían llegado con el niño. Razón habría. Las dejarían en paz.

—Vamos.

Ese día era de Simonopio; era de sus abejas. Otro día encontraría también la manera de defender su tierra.

9

El niño de las abejas

A los pies de nana Reja, y bajo el panal de las abejas que lo habían arropado, Simonopio aprendió a enfocar la vista al seguirlas con la mirada. Aun cuando volaban en enjambre, de bebé aprendió a distinguirlas individualmente, a verlas abandonar el panal temprano y a esperar su regreso puntual en la tarde. Aprendió a regir su vida en torno al horario de las abejas y muy pronto aprendió a alejarse de la colchoneta donde lo acostaban durante el día para intentar acercarse y seguir por el jardín a sus incansables compañeras.

Llegaría el día en que las seguiría más allá de los límites del jardín y más allá de los cerros que veía.

Reja, que pronto había vuelto a su inmovilidad de madera, veló sobre él en forma silenciosa pero constante. Ya no le dio de comer en persona, pero desde el primer día había dado a entender que al niño de las abejas se le debía alimentar con leche de cabra y miel, primero con un trapo, luego con cuchara y luego en taza. En los primeros días no permitió que cualquiera se acercara al crío, por miedo a que alguien con malas intenciones le hiciera daño o alguien con buenas intenciones lo ahogara al darle de comer como a cualquier otra cría. Las únicas con permiso de acercarse al bebé eran Beatriz, nana Pola y Lupita, la lavandera.

A la primera, Reja nunca le habría permitido alimentarlo. Beatriz siempre tenía prisa por estar en algún otro lugar: si no supervisaba la casa o a sus hijas, estaba en los eventos sociales de su casino. Además, Reja sabía que, si se lo permitía, Beatriz haría de Simonopio un niño de adentro, de libros. Simonopio no estaba para eso: Simonopio estaba para afuera, para el monte. Estaba para leer la vida, no los libros. Cuando Beatriz quería ver y cargar al niño, debía ir hasta la mecedora de Reja para hacerlo.

Pola era vieja y paciente, y en Lupita, aunque joven, Reja advertía una bondad que le permitía ver más allá del hueco en la cara de Simonopio. Ellas dos alimentarían al crío hasta la última cucharada, sin prisa. Nana Pola y Lupita nunca matarían a Simonopio con malas ni con buenas intenciones.

Y si bien nadie más se sentía bienvenido al acercarse, desde que adquirió movilidad como cualquier niño normal el propio Simonopio se acercaba a los demás, siempre con su versión de una sonrisa. Los más cercanos a la casa de los Morales dejaron de espantarse al ver la cara malformada del niño y con el paso del tiempo le comenzaron a expresar familiaridad y cariño, hasta olvidar el defecto que lo marcaba. Lo sentían aproximarse y lo recibían con gusto, pues con su personalidad complaciente era la mejor compañía mientras se hacían las labores diarias.

Con el paso de los años resultó claro que, pese a haber sobrevivido y conquistado la alimentación, Simonopio nunca dominaría la comunicación. Las consonantes de la punta de la lengua, que son la mayoría, se le escapaban en la caverna que era su boca. Y aunque podía pronunciar cuantos sonidos brotan del fondo de la boca, como la eñe, la ka, la ge, la jota y la cu, además de la hache por ser muda y todas las vocales, la paciencia de la mayoría de sus interlocutores tenía un límite demasiado corto. Ellos podían hablar de todo y les resultaban muy incómodos los ruiditos y balbuceos que el bebé Simonopio trataba de producir para imitarlos, y un poco más las palabras que intentaba pronunciar sin éxito. Al no entender nada, algunos llegaron a pensar que, para la gran desgracia del niño, no sólo tenía un defecto facial, sino que también era un débil mental y que, por tanto, él tampoco los entendía. El pobre Simonopio, empezaron a llamarlo algunos bienintencionados. El pobre Simonopio se entretiene y se alela con las abejas, se ríe solo, no sabe hablar, hace como que canta, no entiende nada.

Qué equivocados estaban.

A Simonopio le habría gustado cantar la canción que Lupita se empeñaba en enseñarle a pronunciar, si bien *erre con erre cigarro, erre con erre barril, rápido ruedan los carros cargados de azúcar del ferrocarril* estaba más allá de sus posibilidades. Le habría gustado conversar con algunos sobre las canciones que cantaban acerca de mujeres presumidas, mujeres abandonadas, mujeres rieleras, mujeres carabineras. Le habría gustado hablar sobre sus abejas y preguntarle a cualquiera por qué tú no las escuchas si también te hablan, como a mí. De haber podido, habría hablado sobre la música que las abejas cantaban a su oído dispuesto sobre flores en la montaña, encuentros lejanos y amigas que no habían completado el largo viaje de regreso; sobre el sol que un día brillaba fuerte, pero que al siguiente quedaría cubierto por nubes de tormenta. Entonces le habría gustado preguntar, Lupita, ¿por qué tiendes la ropa que lavaste si al rato, cuando llueva, tendrás que correr a quitarla? ¿Por qué riegan, si mañana llueve? Habría querido preguntarle a su padrino por qué no había hecho nada para evitar que se muriera la cosecha en una noche helada del pasado invierno: ¿qué no sintió venir el frío? ¿Cómo hablar sobre las constantes imágenes imposibles que paseaban delante de sus ojos cerrados, o sobre los eventos que aún sin presenciar veía suceder antes, después y durante? ¿Qué ven las demás personas cuando cierran los ojos? ¿Por qué cierran oídos, nariz y ojos cuando hay tanto que oír, oler y ver? ¿Es que sólo yo oigo y escucho pero nadie más lo hace?

¿Cómo abordar esos temas si la propia boca no obedecía las señales que le enviaba la razón y si de ella no salían más que gruñidos gangosos y graznidos de oca? Y como no podía, no lo hacía. Simonopio aprendió que el gran esfuerzo que requería hacer para decir las cosas más simples no valía la pena si nadie lo entendía, si a nadie le interesaba.

Así, a los pies inmóviles de su nana Reja, que sentada en su mecedora siempre dirigía hacia el camino que los había reunido, Simonopio conquistó el silencio.

10

Promesas sin cumplir

Beatriz Cortés estaba sentada donde le correspondía como presidenta del comité organizador del baile anual del Sábado de Gloria del casino de Linares. Por meses insistió en reanudar la tradición que tanto había disfrutado en su adolescencia y su juventud. El baile anual había sido, en el pasado sin guerra, un magneto para las familias de abolengo de Saltillo, Monterrey, Montemorelos y Hualahuises que sin falta hacían el viaje cada año. Alrededor del gran evento también se organizaban varios días de actividades en las diferentes haciendas o ranchos de los anfitriones linarenses. Todos se divertían: los mayores, ya casados, visitando amistades de la juventud, y los jóvenes conociéndose, y quizá —si tenían suerte— encontrando y enamorando al amor de su vida.

Muchas damas de la sociedad linarense se habían negado en un principio a participar en la organización de este suceso, pero Beatriz las convenció de la importancia de volver a las usanzas del pasado. No van a venir, decían. Todos tienen miedo de que los asalten en el camino. Nadie va a venir. ¿Qué caso tiene? Quizá tenían razón, pero Beatriz debía intentarlo. ¿Cuánto tiempo le llevaba a una tradición morir en forma irremediable? Tal vez menos de los ocho años que llevaba ésta en suspenso. Tal vez —ojalá— aún quedaba vida en lo que parecía muerto.

Y ella haría que la tradición del baile del Sábado de Gloria resucitara. Debía intentarlo por sus jóvenes hijas. ¿Cómo puede enfrentar una generación a la siguiente, verla directo a los ojos y decirle: dejé morir una de las pocas cosas que di por sentado que te heredaría?

Beatriz no era una mujer vacua. No eran las piezas de baile las que quería salvar ni los bonitos vestidos, sino el sentido de pertenencia de la siguiente generación, la de sus hijas, a las que en fechas recientes se habían visto obligados a mandar a Monterrey a continuar sus estudios en el Sagrado Corazón. Quería salvar los recuerdos que Carmen y Consuelo tenían el derecho a crear, los vínculos que aún debían forjar viviendo su juventud en casa de sus ancestros.

Necesitaba fingir que organizaba este baile, pese a que ella era la primera en saber que resultaría casi imposible llevarlo a cabo: en la región la comida escaseaba y el dinero también. A veces una mujer debía salvarse a sí misma, y para Beatriz Cortés de Morales organizar este baile, unirse a la nueva sociedad de beneficencia, idear y supervisar todo tipo de actividad social y de caridad que hubiera en el pueblo, representaba justo eso: la salvación. Ella no podía remediar la escasez. No podía parar la guerra ni las matanzas. Lo que podía hacer era tratar de mantenerse cuerda, y la única manera que conocía para hacerlo era manteniéndose ocupada con los asuntos de la familia, de los necesitados del pueblo, cosiendo en forma constante y sí, también planeando el baile anual.

Usualmente concentrada en lo que le atañía, ahora pensaba ensimismada en la ironía del nombre: se llamaría baile anual pese a que no se llevaba a cabo desde 1911, meses después del estallido de la guerra. Además, sería organizado por el casino de Linares, a pesar de que este club social aún carecía de sede. Había grandes planes, eso sí, de construir un edificio al estilo de la Ópera de París, al frente de la plaza principal de la ciudad. El terreno había sido adquirido en 1897 por la sociedad recreativa de Linares, cerca de la catedral de San Felipe de Linares, y la intención original había sido superar, o al menos igualar, la elegancia del casino que ya existía en la ciudad de Monterrey.

Grandiosa ambición, maravillosos planes, preciosos planos, pero desde la primera inversión en el terreno los fondos de la sociedad recreativa, que a partir de entonces se haría llamar casino de Linares, se habían esfumado. En origen se había contemplado empezar la construcción del edificio social en dos o tres años, pero no: se necesitarían dos o tres años más, y tampoco así. Ya con menos convicción, había insistido en que acaso sería en los siguientes dos o tres. Después estalló la guerra, y con la incertidumbre y la insuficiencia de todo tipo de materiales, productos y hasta alimentos, los socios del casino de Linares se habían visto obligados a poner en orden sus prioridades sociales y económicas. Al final de una larga lista de gastos personales aparecía la aportación para el edificio recreativo.

Veintiún años después de su concepción, en ese octubre de 1918, la primera sociedad de Linares seguía a la espera de una sede. Era inevitable que cada vez que sus miembros acudían a misa o al centro, de compras, pasaran de ida o vuelta frente al terreno libre, y Beatriz estaba segura de que más de uno se lamentaba por el espacio vacante. Y en la mayoría perduraba, lo sabía, la sensación de incomprensión e inconformidad de que en la vecina y otrora insignificante ciudad de Monterrey su sociedad del casino se dedicara a construir ya un segundo edificio, mejor y mayor que el anterior, el cual habían perdido en un incendio en 1914. Dos veces la primera sociedad de Monterrey construía un casino, mientras que la de Linares no iniciaba aún el primero. Un duro golpe para algunos. En momentos como ése a Beatriz la invadía la duda respecto a si alguno de los socios fundadores de Linares, pirómano secreto, habría tenido la iniciativa de prenderle fuego al tan envidiado edificio social de la ciudad cercana, sospecha que jamás se atrevería a ventilar con nadie, pues ¿qué caso tenía?

A Beatriz no le importaba si Monterrey había tenido su casino antes, después o durante, pero le pesaba como un plomo el céntrico terreno vacío y las grandes pretensiones estancadas a la vista de todos. En cierto modo le parecía que al casino de Linares le ocurría lo mismo que a ella en la vida: mucho potencial, pocos logros y grandes promesas incumplidas.

Porque la vida le había prometido grandes cosas a Beatriz Cortés.

Desde la cuna había comprendido que pertenecía a una familia privilegiada y apreciada que se sostenía con el fruto de su trabajo en sus tierras. Había entendido que su lugar en ella era sólido, con un padre peculiarmente cariñoso y atento, y una madre, si no cariñosa, muy inteligente y firme. Sabía que, salvo que ocurriera un contagio mortal de disentería, llevaría una vida larga y provechosa. Era un hecho que Beatriz Cortés conocería y haría amistad con la gente de valía de Linares y de la región. Que las hijas de las mejores familias serían sus compañeras de pupitre y luego de maternidad. Que por siempre serían sus comadres y que juntas envejecerían a la vista de todas para disfrutar una vejez llena de nietos. Por supuesto, antes de nietos, muchos hijos. Y antes de hijos, el matrimonio con el hombre ideal. Aun antes de eso, una juventud con muchos pretendientes, los cuales buscarían asistir a las fiestas donde ella estaría para ser cortejada.

Temprano en la vida supo con qué tipo de hombre se casaría: de la localidad e hijo de familia de abolengo. Eso antes de estar en edad para ponerle nombre y cara a su elegido. Tendrían muchos hijos e hijas y la mayoría sobreviviría, eso seguro. Y al lado de su marido habría muchos éxitos y algunos fracasos, salvables, claro. También habría heladas, sequías e inundaciones, como las había en forma cíclica.

Contaba con la certeza de que todas las promesas que le había hecho la vida se hacían o se harían realidad en relación con el trabajo y el esfuerzo invertidos. Sólo el potencial era gratis en la vida. El resultado final, el logro, la meta, tenían un alto costo que ella estaba dispuesta a pagar, por lo que Beatriz Cortés nunca escatimaba esfuerzos para ser una buena hija, buena amiga, alumna, esposa, madre, dama caritativa y cristiana.

¿Cómo convence una simple mujer a toda una nación insensata de deponer las armas, de volver a la producción y al trabajo? ¿Cómo hace una mujer para fingir que los sucesos a su alrededor no la afectan? ¿Cómo puede hacer para cambiar la trayectoria de una bala, de diez, de mil?

En ese momento se encontraba sentada a una mesa, rodeada de mujeres que fingían interés en conservar las viejas tradiciones con un baile que acaso sucediera dentro de seis meses, cuando ninguna tenía la garantía de vivir ese plazo. Hablaban de flores, anuncios, invitaciones, visitas y locaciones, cuando en realidad cada una pensaba en cosechas fallidas o podridas por la falta de transporte o compradores. Pensaban en las visitas espontáneas indeseadas y violentas de los ejércitos antagonistas y en los anuncios de defunción que las seguían. Pensaban en los hijos que se hacían mayores y que, de continuar el conflicto armado, tal vez serían arrastrados por la interminable guerra. Pensaban en las hijas que nunca conocerían al hombre prometido por la vida, pues en este u otro momento aquél recibiría un balazo en el corazón, en la cabeza o, peor, en la tripa. Un hombre joven que habrían estado destinadas a conocer en algún baile dentro de cinco o diez años, pero que acaso no era ya más que polvo o alimento estéril y agusanado para nutrir una nopalera, en lugar de nutrir de vida el vientre de una mujer, la que habría sido su mujer si acaso no se hubiera disparado un buen día la primera bala y si a ésta no le hubieran respondido con la segunda, y después con una ráfaga interminable.

A sus propias hijas les gustaba aquel jueguito: mamá, ¿con quién me voy a casar?, preguntaban. Beatriz lo entendía, claro. Ella misma lo había jugado con su madre y sus primas cuando era niña. ¿Habría mayor incógnita en la vida de una mujer joven? ¿Con quién me voy a casar? De seguro será un hombre guapo. Trabajador, valiente, de buena familia. Ahora Beatriz se rehusaba a jugarlo con sus hijas adolescentes, hijas de esta Revolución. No les haría promesas ni las ayudaría a construir en sus sueños al novio que tendrían, pues ni siquiera era seguro que éste llegara con vida al día en que tal vez se conocieran.

Ella misma se sentía afortunada: estaba segura de que Francisco Morales era el hombre que la vida le había prometido, al que en su imaginación infantil o juvenil había conjurado. Y él era todo lo deseable: guapo, de buena familia, trabajador, gallardo, culto y con propiedades. En ese entonces no hubo guerra ni indicio de conflicto alguno que enturbiara o complicara el noviazgo. Se habían casado luego de visitas, bailes, ferias y días de campo. Satisfechos el uno con el otro, y con los elementos necesarios a su disposición, la vida y el futuro parecían seguros. Hasta ahí la vida les había cumplido: la primera niña, Carmen, había nacido un año después, y la segunda, Consuelo, a los tres.

Años de paz e ilusiones.

En algún momento, antes de la guerra, con todas las promesas de la vida tangibles y ante sí, Beatriz se había sentido afortunada de ser una mujer de esa época y de que sus niñas fueran mujeres del nuevo siglo. En esa era de maravillas, las posibilidades se antojaban infinitas: el modernísimo ferrocarril acortaba las distancias y movía productos y gente en grandes cantidades. Los barcos de vapor permitían cruzar el Atlántico hacia Europa en unas cuantas semanas. El telégrafo le permitía a una persona enterarse a gran distancia y el mismo día sobre el nacimiento o la defunción de un familiar, o concretar con rapidez algún negocio que antes habría tardado meses en llevarse a cabo. El alumbrado eléctrico había abierto una gama entera de actividades nocturnas, y el teléfono, aunque todavía sin ser de uso generalizado, acercaba a las personas.

Sin embargo, en lugar de aproximarse con tanta maravilla, las personas se empeñaban en alejarse: primero, en México, la Revolución. Luego, en el mundo entero, la gran guerra, que al fin parecía próxima a concluir. Mas no conformes con estar sufriendo y peleando en ésa, ahora los rusos hacían la suya en casa, hermano contra hermano, súbdito contra rey. Acababan de enterarse de que, en julio, tras meses de cautiverio, el zar, la zarina, sus cuatro hijas y el pequeño príncipe habían sido asesinados en forma clandestina, sus cuerpos dispuestos para que jamás nadie los encontrara.

Ella no sabía mucho de la historia de la realeza rusa ni del motivo de los conflictos con su gente, pero la había sacudido que, en pleno siglo XX, asesinaran a un rey junto con toda su progenie, incluidas las hijas, en edad similar a las suyas. Su imaginación la torturaba: una y otra vez, sin querer, veía en su mente los rostros de dos niñas desfiguradas, baleadas. Siempre las mismas dos. Pero siempre veía ahí las caras de Carmen y de Consuelo. Las caras de sus hijas.

Entonces llegó a la conclusión de que Rusia y el resto del mundo estaban más cerca de casa de lo que parecía, pues en la región también circulaban historias de terror de familias enteras desaparecidas, mujeres secuestradas y casas quemadas con su gente adentro. La guerra entre soldados mexicanos enemigos era una tragedia, aunque lo peor era que también alcanzaba a la gente de paz, a aquella que buscaba vivir de su trabajo, en familia, para criar a sus hijos y sus hijas con el simple deseo de verlos llegar a la adultez, y ya después Dios dirá.

Al estallar la guerra Beatriz se había sentido segura en su pequeño mundo, en su vida sencilla, escudada tras la noción de que si uno no molesta a nadie, nadie lo molestará a uno. Vista de ese modo, la guerra le parecía algo lejano. Digno de atención, pero lejano.

Tras el severo castigo federal impuesto luego del intento independentista del gobernador Vidaurri, a finales del siglo anterior, la gente del estado de Nuevo León prefería mantenerse relativamente ajena a los vaivenes de esta guerra. No hay mal que por bien no venga, pensaba Beatriz. Ahora se daba cuenta de que se había engañado: de algún modo se había convencido de que, mientras no la sintiera propia, la guerra no la tocaría a ella ni a los suyos.

Al principio había tenido la juventud y el idealismo suficientes como para comulgar con el principio de no reelección y el derecho al voto válido. "Sufragio efectivo, no reelección": aquella frase le había parecido elegante y digna de pasar a la historia. De seguro eso necesitaba el país para refrescarse y entrar de lleno en la modernidad del siglo xx. La sensatez reinaría, la guerra acabaría pronto con la deseada salida del eterno presidente Díaz y volvería la paz. A la postre, el único sensato de esa historia había sido el propio presidente Porfirio Díaz, al dejar de aferrarse al poder, darse cuenta de que no valía la pena defender lo indefendible, empacar sus maletas e irse al exilio tras pocos meses de enfrentamientos. Ése era el desenlace esperado por todos. La victoria deseada. Punto final: con eso el drama acabaría.

Pero no.

Muy pronto los actores principales de esa farsa a la que llamaban "Revolución" olvidaron los parlamentos del guion que habían acordado y cobraron vida propia escribiendo sus propios diálogos y monólogos de traiciones y balaceras. Y el libreto original pasó al olvido. Unos querían ganarse, a base de plomo, la tierra y la riqueza que no les pertenecía, y otros deseaban sentarse en la silla grande. A nadie se le ocurría, o nadie tenía la voluntad, de juntar dos sillas para hablar sin balas y no moverse de ahí hasta lograr la paz. Con ese afán habían levantado en armas a un pueblo obediente y lo habían puesto bajo el mando de dementes que mataban sin distingos ni criterios de la más mínima ética y cortesía militar.

Hacía varios años que esta guerra había dejado de ser una curiosidad distante para convertirse en veneno insidioso. El autoengaño había terminado en enero de 1915, el día en que la lucha armada había llegado hasta su hogar y hasta su vida para quedarse como una invitada indeseable, invasiva, abrasiva, destructiva.

Había tocado a la puerta, abierta por su padre con una ingenuidad que Beatriz aún no le podía perdonar.

Según testimonios de otros pasajeros, Mariano Cortés había abordado de último momento el tren que empezaba a moverse, tras despedirse apresurado y agitado de su yerno. Tras saludar a los otros pocos pasajeros del vagón de primera, había tomado su asiento. Ya leía tranquilo cuando un batallón bloqueó la vía para detener al ferrocarril en la cuesta de Alta, aprovechando la disminución de velocidad de la máquina por la inclinación del terreno. Unos testigos decían que habían sido los villistas. Otros que los carrancistas. Todos respiraron con tranquilidad cuando supieron que no se trataba de un ataque general contra los pasajeros: que buscaban específicamente a Mariano Cortés para matarlo.

Después contarían cómo éste descendió al campo abierto, donde lo esperaban para apresarlo. Según un testigo bien ubicado para oír, lo habían acusado de fraternizar con el enemigo, por lo que se le declaraba traidor a la patria y merecedor de la pena de muerte. De inmediato.

—Yo no soy traidor a nadie y ustedes no son nadie para juzgarme. Pero si me han de matar —había repetido el testigo las palabras del acusado—, dispárenme al pecho y no a la cara, para que me reconozca mi mujer.

Así, a un lado del tren y frente al resto de los pasajeros, lo habían acomodado y lo habían fusilado con seis balazos al pecho y al vientre.

Así cumplieron con la última voluntad del prisionero: Mariano Cortés regresó muerto a su casa, pero reconocible para su velorio.

En el pueblo se había romantizado la muerte de su padre, vestido con su mejor traje para el viaje, alto y erguido, con el sol de invierno en la frente y el viento frío arremolinando esos cabellos que siempre se dejaba crecer más de la cuenta. De pie, solo, enfrentando al batallón. ¡Qué agallas! ¡Qué amor por su finísima esposa en sus últimas palabras! Sin embargo, ninguno de ellos había estado presente cuando llegó la carreta que portaba el cuerpo del hombre de carne y hueso, el padre inerte, con la expresión flácida, perforado, ensangrentado y cubierto de cuanta materia corporal había dejado escapar al morir. ¿Dónde se encuentra el romanticismo en eso? ¿Dónde queda la dignidad?

Lo único que Mariano Cortés había dejado con su muerte era un profundo vacío.

Ahora había que seguir tolerando las cortesías luctuosas y aceptar que eran bienintencionadas. Beatriz lo había hecho y lo seguía haciendo, aunque la rabia y el odio que la invadían en los momentos de introspección descuidada, como ése, la asustaban. Si amaba a su padre, ¿por qué era que no le perdonaba haber muerto? Como buena católica, ¿por qué no soportaba ver al obispo a la cara desde que éste había dicho, en plena misa de difunto, que la muerte de su padre era el plan de Dios, que manda las pruebas duras como bendición a la gente que más las merece y más las puede soportar? ¿Y por qué ahora veía con suspicacia y enojo a la gente de valía, de primera, con la que se suponía que se debía relacionar?

Tal vez porque sabía que alguno de ellos había sido el delator de su padre.

Los vecinos decían: murió por una cena. Y decían los dolientes en el velorio, entre abrazo y abrazo: Dios se lo llevó por ser un santo, nadie tan bueno como él, Dios lo necesitaba, Dios necesitaba otro ángel en el cielo, y qué alegría para la familia Morales que ya tienen un ángel que los cuide. Y decía Beatriz para sus adentros: lo mató el plomo de esta guerra, no una cena, no Dios. Lo mató el traidor que delató la cena en honor al general Ángeles. Lo mató el hombre que lo mandó buscar al tren, el que lo hizo bajar y pararse dócilmente a recibir su dosis de plomo. Lo mató en represalia un hombre vengativo y mezquino que no merecía estar en la silla que se negaba a desocupar. Lo mató cada infeliz gatillero, y finalmente lo mataron su ingenuidad y su docilidad.

La guerra la hacen los hombres. ¿Qué puede hacer Dios contra ese libre albedrío?

¿Y quién había ganado algo con esa muerte sin sentido? Nadie. La guerra no se había terminado de tajo con la muerte del supuesto traidor. Como si los seis balazos certeros no hubieran sido suficientes, los soldados carrancistas —porque las circunstancias indicaban que habían sido ellos— se acercaron a patear el cadáver, como para asegurarse de que el alma encontrara una salida definitiva por alguno de los tantos nuevos agujeros de su cascarón. Y ahí lo habían dejado para irse a otra cosa, a continuar con su rutina de terror, sin dar un solo paso hacia la paz.

En cambio, para los Cortés y para los Morales Cortés la vida había cambiado en forma irremediable, al resultar como los grandes perdedores: casi cuatro años después, Sinforosa, la madre, no era ni la sombra de lo que había sido, presa del dolor y el miedo a otras represalias. Ahora vivía con su única hija, pues al perder el marido, había perdido su esencia, su fortaleza y hasta su capacidad de ver por su hogar y por ella. Los hijos varones, Emilio y Carlos, habían abandonado las promesas que la vida les había hecho para cumplir con los deberes del padre asesinado. Perdía la hija, por intentar aferrarse aún más a las propias promesas, a pesar de sospechar que no se cumplirían del todo. Perdía en los planes familiares postergados por inconvenientes o imposibles. Perdía por ocultar su dolor en apoyo a su madre y a su marido. Perdía porque sabía que, en lugar de germinar más hijos en su vientre, su mente germinaba miedos, sospechas, dudas. Y aún peor: perdía la absoluta certeza en sí misma, que la había acompañado todos los años de su vida.

Ésta que vivía ahora no parecía la vida que se suponía debía tener Beatriz Cortés. A pesar de todo el sol salía y se ponía a diario, aunque a veces ese hecho la desconcertara. La vida continuaba. Las estaciones llegaban y se iban en un eterno ciclo que no se detendría por nada, ni siquiera por los pesares de Beatriz Cortés y sus esperanzas truncas.

A casi cuatro años de su ejecución, en el pueblo seguían comentando con admiración la actitud digna y las últimas valientes palabras de Mariano Cortés. Eso no servía de consuelo para una hija que había perdido a su padre en un instante violento. Y Beatriz sabía, porque se lo repetía a diario: soy una mujer mayor, soy esposa, madre. No dependo ya de mi papá, tengo mi propia familia, estamos bien. Pero una cosa era decirlo con la cabeza y otra que el corazón lo creyera y dejara de mandar señales de dolor al espíritu.

Porque es mentira que una deje la casa de los padres para hacerse en exclusiva de una sola carne con el marido, ya que por más que lo amara —y amaba a Francisco porque él lo merecía—, tal cosa nunca le había ocurrido a Beatriz. En su mundo una se llevaba la casa de los padres adondequiera que fuera: a la escuela, a un viaje al extranjero, al viaje de bodas, a la cama con el esposo, a parir a los hijos, a sentarse cada día a la mesa con ellos para enseñarles la buena postura y los buenos modales, e incluso —creía— se los llevaba hasta el lecho de muerte.

En su mundo una nunca dejaba a los padres atrás, aunque los padres la dejaran a una.

Y ahora, en el anonimato que da la oscuridad aun en el lecho matrimonial, Francisco había empezado a hablar sobre la posibilidad de abandonarlo todo: tierras, tradiciones familiares y amistades para empezar de la nada. Comprar terrenos y empezar de cero en otro lugar. En el pujante Monterrey. Sin embargo, en la intimidad y la inmediatez que proporciona dormir hombro con hombro, Beatriz le había dicho: Francisco, ya duérmete.

No lo había dejado seguir hablando. No quería seguir escuchando. No quería perder ni una sola cosa más.

—Beatriz, ¿pues en qué estás pensando? ¿No te gustan las flores que escogimos? —la voz de la tía Refugio Morales interrumpió de tajo su ensimismamiento.

—¿Eh? ¡Ah! Sí… me gustan. Los claveles siempre son bonitos —respondió, aunque dudaba de que pudieran conseguir flor alguna.

—Hay tiempo. Estamos en octubre. Creo que podemos ordenarlos en febrero para que los entreguen a tiempo —continuó Mercedes Garza, con la voz débil, entrecortada y ronca de tanto toser.

—¿Y si no llegan? —preguntó Refugio Morales. Se podía contar con la tía Refugio para ser siempre clara y directa.

—Si no llegan, pues no llegan —dijo Lucha Doria—. ¿De qué color los vamos a ordenar?

—¿Rojos? —preguntó Mercedes Garza entre espasmos de tos.

—No. Rojos no. Cualquier otro color, el que quieran —dijo Beatriz, tajante. Prefería un color que no se pareciera al de la sangre. Al ver que la tos de Mercedes no cesaba, preguntó—: ¿Te sientes bien? Te ves muy mal.

—No. Hoy amanecí como si me hubieran golpeado. Creo que me va a dar catarro o me cansó mucho viajar embarazada. O algo. Mejor me voy a mi casa. Me voy a acostar.

Todas convinieron en que era buena idea y se levantaron con ella para irse. Al salir a la calle, Beatriz vio con sorpresa que Simonopio la esperaba, ansioso, sentado en una banca de la plaza. Cada vez era más común que el niño se alejara de casa sin avisar a nadie a dónde iba o a qué hora volvería, pero era raro verlo pasear por el pueblo. Más raro aún detenerse ahí.

Beatriz sabía que a Simonopio no le gustaba estar entre tanta gente extraña y que no lo veía con buenos ojos. Sospechaba que comentaban y hasta se burlaban de sus peculiaridades físicas delante de él, sin empacho. Además, ¿cómo supo con exactitud dónde estaba yo?

Simonopio se acercó y le tomó la mano con urgencia, para indicarle que lo siguiera.

—Estás muy caliente —dijo Beatriz, tocándole la frente—. ¡Tienes calentura!

Él no volteaba a ver a nadie. Sólo tenía ojos para ella.

—¿Te sientes mal? —volvió a preguntar Beatriz, con alarma.

—Ay, Beatriz. Qué paciencia y qué caridad cristiana la tuya —dijo Mercedes Garza entre convulsiones de tos, pero Beatriz la ignoró, al igual que a las demás señoras que, arremolinadas alrededor, comentaban pobre niño, qué boca, pero qué ojos tan hermosos. Cuando una de ellas se disponía ya a acariciarlo como mascota, Simonopio no lo permitió, mientras jalaba con insistencia la mano a Beatriz, que se dejó separar del grupo unos pasos.

—Este niño nunca se enferma —les dijo cuando él insistía en alejarla más—. Ándale, vámonos rápido.

Ya se alejaban cuando Beatriz volvió la cabeza para desearle pronta recuperación a su amiga del colegio, Mercedes Garza, pero ésta no la oyó porque había dado la vuelta en la esquina.

11

La española llega en octubre

Alguien tenía que ser la primera o el primero en morir aquel octubre de 1918. ¿Por qué no Mercedes Garza?

Tras la junta con las damas del casino, llegó a su casa, pidió un té de canela y anunció que se acostaría un rato a descansar. A mediodía no se había levantado a comer, pero nadie se alarmó. Al anochecer su marido llegó de su rancho con hambre, esperando ser atendido por su esposa.

—Ay, señor, se sentía medio mal la señora. Ya tiene rato en la recámara y no sale —le informó la cocinera.

La puerta estaba cerrada con llave. Mercedes no respondía. Sergio Garza terminó entrando por la ventana del patio, sólo para encontrar a su mujer recostada de lado. El té de canela sin terminar, sobre el buró. Las valijas que la pareja había usado en su viaje a Eagle Pass, Texas, seguían a medio desempacar, lo cual era raro, al ser Mercedes una mujer quisquillosa y ordenada. Además, él sabía que, emocionada como estaba con las telas que había comprado, no podría haber dejado pasar el día sin visitar a su costurera para que le hiciera sus nuevos vestidos de embarazo. Todo lo anterior podría haber sido un indicio suficiente, pero Garza necesitó acercarse a tocar la carne fría de su mujer para corroborar sus sospechas.

El doctor Cantú llegó media hora después para confirmar lo que Garza ya sabía.

—¿De qué murió, doctor?

—De un paro —contestó el médico con certeza y autoridad, aunque en realidad le habría gustado responder que no sabía.

No le gustaba mentir. A simple vista notaba que no había sido envenenada, picada por algún insecto ni atacada por algún maleante, pero ¿cómo una mujer que en la mañana estaba sana, moría por la tarde? Lo único que sabía era que Mercedes Garza había muerto por un paro cardiaco, pues nadie muere sin que se le detenga primero el corazón, así que se quedó tranquilo al saber que con su respuesta no declaraba más que la pura verdad.

—¿Ahora qué hago? —preguntó el aturdido viudo.

Por lo pronto había que velar y sepultar a la joven madre muerta.

Conmovidos, porque no todos los días moría una mujer de esa categoría o de esa edad bajo esas circunstancias misteriosas, en el velorio hubo lágrimas y conmiseración hacia el viudo, y al no haber explicación sobre la súbita muerte, todos lo abrazaron y le ofrecieron palabras de consuelo: era un ángel que ya conoce a su bebé, o era una santa y Dios la necesitaba en el cielo porque siempre se lleva a las mejores y ésta fue la mejor de todas. Nadie, ni el propio marido, sabía decir con precisión en qué había sido la mejor Mercedes Garza, pero, como Dios manda, de los muertos siempre se debe decir lo mejor. Todos, hasta el propio marido, sabían que la difunta era malhumorada, presumida desde niña y que maltrataba a los empleados de servicio de su hogar. En fin, todos sabían que santa, lo que se dice santa, no era, y ángel menos, aunque por ese día a la muerta, por muerta, se le perdonaba cualquier transgresión.

Por protocolo.

Mañana sería un nuevo día. Mientras durara, qué velorio tan hermoso y qué entierro tan emotivo, qué hermosa se ve, qué bien la arreglaron, comentaban las damas de la alta sociedad linarense.

—¡Y ese pobre nonato!

Fue el velorio más concurrido del año. Cualquiera que hubiera tenido contacto con la mujer o su marido se sintió comprometido a ir. Ni el afilador de cuchillos faltó, a pesar de que la señora le había quedado a deber en su última visita. Las misteriosas circunstancias de la muerte de Mercedes Garza despertaban en todos la curiosidad morbosa: ¿de qué murió? Nadie muere de un catarro, ¿o sí? ¿Quién fue la última que la vio con vida? ¿Quién fue la que la ayudó cuando se sintió mal? ¿Quién era su amiga más cercana? ¿Quién se queda con la culpa de no haberla acompañado hasta su casa, de no haberle recomendado un té buenísimo? ¿Qué tan dolido se ve el viudo? ¿Quién cuidará de esos pobres niños? ¿Cuánto tardará él en volver a casarse? Todo esto lo comentaban entre cuchicheos, cara a cara, muy de cerca, pero sólo entre rosario y rosario, porque lo contrario habría resultado de muy mal gusto.

Al final, tras el entierro, contagiados por el inconsolable viudo y los pobres huérfanos de Mercedes Garza, no quedaron secos un ojo ni un pañuelo. Ese día hubo muchos abrazos húmedos y pañuelos usados compartidos. Al final a Sergio Garza le dolía la mano derecha de tanto apretón de condolencia, pero también las piernas y el cuerpo entero, sin explicarse por qué.

¿Sería el dolor del corazón que se esparce por todos lados?

En ese octubre de 1918 Mercedes fue la primera en morir, pero no sería la última.

Al día siguiente el doctor Cantú recibió de nuevo un llamado urgente de casa de los Garza: Sergio Garza se encontraba mal. Cuando lo revisó, el paciente, apenas consciente, ardía en fiebre, deliraba y batallaba para jalar aire. Tenía los pulmones llenos de agua y los labios y los pies morados. Pulmonía aguda, diagnosticó, tranquilo ahora sí, con certidumbre. Pero Garza era joven, sano, fuerte, y el doctor no se explicaba semejante ataque, tal avance de una enfermedad que por lo común tenía una evolución observable.

Aún no terminaba de atender al enfermo, a sabiendas de que no había mucho que hacer por él, cuando ya lo buscaban para ir a casa de otro paciente.

Ese día, el siguiente y todos los demás que abarcarían la eternidad de los siguientes tres meses el doctor Cantú no tuvo descanso. Ni consuelo. Ni conocimientos que lo ayudaran a ayudar.

Tardó un par de días en darse cuenta de que la velocidad con que se esparcía el contagio, que parecía gripe, era algo fuera de lo normal. Que su carácter era algo nunca antes visto. Tardó un par de días más en mandar telegramas para avisar al gobernador Nicéforo Zambrano del alarmante ritmo de las defunciones en los alrededores de Linares.

En Monterrey ya tenían el mismo problema, por lo que el gobernador demoró en responder, ocupado como estaba a la espera de instrucciones desde la capital del país para saber cómo atender ese mal que no sólo se había esparcido por Nuevo León, sino por casi todos los estados en la frontera con Estados Unidos. Tardaron en nombrar a aquella peste, aunque ya sin energías para mostrarse creativos e inventarle ellos mismos un nombre, adoptaron el que el mundo entero —y enfermo— decidió para bautizar a la enfermedad recién nacida: influenza española.

De cierto modo Mercedes Garza había sido afortunada al ser la primera en morir, pues la despidieron cientos de personas con gran pompa y estilo. Su ceremonia luctuosa habría permanecido por años en el recuerdo colectivo, de no ser por los sucesos tras su muerte.

Para cuando su viudo murió, tres días después que ella, ya nadie poseía la inclinación, el ánimo, la energía ni la salud suficientes para atestiguar su sepultura, y mucho menos para un velorio prolongado. Para entonces, al menos una tercera parte de los asistentes al velorio de la señora Garza estaba tumbada en la cama en diferentes etapas del mismo mal.

Cuando Sergio Garza agonizaba, el padre Pedro acudió a darle la unción de los enfermos y la comunión. Luego, al pie del féretro, pronunció unas cuantas palabras rituales, las mínimas necesarias, antes de que lo introdujeran en el mismo hoyo que a su esposa.

El único testigo fue el sepulturero Vicente López. El sacerdote, que ya tenía prisa por llegar a la misa de doce, se retiró de ahí sin ver si se tapaba el pozo o no. Vicente López se retiró sin hacerlo, pues ¿pa' qué le hago, si ahí vienen los hijos mañana o pasado?

El sepulturero no era vidente, tan sólo observador, y había llegado a sus conclusiones. Escuchó a la servidumbre de la familia Garza decir que los niños ya tenían síntomas fuertes de la misma enfermedad. Lástima: no se necesitaba ser médico para saber que estaban desahuciados.

Al entregar el cuerpo del patrón, los sirvientes dieron por terminada la lealtad a la familia. Cada uno se fue por su lado para tratar de salvar el pellejo. Algunos pensaban que alguna bruja de La Petaca le había hecho el mal de ojo a la familia Garza y no querían seguir en esa casa ni un minuto más, temerosos de que la fuerza del embrujo los alcanzara también. La única que se quedó hasta el final, porque no tenía a dónde ir y porque su dedicación era más grande que la superstición, fue la nana de los huérfanos, pues ni los abuelos ni los demás familiares estaban en condiciones ni se atrevían a entrar en esa casa infectada.

Para entonces Vicente López se hallaba más ocupado que el propio doctor Cantú. Al principio este último había procurado atender cada caso como Dios manda y con el respeto de costumbre, pero la realidad lo había sobrepasado.

Los había sobrepasado a todos.

Presas del mal de ojo del que hablaban los supersticiosos o del contagio al que hacía referencia el buen doctor, los que morían a diario eran demasiados, por lo que se tornó necesario establecer un sistema de recolección de cadáveres: una vez al día, temprano, y acompañado de uno de sus hijos, Vicente López recorría en una carreta las calles de Linares, en busca de aquellos cuerpos muertos que encontraba tirados y envueltos en sábanas frente a las casas, debido a que no resultaba práctico ir y venir del cementerio cada vez que alguien moría. Al principio las familias de buen nombre exigieron el servicio personal al que estaban acostumbradas, pero muy pronto perdieron el interés y la energía para reclamar y sólo aseguraban un recado sobre el muertito, donde se leía que éste es fulano de tal, católico devoto, que Nuestro Señor lo tenga ya en su presencia, y luego: favor de enterrarlo en la cripta o la tumba de la familia tal. Al cabo de unos días de epidemia ya nadie se quedaba en la calle para despedir el cuerpo, mandar una última bendición ni llorar. Había más enfermos que atender en casa.

Así que Vicente López recogía cadáveres en la mañana, para pasar el resto del día dedicado a abrir las fosas familiares de los ricos o a tirar los cuerpos de los pobres en la fosa común que, palazo a palazo, se iba haciendo más grande.

Aquellos que morían de noche o madrugada llegaban frescos al cementerio. Los que fallecían de día necesitaban esperar hasta el día siguiente y, por lo tanto, sufrir a la vista de la familia las transformaciones naturales, pero crueles, que la muerte trae sin distingos a un cuerpo de rico o de pobre, porque si no en vida, todos somos iguales al morir, concluyó López en un momento de lucidez filosófica.

Los niños Garza tuvieron la fortuna de morir de noche. Uno por causas naturales de la enfermedad. El otro asfixiado en un instante con una almohada sujeta firmemente sobre su cara con mucho amor y decisión. Aunque se llevaría a la tumba la confesión de su crimen, su nana esperaba, con el último fervor que le quedaba en el espíritu, que Dios no se lo cobrara muy caro y entendiera que ya no había soportado atestiguar el enorme sufrimiento en tan pequeño y querido cuerpo.

El sepulturero la encontró en la calle, acostada, inerte y mal envuelta en su mortaja blanca, entre los dos niños que tanto había querido. Subió a uno y luego al otro a la carreta. Cuando llegó el turno de la nana, López esperaba sentir la frialdad de un cuerpo sin alma, pero notó que ardía en fiebre.

—¡Así no me la puedo llevar!

Ella abrió sus ojos opacos.

—Lléveme —dijo.

—Pero, doña, sigue viva… ¿Por qué se acostó aquí?

—Pa' morirme ya y no después. Porque si no me salgo a morir, me muero adentro, y luego ¿quién me saca a la calle? Ya no queda nadie…

Esa nana fue la primera persona que López encontró aún con vida, a la espera del enterrador, mas no la última. Madres con hijos agonizantes que veían con horror el transcurrir de las horas de oscuridad, a sabiendas de que pronto pasaría la carreta y que su crío no terminaba de morir, los sacaban y amortajaban aunque les quedara un hilo de vida. Nada se podía hacer por ellos, salvo intentar que llegaran frescos al cementerio. Algunas se acordaban de mandarlos con una bendición o una medallita prendida a su lienzo.

Vicente López ya no preguntaba ni averiguaba. Entendía aquel sentido práctico y se los llevaba a todos, muertos o vivos, pues muchos vivos llegarían muertos tras el recorrido, como sabía por experiencia. Algunos se aferraban a la vida un poco más. A ésos los dejaba a un lado del pozo para que el tiempo y la enfermedad los terminaran de matar. Los podría acercar al descanso final, pero de ahí a darles el último empujón en vida, eso no. Eso sí que no: los dejaba morir solos, a la voluntad de Dios.

Varias veces al día se acercaba para ver si ya estaba el muerto para el pozo. ¿Ya?, gritaba desde lejos, mientras cavaba para hacer la fosa común más grande o echaba a los muertos del día. Nunca faltaba alguno que contestara que no, que todavía no.

Y poco a poco iban sucumbiendo. Sólo había uno entre todos, siempre el mismo, que contestaba que ahí seguía.

Ése, ansioso, había dedicado su tiempo a escuchar con atención el momento de su llamado o a que su ángel de la guarda llegara por él. Pasaba el tiempo a la espera de que su alma abandonara al fin su cuerpo. Cansado de ver los días pasar, de esperar y esperar con paciencia a ser llamado a la presencia divina, a observar al enterrador tirar cuerpo tras cuerpo, empezó a aburrirse. Comenzó a sentir la piedra que se le enterraba en el trasero. A sentir hambre. Luego se apoderó de él un antojo de unos deliciosos empalmes de frijoles con asado y empezó a sentirse molesto por los bichos que se le subían, que le caminaban por el cuerpo y lo picaban. Se entretenía con los vaivenes del enterrador y trataba de llevar la cuenta de los muertos que éste echaba a la fosa, aunque siempre olvidaba la cifra anterior. Se acomodaba y reacomodaba la mortaja en que lo había envuelto su madre mientras le daba su última bendición y le decía ve con Dios, m'ijo, que ahí nos vemos luego. Suponía que cuando la propia madre lo daba a uno por muerto, uno mismo también debía asumirlo, qué remedio quedaba.

Recordaba la calentura y el malestar de los primeros días. Y en sus momentos de cordura, cada vez más espaciados, cuando la fiebre lo soltaba un poco, lamentaba las cosas que no había tenido tiempo de hacer. Se lamentaba por nunca haberle regresado a su amigo las botas prestadas o por nunca haberle enviado aquella carta de amor a Luz, su vecina, tras robarle un beso. Pero ya tirado en la calle, con la bendición materna encima y la carreta a punto de recoger su cuerpo, pues ya qué.

Había llegado al cementerio atolondrado por la enfermedad, sin recordar muy bien el trayecto en la carreta. Tres días después, erradicada la fiebre y tumbado al borde del pozo, se sentía completamente alerta. Alerta y harto.

Poco a poco se había ido alejando de la orilla por miedo a rodarse mientras dormía. A caer por accidente y a que lo dieran por muerto. O a caerse, romperse el cuello y morir de verdad. Cada vez que salía el enterrador a preguntar si ya te moristes, contestaba que no, al principio con debilidad y luego con más fuerza. Todavía no. Para el tercer día gritó con toda la fuerza de que era capaz aquí sigo y ¿me da un poco de agua?

Había sido testigo del proceso de muerte de cada uno de sus vecinos desahuciados. Cada uno había fallecido de manera diferente: uno en silencio y el otro con gran alharaca, entre toses, ahogos y lamentos, pero ninguno de los dos sintió ni por un momento —estaba seguro— aburrimiento ni hambre. Sabía que si acaso habían tenido tiempo y cordura para pensar en algún deseo, habría sido uno muy simple: terminar con su tormento lo antes posible. Así había llegado a la conclusión de que en el proceso del bien o del mal morir no quedaba mucho tiempo ni energía para un aburrimiento como el sufrido por él, por lo que decidió que pararía de dedicar su tiempo a morir.

Su madre tenía un dicho: comezón, sanazón. Pues ahora él tenía uno propio que agregar: aburrición, sanación.

Además, la verdad sea dicha, también sentía comezón. Muy fuerte. Y por todos lados. Mientras que a los muertos se los comían los insectos de los muertos, a él se lo comían vivo los que buscaban carne tibia y sangre fresca. Carne de vivo.

Se levantó, se sacudió la mortaja y la dobló con cuidado. Aunque le temblaban las piernas, caminó por primera vez en muchos días. Avanzó con lentitud, impedido por la debilidad y por el temor de asustar al sepulturero, aunque López ni siquiera se inmutó al verlo en vertical.

—No, compadre. A mí ya nada me asusta.

Con ayuda montó en la carreta, esta vez para que el sepulturero lo llevara de regreso al pueblo y directo a casa, sin parar en la cantina —como también venía soñando desde el día anterior—, pues estaba deseoso de darle a su madre la buena nueva de su recuperación, pa' que se entere por mí y no por otro lado, porque ¿se imagina la impresión, don Vicente?

—Pos sí.

No hubo tiempo de imaginar tal impresión. Al abrir la puerta y verlo, la madre, que ya en su dolor luctuoso imaginaba a su hijo agusanándose en la sábana verde con que lo había envuelto moribundo, sólo alcanzó a lanzar un gran grito antes de desplomarse, fulminada por el susto, ante las miradas atónitas del resto de la familia y de los vecinos que se asomaban por sus ventanas.

Práctico como siempre, y consciente del largo recorrido mortuorio que aún le quedaba por delante, Vicente López le dijo al que había sido su único pasajero de ida y vuelta:

—¿Me ayudas a subirla a la carreta?

Y práctico, como necesariamente se convierte uno que regresa casi desde la mismísima puerta del cielo, éste le contestó que sí, y pobre mamá, ya le tocaba. Y como traía doblada la sábana verde que había sido su mortaja, envolvió a su madre en ella, lamentando un poco la suciedad acumulada de los últimos tres días, pero seguro de que su madre ya estaba más allá de fijarse en esas cosas.

Poco a poco los vecinos, que tenían días de no atreverse, salieron de sus casas a atestiguar maravillados el suceso y luego a compartir la noticia.

En esos días las puertas de la catedral se mantenían cerradas, ya que por orden del gobierno federal todo centro de reunión debía permanecer cerrado: teatros, cines, bares y, por supuesto, iglesias. El pobre padre Pedro había desacatado la orden, diciendo que nadie tenía derecho a cerrar la casa del Señor y menos a negarle la comunión a ningún creyente, aunque cada vez asistieran menos. Enfermo, pero sin rendirse, había muerto de repente tres días atrás, mientras recitaba el Credo en la primera misa del día. Los pocos asistentes habían salido corriendo, sin siquiera santiguarse. Su cuerpo debió esperar el día y la noche entera a que el sepulturero pasara por él, velado desde la entrada de la catedral por su joven asistente, el padre Emigdio.

El sonido ya familiar y cada vez más cercano de la carroza de muertos lo había liberado de su vigilia. Desde entonces, temeroso, el padre Emigdio mantenía las puertas cerradas. No se atrevía a abrir ni la mirilla cuando alguien tocaba pidiendo entrar a orar.

Él era el único que rezaba ahí en esos días. Y eso hacía justo cuando llamaron con insistencia a las puertas de la catedral. Sorprendido y alarmado por los múltiples puños que tocaban obstinados, hizo una excepción y abrió la mirilla.

—¡Milagro, padre! ¡Milagro!

—¿Cuál milagro? —emocionado y deseoso de que le dijeran que el contagio había terminado, abrió las puertas de par en par.

—¡Lázaro resucitó!

12

Cartas y telegramas

La noticia de la resurrección de Lázaro de Jesús García, que así se llamaba desde el día de su bautizo ese afortunado pasajero de ida y vuelta, recorrió Linares en cuestión de minutos. Algunos pronto se conformarían con la verdad y le darían a la noticia un valor tan sólo anecdótico o de curiosidad. Habría otros que, aferrados a la esperanza que da una buena nueva cuando todo alrededor parece el mismo infierno, llegarían al punto de querer linchar al ave de mal agüero que más tarde se atreviera a desmentir tal milagro. Algunos todavía hoy cuentan, con la veracidad que confiere el testimonio presencial de un tío abuelo o un bisabuelo, que en uno de los días más terribles de la historia de Linares resucitó un Lázaro por la buena de Dios.

Ese día, al esparcirse la noticia por el pueblo, la fama de Lázaro fue creciendo hasta alcanzar la apoteosis. El joven padre Emigdio decretó, tras animarse a salir de la catedral, que la vuelta a la vida de un parroquiano de Linares era una señal del perdón de Dios, que tanto había castigado ya a la pobre comunidad, haciendo pagar a justos por pecadores, pues como su propio nombre indicaba, la epidemia era culpa de los españoles socialistas y apóstatas por alejarse cada vez más de la Iglesia.

Luego se fue emocionado a casa del último empleado de la oficina de correos que seguía con vida.

—Álvaro. Ábrame la oficina. Debo mandar un telegrama urgente.

A pesar de la negativa de éste, y de la duda en cuanto a si habría alguien en la oficina de Monterrey para recibirlo, el padre lo convenció con la promesa de la salvación eterna. Así le fue posible mandar el primer telegrama de su vida al arzobispo: URGENTE punto DIOSE MILAGRO EN LINARES punto LAZARO RESURRECTO punto COMPROBOSE POR MI punto URGEME RESPUESTA punto.

El padre Emigdio no sabía si el telegrama llegaría a su destino, pero ese día, por casualidad —buena o mala: eso se determinaría después—, el gobernador Zambrano, en Monterrey, también requirió los servicios especiales de un telegrafista deprimido por la crisis de salud que, mientras mandaba telegramas oficiales con informes sobre el número de muertos hasta la fecha, recibió la buena nueva —¡al fin una buena noticia!— y la envió de inmediato a su destinatario eclesiástico.

Al recibir el mensaje en Monterrey, el arzobispo de Linares, Francisco Plancarte y Navarrete, sin perder tiempo convocó a una misa de acción de gracias que se celebraría al día siguiente. *Lazarus resurrexerit* sería el tema de su sermón. A su muerte, dos años después, en 1920, se encontrarían entre sus pertenencias un inspirado manuscrito del fallido sermón y una carta escrita de su puño y letra, sin terminar, redactada con la intención de solicitar formalmente a Roma que mandaran un emisario para dar fe del milagro.

En Linares, el día del prodigio la gente realizó el peregrinaje con la esperanza de ver y tocar al muerto redivivo.

Muchos vecinos lo habían visto muerto y amortajado. Tras la seguridad de sus ventanas habían atestiguado la bendición final impuesta por su ahora finada madre, y todos sabían, con una certeza que reside con firmeza en las entrañas, como lo había entendido el propio Lázaro, que no existe nada más irrevocable que una mortal bendición materna. Luego habían visto a Vicente López subir el cuerpo y echarlo sobre los demás que ya había recogido en su camino a ese viaje sin retorno.

La señora García había guardado el luto debido por su hijo: había encendido el cirio que por lo común reservaba para la Pascua y cerrado los postigos. Entonces, Lázaro había muerto. Muchos así lo atestiguaron, pero ahora lo veían regresar de la tumba: respiraba, caminaba y hablaba. Si ninguna de esas pruebas resultaba convincente, el hecho de que Lázaro apestara a muerto luego de tres días de putrefacción terminaba de persuadir hasta al más escéptico.

Lázaro se sentía feliz de que su recuperación causara tal alegría entre sus vecinos y entre la gente que venía de más lejos. Jamás había sido receptor de tanta atención, pero no entendía que al llamarlo "Lázaro" y tocarlo con tanta emoción no lo hacían pensando en él, sino en el entrañable y famoso amigo del Mesías. Y cuando aclamaban ¡regresastes!, y él repetía sí, regresé, los otros pensaban que procedente del cielo, pero él, del cementerio.

Al abrirse un hueco entre los peregrinos, el vecino, padre de la muchacha a la que había escrito la carta jamás enviada, aprovechó para abrazarlo con fuerza antes de echarse a llorar. A sabiendas de que nunca había sido de su agrado, Lázaro jamás se habría atrevido a declarar su interés romántico por la hija, pero decidió aprovechar esa ocasión de intimidad.

—Don Luis: antes de irme escribí una carta de amor pa' su hija Luz.

Con eso el llanto del hombre aumentó y Lázaro, sin entender la razón, volteó a ver a su hermano Miguel en busca de una explicación. Miguel García hizo una seña con el dedo índice, que pasó de un lado al otro de su cuello.

Luz estaba muerta.

El que habría sido su suegro, si acaso Lázaro se hubiera atrevido a mandar la carta, si acaso Luz la hubiera aceptado y lo hubiera aceptado a él, si acaso él no hubiera enfermado, si acaso él no la hubiera besado y por lo tanto contagiado, y si acaso ella no hubiera muerto, lo miró a los ojos con intensidad.

—¿La vistes allá?

—Eh. Hum —de seguro, sin saberlo, había sido testigo del depósito mortuorio del cuerpo de la muchacha en la fosa—. Creo que sí.

—¿Se veía contenta?

¿Qué tipo de pregunta era ésa? Lázaro sintió una urgente necesidad de escapar de ahí, de meterse en su casa y cerrar la puerta con llave.

—Eh. No sé. Es que ya había muchos y todos muy amontonados —dijo, suplicándole a su hermano con la mirada que lo ayudara a salir de ahí, que lo ayudara a escapar del morboso vecino.

Le urgía un baño para quitarse el olor a orines y cosas peores. Le urgía más sentarse o acostarse: los músculos de las piernas se negaban ya a sostenerlo en pie. Quería comer algo, aunque fueran sobras frías. Luego quizá lograría entender qué le sucedía a la gente. Parecía que en sus tres días de ausencia se habían vuelto locos.

La muchedumbre insistía en que había que esperar el regreso del padre Emigdio del telégrafo para que dirigiera el rosario oficial, pero Miguel García insistió en que lo esperaran adentro, que entendieran que volver a la vida no era cosa fácil, que eso requería mucho esfuerzo, por lo que era necesario dejar a Lázaro descansar.

Entraron en la casa, pero antes de cerrar la puerta alcanzaron a oír a don Luis, su ahora imposible suegro, gritar entre sollozos:

—¡Te la hubieras traído!

13

Levántate y anda

Mientras caminaba a varias cuadras de ahí, al doctor Cantú aún no lo alcanzaba la noticia de Lázaro.

Él no creía en milagros modernos. Entre sus amistades íntimas insistía en que sólo creía en los milagros que habían tenido el mérito de ser mencionados en el Viejo o en el Nuevo Testamento. Y, bueno, uno no podía llamarse mexicano sin creer en el milagro de la aparición de la Virgen en el cerro del Tepeyac, que además había tenido la amable consideración con gente como él de dejar evidencia de su visita.

En su opinión, la Virgen de Guadalupe marcaba el fin de los tiempos milagrosos.

Suponía que la vida diaria, la ciencia y su carácter conocedor de la naturaleza humana lo habían convertido en un Tomás. Aquellos que en los últimos tiempos él consideraba como milagros no provenían del catecismo, sino directamente de los grandes avances en medicina. Estaba seguro de que con las vacunas y los medicamentos modernos el hombre pronto vencería a la muerte.

Para él ése sería el milagro más grande.

Sin embargo, en estos días de muerte persistente su fe en la ciencia y la medicina se había puesto a prueba. La arrogancia que sentía como parte de la comunidad médica mundial se había hecho añicos en sólo unos días. Estaba exhausto, cansado del cuerpo, pero más del espíritu, hastiado de ver a la gente morir.

Se sentía dispuesto a volver a creer en algún milagro divino si tan sólo Dios le hiciera el favor.

Claro, de joven, cuando tomó la decisión de ser médico, había hecho conciencia de que vería morir a su gente, cercana o ajena, pues la consideraba la única garantía que la vida da a todos por igual: antes o después, todos morirán. En forma lenta o súbita, pero morirán. Así lo había aceptado y así había asumido el compromiso: vería morir a niños, jóvenes, viejos. Los acompañaría en sus últimos momentos, hasta que llegara el momento de que lo vieran morir a él.

No obstante, esta enfermedad había entrado a sus vidas en forma sigilosa y traicionera. Ahora él iba por el pueblo envuelto de pies a cabeza con ropa gruesa, tapabocas, guantes protectores y la cabeza cubierta. Visitaba a los interminables desahuciados, con los que no se atrevía a tener contacto piel con piel: a aquellos a los que no podía dar palabras de alivio o esperanza en su agonía, a aquellos a los que vestido con ese atuendo no podía dar el último consuelo de mirar un rostro amigo al final de la vida. Porque cada vez que lo veían llegar, ellos sabían que era para sentenciarlos a muerte.

Ese día lo había comenzado con una pesadumbre que no lo abandonaba. Se había apoderado de él la idea de que la enfermedad no pararía hasta acabar con la última persona viva. Tal era la situación en el pueblo, en el país y en el mundo: ningún infectado se salvaba. Y aunque estaba aferrado a la vida como cualquier persona, le daba pavor pensar que el último hombre en pie fuera él.

Había intentado transmitir a la gente del pueblo lo importante que era permanecer en cuarentena, no salir de la casa si había alguien enfermo y, por supuesto, tampoco hacerlo si se tenía la fortuna de que en la familia aún no hubiera contagio. Siguiendo las nuevas instrucciones del doctor Lorenzo Sepúlveda, de la Beneficencia de Monterrey, y del gobernador Zambrano, había solicitado que además de cerrar los lugares públicos se evitara la entrada y salida de gente y mercancías. El servicio de correspondencia ya estaba por completo detenido, pues entre los primeros en morir se hallaban justo los empleados de correos. Gajes del oficio, con tantas cartas pasando de mano en mano. Sepúlveda también había hecho un llamado enérgico al gobierno federal para que detuviera el servicio ferroviario, de manera que el contagio quedara cercado y contenido en los estados del norte, si bien su petición había caído en oídos sordos y la enfermedad se había propagado por todo el país.

El milagro habría sido que aquellos arrogantes con el destino del país en sus manos hubieran escuchado a tiempo las voces de los expertos. Ahora era demasiado tarde.

La realidad era que se podían dar instrucciones de todo tipo, pero la gente necesitaba comer y abastecerse de víveres. Algunos consideraban tan importante alimentar al alma como al cuerpo, así que también ésos hicieron caso omiso de las indicaciones de no asistir a misa. El propio padre Pedro se había negado a aceptar que el mal fuera capaz de entrar en la iglesia y menos que se difundiera y creciera durante la ceremonia sagrada. Pero este mal no respetaba lugares, rituales ni personas santas, como ahora bien debía saberlo el necio y muerto padre Pedro, dondequiera que se encontrara.

La enfermedad tampoco respetaba al personal médico. El de por sí limitado hospital de la ciudad, fundado por las damas de la primera sociedad, había cerrado sus puertas tras la muerte o deserción de enfermeras y el resto del personal. Ahora los médicos de Linares y los sobrevivientes que se atrevían erraban, como él, visitando casas sin ser bienvenidos.

Al caminar por el pueblo, entre una visita trágica y la que seguía, por primera vez se atrevió a pedir un milagro, con la certeza de que sólo un portento así salvaría a la población de Linares.

No esperaba una respuesta, y mucho menos inmediata, cuando se encontró con un grupo de gente que caminaba deprisa.

Iban juntos a ver el milagro de un Lázaro, le dijeron. Es la purita verdá, doctor. Se expiró y ora regresó de la tumba con mensajes de los muertos pa' los vivos, le decían.

Estaba acostumbrado a las extravagancias de esa gente sencilla. Muchas veces, la mayoría de las veces, convertían lo simple en algo extraordinario y elaboraban tanto las explicaciones más simples, que terminaban confundiendo más que aclarando el punto al que querían llegar.

Parte de su tiempo de consulta lo destinaba a gente que no podía pagar, que cambiaba con orgullo un queso hecho en casa o una docena de huevos por la cita con el médico y el remedio. Gente trabajadora que se levantaba al alba y no tenía un momento de reposo hasta el anochecer. Cualquiera diría que entonces, al hablar, tratarían de ir al grano y economizar las palabras, pero no: gran parte del tiempo que dedicaba a ellos se le iba en entender las complicadas y retorcidas descripciones que hacían de los síntomas los propios pacientes o sus madres, las cuales a veces necesitaban más atención que el propio enfermo. De modo que, además de médico, debía ser traductor, lingüista y adivino.

Como en el caso de una madre de dos, viuda desde el día anterior, que acababa de visitar:

—Ay, dotor. A todos en la casa nos ha apretado duro esta tal fluenzia y no hay uno para remendar al otro. ¡Todos tamos malos! A mi marido ni tiempo le dio de decir ni pío, ya ve. Un rato estaba ahí y al otro sabe Dios ónde se me fue ayer. Hasta yo me siento que me va a dar pa' no salir. Y ora este niño tiene unos paños que me le están saliendo como paños, pero que son unas ronchas que quién sabe cómo son. Y en su pirinola tiene también ronchitas, pero también en sus huevitos y en sus nalgas las tiene más feas. Aluego tiene esa cosa en la boca que no se le ve, pero que se le nota a simple vista y que no sé qué es, pero que es algo. En medio de la pobredad, nomás lo baño con alcohol, pero ni esto ha sido bueno pa' quitarle la picazón.

Y luego pior: mi niña, mírela. Tiene malos los bronquios. Parece que mucho se quiere quedar como afisiada. De repente se me le rejuntó el catarro con la tos y está que si'hoga. Y la tos cada vez le brota más. Tiene la tos como la llamo yo: tos de perro, y por aquí, arriba de los pulmones, se le oye toda la cochinada: su pechito le hace gurru, gurru, gurru. A veces veo que le hace falta su sistema respiratorio… Será por la tos, digo yo.

—¿Y ha tenido fiebre?

—Ah, no. Fiebre no ha tenido. Sólo la temperatura que me le agarra retefuerte, que hasta el corazoncito se le salta. Y nunca se le abaja. Y son unos lloros que pega todo el día. Luego no duerme bien, porque mucho sufre de alucilusiones.

Explicarle a esa madre que su hijo había tocado hiedra venenosa y luego se tentó las partes íntimas y la boca resultó muy fácil.

—El niño está sano, aunque tenga las ronchas. Ya no le ponga alcohol, no le hace bien. Y que no se toque, aunque le tenga que amarrar las manos. Mándelo a la botica a que le den una pomada para cubrir la erupción. También cósale una barra de plomo dentro del calzón. Eso lo ayudará.

En esos días dar malas noticias empezaba a ser parte de su rutina diaria, pero no por eso se iba haciendo más fácil, porque después había que explicarle a esta madre dedicada que no existía manera de salvar a su hija.

—Sólo podemos mantenerla cómoda. Levántela con almohadas para que respire mejor. Báñela con paños frescos para bajar la temperatura. Mantenga las ventanas abiertas y no se acerque cuando tosa. Lávese las manos, señora. Siempre que la toque, o toque sus cosas, lávese las manos. Si no se cuida, se contagia usted y también contagia a su hijo.

—Échele una vacuna contra la hogadera, dotor. Yo consigo el costo.

Pero no era cuestión de costo, dinero ni voluntad. Deseaba creer que en un futuro alguien crearía una vacuna para lograr que la influenza fuera tan sólo un mal recuerdo en la larga historia de la humanidad, pero hoy, señora, hoy, le dijo el doctor Cantú a la contrariada mujer, no existe vacuna alguna a ningún precio. Lo siento.

Cómo desearía poder recetar a cualquiera las nuevas aspirinas que habían inventado los alemanes, pero era un medicamento sofisticado, caro, y más encarecido aún por la gran guerra. Se conseguían con facilidad en Estados Unidos antes del conflicto, pero ahora, con la reciente teoría de que los alemanes habían iniciado un ataque bacteriológico por medio de sus aspirinas Bayer, ya no las vendían ni del otro lado de la frontera.

En la botica habían hecho en un principio el esfuerzo por conseguir corteza de sauce, que era de donde se originaba el principal elemento en las aspirinas. No era tan efectivo como las pastillas alemanas, pero una infusión de la corteza ayudaba un poco con el dolor y la fiebre. Por desgracia, lo poco adquirido se había acabado en los primeros días de la pesadilla española.

Con la frustración de no poder hacer más, el doctor se alejó de ahí a sabiendas de que la niña tenía contadas las horas. No lo habría sorprendido que la madre la siguiera pronto, pues ya se le veían los ojos vidriosos.

Entonces, caminando entre esa visita trágica y la que seguía, se atrevió a pedir su milagro, para luego encontrar al grupo que lo iba proclamando por la calle. Se unió a ellos para que lo dirigieran al sitio del fenómeno. No sabía qué encontraría, pero quería creer que sería algo distinto a la tragedia constante que ofrecían los interminables días de estas últimas semanas. Eso le bastaría.

Cuando llegaron, al que ya llamaban Lázaro, el Resucitado de Linares, había entrado en su casa.

—Lo tocamos, doctor. Lo vimos tan claro como lo vemos a usté. Lo olimos y olía a puro muerto, doctor, como a podrido... y eso no se finge, ¿verdá? Y sabíamos que no duraba bueno, porque doña Chela no cesaba trajinando pa'llá y pa'cá dándole vapores y limpias. Ni de nada que le sirvieron. Tons la pobrecita pegó el grito al cielo cuando lo dejó, así, todo envueltito en la calle. Luego se lo llevó el sepulturero al cementerio, fresquito y flojito de cuerpo, y tres días nomás duró occiso. Seguro igual que el Lázaro dendenantes, el deadeveras. Pero éste es nuestro: ¡el Lázaro de Linares! Y que regresa hoy, y que lo primero que pasa es que se muere la mamá, doctor. Segurito los cambiaron en el cielo a uno por el otro. Una santa, doña Chela: mire que entregar el alma por el hijo… Una santa de veras. Al buen don Luis el Resucitado le dijo luego que había visto a su hija Lucita en el más allá, que Dios la tenga en su santa gloria, y que a todas luces que sí, porque quesque Lázaro la vio feliz antes de venirse pa'cá. Ora hay gente haciendo fila pa' preguntarle por cada uno de los muertos suyos, pero orita orita como que no disponen querer abrir pa' dar audiencia.

Éste no era el milagro que él había imaginado, y como buen escéptico necesitaba ver para creer. Sabía que al entrar en casa de Lázaro García hallaría una explicación lógica, pero más adelante, al encontrar el tiempo para relatar los eventos de esa tarde a su mujer y a sus amigos, confesaría que, por momentos, al escuchar a la gente congregada, se le había puesto la piel de gallina.

Por supuesto, como médico se sentía con autoridad para llamar y para exigir que le abrieran la puerta de la casa de los García.

Encontró a Lázaro recién bañado, acostado y vomitando. Ante la ausencia de la madre, su hermano Miguel le había recalentado el cabrito en salsa del día anterior. El aroma había bastado para asquearlo, pero sabía que debía comer y lo había intentado. Al segundo bocado su estómago se rebeló.

—¿Cuántos días tienes de no comer, Lázaro?

—No me recuerdo, doctor. Es que me recuerdo de los tres del cementerio, pero no me recuerdo cuántos pasaron desde que me enfermé. De seguro más de varios porque la ropa me queda toda grande, de tan flaco.

—Pues no puedes empezar a comer algo tan pesado después de tantos días. Empieza con pan tostado y té de manzanilla, pero despacio: pedazos y sorbos pequeños, poco a poco, para que el estómago vaya aceptando el alimento.

Miguel se alejó con el plato de cabrito, encargado de traer el té y el pan. Tocaban a la puerta con insistencia, que Miguel abrió de pasada a la cocina. Era el padre Emigdio. El doctor Cantú lo saludó con un gesto.

—Vengo de mandar telegrama al arzobispo para anunciar el milagro de nuestro Lázaro.

El doctor Cantú prefirió no aportar nada a esa línea de conversación. Sólo quería oír la historia de boca del supuesto resucitado.

—¿Que te pasó, Lázaro? Me dicen afuera que regresaste.

—Pues sí, doctor. La mera verdad estaba bien fastidiado y ya mejor me vine.

—¿Cómo que te aburriste? —preguntó el padre Emigdio, un tanto indignado.

—Pos sí. Imagínese que lo único que pasaba era que veía llegar a más y más muertos y luego más y más. Y luego dije que qué gusto le iba a entrar a mi mamá de verme bueno, pero pos ya ve lo que pasó: como que no. Y ora yo estoy acá y ella allá.

—¿Tú solo decidiste regresar?

—Con la ayuda de Dios y sus ángeles, claro —intervino el padre.

—Estuve atento, padre, pa' ver si se me aparecían los ángeles pa' decirme por dónde irme, pero no. Tons yo solo, ¿pos quién más? Bueno, luego me ayudó el enterrador a subirme y a traerme, doctor.

—¿Te sacó de la fosa?

—Ah, no. Nunca me echó. Él es gente. Nunca habría hecho eso. Imagínese. Me dejó en l'orillita con los otros que todavía no estaban buenos.

—¿Buenos?

—Buenos pa'l pozo. Pero todos los demás luego luego ya, pero yo, nada de nada. Esperé y esperé a que me llamaran, ya bendito y todo por mi mamá y nada de nada. Traté de aguantarme, pero luego me cansé, así que me levanté y caminé hasta que encontré a don Vicente. Tons me subió a la carreta y me trajo.

—Cuentan que le dijiste a don Luis, tu vecino, que habías visto a su hija...

—Ah, qué don Luis. Pos ¿qué podía yo decirle a él, tan abrazado y apretujado como me tenía? Le digo, doctor, que de muertos vi muchos y a ella sabe Dios si sí o si no, pero tal vez. Tal vez. La verdad me dio pena preguntarle a don Luis de a qué horas habría muerto, o en qué día y de qué color era su sábana, pero la meritita verdá es que, con lo aburrido, me vino en gana entretenerme y contarlos. No que pudiera llevar la cuenta, pero traté, y que me pregunta él que si la vistes, y pos le dije que pos creo que sí. Y luego me dice que por qué no me la traje. Pero es que yo entrarle al pozo, ni de loco, y a buscar entre cantidad de bultos podridos y mosqueados pa' traerme a la vecina, por más que me gustara, pos nomás no. Además creo que si se murió Luz, pos tiene que estar donde tiene que estar, ¿no? ¿Qué piensa usté, padre? ¿Verdá que los muertos no deben andar paseándose por ahí, visitando al papá?

—Tú sí regresaste a visitar a tu madre, Lázaro, acuérdate.

—Yo sí, padre, pero pos Luz, pos no.

—¿Y viste una gran luz al volver?

—Pos de día vía la luz; de noche no vía nada. Por eso sé que pasaron tres días, padre. Me habría gustado regresar dendenantes, pero la verdad me tardé en que se me ocurriera porque primero estaba muy malo, pero luego, cuando me aburrí, me di cuenta de que me puse bueno, así que me levanté y caminé.

—Igualito que Lázaro.

—Pos ni modo que no, si ese mero soy.

—Lázaro García. Acláranos una cosa —intervino el doctor Cantú, sospechando que, de seguir así, sólo conseguirían darle vueltas y vueltas eternamente al mismo asunto—. ¿Te enfermaste de influenza española?

—Sí, doctor. Muy rápido ya sentía que me moría de ahogo.

—¿Con mucha fiebre y dolor en el cuerpo?

—Por más que hacía mi mamá, que en paz descanse la pobre, nomás no se me bajaba. Yo ya no podía ni pensar, ni moverme de tanto que me dolía todito y menos podía respirar. Me dolían tanto la cabeza, el cráneo y el celebro, que me los quería arrancar, y ni los chiqueadores que me ponía mi mamá me hacían. Pa' cuando me dice mi mamá: m'ijo, no tienes remedio, te tienes quir ya porque ya va a pasar don Vicente, la verdad lo único que quería era morirme.

—Entonces fue cuando te moriste.

—¡No, padre! ¿No le digo y le digo que me aburrí?

—Entonces, ¿cuándo fue que te moriste para regresar?

—¿Quién dijo que me morí? Yo no dije que me morí.

—¡Pero regresaste!

—Pos me fui de buena fe. Me dijo mi mamá, vete, y me fui. Me envolvió en mi sábana y traté de no moverme mucho. Pero al tercer día me cansé de esperar y me regresé.

—Entonces, aclarando: ¿te enfermaste?

—Sí, doctor.

—¿Te llevaron en la carreta al cementerio?

—Sí, doctor. Me subió el enterrador.

—Pero te fuiste vivo.

—Ajá.

—¿Te fuiste vivo? ¿Tu madre te mandó vivo a enterrar?

—Don Vicente nunca me enterró, padre. Preguntaba a cada rato: ¿siguen vivos? Y yo siempre contestaba que sí. Los otros pobres se fueron quedando callados y entonces ya estaban buenos.

—Buenos para el pozo. O sea, muertos.

—Sí, doctor. Sólo que yo nunca, por más que hacía, así que me volví pa'cá cuando me pude levantar. ¿Qué le pasa, padre? ¿Por qué tiene esa cara?

Al padre Emigdio le estaba cayendo como balde de agua helada la información que acababa de recibir, procesar y aceptar.

—¡Es que entonces no hay milagro! ¿Qué le voy a decir al arzobispo? ¿Qué le voy a decir a toda la gente que espera afuera?

—Dígales, padre —le sugirió el doctor, pensando que lo confortaría—, que no hay resucitado porque nunca hubo muerto. Pero dígales que ya tenemos al primer enfermo que sobrevive a la influenza, y eso, padre Emigdio, es el mejor milagro. Luego dígales que se vayan a sus casas, porque esto todavía no acaba.

Lázaro García dio por terminada la visita cuando el poco té y pan tostado que había logrado ingerir recorrieron su camino de regreso hacia el aire libre y a la luz, para depositarse con peculiar fuerza en la sotana del sacerdote. Más ruido que cantidad, en realidad, pero hay cosas que ni un santo aguanta: sintiéndose asqueado, además de desairado, el padre Emigdio se dio la media vuelta para salir a la calle, pensando que sería mejor enfrentar a la gente de una buena vez.

El día del doctor Cantú había mejorado en forma considerable. No se engañaba: sabía que el milagro de Lázaro, el Sobreviviente, no significaba el fin de los contagios y las muertes, en especial después de las horas que llevaba congregada la muchedumbre, comentando y conviviendo de cerca en la calle.

Ignoraba cuánto más duraría la epidemia, pero ahora sabía que por lo menos habría algunos que lograrían sobrevivir en el pueblo, en el estado, en el país y en el mundo.

En cambio, ese día sería el peor en la vida del padre Emigdio. Había empezado encerrado, temeroso, tras los muros de la catedral. Ahora sabía que nunca debió abrir las puertas, pero se dejó contagiar por la excitación de los fieles y su día se había llenado de portentos que su propia fe lo preparó para aceptar ciegamente desde la niñez.

Nunca creyó que sería merecedor de ver en persona uno de los grandes milagros, pero hoy había creído compartir el gozo que de seguro importantes personajes de la Biblia habrían sentido al atestiguar la grandeza divina. Había sido partícipe y quizá hasta instigador del fervor que había crecido ese día en la calle del Lázaro de Linares. Además, pecando de arrogancia, se había sentido con autoridad para anunciar de modo anticipado el milagro en un telegrama al arzobispo de Linares, que ahora tenía que desmentir, humillándose, en el segundo y último telegrama de su vida. Y al salir a la calle a anunciar como ave de mal agüero que todo se había tratado de una confusión, ya que, al no haber muerto, no podía haber resucitado, mucha gente se olvidó de su posición sagrada como sacerdote para maldecirlo: unos por haber hecho un escándalo de la nada y por engatusarlos, otros por acusarlo de Judas, el Traidor, al tratar de alejarlos de la fe en el milagro de Lázaro, el Resucitado. Entre éstos Álvaro, el de correos, que lo esperaba entre la muchedumbre y al que todavía debía pedirle otro favor.

—Ándale —le dijo al decepcionado Álvaro—. Vámonos a escribir otro.

Se alejó de ahí de prisa, vomitado, asustado por los ánimos caldeados y decepcionado de sí, para redactar el anuncio telegráfico: URGENTE punto DIOSE ERROR EN LINARES punto LAZARO NUNCA MUERTO punto NUNCA RESUCITADO punto SOLO RECUPEROSE SOLO punto DISCULPOME.

La respuesta que esperaba el gobernador de Nuevo León desde la capital aún no llegaba, por lo que este nuevo telegrama sorprendió al paciente telegrafista que, entre un telegrama y otro del padre Emigdio, se había sacudido la depresión a base de pensar en el resurrecto. Ya no tuvo tanta prisa para mandar ese nuevo telegrama de malas noticias al arzobispo, pensando, deprimido otra vez, que para las malas nuevas no había prisa y que podía esperar hasta el día siguiente.

Por su lado, deprimido también, el padre Emigdio cumplió con su responsabilidad de aclarar el caso y luego regresó a la catedral. Cerró las puertas con firmeza y se acostó, sintiéndose muy cansado, a pasar la que sería su última noche con vida. Porque por abrir las puertas ese día y salir a festejar el fallido milagro, contagiado del fervor a su alrededor, se contagió también de lo otro. Para su fortuna, su agonía resultó tan corta como la de Mercedes Garza.

Ese día Lázaro, el Resucitado, comió, descansó y recuperó sus fuerzas, lo que podría considerarse como un buen día. Pero se convertiría a partir de entonces en el único hombre del mundo —porque nunca se ha sabido de otro caso— apodado con su mismo nombre bautismal. Y ese apodo se arraigaría tanto, que muy pronto todos —menos su hermano— olvidarían cuál había sido el nombre original del Lázaro de Linares.

Y su notoriedad lo acompañaría el resto de su vida: nunca encontraría mujer que quisiera compartir con él su vida y ni siquiera una noche. Su fama de bueno para nada por sí sola no habría sido impedimento para encontrar pareja, pues siempre ha existido la mujer que cae con ese tipo de hombre a pesar de que padres concienzudos le digan e insistan m'ija, no te cases con ése: es un bueno pa' nada. Palabras al viento. Pero ninguna olvidaría jamás ni superaría la imagen mental que permanecía del Lázaro muerto, descompuesto, oloroso a podredumbre.

A pesar de que Lázaro había vuelto a la vida y pronto había recuperado la salud y su buen aspecto, todas, hasta Celedonia Grajeda, la más fea del pueblo, se negarían con escalofríos a compartir y a juntar su carne con una que probablemente se había podrido y agusanado en la fosa común.

Enterado de su infortunio y mala fama, pero deseoso de casarse, Lázaro habría de buscar novia en pueblos circunvecinos, pero como todo mundo sabe, en esos pueblos las noticias viajan rápido, y las noticias como la de Lázaro aún más. En ninguno de ellos encontraría mujer que lo aceptara, ni siquiera para compartir la tibieza del cuerpo en una simple y efímera pieza de baile.

14

El sinapismo de Simonopio

Durante los años posteriores a su recuperación, y supongo que tal vez hasta el día de su muerte, al verlo pasar, los linarenses —creyentes o incrédulos— lo siguieron llamando Lázaro, el Resucitado de Linares, entre cuchicheos chismosos o reverentes, dependiendo de qué lado de la escala de la fe se encontrara la persona. La coincidencia del nombre con el famoso personaje del Nuevo Testamento servía para perpetuar el asombro de la gente, mucha de la cual, antes del famoso incidente de su milagroso regreso, nunca le habría dedicado ni una mención más allá de aseverar que era un bueno para nada.

Yo recuerdo a Lázaro. Por supuesto que no en sus días de recién resucitado, porque pasarían años antes de que yo naciera, pero sí cómo fue años después, cuando quedaba poco del hombre que pudo haber sido, cuando lo único que quedaba de él era la pura leyenda.

Nada extraordinario lo distinguía físicamente. Sólo recuerdo que era un hombre silencioso, de caminar pausado. Y muy alto. Aunque en la infancia cualquiera nos parece alto. Pero si tenía los ojos cafés, negros o verdes, ahora no lo podría decir. ¿Era de nariz chata o aguileña? Tampoco. Yo lo veía pasar con cierta admiración porque desde niño fui muy aficionado a que me contaran cuentos o a leer historias de aventuras, y una de las más emocionantes y portentosas era la del Evangelio donde se narra la muerte y el regreso de Lázaro.

Para mí, al menos.

La verdad no se me ocurría que existiera mayor aventura que ir y volver de ese lugar al que debió de haber llegado él cuando abandonó la vida, y yo, que a esa edad no había viajado a ningún otro lado más que a las huertas familiares y a Monterrey, imaginaba que alguien así regresaría con mucho que contar. Yo quería saberlo todo: ¿cruzaste el río? ¿Viste a Caronte? ¿Luchaste contra las almas del purgatorio? O: ¿cómo es la cara de Dios? Pero mi mamá, soltando un suspiro, me decía ni se te ocurra, niño impertinente, no seas imprudente.

Llegaría el día, años después, en que le pediría a mi mamá que lo llamara, que lo invitara a visitarme, impedido como estaría yo de ir en su busca, con o sin permiso. Para entonces ya me habría olvidado de aventuras y sólo querría preguntarle qué tiene que hacer uno para regresar de allá.

En una de las pocas mentiras que me diría en su vida, mi mamá me aseguraría que lo había buscado, pero que Lázaro se había ido de Linares por una temporada.

—Cuando regrese lo buscamos, ¿sí?

Años después, la anécdota de nuestro Lázaro me la detallaría mi mamá en un tono entre bromista y triste. Tal vez en el mismo tono en que se la había contado a ella el doctor Cantú. No habrá sido fácil para ella lidiar con mi inútil obsesión infantil con el asunto, pero además creo que le sucedía que, al volver a contar la historia de Lázaro, no evitaba recordar también la historia de toda la gente que desapareció de súbito para siempre de su vida en esos últimos meses de 1918 —o después—, en lo que para ella tal vez pareció un abrir y cerrar de ojos.

Podía decir: cuando éramos niñas, Mercedes y yo nos escondíamos en el hueco del tronco de un nogal para que no nos encontrara su hermana Luisa, pero se negaba a hablar de la última vez que la vio con vida, y menos aún de no haber podido asistir a su funeral o de cómo toda esa familia completa desapareció de esta tierra en menos de tres días. Hablaba de la tía Refugio, de lo inteligente y prudente que era, pero no comentaba que en el único día que le había faltado la prudencia invitó a sus inseparables amigas Remedios, Amparo y Concepción a pasar el encierro forzoso juntas, que aprovecharían para jugar un torneo de canasta que duraría cuanto durara la cuarentena.

Solteras todas y de avanzada edad, aceptaron la invitación gustosas de acompañarse y de continuar la rivalidad que habían empezado años antes, cuando a todas les quedó claro que no se casarían y descubrieron el juego de barajas. Desde entonces adquirieron fama de ser feroces competidoras, y no sería la primera vez que pasaran días enteros y seguidos sin salir al aire libre, concentradas en los torneos privados de canasta que organizaban en casa de una u otra.

La influenza española no representó para ellas sino otra oportunidad de hacer lo que más les gustaba. Y sin interrupciones necias, además.

Ya para entonces estaban enteradas del contagio y de la muerte de la familia Garza, que como todos sabían había viajado a Eagle Pass, Texas. Quién sabe con qué clase de gentes y suciedad se habrá topado en ese pueblo de vacas y vaqueros, comentaban entre partida y partida. Tal vez fue bajo esa óptica como a la tía Refugio no se le ocurrió que, finas damas de tanta confianza y buenas costumbres, sus amigas llegaran a su reunión no nada más cargadas de maletas, sino con la misma pasajera invisible e indeseable importada por los Garza desde Texas. Y menos imaginaría que, ya fuera con un as, un comodín o un tres, igual la repartirían alegremente con cada baraja que cambiaba de manos.

Encontraron a las cuatro amigas dos días después, sentadas cada una en su lugar, inmóviles, sujetando sus cartas.

Primero muertas antes que abandonar un juego sin terminar.

El que las encontró comentaría a quien quisiera escuchar que, aunque la libreta mostraba que en puntos iba ganando por mucho la pareja de Refugio y Remedios, en su último juego de canasta todas se habían ganado el pozo.

Los tres meses que duró lo más agudo de la crisis de la influenza española dejó en todos los sobrevivientes de Linares y del mundo entero cicatrices imposibles de sanar y huecos imposibles de llenar.

Ahora se dice que esa influenza de española no tuvo nada, sino que había sido España, al no participar en la Primera Guerra Mundial, el primer país en tener la cordura de reportar el contagio al mundo. De ahí el nombre. Que si empezó en los cuarteles militares de Kansas, de Texas o de Boston, y de ahí se exportó hacia la bélica Europa en la primavera de 1918, y al norte de México en otoño, es la secuencia de eventos que los expertos han tratado de definir desde entonces. Algunos dicen que en el mundo fueron veinte millones o quizá hasta cincuenta millones los que perecieron, y que fueron trescientos mil y otros que tal vez hasta quinientos mil los muertos tan sólo en México por la virulenta enfermedad. Es un hecho que por la fiebre amarilla de unos años antes y la nueva pandemia llamada española murieron más mexicanos que por todas las balas disparadas durante la Revolución.

Sin embargo, en enero de 1919, en Linares, poco interesaron esos datos, porque las ausencias no se midieron con números ni con estadísticas: se midieron con dolor.

Cuando poco a poco intentaron volver a la vida, a la rutina y al ritmo que por generaciones se había establecido, faltaban el cartero, el carnicero, el afilador de cuchillos y toda su familia. Ya no recorrerían las calles varios recogedores de basura ni el repartidor de leche. Faltaban el sepulturero, Vicente López, y dos de sus hijos. La joven hija del dueño de la tienda de abarrotes y tabaco se tuvo que hacer cargo al morir su padre y tres hermanos, sin saber por dónde empezar. Habían desaparecido muchos trabajadores del campo y algunos dueños de ranchos y haciendas. Varias damas de la sociedad del casino nunca más se preocuparían por las flores o la música de futuros eventos de su club social, y muchos socios fundadores que habían firmado el acta constitutiva del casino de Linares nunca verían la construcción del edificio social que tanto habían deseado. El puesto de párroco de la catedral se encontraba vacante, al igual que el de la directora del colegio de niñas de primaria. El mejor carpintero no había terminado de entrenar a su hijo y aprendiz. En los pupitres de los colegios de niñas y de niños, los ausentes habían dejado libros sin abrir y libretas con hojas en blanco. También habían dejado de tajo lecciones que nunca aprenderían y amistades que nunca forjarían. Por todo el pueblo abundaban amigos solitarios. Asimismo eran muchos los viudos jóvenes que debían aprender a vivir sin sus esposas y muchas las viudas a las que la vida y su crianza no las habían preparado para ser el sostén del hogar. De la misma manera abundaban los padres sin hijos y los hijos sin padres.

De ese dolor y de esas ausencias emanó tal vez el refrán que recuerdo de mi infancia en Linares: "Año del dieciocho, insalubre y memorable, en que la influenza española ya se acababa Linares".

Supongo que para los que se quedaron en el pueblo como testigos de cada defunción, acostumbrándose poco a poco al horror de ver la carreta llena de cuerpos pasar todos los días, habituándose a ver gente querida o conocida un día de pie y al otro a verlas pasar como pasajeras sin vida en la carreta de la muerte, el golpe fue paulatino y la resignación más fácil.

Mis papás no se quedaron a ver morir a nadie. No permanecieron en Linares esperando a que su gente o ellos mismos fueran cayendo, infectados, uno tras otro. Simonopio los salvó.

—Nos salvó con una calentura que se inventó —decía mi mamá, las pocas veces en que participaba cuando se hablaba del tema en la familia.

Nunca se había enfermado. Nunca había tenido siquiera un simple catarro. Pero el día en que Simonopio fue a buscar a mi mamá después de su junta con las señoras del casino, la fiebre fue subiendo poco a poco hasta hacerlo convulsionar y perder la conciencia. El doctor Cantú no veía las causas para tal incremento en su temperatura: ese día el niño había amanecido con la energía de siempre. No había inflamación en las vías respiratorias, los pulmones se le oían limpios y los riñones e hígado se palpaban normales. No sufría de vómito ni de diarrea. Tampoco había inflamación en las articulaciones. Dudaba que fuera polio, porque mi mamá no había notado nada raro en su andar, pero quedaba la posibilidad de infinidad de causas: alguna fiebre eruptiva latente, peritonitis o meningitis, por ejemplo.

Podía abrir el lado derecho del vientre del niño para observar, les dijo a mis papás, pero de tratarse de una peritonitis, de todas maneras no habría nada que se pudiera hacer por él. Sería abrir el cuerpo sólo para investigar de qué terminaría muriendo. Si se trataba de una meningitis, el pronóstico era aun menos alentador.

Esperar, observar, mantenerlo hidratado y hacer lo posible por bajar la fiebre con paños fríos con agua de la noria o cubrirlo con trapos empapados en alcohol fue la recomendación del doctor. Podían darle las aspirinas Bayer que el médico sabía que mis papás habían comprado en un viaje a Estados Unidos cuando todavía las vendían. Lo ayudarían con la fiebre, con el dolor y la inflamación, si lograban que, molidas y disueltas en agua, Simonopio las tragara.

—Hay que evitarle otra convulsión, pero entiendan que la fiebre es indicador de otro mal que lo puede estar matando.

Al llegar a su casa esa noche, al doctor Cantú lo esperaba un recado urgente. Fue entonces cuando encontró muerta a Mercedes Garza.

Los primeros en enterarse de su deceso y en llegar a velar a la mujer fueron los padres de la fallecida, sus hermanos y hermanas. Para las dos de la mañana, cuando el cuerpo ya estaba lavado, vestido y dispuesto para ser contemplado en la sala, en ataúd abierto, empezaron a llegar los demás familiares, amistades y conocidos, todos listos para acompañar al viudo en su noche en vela. Al amanecer, unos se marcharon a descansar, desayunar y arreglarse para volver más tarde, mientras que otros llegaban a continuar con el velorio.

En ese ir y venir de gente, de compartir el dolor del viudo, de cadenas de oraciones y chismes antes de la misa y del entierro, no estuvieron mis papás.

Ellos habían pasado también la noche en vela y habrían orado, pero supongo que por el niño que les había llegado de la sierra. Apenas bajaba un poco la fiebre y relajaban su vigilia, cuando ésta volvía a subir en forma intempestiva, acompañada de convulsiones que asustaban a todos. Al enterarse de la muerte de Mercedes, con gran pesar le dedicaron también algunas oraciones, pero nunca pensaron en dejar a ese niño, su ahijado, hijo de nadie y de todos, que tanta alegría había traído consigo para compartir.

Se preocupaban por Simonopio, pero también por nana Reja, que tampoco se movía de su lado. Habían mandado traer su mecedora para que estuviera más cómoda, pero les inquietaba que el dolor de ver morir al chiquillo tan querido la lastimara de modo irremediable. Trataban de explicarle y prevenirla de lo que de seguro pasaría, pero si alguien se mantenía serena era ella. Tranquila, pero activa por primera vez en años, se dio a la tarea de que Simonopio se mantuviera hidratado, y así como había hecho cuando el niño era apenas un bulto que cabía en sus brazos, vertía de manera constante en su boca gotas de leche adicionada con miel de las abejas que lo acompañaron toda su vida.

En ese entonces cuidar a los enfermos era sobre todo asunto de mujeres, pero mi papá, preocupado como estaba, no quería alejarse mucho del cuarto de Simonopio. Los asuntos de la hacienda lo obligaban porque ni siquiera cesaban ante una muerte inminente, pero en cuanto daba sus instrucciones, volvía.

Con la compasión que la caracterizaba, mi mamá le asignaba tareas para mantenerlo tranquilo y darle la sensación de que en algo ayudaba. Si hacía falta más leche de cabra o agua fría, ella se lo pedía a él y él mandaba por ella. Cuando era necesaria otra dosis, mi papá molía las aspirinas con cuidado de que no se desperdiciara ni un valiosísimo gramo.

Al día siguiente del sepelio de Mercedes, al enterarse de que en Linares y en Monterrey había una epidemia extraña, fulminante y mortal, pensaron por un momento que tal vez Simonopio se había contagiado, como muchos de los que habían asistido al velorio y al entierro.

—¿Pero dónde?

—El día que me fue a esperar cuando tuve mi junta. Tal vez lo contagió Mercedes.

—No, acuérdate que ya tenía fiebre. Además ya nos habría contagiado a todos.

Mi papá dio instrucciones estrictas para que ningún trabajador de la hacienda ni sus familiares fueran a Linares por ningún motivo.

—Si van, mejor no regresen.

Dio instrucciones a Anselmo Espiricueta de montar guardia en la entrada de la hacienda. Órdenes duras, pero necesarias por las circunstancias: el que quiera salir, puede salir, pero no vamos a permitir que regrese ni que entre nadie. Ni siquiera el doctor Cantú.

De ser necesario, Espiricueta tenía permiso de disparar su rifle.

La fiebre de Simonopio continuaba siendo un misterio, pero aunque parecía claro que no era el mismo mal que atacaba y mataba a tantos linarenses, mi papá quería cubrir todas las posibilidades. Así que decidió ampliar el tratamiento al recordar una cura que, según su abuela materna, era infalible contra cualquier aflicción pulmonar, desde una tos hasta una pulmonía. Hizo traer un trozo de lona, que cubrió completamente por un lado con una gruesa capa de mostaza, y se lo aplicó en el pecho a Simonopio.

—¿Qué haces, Francisco?

—Un sinapismo para Simonopio.

Él recordaba los sinapismos de la abuela. Eran muy desagradables, pero cada vez que se lo aplicaban a él ante cualquier congestión, se curaba. A veces lo curaba el simple hecho de saber que se lo pondrían. Esperaba que el calor que producía la mostaza al contacto con la piel extrajera cualquier malignidad del pecho de Simonopio.

—No se lo quiten hasta que regrese.

Mi papá ya planeaba ir por mis hermanas a Monterrey por tren cuando les llegó la noticia de que el gobernador Zambrano y las autoridades de salubridad habían ordenado una cuarentena en todo el norte del país y el cierre de lugares públicos, entre ellos las escuelas. El servicio ferroviario también estaba suspendido.

—Me voy en el automóvil antes de que nos cierren los caminos. Que nadie salga de la hacienda —reiteró.

En ese entonces no existía una carretera como ésta —ancha, pavimentada y sin pozos—, por lo que, debido al mal estado de los caminos rurales entre las dos ciudades, le tomaría muchas más horas llegar en carro que en tren. Pero no había tren y nada lo disuadiría: estaba decidido a ir por Carmen y Consuelo a Monterrey.

En el futuro le contaría a mi mamá que, conduciendo por las calles de Linares esa mañana, con las ventanas del auto firmemente cerradas, le había parecido cruzar un pueblo fantasma, que la vida se había acabado. Las calles estaban desiertas de gente viva, pero había cuerpos envueltos tirados frente a las casas, algunas de amigos queridos. Vio que los perros callejeros, por lo común esquivos debido a la educación recibida a base de patadas y palos, ya empezaban a perder la precaución de siempre: husmeaban y olfateaban los bultos, atraídos por el olor a muerte. No les tomaría mucho tiempo decidirse a disfrutar el banquete que la influenza española les brindaba.

Entonces hizo la única parada que se atrevería a hacer en ese viaje. Después confesaría que, antes de animarse a abrir la puerta, había respirado profundamente y contenido el aire, motivado por dos factores: el miedo a que en el ambiente de Linares viviera la infección en busca de nuevas víctimas y el temor a que la calle oliera a linarense muerto. No quería vivir el resto de su vida con ese recuerdo en la memoria.

Con los pulmones llenos del aire limpio de su auto, conteniendo la respiración, salió con el rifle veintidós que siempre traía debajo del asiento e hizo tres disparos certeros. Los otros cinco perros huyeron espantados por la detonación o por no querer compartir el destino final de sus cómplices. Los dejó alejarse, presionado, porque el aire guardado en sus pulmones ya no alcanzaba para más, pero satisfecho de haberlos ahuyentado por el momento. Volverían, lo sabía. El olor dulzón de la carne descompuesta los haría temerarios.

Al regresar al auto vio a Vicente López —el único linarense vivo con el que se topó— dar la vuelta en la esquina y acercarse conduciendo la carreta que ya iba a medio llenar. Se saludaron de un gesto. El enterrador recogió los cuerpos que mi papá había defendido de ser devorados y luego también subió a los perros muertos. Sólo entonces mi papá continuó su camino, alejándose a toda velocidad y deseando que los perros no fueran a dar a la misma fosa que los humanos.

Nunca le había parecido tan duro el de por sí largo y difícil camino a Monterrey, preocupado como estaba por el pobre Simonopio y por el bienestar de mis hermanas. Sabía que corría el riesgo de que ellas ya estuvieran infectadas en el ambiente comunitario del internado, pero no le importaba. Si alguien de su familia había de morir, si habían de morir todos, lo harían juntos. En estos tiempos inciertos la familia necesitaba mantenerse unida.

En el Sagrado Corazón quedaban pocas alumnas cuando llegó por mis hermanas. No las dejó empacar ni despedirse de nadie. Vestidas con sus uniformes, las hizo subir al auto y emprendió el regreso.

Sería fácil imaginar a Carmen en el camino, tranquila y conforme con la decisión arbitraria de regresar a casa, mientras que Consuelo iría, sí, pero calentándole las orejas todo el camino a nuestro pobre padre con sus quejas y sus remilgos. ¿De qué? No sé. De lo que fuera. Siempre encontraba motivo, ofensa o razón para estar inconforme y hacérselo saber al que se dejara, y prisionero en la cabina del auto mi papá no habría tenido escapatoria. Ése no fue el caso. Bueno: Consuelo no falló a su carácter, pero Carmen sorprendió a todos. Por comentarios que escucharía años más tarde, testimonios fidedignos de la ocasión, se sabe que Consuelo llegó a la casa refunfuñando desconsolada y Carmen, contra su característica ecuanimidad, arribó enojada, castigando a mi papá con el látigo de su silencio. Además, para sorpresa de mi papá, había sido la que más había recriminado su orden de niñas, vámonos a Linares.

Para agravar más la situación, al entrar al pueblo mi papá les informó su decisión más reciente: no permanecerían cerca del moribundo Linares. Evitando las calles más habitadas, para que sus jóvenes hijas no vieran la muerte a la cara, les explicó que al llegar a la casa toda la familia empacaría lo necesario para pasar una temporada en la hacienda La Florida, con la esperanza de que la enfermedad no los alcanzara allá.

—¿Cuánto tiempo, papá?

—El que sea necesario. Cuando ya no haya muertos. O enfermos.

Por los acontecimientos de la época, mis hermanas estaban acostumbradas a vivir una calamidad tras otra, pero no a que por éstas se detuviera la vida. Casi no recordaban una época sin guerra; sin embargo, sabían que a pesar de ésta, cada año se plantaba lo que se había de plantar y luego se recogía la cosecha si había algo que cosechar, a pesar del peligro de que pasara algún batallón hambriento que la robara toda. Además, la gente seguía adelante lo más posible con sus planes: a pesar de la guerra —y nuestros padres siempre les decían que no había nada peor que una guerra— había bodas, nacimientos y bautizos. Había fiestas y días de campo. Si se sabía que algún ejército merodeaba en los alrededores, la gente permanecía cerca de sus casas, pero salían a hacer la compra. La leche llegaba sin falta a las casas y las amigas se veían en las tardes para merendar. Ésa era la vida que ellas conocían: la que no se detenía por nada. Ni siquiera por la muerte de un querido abuelo.

A su edad eran todavía ajenas al dolor y a la irrevocabilidad de la muerte, pues a pesar de que asistieron al entierro del abuelo Mariano Cortés, los adultos habían protegido su sensibilidad, entonces aún pueril, de la violencia con que éste había fallecido casi cuatro años antes. En su mente juvenil —como en cualquier mente juvenil que poco ha evolucionado hasta hoy desde que existió el primer adolescente—, el abuelo había muerto porque ya era abuelo y los viejos mueren porque es natural que mueran, mientras que los jóvenes viven para siempre y son inmunes a todo.

Ahora les parecía que había pasado una eternidad desde la muerte del abuelo Mariano, como les parecerían eternos los días que pasarían sin convivir con sus amistades de Monterrey o de Linares por un capricho paternal sin fundamentos.

Porque les parecía —y quejosas lo habían discutido a fondo entre ellas— que existían calamidades anunciadas y temidas por nuestro padre que nunca habían sucedido hasta entonces, como la de que un día pasaría cualquier ejército de bandoleros con la intención de llevarse a las mujeres jóvenes y bonitas, razón por la que las había enviado de internas al colegio de monjas en Monterrey. O también aquella amenaza de que un día llegarían a arrebatarles las tierras por la ley o por la fuerza. Pasaba el tiempo y hasta entonces nada de eso había ocurrido. Tal vez la tal influenza española sería una más de sus exageraciones catastrofistas.

Nuestro padre fue firme: no verían a sus amigas ni para saludar. No habría paseos a la plaza. No habría fiestas. Sabía que creerían morir de aburrimiento en ese exilio en la rusticidad de la hacienda en la que por lo general sólo pasaban uno o dos días de paseo. Pero él sabía que sobrevivirían a pesar del tedio, y con más suerte también a la epidemia.

En un intento de ser benévolo y paciente, mi papá les dijo al bajarse del automóvil que podrían leer cuanto quisieran en La Florida.

—Hasta pueden leer esa novela que les gusta tanto, ésa de las cumbres.

Su bienintencionado comentario no fue bien recibido por ninguna de las dos: al no darles tiempo de empacar, las había obligado a abandonar no sólo *Cumbres borrascosas,* sino también su nueva novela favorita, *Emma.* Y no: no les apetecía para nada que él les prestara algunas de las suyas, pues ¿a quién le interesaba leer *Historia de dos ciudades*?

Mi mamá contaba que en el instante en que Simonopio oyó a lo lejos que mi papá entraba en la casa diciendo malhumorado a mis hermanas que en esa novela de Dickens también había romance y no sólo matanzas, éste había despertado alerta y libre de fiebre o debilidad.

Así nada más: en un momento ardía inmóvil y al siguiente parecía que no habían pasado días de inconsciencia y convulsiones.

Mi papá, por demás complacido de ver al niño curado gracias a la sabiduría sináptica de su abuela, indicó que siguiera el tratamiento unas horas más para que su paciente no sufriera una recaída. Después se marchó a organizar la mudanza de la familia y a hablar con los empleados que vivían con sus familias en la hacienda. No podía hacer nada por la gente que vivía en el pueblo, pero podía salvar la mayor cantidad de vidas posible.

Si no habían visitado Linares en los últimos dos días, eran bienvenidos a mudarse con la familia, les dijo. Encontrarían la manera de hospedarlos a todos en La Florida, donde con suerte las familias de todos permanecerían lo suficientemente lejos de los aires enfermos de Linares. Los hombres harían a diario el corto viaje entre una hacienda y la otra para cuidar la caña y demás cultivos de ambas, pero no visitarían el pueblo ni tendrían contacto con nadie de Linares.

Cuando terminó su discurso, Lupita lo esperaba.

—Dice doña Reja que Simonopio ya no aguanta su pechito.

—Pues que se aguante.

La familia se mudó al día siguiente a La Florida. Todos sus empleados decidieron acompañarlos.

En retrospectiva, sabemos que la epidemia duró tres meses, pero el día en que taparon todos los muebles con sábanas, en que cerraron postigos y puertas con llave, mi familia no sabía cuándo regresaría o incluso si podría —de hecho— volver algún día. La casa nunca se había quedado sin habitantes, aun cuando la familia pasara unos días en otra hacienda.

Ésta sería la primera vez que la dejaban al abandono.

Logré entender a mi mamá cuando me confesó, años después, que con el último cerrojo su corazón se le había exprimido hasta sacarle unas lágrimas, disimuladas pero dolorosas.

En el dolor y la incertidumbre por la casa también iba incluido el abandono de recuerdos como fotografías, ropa de la infancia de mis hermanas, el juego de té que había heredado de su abuela, la vajilla inglesa que había comprado en su único viaje a Europa con su padre y su máquina de coser Singer.

Sus lágrimas no fueron por la casa o por las cosas. Ese abandono dolía, aunque sabía que la casa, con todo lo que la llenaba, estaría esperándolos ahí para cuando decidieran regresar. Sin embargo, con el último cerrojo daban el paso al peor abandono de todos: el de la gente del pueblo, de sus dos hermanos, de todos los primos y tíos de ella y de él, de los socios del casino, de los amigos de la familia. El de toda la gente que le daba vida a Linares. ¿Quién seguiría ahí cuando al fin pudieran regresar?

Las lágrimas de mi mamá, controladas con rapidez, surgieron porque ese día le pareció que había llegado el fin del mundo.

Tras echarle llave, le dieron la espalda a la casa y no volvieron la vista atrás. Mis hermanas ya los esperaban en el automóvil. Llevaban con ellos a mi abuela, por supuesto, y en otros vehículos a todas las empleadas domésticas y casi todos los empleados del campo con sus familias.

Sólo faltaron Anselmo Espiricueta y su familia en esa caravana de un auto, cuatro carretas y un camión de redilas.

Para gran disgusto de mi papá, que se enteró por boca de otro campesino, Espiricueta respetó la orden de permanecer en la hacienda como guardia en la entrada, pero, ávido fumador, el día anterior había mandado a su mujer a la tienda de abarrotes del centro de Linares a comprar el tabaco y el papel que le faltaban para armar sus cigarros. Como sabía que la familia Espiricueta, huraña y poco amigable, se mantenía siempre apartada del resto de las familias de sus empleados, no temió que ya para entonces hubiera peligro de contagio entre los demás, pero no creyó prudente llevarlos a vivir en la cercanía que les esperaba en La Florida. Se quedarían en La Amistad. Mi papá les deseó suerte y buena salud, pero Espiricueta no aceptó sus buenos deseos.

—A nosotros no nos acepta, pero al Simonopio sí. Ése es el que está enfermo. Ése es el que nos trajo este mal.

—¿Sigues con eso? Simonopio se enfermó de otra cosa y ya se curó. Tú ya conocías el peligro y sabías mis órdenes: no debiste dejar a tu mujer salir y mucho menos pedirle que fuera al pueblo por un encargo tuyo. De haber seguido mis instrucciones, habrías tenido que dispararle antes de dejarla regresar.

—Entonces tal vez le tenía que disparar a usté cuando salió y regresó con sus hijas.

Mi mamá creyó toda su vida que mi papá decidió con una paciencia indebidamente otorgada no responder a ese comentario sedicioso, tomándolo como una simple imprudencia de parte del peón.

—Esto se va a poner cada vez peor, Anselmo. Aquí en la hacienda tienes provisiones. Por tu bien y el de toda tu familia, olvídate del tabaco, porque así como están las cosas, ese vicio los va a matar a todos.

Y tras su declaración se dio la media vuelta para subirse al automóvil que guiaría al resto de la caravana de gente y provisiones.

Al aire libre, por primera vez en días, Simonopio iba en la primera carreta detrás del automóvil de mi familia. Mi papá por fin había cedido y le permitió quitarse el sinapismo de mostaza, pero le indicó que debía permanecer acostado durante todo el viaje. Martín conducía la carreta, acompañado de Trinidad. Junto a Simonopio iba la nana Reja, muda y con los ojos cerrados como siempre. También iban Pola, Lupita y la mecedora, por supuesto.

Todo el camino, entre las haciendas colindantes, mis papás se la pasaron discutiendo la enfermedad y la súbita recuperación de Simonopio. La discusión les llevaría años, pero nunca resolverían sus dudas ni entenderían el misterio. Mi mamá siempre opinaba que no había sido casualidad que la fiebre injustificada le llegara justo cuando la influenza española azotaba a Linares, lo cual la sacó del pueblo a ella y les impidió asistir al velorio mortífero de su amiga Mercedes o regresar al pueblo en esos primeros días del contagio. De igual manera siempre le pareció muy sospechosa la recuperación del niño: qué casualidad que nada más regresaste diciendo que nos íbamos de Linares y se despertó sin calentura, sin secuelas y sin malestar, argumentaba.

—Fue un milagro.

Mi abuela Sinforosa, convencida de que una declaración así sólo podía venir de Roma, no paraba de decir, ¡ay, hija!, ¿cómo crees?, ¿cómo va a ser? Y mi hermana Consuelo: ¡ay, ya!, y dejen de discutir, ¿qué importancia tiene?

Mi papá no encontró argumentos para refutar lo que mi mamá decía, pero tampoco quería mostrarse de acuerdo. Supongo que habría significado entrar en otras discusiones y preguntas más difíciles de explicar o de entender. Habría significado aceptar en forma abierta que, más allá de las extrañas circunstancias de su nacimiento y de su llegada a la familia, y que más allá de la manera inexplicable en que cada vez más y más abejas lo seguían, Simonopio no era un niño normal. Así que insistió todo el camino, como insistiría el resto de su vida, en que con un sinapismo para Simonopio él le había salvado la vida.

15

El cuerpo abandonado

El día en que la plaga y la muerte llegaron a Linares, Simonopio despertó muy temprano y tranquilo. Nada lo había alertado de lo que vendría: ni sus abejas ni el sol brillante ni el cielo sin nubes. Era un día bonito de otoño. Un día ordinario de octubre.

Simonopio despertó sólo con la certeza de que pronto las niñas Morales vendrían a una larga visita y que eso sería bueno. Luego, preocupado porque el caballo rojo se torcería una pata pisando un pozo, corrió a taparlo. Le daba gusto cuando lograba llegar a tiempo: de haberse lastimado, el caballo jamás se habría recuperado.

Satisfecho con esa acción del día, habría querido salir corriendo a la sierra siguiendo a sus abejas hasta donde se atrevía, pero motivado por su cariño a Lupita se quedó cerca: no quería que se le arruinara el día lavando la ropa dos veces, así que permaneció atento mientras Lupita cantaba y lavaba, pues al terminar se le caería la canasta con ropa recién lavada al suelo terroso por distraerse mirando a Martín.

Además, Simonopio sabía que Martín no era para Lupita, no porque él fuera mal hombre. Tan sólo sabía que, por más que quisiera, a nada llegaría Lupita con él.

Para salvarle la alegría ese día, Simonopio se ofrecería a llevar la canasta a sabiendas de que ella no lo permitiría, por creerla una carga demasiado pesada para él. Pero Simonopio insistiría para acaparar su atención y así evitaría que Lupita notara la presencia de quien la hacía soñar despierta. Ya sin distracción no habría tropiezo y ella no tendría que lavar todo una segunda vez, en consecuencia.

Sin anticiparlo, entre una camisa lavada y un fondo sucio había visto lo más nuevo, lo malo que venía, por lo que olvidó y abandonó a Lupita a su suerte y gritando a sus espaldas ¿a dónde vas, Simonopio?, sorprendida por lo intempestivo de su partida.

Corrió sin parar por un camino poco recorrido por él hacia la plaza del pueblo. Su madrina estaba ahí, en esa casona en la que se reunía la gente como ella.

Sabía que la gente lo miraba al pasar, pero no le importaba: tenía que sacarla, tenía que llevársela lejos. Para que viviera, necesitaba sacar a su madrina del pueblo. La urgencia que sentía era grande. A veces las cosas no eran claras de inmediato, pero con paciencia y tiempo todo se le esclarecería. Mientras esperaba afuera, no sabía si habría un incendio o si algún ejército pasaría disparando por doquier o qué, pero mirando alrededor de la plaza, llena de gente, haciendo lo que hacía todos los días, a paso sereno, tranquilo, sin sospechas, no logró sacudirse la certeza de que algo terrible se aproximaba.

Al ver a las señoras salir del edificio lo supo: la bonita señora embarazada traía la muerte dentro. Ella era veneno que mataría lo que tocara. Era veneno que mataría aun después de morir. Ese mismo día.

Vio. Vio la muerte generalizada en la plaza, en las calles. Vio los cuerpos uno sobre otro en la carroza llena. Los vio tirados afuera de las casas. Vio a los perros callejeros en su festín. Vio la muerte de los Morales, uno tras otro. Con ellos vio morir la posibilidad del que todavía no llegaba a la vida.

Y él no sabía qué hacer para evitarlo.

Cuando Simonopio se acercó con su madrina, ya estaba caliente y sudoroso por haber corrido todo el camino, por la angustia. Su calor corporal se había interpretado como una calentura que alarmó a Beatriz. Entonces lo supo: la fiebre de su cuerpo salvaría muchas vidas.

Eso hizo: se dejó enfermar. Y eso pasó: ahora todos los pasajeros de esa caravana en dirección a La Florida vivirían. No podía hacer nada por la gente que dejaban atrás, pero sus padrinos y las niñas, la abuela, la nana Reja y la nana Pola, Mari y Martín, y todos los demás trabajadores con sus familias estarían a salvo.

Si lo hubieran permitido, él ya habría estado esperando a la familia en La Florida. Conocía todos los atajos del monte. Se los habían mostrado sus abejas. Sabía que esto era importante y por eso ponía mucha atención cuando las seguía, pero todavía no sabía por qué. Lo que en ese momento sí sabía era que se alejaban de la muerte y se dirigían hacia la vida.

Se sentía feliz, aliviado: aun con su silencio halló la manera de hacerse entender, al menos en esa ocasión. No había sido sencillo, y tal vez, de haber tenido más tiempo, habría pensado en alguna otra forma.

Por ahora Simonopio iba recostado en la carreta, obediente. Disfrutaba el aire fresco de la mañana y la cálida caricia del sol en su cara. Nunca había estado tanto tiempo entre muros como en esos días, y al regresar a su cuerpo su primer impulso había sido correr al monte, echarse al río, escuchar a sus abejas.

Tanta libertad no se permitía a los cuerpos que enfermaban, como el suyo. Sabía que habían pasado cuatro días desde que se había obligado a enfermar y que había sido el causante de la angustia de la familia: ahora debía pagar. Y su penitencia era ésa: mantener su cuerpo en un reposo innecesario y fastidioso, pues lo que ansiaba era correr, ver a sus abejas revolotear encima, aunque sin poder seguirlas, a pesar de tanto que insistían, y luego verlas desistir y alejarse. Encima de eso debía soportar el ardor en la piel del pecho donde la mostaza del sinapismo lo había quemado. Aunque ese dolor era lo que menos le importaba.

Había observado la mirada de alivio y satisfacción de su padrino Francisco al verlo despertar: con orgullo aseguraba que él lo había curado con su sinapismo, y Simonopio nunca lo desmentiría, como jamás se debe contradecir ningún acto de amor. Tras horas de tratamiento Simonopio había implorado con señas que se lo quitaran porque le ardía, pero entendió que la tranquilidad de su padrino dependía de unas horas más de un sinapismo para su ahijado, así que lo aguantó.

El sinapismo se lo habían puesto a él, pero entendía que había servido para curar algo en su padrino. Tal vez le alivió la angustia o el dolor en el corazón. Sí: la mostaza quemaba, pero comprendía lo que sus días de enfermedad le habían costado a Francisco Morales y sabía lo que los próximos tiempos le costarían. Mientras pudiera, Simonopio haría con gusto lo que fuera por él. Esperaba que el efecto curativo del sinapismo, que él había tolerado con tanta paciencia y estoicismo, alcanzara para cubrir y sanar en el corazón de su querido padrino todas las heridas que pronto sufriría. Inevitablemente.

Porque se dirigían a la vida, sí, pero no por eso la vida sería más fácil.

16

Polvo eres...

Si no se encontraba supervisando sus ranchos ganaderos en Tamaulipas, Francisco Morales hacía el viaje diario a revisar el trabajo en las diversas haciendas. Pasaban las semanas y aún no había contagio en La Florida, lo cual le daba la satisfacción de haber tomado la decisión correcta de alejarse de todo.

Aun así sabía que estar lejos del hogar no era fácil para nadie.

Para no pensar en los dos hijos adultos que había abandonado en Linares, su suegra no salía de la cocina. Se la pasaba perfeccionando su leche quemada, que meneaba y meneaba sin descanso. Cambiaba de mano el cucharón de madera, pero nunca aceptaba ser relevada de su labor, a pesar de que era obvio que el movimiento circular constante la agotaba a tal grado que en las noches había que frotarle las contracturas en los músculos de los brazos, hombros y cuello.

Meneaba sin cesar y no aceptaba ayuda. Lo hacía sola, decía, porque esa labor le resultaba casi hipnótica, y por lo tanto, mientras su mente estaba bajo la influencia casi narcótica de su faena, se olvidaba de todo. Se olvidaba de los hijos, del marido perdido. Se olvidaba de lo que pudo ser y de lo que podría ser. Se le cansaban los brazos, pero su labor le descansaba el espíritu.

Comprendiendo eso, Francisco se aseguraba de que nunca le faltaran la leche de cabra ni el piloncillo. Por eso a diario se producían litros de leche quemada que doña Sinforosa repartía por las tardes entre los hijos de los empleados, que gracias a tal generosidad, a la que se iban acostumbrando para la hora de la merienda, iban engordando poco a poco.

Por otro lado Carmen y Consuelo habían pasado ya por varias etapas en su estado de ánimo. A veces contentas, a veces tristes. A veces lloraban sin provocación alguna. Otras se gritaban furiosas por alguna ofensa, real o imaginaria, pero luego volvían a ser cómplices de algún secreto que las hacía doblarse de la risa. Lo peor era cuando pasaban por todos esos cambios de ánimo en un mismo día: Francisco prefería oler el pelo y la carne quemada de las vacas al marcarlas que intentar descifrar cada momento en el cambio de tono y cada instante en la mirada de sus hijas.

En esos días se movía por la casa con cuidado, procurando no ser atrapado e involucrado pero, a la vez, admirando cada vez más a Beatriz, que parecía no sorprenderse ni alterarse con los arranques de las adolescentes. Para entretenerlas, ella les encargaba tareas: enseñar a leer a los niños más pequeños, y a los mayores que ya supieran leer, instruir en aritmética. Cuando cumplían con eso, les pedía que impartieran clase de música a todos. Era de esperarse que Carmen fuera más paciente y constante con las lecciones. Consuelo se desaparecía cuando Carmen se distraía: no tenía, ni tendría jamás, paciencia con los niños ajenos.

Francisco trataba de entenderlas. No era sólo el aburrimiento lo que las tenía así: no estaban acostumbradas a tal rusticidad. Sin luz eléctrica, debían detener actividades a temprana hora, cuando estaban habituadas a terminar el día leyendo bajo la luz de una lámpara y no de un quinqué. Además, acostumbradas a tener una hielera en casa, solían tomar sus bebidas con hielo, aún en invierno. Pero ahí no había hielera ni electricidad, pues eran excentricidades costosas que poco a poco habían instalado en la casa de La Amistad: empezaron a electrificar el área social y luego el área privada. La cocina fue el último proyecto, si bien Francisco esperaba poder continuar muy pronto en el área de los cuartos de los sirvientes y en las casas de los campesinos. Ése era un proyecto caro y por lo pronto no estaba en sus planes invertir en electrificar la casa familiar de La Florida, como ahora pedían sus hijas cada vez que les negaba regresar al lujo moderno de Linares.

Beatriz permanecía siempre impasible, aunque Francisco sabía que era una máscara que se ponía cada mañana al salir el sol, porque todas la noches la oía dar vueltas en la cama en forma constante. Luego la sentía levantarse a dar rondas para revisar a las niñas en sus recámaras. Revisaba también los cerrojos de las puertas, que no hubiera velas ni quinqués encendidos y que la estufa de leña estuviera apagada por completo.

Por las mañanas Beatriz actuaba como si hubiera descansado sin preocupación alguna. Lo acompañaba a desayunar. Despertaba a Carmen y a Consuelo para que cumplieran con sus deberes. Organizaba el día en la casa: el aseo de rutina y el aseo profundo. En la cocina supervisaba que no se desperdiciara nada ni quedara una migaja tirada. Salía a ratos a acompañar a la nana Reja, que aunque no se quejaba, ni ella ni su mecedora se acostumbraban a su nuevo sitio ni a su nuevo panorama: una comía poco y la otra se mecía a duras penas. Beatriz no sabía quién la pasaba peor y se preocupaba.

Pero ella seguía. Seguía porque debía. Acababa con una cosa y se iba a otra, hasta terminar con todo, hasta que no le quedaba más remedio que seguir con el bordado a la luz del quinqué. Mantenía el cuerpo ocupado para que la mente no tuviera energía para divagar, para pensar de más, para explotar.

Francisco le agradecía su disimulo, porque a él también le daba fuerza para colocarse una máscara cada mañana, despedirse con una sonrisa y dejarla a ella encargada de lo que sucediera en La Florida, mientras él se iba a sus diferentes tareas en los alrededores o más lejos, a Tamaulipas. Así como su suegra meneaba su leche quemada, él tenía sus ranchos y plantíos que le agotaban el cuerpo pero le daban un respiro a la mente.

Beatriz no tenía nada que la confortara. Se mantenía ocupada todo el día, sin nada que en realidad le diera sosiego. Sabía que sus empleados también extrañaban sus casas, sencillas pero propias. Todos tenían techo en La Florida, aunque poca privacidad. Habían ocupado el sobrado espacio que poseía la única familia que solía habitar esa hacienda en la antigua edificación de servicio —de doce cuartos grandes e independientes—, construida en origen para hospedar a más campesinos que los que en últimos tiempos la habitaban. Con la súbita invasión se había llenado, con una familia por cuarto.

A pico y pala, o tras una yunta, en La Florida o en La Amistad los hombres fingían durante el día que todo había vuelto a la normalidad. A base de sudor y esfuerzo se olvidaban de que sus familias permanecían exiliadas del pueblo lo más lejos posible. Así que cuando regresaban antes del anochecer, se sorprendían y no entendían el mal humor de sus mujeres.

La verdadera presión la sentían ellas, pues no tenían privacidad ni descanso las unas de las otras a lo largo del día: debían compartir la cocina y los lavaderos. Debían soportar la intensa convivencia desordenada de tantos niños desocupados. Debían turnarse para cocinar para todos, cuidando las provisiones que no se cultivaban en sus tierras y difíciles de reabastecer, como sal, pimienta, harina blanca, arroz, frijoles o papas, comprados a los hermanos Chang.

Francisco se aseguró de traer de todo en grandes cantidades, pero como nadie sabía cuánto duraría el exilio, había que ser prudentes en el consumo. No estaba preocupado de que pasaran hambre. En sus ranchos tenían de sobra carne y leche de res y de cabra. Todo comercio se había detenido desde la epidemia, así que sacrificar a los animales necesarios para alimentar a su gente no le causaba conflicto. Por los cañaverales tenían piloncillo hecho en casa y no faltarían cebollas, calabazas y zanahorias cultivadas en sus hortalizas. De necesitarse, compraría también las de los campesinos. Contaban con suficiente maíz propio y cal para hacer la harina de maíz en el molino, donde también trituraban la caña de azúcar para el piloncillo.

Recientemente Beatriz le había hecho notar que los trabajadores guardaban parte del extracto de la caña para luego fermentarlo y hacer aguardiente en un alambique fabricado *in situ* con cazos viejos de cobre.

—Las señoras se están quejando, Francisco. Sobre todo de los solteros que no tienen obligación. Dicen que no dejan dormir, en especial Trinidad, que es bien bebedor, pero no buen bebedor.

Además no podían salir al baño a medianoche por miedo a los avances indeseados de algún seductor borracho, soltero o casado.

Francisco no era abstemio: disfrutaba una cerveza de vez en cuando. La Carta Blanca de la Cervecería de Monterrey era su favorita, y de preferencia helada, desde que se había instalado la fábrica de hielo en Linares. También de tiempo en tiempo, en ocasiones especiales, disfrutaba un vaso de whisky escocés que traía de sus viajes a Texas. Pero el grado de alcohol en el aguardiente que fermentaban sus trabajadores quemaba la garganta y hacía arder el estómago. Con unos pocos tragos de ese líquido cualquiera perdía la cordura, por lo que combinar ese potente alcohol con la cercanía en que vivían resultaría una invitación al desastre.

Así que les había retirado el ingenioso destilador, a sabiendas de que afectaría el estado de ánimo de sus hombres. Como creía que el remedio para toda desmoralización era el trabajo, los mantenía ocupados en el quehacer de una hacienda u otra. Estaban acostumbrados a eso. Era parte de su vida diaria, pero el tiempo que les tomaba atender sus plantíos familiares, sin la ayuda de sus mujeres, los terminaba de extenuar. Regresaban a La Florida con el único interés de cenar y retirarse a descansar temprano, sin buscar problemas, conscientes de que al día siguiente los esperaba más trabajo.

Al único que dispensó de sus labores de rutina fue a Anselmo Espiricueta. Lo había liberado incluso de las que lo mantenían aislado del resto de los trabajadores, para permitirle quedarse en casa, ya que una semana después de la partida de la caravana su mujer había enfermado y muerto en un mismo día, pero eso no había parado ahí: cuatro de sus hijos ya estaban muertos o muriendo. Sólo el padre, el hijo mayor y la más pequeña quedaban sanos.

Francisco desconocía cómo una misma enfermedad atacaba a unos y perdonaba a otros, pero sí sabía que esa tragedia podía haberse evitado.

Que la mujer se enfermara una semana después de la advertencia que le había hecho a su empleado le indicaba que éste no le había hecho caso y que había vuelto a mandar a su esposa embarazada al pueblo, de seguro por más tabaco.

Francisco Morales nunca había sido de esas personas que se pasan la vida diciendo, ves, te lo dije. De hecho odiaba esos comentarios, porque ya qué, de qué servían. Era puro gasto de palabras cuando ya no había manera de reparar el daño. Sin embargo, nunca estuvo tan tentado de estrujar a alguien y gritarle ¡te dije que no fueran al pueblo, te dije que el vicio del tabaco los mataría! Como sea, encontró la fuerza para callar, pues Francisco no podía ni imaginar la angustia y la magnitud del dolor que una pérdida así podía causarle a cualquier hombre, sobre todo a uno al que le debía estar pesando la conciencia por su culpabilidad en el contagio de su familia.

Lo único que podía hacer por ellos en esas circunstancias era dejar paquetes de comida preparada cerca de su casa. La primera vez también había llevado aspirinas Bayer, pero al día siguiente las encontró tiradas en el suelo, despreciadas, húmedas. Sintió lástima por el desperdicio de algo tan valioso y tan costoso. No las volvería a ofrecer: él mismo no podía darse el lujo de dejar a su propia familia sin el medicamento, en caso de necesitarse.

A Beatriz se le ocurrió mandar la comida a la familia desde que se enteraron de la enfermedad de la mujer. También ella sugirió que llamaran al médico, pero Espiricueta se negó a recibirlo en forma terminante. Y ahora estaba pagando las consecuencias de sus decisiones.

Lo que había empezado como un acto de caridad por parte de Francisco para ayudar a un hombre, a una familia desesperanzada, se fue tornando en una monserga: sería la falta de entrega al trabajo de Espiricueta, su poco empeño o simplemente el peso de su mirada, en la que había algo que su patrón no podía descifrar. Sería esa mirada que ni todo el buen trato, casa, alimento, escuela y buena compañía habían logrado desempañar. Sería tal vez que Francisco sospechaba que Espiricueta golpeaba a su esposa, que había notado cómo el amigable Simonopio lo esquivaba, o que Beatriz lo encontraba repulsivo.

Ahora, con la familia diezmada, a Francisco le costaba mucho admitir, aun a sí mismo, que llevaba mucho tiempo rumiando la idea de correr a Anselmo Espiricueta. Y cada vez que lo consideraba, la lástima vencía su determinación. Si corriera al padre, la mujer y los hijos se quedarían sin casa, trabajo ni ingresos. Otra vez sin esperanza. Sabía que, de correrlo, nadie más le daría trabajo en la región.

Y con razón.

No podía despedirlo. Menos ahora. Él no creía en patear a nadie que hubiera caído bajo y no era posible caer más bajo que Espiricueta. Francisco no podía volver el tiempo atrás ni devolverle a los hijos o a la esposa. Lo único que podía brindarle era continuidad en el trabajo, y con eso algo de paz.

Sintió una presencia a su lado.

—Simonopio, ¿qué haces aquí?

Ese día Francisco había dejado La Florida para ir a trabajar sin más compañía que la de los trabajadores, a los que transportó en el camión de redilas. Había mucho que hacer todos los días. Quizá la vida social de Linares se había detenido, pero la del campo no se detenía con la muerte ni el luto. Todos los días las vacas o las cabras esperaban quién las ordeñara y los plantíos quién los regara o cosechara.

Tal vez podría haber enviado a los campesinos a pie. La corta distancia entre La Florida y La Amistad lo permitía, pero Francisco creía en invertir la energía del cuerpo en el quehacer del día y no en el camino, que aunque no era muy escarpado resultaba poco sombreado y caluroso, incluso en días de otoño. Si las desgastantes horas de sol eran imposibles de evitar, mejor que las pasaran en la labor. Del trayecto de ida y de vuelta se encargaba él. No era fácil ni barato conseguir gasolina, pero prefería hacer el gasto en combustible que desperdiciar la energía humana.

Ahora, ahí, a su lado, había aparecido de repente ese niño recién recuperado que se había transportado y dirigido solo. No le faltaba el aliento ni parecía acalorado por el esfuerzo. Francisco sabía que a Simonopio le gustaba alejarse de la casa, pero no tenía idea de que se atreviera a explorar tan lejos. Sintió el impulso de decirle no te alejes tanto, te vas a perder en las montañas, Simonopio, y te pueden comer los osos, niño, pero se contuvo. A Francisco no le gustaba desperdiciar energía ni palabras, y en ese momento tuvo la certeza de que Simonopio no necesitaba las suyas, ya que claramente había llegado a donde quería llegar, sin la ayuda de nadie. En ese momento de clarividencia, Francisco comprendió que el peligro de ser devorado se había extinguido para Simonopio en las primeras horas de su vida y que, así decidiera caminar hasta las antípodas, el niño nunca perdería el rumbo.

Y algo más: en ese momento Francisco admitió que con Simonopio no había casualidades. Que si estaba ahí era por algún motivo poderoso.

—¿Me estabas buscando?

Simonopio le hizo señas para que lo siguiera hasta la casa familiar abandonada. Francisco no había vuelto a entrar a su casa desde que había salido la última vez con la familia y le había echado cerrojo. Y no había sentido el menor impulso de regresar él solo. Reacio, curioso, pero seguro de que Simonopio tendría un buen motivo para llevarlo ahí, entró en la casa cuando éste le permitió hacerlo.

Anticipaba que la opresión que sentiría en la casa vacía, silenciosa, sería desgarradora, por lo que había decidido no poner un solo pie en ella hasta que regresara con Beatriz y sus hijas a su lado. Lo sorprendió que al entrar su corazón no se encogiera, que no se detuviera. Ni la opresión que tanto había temido se presentara y ni siquiera el reconocimiento de regresar al hogar lo hubiera estremecido.

Miró a su alrededor. Cuatro semanas de abandono y ya todo estaba cubierto con una gruesa capa de polvo.

El corazón le dio vuelcos cuando se le ocurrió que las casas mueren cuando dejan de alimentarse de la energía de sus dueños. Se preguntó si lo mismo habrían pasado los antiguos: los mayas, los romanos, los egipcios. Se preguntó si al abandonar sus casas, al dejar sus pueblos tras alguna catástrofe para no regresar jamás, habían provocado la muerte, el deterioro y luego la ruina de casas, pueblos y templos.

Algo así como lo que les sucedía ahora en Linares: vámonos, llegó la peste. Luego, al cabo de unos años o de una generación, ya nadie recordaría el lugar del asentamiento original, que ante el abandono sostenido habría vuelto poco a poco, partícula de polvo a partícula de polvo, a su dueña, la tierra. Polvo eres y en polvo te convertirás: tan cierto para las células vivas como para cualquier montón de ladrillos, ya fueran romanos, mayas o linarenses.

En ese caso en particular, ese montón de ladrillos que agonizaban asfixiados por el polvo eran los que armaban el caparazón para las esperanzas familiares de varias generaciones de Morales.

Y él no los dejaría morir.

—¿Me ayudas, Simonopio?

Ni de niño había sido parte de sus responsabilidades limpiar, lavar o desempolvar, pero en ese momento se sintió impulsado a hacerlo, aunque no supiera por dónde empezar o siquiera dónde guardaban las mujeres de la casa los implementos de limpieza.

La casa olía a abandono, aroma que su olfato reconoció sin haberlo percibido nunca antes. Quizá ése era el olor que despedían los ladrillos moribundos, como el aroma dulzón que emanaba de la carne muerta durante la descomposición, pensó. Recorrió la casa, verificando que en efecto el polvo lo cubría todo: pisos, pasamanos, cortinas, lambrequines, puertas, ventanas. Las sábanas protegían los muebles, pero también estaban cubiertas por esa tierra finísima que se las arreglaba para entrar hasta por ranuras imperceptibles para el ojo humano, sin invitación de por medio, para cubrir recuerdos y rastros de civilizaciones enteras.

Simonopio sabía dónde se encontraban los jabones, aceites, trapos y plumeros, y además cómo se usaba cada cosa. A Francisco le dio un plumero.

Sería el primer varón de la familia Morales en dedicar su tiempo a esas, hasta entonces, actividades de la vida femenina. Y en éstas, sorprendido, encontraría sosiego, consuelo y desafío una vez a la semana, acompañado por Simonopio, que nunca faltaba a la cita formalizada de esa campaña de estrategia y disciplina casi militar contra un acérrimo enemigo imbatible, infatigable. No importaba cuánto esmero y esfuerzo dedicaran Francisco y su ejército de un soldado para mandar al adversario al destierro: éste regresaba de inmediato, poco a poco, silencioso, con la intención de posarse en las esperanzas para el futuro de Francisco Morales.

17

La Singer y su trácata, trácata

La verdad es que Simonopio no llevó a mi papá a la casa para que viera el deplorable estado en que se encontraba. No tenía nada en contra de la limpieza, supongo, y menos de acompañar a su padrino en ésa o en cualquier otra faena. Después comprenderían que lo que buscaba era hacer una firme sugerencia para que mi papá le llevara la preciadísima —y pesadísima— máquina de coser Singer a mi mamá.

Mi papá después confesaría que el gran gesto que había hecho para conservar la cordura de mi mamá en ese exilio forzoso fue idea de Simonopio, aunque se había tardado en entender lo que el niño intentaba decirle. En la primera visita a la casa atacó la enorme máquina con el plumero, después de que Simonopio se la señaló de manera enfática. En la segunda visita Simonopio tuvo que sacar telas, hilos y botones, y luego llevar todo en cajas hasta el camión de redilas para hacerse entender: debían subir la pesada máquina y transportarla a La Florida.

Ésa fue una de las primeras cosedoras para el hogar, pero no era como las prácticas y ligeras máquinas de ahora, aunque te confieso que tengo años de no ver ninguna. En ese entonces las máquinas mecánicas de pesado hierro venían montadas y afianzadas a un práctico mueble de madera sólida. Una vez que se le escogía su rincón en la casa, el armatoste nunca más se volvía a mover. Decir que pesaba una tonelada sería una exageración.

Nunca lo he averiguado con exactitud, pero ésta pesaba más de lo que a cualquier persona normal —o a cuatro— le darían ganas de cargar, eso te lo garantizo.

Supongo que mi papá aprendió a confiar en los instintos de su ahijado y, preocupado como estaba por el estado de ánimo de mi mamá, decidió hacer el esfuerzo de llevársela. Tal vez ésta aprovechara el tiempo, como siempre había querido, enseñando a Carmen y a Consuelo a coser o cosiendo la ropa de la temporada. No cualquiera tenía una máquina semejante, y mi mamá atesoraba la suya. Mi papá pensó que la sorpresa la haría feliz.

No sé si hay que tener mi edad para entender que a las mujeres uno nunca termina de entenderlas. Creo que existe un laberinto exclusivo de ellas y que a los hombres sólo se nos permite atisbar desde afuera cuando ellas quieren, cuando nos invitan.

Cuando no, el laberinto de su conciencia nos resulta un misterio.

Mi papá la encontró haciendo velas con la cera de abeja que Simonopio le obsequiaba de vez en cuando. La guió hasta el camión donde los esperaban Simonopio y el resto de los trabajadores que habían ayudado a subir el aparato al vehículo, todos expectantes de ver su cara llena de sorpresa, emoción y agradecimiento.

Contrario a lo que esperaban, al ver la carga que traían, mi mamá se dio la media vuelta sin decir nada y se fue a paso firme. Se fue llorando.

Años después me contó que nunca supo dónde tenía acumuladas tantas lágrimas que brotaron el día al que siempre llamaría "el día en que lloré por nada".

Había llorado la muerte de su padre, por supuesto, pero éste fue un llanto discreto, digno, cargado de orgullo, sin arranques ni drama, aunque con algo de rencor. Conociendo a mi mamá, habrá traído a la mano su pañuelo bordado, siempre cuidadosa de no mostrar las secreciones naturales, aunque incómodas y vergonzosas, de un cuerpo que llora. Así que éste había sido un llanto elegante y justificado.

Pero hay de llantos a llantos.

Esa persona que había explotado en llanto al ver el cúmulo de fierros y maderas que era su máquina de coser no podía ser ella. No se reconoció desde el primer instante. Decía que, aun en ese momento, en ese trance, había conservado una parte mínima de su cerebro, que le hablaba y preguntaba ¿quién eres tú? ¿No te importa el espectáculo que das?

Mi mamá dejó a ese grupo de hombres y un niño mudos, atónitos, sin saber qué hacer ni qué decir. Juntos hicieron un esfuerzo enorme en transportar la máquina desde su rincón habitual hasta el camión sin que se desarmaran sus partes o se desbalanceara el pedal. Luego algunos caminaron de regreso, mientras otros la cuidaban de los saltos que daba el camión de redilas. Sabían, claro, que aún faltaba bajarla y colocarla en su nuevo rincón, pero estaban dispuestos. Lo que ninguno de ellos quería era tener que regresarla a su lugar original.

—¿Qué hacemos, patrón?

—Váyanse a descansar. Ya mañana veremos. Tú también, Simonopio. No te preocupes, ve a merendar.

Mi papá no buscó a mi mamá de inmediato. Hizo caso a algún instinto de conservación y dejó que llamaran a cenar antes de ver si hallaba a su mujer más serena. La encontró en la recámara que compartían, sentada en el sillón que por lo común utilizaba para la costura a mano o para sus bordados. Oscureció, pero ella no había hecho nada por iluminar la recámara. Mi papá encendió el quinqué más cercano.

Ahí se quedaron, sin importarles que la cena se enfriara.

El doctor Cantú escribía alguna nota escueta de vez en cuando y la dejaba en la entrada de La Amistad para que mi papá la encontrara en sus visitas. Hasta ese día habían recibido tres: las primeras dos muy cortas y poco alentadoras, y la tercera un poco más larga, aunque por demás extraña. Por la prisa, el doctor no se había explicado muy bien al escribir sobre la saturación del cementerio, de un resucitado fallido y de un superviviente.

Como no se trataba de una comunicación de toma y daca, no había manera de exigirle al doctor mayor información, de hacer preguntas ni de recibir respuestas específicas. Bastante hacía Cantú con enviarles sus notas. Mi papá se debió resignar con eso, pues imaginaba que no tendría tiempo, entre enfermos y muertos, de escribir largos recuentos, de hacer listados completos de cuantos habían perecido o de recordar si ya les había mencionado o no sobre la muerte de tal o cual, por lo que de carta en carta repetía los nombres de algunos de los que habían sucumbido. Por lo mismo, la información les servía tan sólo para saber que aún existía civilización, pero no para conocer los detalles y el destino de todos los amigos o parientes.

A pesar de la frustración por la información incompleta, plagada de huecos y vaguedades, mi papá agradecía la distracción de Mario Cantú. Agradecía no saber. No llegar a sentir alivio al concluir, a falta de información que afirmara lo contrario, que sus cuñados continuaban con vida, porque estaba claro que las circunstancias podían ser muy distintas entre carta y carta.

Mi mamá tampoco sabía si era mejor recibir esas noticias que sólo angustiaban o si era mejor permanecer ajenos a todo.

Sin embargo, cuando mi mamá vio la máquina de coser sobre el camión, ésa que le había brindado horas y horas de sosiego en la labor, la que había colocado en el lugar más iluminado de su cuarto de costura, contando con que ni tras su muerte la moverían, dejó salir toda la angustia contenida, disimulada, pues creyó que había llegado el fin del mundo. Que era un hecho: eran los últimos sobrevivientes. Que en definitiva nunca regresarían a la vida que habían conocido. Que estaban aislados para siempre. Que no habían tenido tiempo de encargar las flores para el baile de primavera. Que aún no le llegaban las telas que encargó para los vestidos de baile de las niñas. Que sus hijas no encontrarían marido si no había telas, flores ni muchachos. Que si no había telas tampoco habría uso para la máquina, pues ella no tenía ni sabía usar un telar. Entonces se vio deshaciendo la ropa vieja para luego rehacerla, una y otra vez, hasta que la lana misma se tornara transparente por el uso. Se vio sin flores para llevar al cementerio. Pero si el cementerio ya estaba saturado, y si todos estaban muertos, ¿quién habría enterrado a sus hermanos? ¿Quién se encargaría de inhumar a la última persona en pie? ¿El tal resucitado del que les había escrito el doctor Cantú?

Todo esto lo pensó al mismo tiempo, en ese pequeño instante de la tarde en que estuvo a la sombra del camión de redilas. Y ése fue un pequeño vistazo que mi papá dio al laberinto del pensamiento de su mujer.

Mi mamá le creyó cuando él le aseguró que no era el fin del mundo, y se tranquilizó. Entonces mi papá la dejó ahí para ir a cumplir con algún deber urgentísimo. Inventado, según mi mamá. Inventado, para ya no verla así. Mi papá tal vez no entendió nunca ese pequeño episodio, ese *surménage* de su mujer, pero su mujer siempre lo entendió muy bien a él.

Ya en calma, todavía en la oscuridad de su recámara, confortada por su sillón, y en especial por su reencuentro con la esperanza de vida, de alguna ropa nueva, de yernos y nietos futuros, la pequeña parte de cordura que aún funcionaba en ese arranque atestiguado por marido, trabajadores y ahijado regresó a ocupar el espacio que le correspondía, el que acostumbraba en el cerebro de mi —por lo general— ecuánime madre. Regresó con fuerza. Regresó ofendida y reclamándole que hiciste un buen berrinche y delante de todos. ¿No te da vergüenza?

Pero mi mamá, a quien a su edad ya la vida le había enseñado que no hay dolor —y ahora vergüenza— que la detuviera, se levantó de su sillón, se quitó el delantal, se echó agua fría a la cara, y viéndose al espejo ignoró la pregunta. Y luego buscó a mi papá.

—Ándale. Vamos a que nos vuelvan a servir la cena.

Al día siguiente la Singer estaba en su nuevo aunque —para alivio de mi mamá— temporal rincón, en el cuarto del que mis hermanas se habían apoderado para sus lecturas románticas.

Pero no había telas adecuadas para coser. Mi pobre papá era hombre de campo, y como tal de costura no sabía nada. Tampoco de telas. Y las había dejado todas. Al final del día siguiente mi papá llegó con una nueva ofrenda para mi mamá.

—Me trajo todo lo que se encontró en mi cuarto de costura —contaba mi mamá—. Los baúles con tela de manta, el de verano, el de invierno. Me trajo todos los hilos. También plumas, chaquiras, lentejuelas. ¡Hasta me trajo el baúl de las cortinas viejas y amarillentas que iba a mandar al convento! Tuvimos que guardar todo en una de las recámaras, porque en el cuarto de costura no cabía todo.

Sin embargo, ni con todas las telas del mundo habría logrado mi mamá convertir a mis hermanas en hacendosas costureras. Antes del exilio lo de la costura nunca les había llamado la atención y mi mamá había desistido hacía mucho de enseñarlas. Pensó que al recibir la moderna máquina les llamaría la atención usarla por la novedad, pero pronto concluyó que sus hijas sólo serían buenas para remendar calcetines, pegar botones y nada más. Ahora que las tenía cautivas, como mi papá decía, hizo un nuevo aunque fallido intento con ellas. Esta vez el problema no radicaba en mis hermanas. Mi mamá se dio cuenta de que, a pesar de ser una excelente costurera, también era una pésima maestra. Que carecía de la paciencia para serlo. Ver a otras personas sentadas frente a su máquina de coser Singer —ya fueran hijas u otra alumna que mi papá le conseguía— la ponía de muy mal humor: empezaba por decirles que el ritmo con que movían el pedal no era el correcto. Luego intentaba enseñarles a hilvanar o a cambiar agujas, pero ante la torpeza novel les decía: muévete, déjame a mí. Así terminaba ella haciendo el proyecto completo, diciéndoles ¡ay, qué bonito te quedó!

Mi mamá siempre admitió que esa máquina de coser le salvó, si no la vida, sí la cordura. Y eso se lo agradecía más a Simonopio que a mi papá. Aunque se negaran a discutirlo abiertamente, ambos sabían que su ahijado había sugerido la costura, porque sabía que le daba paz.

Cuánta razón tenía: si mi abuela poseía su constante meneo de la leche al quemarse, cambiando de mano cada vez que terminaba un misterio del rosario para encontrar descanso, mi mamá necesitaba el sosiego del trácata, trácata, trácata de su máquina. Trácata, trácata, trácata por horas. Si sentaba a alguna alumna a coser, el cambio de ritmo la desquiciaba. La máquina era de ella y debía funcionar trácata, trácata, trácata. No traca ta, traca ta.

Yo nunca vi la máquina en su lugar temporal de La Florida, pero a veces imagino que el ritmo de mi vida se basa en el trácata, trácata, trácata que me acompañaría años después, desde mis primeros días en su vientre y luego en la vida hasta la adultez, cortesía de la claridad de mi mamá.

Mi corazón, tu automóvil, el tiempo… Todo avanza y envejece a ese ritmo. Trácata, trácata, trácata.

Al ritmo del trácata, trácata, trácata de su máquina, mi mamá confeccionó en aquellos días de exilio vestidos de baile para mis hermanas e indumentaria práctica en beneficio de sus compañeros de retiro. Además de dos faldas con sus blusas, cosió también un vestido de domingo para Margarita Espiricueta, la única niña sobreviviente de esa familia desafortunada. Con los retazos, decidió hacerle asimismo una muñeca de trapo, tan hermosa y tan deseada, que pronto debió repetirla una docena de veces para las pequeñas hijas de los trabajadores.

Todavía, al sobrarle el tiempo y la angustia, continuó cosiendo, imaginando las tallas de las hijas de sus amigas, a la espera de que con el tiempo transcurrido las blusas de organdí español que iba coleccionando les quedaran todavía. Que no les parecieran pasadas de moda ni muy infantiles. Siguió con faldas y blusas de todas las tallas, aunque con telas más prácticas, para las niñas de la escuela de gracia, para cuando reanudaran las clases.

Después confesaría que, de haberse prolongado su destierro, habría seguido hasta que se agotaran las telas de que disponía. Que habría cosido aunque la combinación de hilos con telas ya no fuera la correcta ni la del buen gusto. De ser muy necesario, descosería lo viejo y hasta lo nuevo para reinventar cada pieza, con tal de no tener tiempo de sobra para pensar ni dedicar a la congoja.

Sumergida en ese fervor creativo, mi mamá no consideró —se negó a considerar— que algunas de las personas a las que había dedicado tanto esfuerzo con su costura nunca más necesitarían ropa nueva.

18

La tierra siempre será ajena

Desde el puesto que había escogido en lo alto de una colina, Anselmo Espiricueta observaba a lo lejos la caravana de autos y carretas. Le habían avisado de antemano que los patrones regresarían ese día, pero como no le especificaron la hora, hizo un esfuerzo especial por no estar ahí para recibirlos.

Los espiaba sentado, apoyado contra un árbol, tiritando, pues su ropa era insuficiente para protegerlo del aire helado de la mañana. Pero ahí seguía, aguantando, esperando, resentido, deseando estar en su casa tapado con cobertores. De donde él venía la gente se tapaba un poco más en época de lluvias, pero fuera de la llegada de algún huracán no había sorpresas climáticas, y por lo tanto tampoco había necesidad de poseer tanta ropa para enfrentar la vida. En el norte se debía usar ropa delgada, mangas cortas, mangas largas, de algodón, de lana, ropa más gruesa y aún más gruesa, y luego había que saber cuál era la apropiada para el día, que de súbito podía amanecer templado y para el mediodía tornarse frío como el invierno.

Ése no era su primer invierno ahí. Tenía ya ocho años de haber llegado al norte, pero seguía sin entender el frío. ¿De dónde provenía? ¿Quién lo mandaba y por qué? Y cuando se extinguía, ¿a dónde se iba? ¿Dónde se guardaba? Y luego: ¿cómo le hacía el frío para metérsele hasta adentro, hasta las carnes y los huesos? Sin importar cuánto se tapara, el frío siempre se las arreglaba para colársele y a veces le parecía que, si empezaba afuera, tal vez cerca de los árboles del monte, terminaba conquistándole el cuerpo entero, para volver a comenzar su ataque desde sus adentros, con más bríos, hasta hacerlo temblar, como si intentara deshacer el esqueleto, desmembrarlo, diseminar sus partes por esa tierra que lo sujetaba y lo hacía prisionero.

Había llegado hasta esa tierra sin saber siquiera que existía, en busca de un norte elusivo. Claro, aquí llamaban a esta región "el norte", pero ahora estaba seguro de que siempre habría un norte más al norte. Éste no era el que él añoraba. Éste no era por el cual había abandonado la vida de antes. Éste no era el que le servía a él, cuando no ofrecía más que una vida llena de trabajo, sol ardiente, aire seco, nubes esporádicas, hielo y ahora también enfermedad y muerte.

Pasaban por ahí con miras de seguir adelante, cuando algo apretó con fuerza el vientre de su mujer y la hizo expulsar en forma prematura a la hija que guardaba dentro. Habían visto la tierra en desuso y se habían acomodado en un pedacito que Anselmo reclamó como propio, con su familia de testigo. Con palos y ramas, él y sus hijos mayores habían construido la primera morada de los Espiricueta. No tenían nada más que lo que buscaban: tierra y libertad.

—Pronto construiremos una casa de ladrillos. Ya verán.

Y tendrían su sembradío de tabaco y sus animales, se prometió. En ese pedacito de tierra Anselmo Espiricueta sintió por primera vez qué era ser dueño de su tiempo, de su voluntad y de su destino. Había vivido hasta entonces una vida de correcciones a palos y de trabajo mal remunerado y menos agradecido. Los aires revolucionarios que se respiraban en el sur lo sedujeron y comprendió que él mismo tendría que ir a buscar cualquier esperanza de tierra y libertad. Había oído que en el norte cualquiera se hacía rico y que aún había mucha tierra libre. Y él la quería.

Ya no viviría a merced de la voluntad de otros. Con ese deseo vivo declarado, Espiricueta no tuvo la paciencia para esperar.

El riesgo de que el patrón los atrapara en su fuga era enorme. Las posibilidades de subirse a un tren y pasar inadvertidos eran mínimas, aunque prefería arriesgarse, morir y ver morir a sus hijos, a su mujer, antes que esperar un día más como siervo, aguardando mansamente el palazo que por fin lo mataría.

Ahí, en ese norte lejanísimo, que en un primer momento —que duró unas cuantas semanas— creyó que sí era su norte anhelado, se había sentido señor, dueño, autoridad. Sus hijos ya nunca lo verían humillarse ni empinarse ante un capataz. Ellos no tendrían que hacerse a un lado ante nadie, dejar pasar a cualquiera, tratar de pasar inadvertidos. No tendrían que ser menos, tener menos ni contar los frijoles de cada día.

En ese norte no más hambre, no más pobreza.

Pero una cosa fue desearlo, pensarlo, plantearlo, y otra llevarlo a cabo. A los pocos días de haberse establecido ya no tenían ni frijoles para contar y repartir: todos sentían más hambre que nunca, y tan cruel como era ésta, la sed no resultaba menor, sino acaso peor. Sus cuerpos nunca habían sentido un calor parecido, y por más que buscaban en la cercanías ni Anselmo ni sus hijos encontraban agua.

La gente que da por hecho que del generoso cielo siempre cae agua para mojar la tierra no desarrolla las habilidades para encontrarla en lo profundo del subsuelo. Pensaban: si no llueve hoy, de seguro será mañana, pero pasaban los días y la ansiada lluvia nunca llegaba. La vegetación a su alrededor les era ajena, extraña, y pronto se dieron cuenta de que no obtendrían alimento ni gota de humedad de ella.

Con trampas y lanzas lograron matar conejos y tlacuaches, pero éstos no proveían suficiente alimento para toda la familia Espiricueta y no eran un reemplazo para el agua.

El hambre y la sed, nuevas dueñas de su existencia, lo sometieron a él y a su prole más rápido que cualquier azote.

Anselmo Espiricueta oyó la carreta que se acercaba el mismo día en que su mujer le había informado que de su pecho ya no manaba más leche, y que más mejor sería matar a esta cría de un apretón que dejarla morir diambre, Anselmo. Pero éste se enorgullecía de algo que lo distinguía de la mayoría: todos sus hijos habían nacido vivos y todos seguían vivos. No habían perdido a ninguno de seguidillo, de fiebres ni nada. Tampoco perderían a ninguno de hambre, se prometió. Así que al oír cada vez más cerca las pisadas equinas y las ruedas de una pesada carreta al andar, ordenó a sus hijos e hijas mayores colocarse, amenazantes, de cada lado del camino de fina tierra amarilla, seca y volátil que ahora recubría a los miembros de su familia.

Ahora, años después, no habría sabido expresar con exactitud su motivación de salir al encuentro de la carreta. Quería algo. Quería salvar a su familia. Quería impedir el paso por su propiedad, despojar a los de la carreta de algo, aunque sólo fuera de su sensación de seguridad. Si su esfuerzo había sido interpretado por el grupo al que pensaban abordar como una petición de caridad, se debía a la arrogancia del jinete, el líder del grupo.

Francisco Morales echó un rápido vistazo a la patética tropa que había bloqueado su camino y ni por un momento consideró que su vida corriera peligro. Nunca se le ocurrió que estaba ante seres desesperados que habrían matado por un trago de agua. Tan maltrechos los encontró, tan cubiertos de tierra seca y desecante, con los pómulos pronunciados, la extrema palidez morena, los labios partidos y cubiertos por la capa blanca y espesa de la sed y los ojos saltados, que en ellos sólo percibió a unos mendicantes con ojos plañideros. Tan pobres, tan insignificantes los había considerado, que al ver la choza que habían construido nunca supuso que se tratara de una invasión ni de un intento de posesión de su tierra.

Pronto le quedó claro a Anselmo, a pesar de que la sed y el hambre también espesaban su proceso mental, que este enorme hombre blanco y rubio era el verdadero amo y señor de cada palo y cada piedra que la familia Espiricueta había utilizado en sus días de lo que había creído eran su tierra y libertad. Convenientemente, pronto olvidó su primer intento de agresión y sintió que esa parte servil de su alma, esa espina dorsal del espíritu tan entrenada para inclinarse, lo volvía a hacer, vencida por la presencia de ese gran señor dispuesto a ayudarlos, por la humillación de ser despojado de todo en un instante, sí, pero también subyugada por la ambición de sobrevivir ante todo.

¿Estaban perdidos? Sí, perdidos, contestaba dando tragos de agua. ¿Se detuvieron por el bebé? Sí, por la cría, dijo mientras miraba a sus hijos, que ya humedecían sus células resecas. ¿Trabajas la tierra? Algo sé de eso. ¿Vienes del sur? Del sur más sur. ¿Tienen dónde quedarse? Ya sentía el agradecimiento de su lengua húmeda pero, viendo la humilde choza que se habían construido cuando aún tenían fuerza en los cuerpos, contestó: no. ¿Necesitas trabajo? Sí, patrón, necesito trabajo.

Sí, patrón. Sí, patrón.

Desde entonces permanecieron en ese norte a veces de fuego y a veces de hielo, hechos prisioneros por las ganas de vivir y por la caridad inesperada y cruel de esa gente que sólo ofrecía aliento artificial, arrebatándoles la tierra que ya sentían como suya, impidiéndoles seguir entonces con su camino más al norte con sus no les conviene y ¿a qué van si ni hablan el mismo idioma?

La mayor crueldad fue la oferta de tierra y casa, que a Anselmo Espiricueta le revivió las esperanzas de independencia.

El castellano no era la lengua materna de Anselmo, y en su experiencia previa no se incluía conversar con el hacendado, sólo con los capataces, que pasaban a conveniencia de la lengua original que compartían con Anselmo al castellano. Las palabras veloces, sin pausa, de este hacendado norteño, Francisco Morales, lo invadían por un oído, le llegaban a la mente como una tormenta arremolinada en su interior, y luego se le escapaban por el otro tan rápido como habían llegado. Sólo consiguió retener las palabras que invadieron su corazón.

¿Que si le gustaría tener su propia parcela, su propia casa? Sí, patrón.

Morales ordenó que lo llevaran a la casa de dos cuartos que le ofrecía.

Entendió las palabras de disculpa que le dirigieron en el camino los hombres que lo llevaban:

—Es una casa muy sencilla y ha estado abandonada por mucho tiempo. Además está lejos, pero es mejor que nada.

Mientras que las otras casas de los trabajadores habían sido construidas más recientemente para formar una pequeña comunidad, con una parcela para cada una, ésta que le destinarían se encontraba fuera del casco de la hacienda. A Espiricueta no le importaba: cuando la vio, pensó que era una casa mucho mejor y más grande que cualquiera que se hubiera imaginado.

Entendía que los animales del monte hubieran entrado a hacer sus nidos ahí, siendo fresca y oscura, pero sería fácil erradicarlos para tornarla habitable. Como ninguna de las dos ventanas tenía postigos, cortaría un árbol y él se los haría a la primera oportunidad. En cuanto al aislamiento en que vivirían, ningún interés tenía Espiricueta en vivir en vecindad, en que le estuvieran revisando sus actividades o criticando a sus hijos o a su mujer. Habían vivido hacinados en el sur y esta casa les daba la oportunidad de hacerlo a sus anchas. Además, la casa estaba edificada directamente en el campo que le ofrecían —su casa, su campo—, donde trabajaría hombro con hombro con sus hijos.

Entendió que el patrón era un hombre justo y que pagaba bien cuando le indicaron que se presentara al día siguiente, temprano, para el trabajo. Que con el primer sueldo compraría sus primeras semillas para la siembra de la parcela familiar asignada, y que ellos, o cualquiera, le prestarían la herramienta necesaria para arreglar la casa y preparar el campo.

El problema lo encontró cuando entendió que Morales le hacía una promesa donde la tierra era de uno, pero no, y la casa también era de uno, pero tampoco. Había que trabajar el doble, la tierra del patrón y la tierra de uno, para pagar una renta en cada cosecha y así, poco a poco, y si uno ahorraba, comprarla y heredarla a los hijos al final de la vida.

Anselmo Espiricueta no tenía la paciencia para eso del ahorro y de la espera. ¿Por qué esperar a ser dueño de una tierra hasta estar tan viejo que la espalda no fuera capaz ya de corregir su curvatura? ¿Qué necesidad de vivir la vida doblegándose ante un señor, cualquier señor? Le daba lo mismo si éste era sureño o norteño. Él había abandonado el sur arriesgando el propio pellejo y el ajeno para dejar atrás la sumisión de la pobreza. En su ansiedad por comenzar una nueva oportunidad, no había tenido empacho en dejar atrás la lengua de su infancia, la tierra húmeda que lo había visto nacer. ¿Por qué habría de querer esperar con paciencia en este lugar helado y ardiente, que le robaba los años?

En los primeros días la señora Beatriz se había encargado de mandarles víveres para varias semanas y ropa usada para todos los miembros de su familia. La habían aceptado: la única vestimenta que poseían era con la que habían salido de la hacienda tabacalera donde se hallaban predestinados a ver pasar la vida, en medio de la oscuridad más profunda. También les mandaron jabón y un tónico contra piojos, pulgas y garrapatas, que se habían visto obligados a aceptar. No quieren sucios y apestosos a su alrededor, pensó Anselmo, y ¿será por eso que nos mandaron a la casa de a lejos?

Luego se suscitó la peor afrenta: la oferta para pagar la escuela de los niños Espiricueta. Ellas irían a la escuela de gracia para niñas y ellos, a la de muchachos. Son buenas escuelas, les aseguró la patrona. Las niñas Morales acudían a la misma escuela, aunque lo llamaban "colegio", porque iban del lado de las señoritas elegantes de primera, del lado de las que sí podían pagar. Luego les habló de la oportunidad de superación al aprender las letras y los números, pero, al no estar presente el señor Morales, Anselmo dejó atrás su lado reverente y le puso un alto al monólogo:

—No, doña. A eso no van mis hijos. ¿Para qué? ¿De qué les sirve? Necesitamos a los muchachos para la siembra y la cosecha. ¿Y qué de bueno les van a enseñar a las hijas ahí? ¿A ser mejores sirvientas? Mejor que se queden aquí, sirviendo de algo.

La doña Beatriz se alejó turbada y a toda prisa.

Ni el paso de los años había logrado que Anselmo Espiricueta olvidara su ambición de tierra y libertad. Poco a poco la idea empezaba a oírse también por estos lugares, pero los trabajadores de esta hacienda y los del pueblo parecían no entenderla:

—¿Por qué nos van a querer dar tierra regalada, tierra que no compramos?

Creían que la vida les sonreía al mandarles buen trabajo y la oportunidad de mejorarse plantando su terreno. Educando a los hijos. A Anselmo le parecía que tanta consideración, tanta caridad y la falta de azotes los habían terminado por domar, por conformar. Pero a él lo había educado cada látigo y cada palo que había recibido durante su vida, y el buen trato no lo engañaba: era tan sólo una forma más cruel de dominio.

Cortando la caña de azúcar todos los días —una labor que sólo requería fuerza y ritmo—, plantándola o cargándola a la carreta, se prometía a diario a sí mismo —como lo había hecho desde el principio— que ése sería el último día en que trabajaría para alguien más, que se alejaría de ahí —con o sin familia— en busca de la tierra que sabía que lo esperaba. No sabía dónde estaba, pero habría de buscarla, encontrarla y defenderla mejor de lo que habían defendido la tierrita que por unas semanas habían hecho suya entre La Amistad y La Florida. Ahí plantaría tabaco, que era lo que él entendía mejor.

Sin embargo, la panza traicionera, llena y agradecida sometió a la voluntad, por lo que resultó muy difícil darse la media vuelta y alejarse de ahí con o sin hijos.

Años después ahí seguía, esperando con ambición y sin paciencia, en ese lugar helado que le había robado tiempo, riqueza, fortaleza y familia: su mujer y la mayoría de sus hijos habían hallado su fin en ese helado infierno con la peste que les había caído.

Ahora lo había perdido casi todo, y si antes veía con malos ojos a Simonopio, ahora estaba convencido de que todas sus predicciones fatales del día del nacimiento del niño se convertían en realidad. La guerra había llegado unos días después que él, y desde ahí los males habían continuado: la enfermedad y la muerte de tantos, y en especial de su familia, eran culpa del mal que el Simonopio había traído consigo. Y él se lo advirtió al patrón: ese niño es del diablo y nos va a traer pura calamidad, ya verá.

¿Y le había hecho caso ese hombrón arrogante? No, claro que no. ¿Qué sabía Anselmo Espiricueta si ni letras tenía? Sólo sé lo que la vida me ha enseñado. Lo que aprendí al pie de una fogata a la medianoche, escuchando la conversación de los abuelos chamanes.

Mientras se levantaba del suelo, entumido y adolorido de la espalda por mantener la misma posición encorvada, apoyado contra el árbol durante tanto tiempo y sin quitar la mirada del camino por donde había pasado la caravana de gente sana, Anselmo Espiricueta se prometió que nunca olvidaría que se habían llevado con ellos al niño maldito.

—Y a nosotros nos abandonaron a morir como perros sarnosos.

19

Regreso a la vida, a otra

Los tres meses de retiro marcaron a Beatriz Cortés de Morales. La habían cambiado. A veces tenía la sensación de haber pasado los que deberían haber sido los mejores años de su vida como una muda espectadora en un drama donde la protagonista era su doble: el mismo nombre e idéntica fisonomía, pero temperamento adverso.

¿Quién era ésta que no podía entablar contacto real con sus propias hijas? ¿Ésta que las había entregado a criar a unas monjas y luego pasaba los días resentida porque las había perdido, porque se le hicieron mayores fuera de su supervisión, pero que ahora que las tenía constantemente le resultaba imposible entablar con ellas una conversación más allá de las más básicas cortesías sociales entre simples conocidos?

Cuando entraba al cuarto de costura, que compartía en esa casa con sus hijas cuando leían, seguido las encontraba cuchicheando entre ellas, como era natural entre muchachas jóvenes. Al verla entrar, ellas guardaban silencio de inmediato. No la incluían en sus confidencias, como hacían cuando eran más pequeñas, y no era raro que, al notar su presencia, salieran de ahí apresuradas, entre risitas o con muecas de fastidio.

Beatriz ya no reconocía a sus hijas ni sabía cómo enmendar la relación. No tenía ya ni la menor idea de cómo entablar una simple conversación con ellas. Sus hijas no querían estar con ella. No querían hablarle. Lo que había deseado que fuera una oportunidad de convivencia, forzosa tal vez, pero quizá enriquecedora, se había convertido en un simple ejercicio de tolerancia. No querían coser, pero eso no le sorprendía: nunca les había gustado. No querían ayudar con los niños de las familias que compartían su refugio ni para enseñarles música, lectura ni juegos infantiles. Por las noches, al terminar el trajín del día, al finalizar la cena, no aceptaban cantar ni leer para la familia. No querían hacer nada más que estar la una con la otra, y eso ni siquiera en paz absoluta: tan cercana convivencia las cansaba y las hacía explotar entre ellas o contra los demás.

Tan pronto como Beatriz encontraba qué decirles para que volviera la armonía, Carmen y Consuelo la miraban con ojos sorprendidos, como preguntándole ¿de qué hablas? Lo que había sucedido hacía una hora o dos ya era historia que no tenían intenciones de repasar ni de recordar. Cambiaban de tema, de ánimo, de interés y de plática a un ritmo vertiginoso. A un ritmo que ella no sentía el ánimo ni la energía para igualar. A un ritmo que la hacía —le parecía— envejecer.

No culparía sólo a sus hijas de su desasosiego.

La preocupación por la gente que se había quedado a enfrentar la muerte en Linares no la dejaba dormir, y como nunca llegaba a perderse en el sueño profundo, la propia casa la ponía en alerta varias veces cada noche. Crujía como cualquier casona vieja, pero no con el crujido que la arrullaba por las noches en La Amistad, como tampoco eran sus olores, sus dimensiones, sus pasillos, sus colores.

De día no importaba tanto, pero de noche, cada noche, exhausta, la sorprendían unas ganas locas de escapar y no parar hasta llegar a acostarse en la cama donde había comenzado su vida de casada.

En lugar de salir corriendo, aterrorizando a cuanto animal salvaje vagara en esas sierras por la noche, Beatriz deambulaba en silencio por los pasillos de La Florida. Como ésas no eran horas para coser, aunque lo deseara, revisaba cerrojos que ella misma había cerrado más temprano. Comprobaba múltiples veces, en absoluta oscuridad, que no quedara un quinqué encendido, en especial en la recámara de sus hijas. Ya ahí las cobijaba aunque no hiciera frío, les acariciaba el ceño y les quitaba el cabello de la cara. Luego se sentaba al pie de sus camas para contemplarlas dormidas.

Aunque de día le parecía que no las reconocía, en la soledad de la noche se reencontraba con sus niñas. Era entonces cuando las comprendía bien, cuando respiraban el mismo aire que ella, sin quejumbres, sin escapar. En esa oscuridad, interrumpida por la luz de la luna, parecían encogerse bajo sus cobijas, ocupar menos espacio en la cama, regresar a una forma y una dimensión que ella reconocía. A veces se recostaba con una o con otra. A veces dormitaba así un poco, envuelta en su aliento. En sus bocas abiertas al dormir o en sus suaves suspiros y ronquidos las reconocía. En las noches, entre sueños, no se escapaban y nada se interponía: eran suyas de nuevo.

El amanecer la sorprendía con tijera en mano. Si se negaba a despertar la casa pedaleando en su Singer, nada le impedía comenzar un nuevo proyecto, un nuevo patrón, cortar una tela. Encendía uno de los quinqués en los que había invertido gran parte de su energía nocturna asegurándose de que estaba apagado, y comenzaba su día. Recibía a su marido con una sonrisa, como siempre. Luego lo acompañaba a desayunar y lo despedía en la puerta, con los mejores deseos de una buena jornada y unas bendiciones secretas. Lo que pidiera y prometiera ante Dios por el bien de su familia, lo hacía en la privacidad de su mente, porque si Francisco supiera cuánto resguardo pedía por él en particular, se habría dado cuenta de que su mujer no era el pilar de fortaleza que pretendía ser.

Simonopio lo sabía. Siempre estaba ahí cuando abrían la puerta en la mañana. La miraba con intensidad mientras se despedía de su marido. Luego se acercaba a ella con alguna ofrenda: un poco de cera o un tarro pequeño con miel de abeja. Gracias a eso Beatriz se había acostumbrado al sabor de ésta endulzando su café, y tan parte era ya de su rutina, que con el simple acto de verterla poco a poco en un fino chorro hasta su taza encontraba algo de sosiego, ánimos renovados y la energía para seguir adelante con la rutina extraña de ese lugar, enfrentar a sus hijas desconocidas, a aquella señora ofendida por la otra, y a otra señora alarmada por una erupción en la piel de la barriga de tal o cual hijo. Simonopio la observaba, y Beatriz tenía la sensación de que el niño sabía hasta lo que ni ella misma se admitiría a sí misma. Fue él quien determinó el antídoto a la implosión que ella había sentido que se aproximaba. Fue él quien sugirió que traerle la Singer sería buena idea. Beatriz sabía que él había intuido que su máquina de coser la haría feliz o que al menos calmaría su desesperación, que la mantendría cuerda.

A veces deseaba decirle, dime qué ves con tus ojos, Simonopio. Dime hasta dónde ven, que me desmenuzan. Hasta qué profundidad de mi cuerpo, de mi alma. Por algún motivo, porque esos ojos eran Simonopio, no la perturbaba tal escrutinio. Que ante Simonopio no existiera su privacidad le parecía natural. En sus ojos nunca había prejuicios ni condenas. Simonopio era quien era, era como era y sólo había que aceptarlo, tal y como sabía que él la aceptaba a ella.

Con el paso de las semanas el clima se transformó. Se había tornado frío, y con el descenso de la temperatura escasearon los regalos que Simonopio le hacía. Ella no sabía mucho de abejas, pero suponía que en invierno se resguardaban y necesitaban su miel. Ante la disculpa silenciosa que Simonopio le ofrecía cada día por la escasez, Beatriz le aseguraba que no importaba: poco a poco había ido guardando el exceso en frascos de conservas y tenía miel para dos o tres meses. Y quién sabe, tal vez para entonces tus abejas quieran volver a regalarte una poca más, Simonopio.

Aunque el clima había cambiado y los rasgos de Simonopio resaltaban ante la ausencia invernal de sus eternas compañeras, él se alejaba, como todos los días, a recorrer los caminos del

147

monte. Durante una noche en vela Beatriz concluyó que las abejas eran más que una simple casualidad o una curiosidad para Simonopio. Que lo acompañaban, que lo guiaban, que lo cuidaban. Por eso la perturbaba que anduviera solo, por ahí, sin sus ángeles guardianes. Sentía que sin ellas estaba desprotegido, pero no había manera de detenerlo. No sabía quedarse quieto. Si se le daba algún quehacer para mantenerlo cerca de la casa, lo hacía, y de buena gana, si bien Beatriz lo observaba y distinguía la añoranza en su mirada. Se aseguraba de que se alimentara y se abrigara bien. De que llevara algo de comida en su morral. Lo único que podía hacer por él era dejarlo ir, y cada vez que se alejaba para perderse entre los árboles de los cerros, lanzar tras él más bendiciones secretas.

De bendición en bendición habían pasado los días, las noches, los meses. Tres meses.

Si alejarse de Linares había sido difícil, volver resultó peor. Algo inesperado. Lo que tanto había anticipado por cerca de noventa días, dudando a veces de que fuera posible, le robó hasta las ganas de coser desde el momento en que Francisco le anunció que los contagios por influenza y las muertes iban en franco descenso. Que esperarían una o dos semanas más antes de decidir, aunque anticipaba regresar a La Amistad y a Linares muy pronto.

Había llegado el momento de emprender el retorno a la realidad de Linares, a contar los muertos, a llorarlos. A volver a entregar a sus hijas para que las educaran unas extrañas, a repartir cuantas prendas había coleccionado en una esquina de su cuarto de costura, a lo que restaba de vida.

Dos días antes de partir había encontrado a Carmen llorando, sola. Consuelo escogió ese día para cansarse de la compañía de su hermana y se encerró en su recámara para inventar nuevas maneras de arreglarse el cabello.

Alarmada de ver llorar a la más tranquila y ecuánime de sus hijas, Beatriz se sentó con ella para intentar hilar y entender las palabras sueltas que ésta lograba enunciar: el primo de su amiga Mariqueta Domínguez, tan guapo. Un baile de debut en el casino de Monterrey a principios de septiembre. El carnet de baile lleno. Dos valses y una limonada con Antonio Domínguez. Cartas de amor de él a ella y de ella a él, aunque sólo se hubieran visto esa única vez.

Tomó la noticia de labios de una sollozante Carmen con estoicismo. No la interrumpió ni para decirle estás muy niña y hace poco que jugabas con muñecas, aunque era lo que se le venía a la mente con cada palabra de su hija. Si bien su impulso habría sido decirle ya ves lo que te pasa por leer tanta novela romántica, también se había contenido, claro está.

Beatriz y Francisco conocían a la familia del muchacho por amistades mutuas. A pesar de vivir en Monterrey, María Enriqueta se hallaba internada en el Sagrado Corazón. Y aunque Beatriz no entendía esa práctica de vivir apartados de los hijos sin necesidad, le había dado gusto que las niñas fomentaran esa amistad en el colegio. Mariqueta salía todos los fines de semana a su casa y seguido invitaba a Carmen y a Consuelo a visitarla, a comer con la familia o a algún suceso especial, como al debut de su prima en el casino de Monterrey.

—¿Y al primo no lo habías conocido?

Antonio Domínguez se acababa de graduar de ingeniería en el MIT y no había visitado Monterrey en dos años. Era bueno, guapo, trabajador, de buena familia, y le había pedido que se casara con él.

Con ese anuncio, el aire abandonó el cuerpo de Beatriz y a Carmen no le dio tiempo de recuperarlo.

—¡Y ahora está muerto!

—¿Cómo sabes?

—No lo sé, pero lo siento. ¡Llevo tres meses sin recibir ninguna carta!

—Nadie manda ni recibe cartas: el correo está suspendido. Tú lo sabes, Carmen.

—Lo sé. Pero ellos se quedaron en Monterrey. No tenían a dónde ir, como nosotros. ¿Y qué si se enfermó? ¿Qué si se murió? ¿Qué si ya me olvidó?

—Mira, Carmen, no te puedo garantizar que esté bien. Lo que te puedo asegurar es que, de estar sano, no te ha olvidado —de hecho, Beatriz no tenía evidencias para garantizar tal cosa, pero continuó—. También te prometo que en el momento en que se pueda, le mandaremos recado a Mariqueta para que sepa que tú sí estás bien. De lo demás ya veremos.

Carmen quedó más tranquila tras la plática con su madre, pero esta última tuvo que salir corriendo a encerrarse en su recámara para recuperar el aliento y mirarse en el espejo con detenimiento, como si allí fuera a encontrar las respuestas.

La conversación le había aclarado los cambios de estado de ánimo, los cuchicheos de sus hijas, su secrecía, su complicidad, aunque hubiera agradecido que, tras soportar en silencio los tres meses de angustia por la separación de su enamorado, Carmen se guardara sus secretos unos días más. Al menos hasta regresar a Linares.

El espejo no le aclaró nada. Tampoco le dio esperanzas ni promesa algunas.

Por su parte ella tuvo que prometerle a Carmen que aún no diría nada a Francisco. Beatriz accedió con renuencia y con gusto a la vez. No le gustaba guardar secretos y menos a Francisco, pero al mismo tiempo ¿qué caso tenía preocuparlo con tanta anticipación? ¿Y qué si, en efecto, el Romeo regiomontano había muerto infectado? No era que la futura suegra le deseara la muerte al candidato a yerno, claro que no, pero cabía la posibilidad de que todos los planes de Carmen se esfumaran en un instante.

Bastantes preocupaciones abrumaban ya a su marido. De regreso a Linares buscaría la mejor manera y el mejor momento para darle la noticia, por supuesto, y mientras tanto le ahorraría esta nueva inquietud.

Por lo pronto, Beatriz quedaba como una nueva aunque reacia secuaz en la vida amorosa de su hija. Al sentarse a la mesa, entre bocado y bocado, ésta le lanzaba miradas de complicidad y sonrisitas a las que se suponía que debía responder de alguna manera similar. El problema era que Beatriz no las entendía, por lo que a veces quería contestarle lo siento mucho, yo no hablo ese idioma.

Ya no.

Quería decirle: creo recordar que lo hablé, que lo aprendí, pero no sé en qué momento lo olvidé. Será tal vez por el desuso o porque se trata de un lenguaje al que sólo las jóvenes tienen derecho, no lo sé.

No dijo nada, temerosa de romper el tenue lazo que su hija acababa de brindarle.

Desde el punto de vista de una persona joven, Beatriz siempre se había preguntado cómo se sentiría envejecer. Observaba a su madre, anticuada, avejentada, disminuida y timorata, y se preguntaba si una persona amanecía un buen día diciéndose: éste es el momento en que empieza mi vejez, desde hoy mi cerebro no tolerará ideas nuevas, mi ropa no evolucionará más, mi peinado permanecerá para siempre igual, leeré y releeré con nostalgia las novelas que me dieron placer en la juventud y dejaré que la siguiente generación, a la que ya no entiendo porque yo hablo viejo, tome las decisiones por mí, que ya no tengo nada que enseñarle. Seré compañía para todos, aunque poco más para nadie.

Era demasiado joven para estar vieja, pero cuando una madre tiene a una hija pensando en casarse, no puede evitar concluir: se me pasaron los años. A los treinta y tres empezó mi vejez. Ésa sería otra dura noticia para compartir con su marido: Francisco, la novedad es que a partir de hoy estamos viejos.

No. No sería fácil darle esa noticia.

Con la nueva carga, los dos últimos días le habían parecido una eternidad. Había mucho que enfrentar al dar el primer paso en La Amistad. Ahora le parecía que los tres meses de aislamiento, sin ser precisamente placenteros, al menos les habían proporcionado una ilusión de perpetuidad donde las preocupaciones no habían sido menores, aunque ultimadamente intangibles.

Regresaban, sí, no obstante que de camino a la hacienda Beatriz no dejaba de pensar que no retornaban a la vida conocida antes de octubre, sino que todo había cambiado, que habrían de explorar la nueva vida como si se tratara de un nuevo mundo, una nueva frontera. Que las preocupaciones ahora sí serían palpables, que se harían realidad. Entonces sintió el impulso de pedir a la caravana de expatriados que regresaran al exilio, si era que de ese modo lograban prolongar la ilusión de la existencia de una vida conocida antes de la influenza española y de los amoríos pueriles de su joven hija.

No se atrevió a hacerlo, pues la antigua Beatriz jamás evadiría ningún problema, ninguna responsabilidad. Entonces pensó que ése era uno de sus nuevos desafíos: recuperar a la antigua Beatriz, rescatarla de ese miasma que la envolvía. Lo de su adopción de los nuevos peinados y modas ya lo iría analizando: dependería —así lo suponía— de los peinados y las modas. Lo de la nostalgia por las novelas de juventud era un lujo que sí le podía permitir de vez en cuando. Sin embargo, ni en su vejez le permitiría a la antigua Beatriz convertirse en la sombra de nadie, quedar a la deriva, a merced de las decisiones de otros. Jamás le permitiría estancarse. Y nunca, por ningún motivo, permitiría que algún nieto suyo la llamara otra cosa que abuela Beatriz. Nada de Tita, Mane o Nona. Eso lo dejaría muy claro desde el principio.

Además, poco a poco, de ser posible, reintegraría esas dos partes en que se había resquebrajado su conciencia: la antigua y la nueva. Volvería a ser una y dejaría atrás a esa doble que había encontrado en fechas recientes.

La cuestión entonces era: ¿cuál de las dos —nueva o antigua— saldría avante en la lucha por definir a Beatriz Cortés desde ese momento en adelante? La nueva Beatriz sentía un aprecio especial por la antigua: tenía en su carácter ciertas cualidades que la redimían, pero esperaba que ésta no resurgiera con tal fuerza que terminara por anular el aprendizaje de la nueva.

Al llegar, lo primero que la nueva Beatriz hizo por la antigua fue entrar en la casa de La Amistad sin derramar una sola lágrima. De inmediato, al analizar el estado de abandono, encargó a madre, hijas y sirvientas su aseo: quiten sábanas, no las sacudan dentro de la casa, muevan muebles, tomen plumeros. Ni te atrevas a quejarte, Consuelo. Laven platos y sartenes, cambien la ropa de cama, que todo está muy sucio y el polvo nos va a ahogar.

Sorprendida de que Francisco la acompañara en su recorrido de supervisión y de sus reiteradas aseveraciones en cuanto a que él veía muy bien la casa, con muy poco polvo, Beatriz le dijo que sorprendentemente había muy poco polvo encima de muebles y pisos, pero ¿te fijaste abajo de los sillones y de las camas? ¡Y en los platos y trastes! Como que todo el polvo se acumuló allí, porque ya se estaban haciendo montañas.

No entendió cuando Francisco se alejó de ahí con un gesto de molestia. Supuso que sería porque nunca había hablado de polvo y suciedad con él. Bien le había aconsejado su madre antes de casarse: con tu marido nunca hables de las cosas comunes del mantenimiento de tu casa, porque no le va a interesar. Beatriz siempre había hecho caso de esa recomendación y dudaba que Francisco siquiera supiera dónde se guardaban los trapeadores, las escobas y los plumeros.

Cuando dejó organizado al batallón de limpieza, abrió el baúl donde había transportado la colección de prendas que había cosido.

Esperaba que la blusa y la falda fueran del tamaño correcto, aunque de no ser así podría hacerles algunos ajustes sin problema. Puso todo en una bolsa, junto con la muñeca que había confeccionado con retazos de tela.

Le había sorprendido no encontrar a Anselmo Espiricueta esperando el regreso de la comitiva. Ella tendría que ir a buscarlo para darle el pésame. Hacía frío y estaba lejos, pero el terreno se veía seco, así que se abrigó bien y decidió ir a casa de la familia Espiricueta a pie. Al cabo de unos metros notó que Simonopio caminaba a su lado.

—Sabes que voy a visitar a los Espiricueta, ¿verdad? No vengas si no quieres.

Simonopio no desistió y Beatriz, sorprendida, le agradeció su compañía. No quería enfrentar al viudo sola.

Desde lejos se notaba que hacía falta la mano, nunca muy estricta, de Jacinta Espiricueta. La casa lucía más triste y abandonada que nunca. No habían hecho mucho por darle un buen aspecto. Los postigos de las ventanas eran más bien tablones fijos, con rendijas amplias que no servían de mucho para proteger de la luz ni del aire, pero ahora, además, había cacharros y basura por todos lados y la maleza crecía desenfrenada donde la casa encontraba la tierra. Parecía emanar de los cimientos.

Beatriz había sentido mucha lástima por la señora Jacinta desde que la conoció: muerta de hambre, desconfiada, llena de hijos y carente de esperanzas. Pensó que con darle trabajo al marido y casa a la familia aliviaría un poco su carga, aunque pronto notó que ni la seguridad del trabajo, de la propia tierra y de los buenos tratos suavizaba a la mujer de Espiricueta.

Aunque iba en contra de su firme apego a la caridad cristiana y batallaba para admitirlo ante sí misma, a Beatriz la incomodaba la estancia de la familia Espiricueta en La Amistad. La incomodaban los modos del marido, la actitud abyecta de la mujer y las miradas furtivas de ambos. Y aunque Beatriz honestamente no buscaba alabanzas ni gratitud, admitía que le llamaba la atención la absoluta falta de agradecimiento por parte de ambos Espiricueta ante la oportunidad que se les había brindado de una nueva vida, de nuevas amistades y nuevos conocimientos.

Francisco la miraba con extrañeza cuando le ofrecía mandar a Espiricueta a hacer algún trabajo especial por la casa, y Beatriz rechazaba la oferta. Cuando pueda Gabino o cuando pueda Trinidad. Me espero, no hay prisa, le contestaba. No quería sentir jamás el peso de esa mirada resentida. No lo quería cerca de sus hijas ni de Simonopio. No quería que aquel hombre entrara en su casa y tocara sus cosas.

La turbaba haberlo dejado sin supervisión en La Amistad, cuando todos se habían ido al exilio, aun cuando se trataba de una situación extraordinaria y justificada. De día sabía que no había manera de entrar en la casa sin la llave, pero en sus eternas noches sin sueño llegó a imaginar a Espiricueta recorriéndola con la mirada, con las manos, con las plantas desnudas de los pies. Lo imaginó abriendo sus cajones o acostándose a sus anchas en su cama matrimonial.

Varias veces pensó en pedirle a Francisco que lo despidiera, pero no se había atrevido. No quería pedir que despidieran a alguien sólo porque a ella le desagradaba. Y ahora iba en esta encomienda, en camino a esa casa de desgraciados en vida y desgraciados en muerte, porque sabía que, tras lo sufrido por la familia y las pérdidas sostenidas, ahora resultaba imposible siquiera contemplar arrojarlos a la calle.

Simonopio prefirió quedarse lejos de la vista de la casa y la esperó sentado en una piedra, detrás de un arbusto. Beatriz no se sorprendió. Desde tiempo atrás había notado que siempre que Anselmo Espiricueta rondaba cerca, Simonopio desaparecía. Era como si el niño recordara cuanto el hombre había dicho sobre él el día en que lo encontraron abandonado, o como si intuyera la mala voluntad que aún le guardaba el campesino, como si conociera sus supersticiones. Era como si no confiara en él.

—No me tardo.

En la penumbra de la tarde de invierno tuvo la impresión de que la casa no era más que una fotografía en tonos sepia: ningún color brillante interrumpía su gris monotonía. Al acercarse a su silencio y a su oscuridad, pensó que la encontraría vacante, como si los miembros que quedaban de la familia Espiricueta hubieran respondido desde lejos a sus deseos secretos y se hubieran alejado permanentemente por su propio pie, al norte tal vez, como siempre habían deseado, sin que nadie se los pidiera. Sin despedirse de nadie. Sin avisar a nadie.

Aunque de ser así —lo sabía— perduraría para siempre el misterio de la desaparición de la familia Espiricueta en la comunidad de La Amistad y de Linares entero. Se convertiría en un buen material de leyenda: lo que queda de una familia completa desaparece por el acto de un padre que, desesperado por la muerte de tantos hijos, termina por matar a los pocos que le quedaban, o tal vez termina por enterrarlos vivos, decidido en su locura a llenar todos los pozos que ya había cavado. Luego, testigos —la novia del amigo de un primo, la hermana de una amiga, la abuela de la maestra— asegurarían que el hombre, asesino desgraciado, espíritu poseso o alma en pena como mínimo, rondaría para siempre los alrededores, buscando eternamente a los de su sangre. Vagaría culpando de su pérdida irremediable a cuanto ser vivo encontrase en su camino, destinado a nunca recordar —o a no desear recordar— que había sido él mismo el culpable de su desdicha.

Y como muchas otras leyendas, ésta viajaría por tiempo y espacio, trascendiendo generaciones y geografías. Habría recuentos cada vez más estrafalarios sobre avistamientos sangrientos y sonoros lamentos, hasta que la mente colectiva olvidara el origen de la historia y el nombre de su protagonista, y todos la creyeran propia: desde Chiapas hasta Texas, pasando por Guanajuato.

Sintió que un escalofrío la recorría de pies a cabeza. Ya sabía que su imaginación no daba para mucho y que esta idea que la invadía tenía rasgos casi idénticos a la leyenda de la Llorona, que tanto la había asustado de niña. Pensar que se le apareciera por ahí una mujer que había perdido a los hijos, destinada a vagar sin rumbo, eternamente clamando por ellos, la seguía asustando. No lo negaba. Pensar en conocer de primera mano al protagonista, al origen de una posible leyenda, por más intrincada y concebida de la fantasía pura del momento, le enchinó la piel.

Tocó la puerta, sin desear respuesta.

20

La historia que se ha contado, se cuenta y se contará, tal vez

Simonopio conocía casi todos los caminos: cortos, largos, anchos, angostos. Conocía los caminos de animales y los caminos de hombres. Algunos incluso los había trazado él en su ir y venir persiguiendo a sus abejas, que raras veces se atenían a los senderos impuestos por el hombre. Pero no los conocía todos, y algunos no los había recorrido hasta el final, ni siquiera hasta el punto donde sus abejas daban el día por bueno y decidían emprender el regreso a casa.

Para él, hasta ahora, sólo un camino le había sido vedado. Nunca entendió el porqué, pero había obedecido a ciegas, por lo que nunca, hasta ese día, había seguido la vereda que lo conduciría directo a la casa de Anselmo Espiricueta.

Sentía en el aire que en torno a él se agitaba su enjambre cada vez que el hombre de los rencores insalvables se acercaba a él. Era su manera de advertirle que se alejara cuando sentían cerca a Espiricueta, de evitar que se cruzara con él por las veredas en las que podrían coincidir. Aun así, de vez en cuando Simonopio se detenía en alguna intersección de caminos, cerca de la casa de Espiricueta, consciente de que el de la izquierda lo llevaría directo hasta ahí, y se sentía atraído por lo prohibido, por lo desconocido. Y al ser ésa una sección de los montes que hasta las abejas evitaban, él siempre las había obedecido: por ahí no vayas, que no hay nada bueno, le recordaban seguido.

Conocía la animadversión que el hombre le guardaba desde que se encontraron por primera vez: Simonopio, un recién nacido, y él, un recién llegado. ¿Y cómo no saberla, si creía recordarla? O tal vez era que, como la abeja vieja le cuenta a la joven cada suceso de éxito y de fracaso del pasado, para repetir los triunfos y evitar los errores, así también lo habían hecho con él sus abejas, para que no olvidara ese primer encuentro. O quizá también se lo habían dicho las miradas que en cada oportunidad Espiricueta le echaba a Simonopio: miradas fuertes, pesadas, oscuras, ominosas.

Entre Espiricueta y él ya existía una historia que aún no se contaba ni en el aire. Era una historia en curso que había comenzado desde el día de su nacimiento, pero también era una historia aún sin suceder: detenida, sometida a un estado de estasis, inerte gracias a sus abejas, pero no muerta ni finiquitada.

Era una historia que esperaba con paciencia. Que esperaba a ser.

Esto lo sabía con certeza. Lo había sabido desde siempre, de igual forma que conocía las probables historias de otros, pues le bastaba mirar con atención en algunos recovecos de su mente para ver algunas, propias o ajenas. Unas —propias o ajenas— las veía muy claras de principio a fin; luego había algunas en las que vislumbraba el desarrollo desde antes de su origen, sin ver claro el desenlace. Otras más se hacían realidad de la nada, sin prevenir, sin avisar: sucedían sin advertencia.

Vistos parcial o completamente, y con antelación, había sucesos futuros tan deseables que se aguardaban con impaciente anticipación, y otros que en cambio erizaban la piel sólo con considerarlos, que sería preferible nunca sucedieran.

A Francisco Morales le había dado por contarle historias mientras hacían en secreto la limpieza de la casa. Simonopio siempre lo escuchaba con atención, porque era lo que mejor sabía hacer en una conversación unilateral, como siempre resultaba cualquier conversación en la que él participaba, sumido en el silencio como estaba. Lo escuchó además porque reconoció la necesidad que sentía su padrino de ventilar su mente, aunque fuera por la vía de unas historias que a él mismo le contaron en su infancia. Pero la principal razón de ser una audiencia incondicional era que no había nada más fascinante para Simonopio que las historias contadas por otros, por medio de canciones y cuentos.

Ésta es una leyenda, le decía Francisco. Esta otra es una fábula.

Leyendas o fábulas, a él le gustaban también las que contaba Soledad Betancourt, la narradora de cuentos de la feria de Villaseca, de viva voz. De memoria. Sin falta la escuchaba cada año en las carpas que se establecían en las afueras de Linares. No era que la mujer llegara a cada visita con un repertorio completo de historias nuevas: lo maravillaba que muchas veces contaba las mismas, pero con pequeñas volteretas que aplicaba de manera magistral para hacerlas nuevas, frescas, más dramáticas o más terroríficas. Su padrino, asido a un plumero, le había narrado historias muy parecidas que bajo su mando, bajo su voz, encontraban su propio nuevo rumbo.

Sabía que existían historias que se leían en libros, con palabras en negro sobre hojas blancas. Ésas no le interesaban, porque una vez impresas eran imborrables, inmutables. Cada lector debía seguir con exactitud el orden de las palabras que se le indicaban en esas páginas, hasta llegar, todos sin remedio y por igual, al mismo desenlace.

Comparando a los dos cronistas, Simonopio había aprendido que, así como las palabras de un cuento relatado oralmente tenían la libertad de cambiar, de igual modo eran libres de cambiar los personajes, los retos que enfrentaban, los finales.

Su historia favorita era la fábula que le había contado Francisco sobre un león y un coyote en la tierra de las luces. Simonopio deseaba ser el león valeroso, como se lo sugirió su padrino.

—En una fábula los animales poseen características humanas, con sus virtudes y sus defectos. El que la conoce puede escoger ser la gacela o el ratón, pero yo creo que tú no puedes ser menos que el león, Simonopio. Sólo acuérdate de cuidarte del coyote.

Feliz de que su padrino lo comparara con tan majestuoso personaje, Simonopio pensaba constantemente en cómo ser el león del cuento, en no decepcionar la estima de su padrino. Y le alegraba mucho que ésta fuera una historia que nunca se había escrito.

Ser poseedor de esa historia le daba a Simonopio la oportunidad de hacer infinitas variaciones, de agregar o quitar personajes a conveniencia y de darles características de la gente que lo rodeaba. Y él era el león. Aunque su mente lo mandara a miles de aventuras ficticias distintas, él era el león. El coyote también siempre era el mismo, y por más que lo intentara ni en sus narraciones más habilidosas había logrado cancelar a ese personaje de su historia. Sospechaba que siempre que hubiera un león, era inevitable que existiera un coyote.

Mientras que esa fábula era sólo un cuento, una invención, las historias que Simonopio guardaba en su mente, las que sólo él conocía o veía, hablaban de realidad.

Si los cuentos de Villaseca y luego los de su padrino le habían enseñado que el que tiene en su mente una historia, el que no la pone por escrito, goza de la libertad o la posibilidad de moldearla, asimismo Simonopio pensó que él tenía el poder de hacer igual con las historias de la vida real que veía en la privacidad de su mente. Al tampoco estar escritas, sentía la responsabilidad de ser un buen aunque silencioso narrador. De darles volteretas, como hacía Soledad, en Villaseca. Si con pasar a tapar un pozo borraba un desenlace triste para un caballo, lo hacía. Si dejarse enfermar unos días cambiaba el destino de muchos de sus personajes y les salvaba la vida, no dudaba en hacerlo. No podía detener esas historias futuras, no podía escoger cuáles contar ni conocerlas todas a plenitud y con tiempo para hacer planes y cambios, como hacían Soledad y Francisco Morales, pero en algo podía modificarlas, aunque fuera un poco.

En la historia propia que sabía que vendría, la historia latente entre él y su coyote, seguía sin saber qué hacer.

Simonopio no era un niño que se dejara dominar por el miedo. A diario, en sus recorridos, se cruzaba en el monte con osos y pumas a los que miraba a los ojos para decirles soy el león, tú sigue tu camino, que yo seguiré el mío.

Pero nunca, hasta ese día, había caminado por el sendero prohibido, y Simonopio comprendió que era preferible un encuentro accidental con las bestias del monte a una colisión con el hombre que lo había trazado, presionando la tierra con el peso de sus pisadas, sus envidias y sus pesares.

Debía admitir que en parte le había dado gusto tener la excusa perfecta para invadir el terreno de Espiricueta como escolta de su madrina, ausentes sus abejas para prohibírselo. Por fin podría satisfacer su curiosidad de toda la vida: ¿qué había ahí, o qué faltaba por ahí, para que sus abejas evitaran el rumbo?

Lo que descubrió con cada paso que lo acercaba al epicentro de ese pedazo de tierra viva era lo mismo que sentía con la mirada de su inquilino: que ahí sólo había desasosiego y desdicha. Que la tierra respiraba, aunque difícilmente permitiría que viviera fruto alguno. Que el aire soplaba y oxigenaba, pero también envenenaba algo más allá de las células. Que la vida ahí era pesada, peligrosa, oscura, ominosa.

Satisfecha su curiosidad, decidió que, al igual que sus abejas, desde ese día en adelante sus pies jamás volverían a pisar un grano de tierra que ocupara Espiricueta.

No fue fácil dar un paso más allá de la intersección que nunca antes se había atrevido a explorar o se le había permitido traspasar: era por la opresión en el pecho. Por el rechazo instintivo de su cuerpo a respirar ese aire, por supuesto, y por el acondicionamiento de toda la vida que sus abejas le habían impuesto. Era, claro está, por el peligro que sabía que correría.

A pesar del miedo, que estuvo a punto de paralizarlo, que debió disimular para no alarmar a su protegida, Simonopio se mantuvo firme en acompañar y cuidar a su madrina, observándola con detenimiento a lo largo del camino: ¿le faltaba el aire al caminar, como a él? ¿La afectaba la pesadez palpable del ambiente? ¿Palidecía? ¿Acaso aminoraba el paso entre más cerca se encontraban de la casa? De ser así, pensó Simonopio, nos detenemos y nos regresamos. Pero no. Beatriz Cortés tenía un propósito definido y nada la distrajo de la obligación que se había impuesto. Nada presentía. Nada le daba escalofríos. Así que, a pesar de su malestar, Simonopio continuó andando con la firme intención de evitar la guarida del coyote, de mantenerse escondido.

Se prometió que ese día él no detonaría el futuro.

Deseó entonces la compañía de sus abejas, pues en su ausencia se sentía ciego, limitado a lo que los ojos de su cuerpo eran capaces de ver y a la escasa información del mundo físico a su alrededor que obtenía de sus sentidos inmediatos. Se daba cuenta de que ésa era la situación normal para cualquier persona, mientras que para él significaba una miopía y una sordera extremas, pues sin ellas aún no lograba ver ni oír más allá de las colinas. Sin ellas no veía hacia atrás con la vista fija hacia adelante ni observaba el mundo desde arriba cuando así lo decidía. En su ausencia Simonopio no podía oler el exquisito aroma del polen, tal y como ellas lo percibían.

Sin las abejas a su alrededor, revoloteándole, yendo y viniendo, la información que recibía del mundo era lineal, en tanto que éstas lo habían acostumbrado, desde la primera sensación de vida, a percibirlo como lo que era: una esfera.

Por más que lo deseara, no podía pedirles que vinieran. No dormían necesariamente al llegar el invierno, si bien las abejas se resguardaban en su panal lo más posible, compartiendo el calor de sus cuerpos, en especial durante un invierno tan crudo como el que se sentía ese año. Se quedaban en su colmena, cada vez más grande y próspera bajo el techo del cobertizo, el cual habían ido invadiendo y cubriendo hexágono tras hexágono con su estructura de cera, y ahí pasaban los meses mientras vivían del fruto de su trabajo incansable del resto del año.

Simonopio las visitaba con frecuencia. Apoyaba las manos contra la firme estructura del panal vivo, vibrante con sus voces. Ellas, sin salir, lo acogían, lo consolaban en su soledad y le preguntaban: ¿nos necesitas?

Tan sólo la garantía de que acudirían a su llamado, dispuestas a todo, apaciguó a Simonopio. Irían a donde fuera sin dudar, aun a ese lugar indeseable, si Simonopio las llamara, pero a un gran costo para ellas: con las bajas temperaturas, la mayoría moriría. Ese día, en ese lugar, sentía miedo, pero eso no bastaba para exigir el sacrificio de sus abejas: no había llegado aún el día para llamarlas.

Sentado en una piedra detrás de un arbusto, esperando a que su madrina terminara lo que se había sentido obligada a hacer, vigilándola desde lejos, Simonopio no mostraba ningún empacho en admitir que lo atemorizaba aún más el día en que se diera el enfrentamiento con Espíricueta. No sabía dónde, cómo ni cuándo sería, y eso lo angustiaba. Ese día, al parecer, el hombre no se encontraba en su casa, concluyó Simonopio con alivio, cuando la hija menor abrió la puerta con timidez.

Aunque llegaría, ése no sería el día del león y el coyote.

No tenía opción mas que aguardar a que el tiempo hiciera realidad su propia historia y la hiciera transcurrir. Lo que sí sabía era que la fecha llegaría, que sería impostergable y que la pérdida resultaría enorme e irremediable. Sin conocer la historia de antemano, sentía la certeza de que ésta cambiaría la vida de todos.

Si evitando encontrarse, si evadiéndolo lograba postergar de más en más esa fecha, fortalecerse hasta perder el miedo, aprender lo necesario para cambiar las palabras y los elementos de esa narración inevitable; si se daba el tiempo necesario para crecer física, mental y espiritualmente, y si con ese tiempo se iba convirtiendo en el poderoso león que imaginaba, entonces lo hacía y lo haría cuanto fuera necesario, porque Simonopio no dudaba que la historia que alguna vez las abejas, el viento y los árboles contarían de él y Espiricueta sería de ésas que habría sido mejor que nunca sucedieran.

—¿Qué haces aquí, demonio?

Sorprendido por la violencia de esa voz, Simonopio volteó para ver que Espiricueta se acercaba con velocidad, dispuesto a golpearlo con la vara que traía en la mano.

21

Huecos que quedaron

Sucede a veces que cuando no tenemos a alguien delante de nosotros, a plena vista, en contacto constante, si bien sabemos que no por eso deja de existir, nos parece que es imposible que continúe sin nosotros, que mantenga su permanencia sin nuestra influencia física. Tal vez éste sea un remanente de lo más profundo y básico de la temprana infancia, cuando no se quiere perder de vista a la madre por el temor de que desparezca.

A mí, no sé si a ti, me ha pasado. Me sigue sucediendo. Ahorita mismo, mientras nos vamos alejando de mi gente, de mi casa, cuando ya casi es hora de comer y sé que la comida se está preparando, me cuesta trabajo pensar que, aun sin estar yo, hierve como siempre el caldo o el estofado, que emanan y cunden por mi casa los mismos olores que surgen siempre cuando estoy presente, y que la comida sabrá a lo mismo en mi ausencia.

Por supuesto que este fenómeno no sucede sólo porque se sale a comprar la leche a la tienda de la esquina. Sucede, por lo menos a mí, no sé si a ti, cuando uno se aleja, cuando hay una despedida de por medio o un paréntesis, si quieres llamarlo así.

Cuando estudiaba fuera y regresaba de vacaciones, me parecía muy extraño que en mi ausencia mi mamá hubiera tenido en sí la esencia necesaria para cambiar el tapiz de algún sillón o de donar a manos, ojos y mentes más jóvenes mis libros de la infancia y juventud. Luego, cuando mis propios hijos estudiaron fuera, los llamaba seguido para que no perdieran la noción de mi continua presencia en este mundo del día a día: el de la rutina diaria donde se siente hambre y se satisface, donde se nos pican los dientes y nos los tapan, donde nos da diarrea —no muy seguido, espero— y nos tomamos un té de estafiate del que plantaron ellos en un rincón del jardín para curarla, donde en el diario vivir se funden los focos y los cambiamos, donde nos cobran el doble en la factura eléctrica y, ni modo, la pagamos pataleando; donde nos peleamos a veces y nos contentamos casi siempre, donde nos juntamos a cenar con viejos amigos o hasta hacemos nuevas amistades.

Todo esto a pesar de su ausencia.

Claro está, sé que no es así, que no me olvidarían ni yo a ellos, pero es la primera vez que trato de explicarle el concepto a alguien. Espero hacerlo bien. Y no. No estoy más senil ahora que hace una hora, cuando nos subimos al automóvil. No estoy senil, pero a mi edad creo que ya tengo el derecho de decir lo que quiera. Y esto es lo que quiero decir: mis recuerdos, mis impresiones vienen conmigo. Mi realidad, no sé si la tuya, va conmigo adondequiera que yo vaya y deja atrás la capacidad de reinventarse, de desarrollarse.

Me imagino que de igual manera mis papás pensaron que regresarían a un pueblo detenido en el tiempo, petrificado. Un Brigadoon. Pero no. La vida —y la muerte— continuó sin ellos.

No fue hasta que regresaron a Linares cuando mi papá le confesó a mi mamá la angustia que le había causado la travesía que hizo por el pueblo el día en que fue a recoger a mis hermanas a Monterrey. Durante los tres meses de aislamiento se lo había guardado para no preocuparla, pero ya de regreso, cuando el contexto era otro, se permitió admitir que la experiencia lo horrorizó y que le arrebató el sueño múltiples noches, pues al cerrar los ojos volvía a ver las calles vacías, los perros con hambre de carne humana, el sonido de los caballos y la carroza fúnebre sobre la calle empedrada. Aun tras recibir alguna carta esporádica del doctor Cantú, a sabiendas de que la vida en Linares continuaba, aunque de manera enrarecida, le parecía difícil volver a imaginar o recordar las calles llenas de vivos, como en la vida anterior.

Después de meditarlo por muchos años, llegué a la conclusión de que en el último vistazo que dio a la ciudad de sus ancestros, tras la llegada de la influenza, mi papá atestiguó de primera mano lo que trato de explicarte: te retiras de algún lugar, te despides de alguien y, acto seguido, esa existencia que dejaste atrás se paraliza por tu ausencia. En ese último recorrido que hizo por Linares se había quedado con la idea de que era el fin del mundo. Al menos el fin de su mundo. Todos los sonidos, los olores y las imágenes comunes se habían extinguido y estoy seguro de que tuvo la impresión, primitiva tal vez, de que todos los cuerpos tirados en las orillas de la calles habían caído de repente en su andar diario, sin aviso.

Tal vez su primera impresión a su regreso definitivo fue el de un Linares gris. Ese diciembre de 1918 que los recibió en Linares fue helado y nublado, y la gente que andaba por las calles vestía de negro por el luto. Tal vez por las circunstancias no pudieron ir a despedir a sus difuntos hasta la tumba, pero entonces, como decía mi abuela, la gente de bien sabía llevar un luto como Dios manda: había que vestirse de negro por un año entero.

Mis papás se toparon con un luto difícil de entender. La gente había perdido marido, esposa, padres, hijos o amigos y vestían de negro, pero los encontraron en su rutina diaria, como si nada hubiera pasado. Estaban felices de estar vivos, supongo. Yo lo estaría también, la verdad. En la nueva realidad que les trajo la influenza, es fácil creer que alguien honesto consigo mismo podría admitirse algo así, como que se murió mi hermana, y qué lástima, pero qué bueno que yo no, aunque hacerlo delante de otros habría sido de mal gusto.

No quiero minimizar el dolor que deben de haber sentido ante tal despedida absoluta de un ser querido. Todos los que hemos perdido a alguien sabemos que la recuperación del vivo es tortuosa.

Hay que ubicarnos en la época. Imagínate: muchos a tu alrededor caen fulminados sin remedio, sin comprenderlo siquiera. Como si alguien más grande que tú hubiera detonado un aerosol invisible y venenoso. Como moscas. Me imagino que al final de tal embestida sobrevive la mosca que no voló tan cerca, la que pasó inadvertida, la que tuvo suerte. Pero ya que pasa el efecto nocivo, ¿qué harán las que sobreviven? Volver a lo suyo.

La vida no espera a nadie.

Si eres mosca, sigues volando y dando lata. Si eres un linarense de entonces, nunca pudiste dejar de ir al campo o a los ranchos a atender tus cosechas o animales. Tal vez cerraste la tienda unos días con el primer susto, pero la vuelves a abrir porque, a pesar de que tienes enfermos en casa o difuntos, existe tu necesidad y la de los demás: los que te venden y los que te compran. Si viviste entonces, nunca evitaste salir a la calle a comprar alimentos, y ni un día dejaste sin lavar pañales ni calzones, a pesar de que mandaste a tu madre al cementerio dos horas antes. Entre todo este trance tuviste muelas picadas, uñas infectadas o malestares estomacales, graves o leves, que procuraste sobrellevar, pero que al final tuviste que atender con algún médico, en caso de encontrarlo. Así también salieron otros a vender la leche de cabra o silbatos, yoyos y trompos en la plaza, con la esperanza de que aún quedaran niños que los compraran.

Al saber concluida la pandemia, el nuevo sepulturero habrá ido feliz cuando lo llamaban para enterrar a algún cristiano, conforme, porque sabía que sólo le mandarían a un muerto bien muerto que quizá había sufrido un feliz y fácil de explicar infarto. Una muerte común y corriente. Si una madre o un padre habían perdido a algún hijo, tenían otros que alimentar, así que había que regresar al trabajo, sin más. Sin mimos ni la paciencia de nadie, ni siquiera la propia.

La compasión y atención inicial que encontraron Mercedes Garza y su familia con su enfermedad y muerte nadie más la recibió en esos tres meses. No había comadre que le llevara la comida a otra por la pérdida del marido, ni quien le secara las lágrimas a los huérfanos recientes. Para cuando la influenza española acabó su ciclo, no había linarense que no hubiera perdido a alguien, así que no existía nadie que atizara el fuego del dolor de otros con sus condolencias.

Cuando mis papás llegaron dispuestos a hacer todo un recorrido de pésames, ya nadie quería oírlos. Ya habían cambiado de tema. Le habían dado la vuelta a la hoja de esa historia. La habían sobrevivido.

Que si faltaban el cartero de siempre, el tendero que los conocía o el padre Pedro, que había bautizado a mis hermanas y a Simonopio, ya no había con quién comentarlo, porque sólo les respondían: sí, era mejor el otro, o este padre es mejor orador. Los que permanecieron en Linares vieron caer a uno, a diez y a veinte personajes como ésos. Es cierto que lo lamentaron, pero la urgencia por llenar los huecos que iban quedando con sus muertes los obligó a hacerse prácticos y a decir, por ejemplo: murió don Atenógenes, el carnicero, y que Dios lo tenga en su santa gloria, pero que nos mande otro pronto. Amén.

Más que lamentarse y dolerse, necesitaban carne, abarrotes, misas, cuchillos afilados. Así es la vida.

A mis papás, a los que todo esto les cayó de sopetón, les tomó mucho trabajo entenderlo o volverse prácticos también. Por ejemplo: era difícil darle el pésame y conmiserar con una madre, una amiga más joven que la mía, que había enterrado a una niña hacía menos de tres meses, pero que tenía un nuevo embarazo de dos. Mi mamá, que no es por presumir pero era un ejemplo de refinamiento y buen gusto, no supo cuál era el protocolo correcto para la ocasión.

Además, enfrentaron la ausencia repentina de amigos íntimos.

Pese a que habían recibido noticias de la muerte de éste o aquélla en las escuetas notas del doctor Cantú, ellos mismos se habían marchado, y su realidad se había ido con ellos. Entendieron de manera racional lo que significaban esas defunciones, pero mientras estuvieron aislados en su realidad de La Florida, su vida no cambió ni tantito. Volver y notar de tajo tanta ausencia de amigos, parientes y conocidos fue como vivir todo el dolor que a gota constante debieron de sufrir los que se quedaron, pero en un chaparrón que los agarró desprevenidos.

Aislados de todo, casi lograron imaginar que la guerra también había desaparecido en su ausencia. Pero no. Por más mortífera que resultara la influenza, ni ésta había logrado detener la violencia. Además, no obstante que en esos tres meses habían muerto muchísimos linarenses, tales decesos no hicieron mella en los índices poblacionales, pues a diario llegaban más y más familias del área rural, en busca de resguardo contra saqueos, secuestros de mujeres y de la leva.

Así que, de regreso a la vida de antes, el panorama estaba lleno de huecos que habían dejado amigos y conocidos ausentes, pero también de chipotes causados por las nuevas y desconocidas caras aparecidas de la nada, y como por arte de magia, delante de ellos.

Mi abuela también se encontró con el hecho de que los dos hijos que con tanta angustia había dejado atrás al irse a La Florida no sólo sobrevivieron, sino que siguieron adelante con su vida, como si nada hubiera pasado y nadie les hubiera faltado. Supo, por las comunicaciones recibidas ocasionalmente, que seguían con vida, lo cual ella atribuyó a tanta oración que les dedicó a diario mientras preparaba su leche quemada.

Durante su ausencia, y a pesar de la crisis de salubridad, atendieron bien sus tierras, pero habían tenido también el ánimo, la energía y la inclinación de enamorarse y de enamorar. A Emilio lo encontró mi abuela ya comprometido. A Carlos lo encontró ya casado y en vías de convertirla en abuela por tercera ocasión —el primer nieto con el apellido de la familia—, sucesos que no necesariamente ocurrieron en el orden que Dios manda.

De haber sido mi abuela todavía como la mujer que en tiempos anteriores, antes de que la vida le fusilara el carácter, de inmediato le habría jalado las orejas a Carlos, su hijo menor, por coscolino y libidinoso. Le habría exigido, enérgica, que se comportara como hombre de entereza y le respondiera a la muchacha, casándose. Luego los habría mandado fuera, a vivir un tiempo lejos de la vista y de los calendarios metiches de la sociedad linarense, para que nadie refutara el anuncio apócrifo de un nieto prematuro.

Bajo sus nuevas circunstancias, mi abuela Sinforosa agradeció, tras un gran suspiro, que Carlos hubiera hecho lo correcto sin que se le tuviera que obligar, tras enterarse de que ni el padre de María de la Luz Garza había tenido que ir a exigirle que le cumpliera a su hija. Como hombre de bien, como caballero, él mismo se había presentado en casa de la familia, había hecho la petición de mano y enviado por el cura, que los casó *in situ* en una ceremonia discreta a la que sólo lo acompañó Emilio, su hermano mayor.

Hubo cierto escándalo por esa boda precipitada. Los bienintencionados decían que era de muy mal gusto haberse casado sin la presencia de la madre del novio y durante tal mortandad, pues había que guardar luto por un año, como Dios manda, y siendo así todo tipo de eventos sociales debía suspenderse. En especial algo tan alegre y auspicioso como una unión. Los no tan bienintencionados comentaban sobre la desfachatez de la nueva parejita, y mira que salir con su domingo siete entre tanto muerto y ¿a qué horas habrán encontrado el tiempo?

A pesar de que mi abuela notaba que todas sus amistades preguntaban por la llegada del nuevo nieto mientras hacían sus matemáticas mentales, a ella no le importaba. Estaba agradecida de ya no ser aquella que hubiera tratado de esconder un embarazo fuera de tiempo, alejando a su hijo, y antes de nacer a su nieto. Las familias debían permanecer cerca, porque, como ella había aprendido, uno nunca sabe qué pueda pasar. A ella la vida la había dejado atrás hacía tiempo y este nuevo nieto le hizo darse cuenta de que no importaba cuánta tragedia se presentara: la vida continúa.

En el primer día de regreso, cuando mi mamá comenzó su *tour* del pésame en casa de Espiricueta, mi papá aprovechó para ir al centro, pensando que lo encontraría poco mejor que aquella vez en que lo recorrió cuando iba de camino a recoger a mis hermanas.

Pero mi papá quedó asombrado por la actividad en las calles.

Encontró al alcalde Carlos Tamez afuera de la oficina de correos, de la que notó que entraba y salía gente constantemente. Se saludaron deprisa, ambos ansiosos por seguir su camino. Cuando se alejaba, mi padre le preguntó si ya funcionaba el correo.

—Funciona parcialmente —le contestó.

Había personal, pero como apenas se estaban reorganizando, había que pasar en persona a recoger las cartas y telegramas.

—Tú vas a necesitar una carreta —dijo el alcalde, y tras ese comentario se marchó.

Ominoso y críptico mensaje que mi papá no entendería hasta entrar en correos, ver lo que lo esperaba ahí y luego regresar a casa para pasar el que quizá sería uno de sus peores momentos, hasta entonces.

La llegada de la noche lo encontraría tranquilo otra vez, gracias a la larga labor y esfuerzo tranquilizador de mi mamá, que por atender el inusual y repentino arranque de ira de mi papá se había olvidado del propio y también inusual, aunque no tan repentino, pues lo había estado dejando crecer tras su visita con los Espiricueta.

Se lo reclamaría el resto de su vida: ¿por qué lo dejé pasar? ¿Por qué no se lo dije cuando había solución?

Porque sólo se ve a la perfección cuando echamos la vista atrás, y por eso la vida la llenamos de "hubieras". Sin embargo, en el momento, con la ceguera de los que viven en el presente, el berrinche de mi papá le ganó en fuerza y en preponderancia al de mi mamá.

22

Cartas que llegaron

Al entrar en la pequeña oficina de correos, Francisco Morales quedó sorprendido por la actividad y las caras nuevas. No estaban los antiguos carteros, aunque el nuevo administrador le pareció conocido: luego se enteraría de que había sido el antiguo jefe de recogedores de basura. Para la ciudad en crecimiento, había resultado práctico nombrar como cartero en jefe a alguien que conocía todas las calles y los barrios de la ciudad, en sustitución del que tras veinte años de servicio había sucumbido, contagiado quizá por una carta contaminada o quizá por el estornudo mortífero que sorprendió en correos a doña Graciela, sin tener tiempo siquiera de sacar su pañuelo bordado.

Tras él también se habían ido a la tumba sus subalternos, uno de ellos, Álvaro, por héroe o por pendejo —según el que contara la historia—, al salir de su encierro a atender el llamado del padre Emigdio y escribir dos telegramas mortales.

Ahora todos eran neófitos en ese negocio de administrar y ordenar de manera práctica las cartas. Se sabían las calles, pero había que empezar por leer la caligrafía —fina o tosca— del remitente. Además, con la oleada de misivas que llegaban o que había que mandar al restablecerse el servicio, les parecía que se ahogaban bajo un mar de papel, por lo que no sabían por dónde empezar: tenían ahí, de repente, tres meses de felicitaciones, pésames, anuncios de defunción, negocios interrumpidos, confesiones de última hora y demás.

Sumada a la confusión de los noveles carteros también estaba la desesperación de los linarenses por recibir noticias de familiares o amistades, que buscaban por medio de cartas terminar su inventario de los que sobrevivían, arremolinándose en el reducido espacio y clamando por ser atendidos en forma inmediata y prioritaria.

Francisco decidió que esperaría uno o dos días antes de volver. No quería poner ni un pie dentro del nudo humano que se había formado allí. Al darse la vuelta para irse, oyó que lo llamaba el jefe de correos.

—¡Don Francisco! ¡No se vaya! Le tenemos su correspondencia. Bueno, alguna. Tal vez por ahí anden más cartas que saldrán de entre el montón. Pero le tenemos ya hartas cartas pa' su casa. Lléveselas diuna vez. Ahuéquenos aquí el espacio. ¡Eit, m'ijo! ¡Traite las de don Francisco! —le dijo Joaquín Bolaños a su ayudante, pero luego regresó su atención a Francisco—: Ésas nos las mandaron de Monterrey muy bien separaditas, pa' que no batállemos.

El muchacho regresó cargado con un costal de manta blanca. Parecía funda de almohada, pero rellena de rectángulos de papel fino, anudada, además, para proteger su contenido. Los presentes, que esperaban con ansias si acaso cuatro o cinco cartas, lo miraron atónitos: ¿quién tenía tanto que decir, a quién y por qué?

—¿Todas éstas son mías?

—Bueno. Suyas lo que se dice suyas, no. Pero son de las suyas.

—¿De las mías qué?

—De una de las hijas suyas.

—No creo. Debe haber algún error.

—Ninguno. Las revisamos una por una y muy clarita que está la tinta. Ochenta y nueve cartas, toditas para la señorita Carmen Morales Cortés. Creemos que son de amor.

Francisco tomó el costal, antes de distinguir lo que decía la gente entre murmullos. No necesitaba oír, porque se lo imaginaba. Cartas de amor para Carmen Morales. ¿De quién serán?, se estarían preguntando. ¿Y las contestará ella?

Había estacionado su auto cerca de la plaza, listo para seguir adelante con las visitas que tenía planeadas para ese día, así que se dirigió ahí, metió el costal de correos y se montó tras él. El olor del papel y la tinta le invadió la nariz. Olvidó las visitas pendientes. Mejor se fue a su casa, furioso porque ahora el nombre de su hija estaba de boca en boca, y ansioso por saber la identidad de la persona que había querido dedicarle tanta línea.

Ni Carmen ni Consuelo se encontraban en casa cuando entró. Nana Pola le informó que habían salido de visita a casa de las cuatas Ardines, y que Beatriz aún no regresaba de con Espiricueta.

A solas revisó las cartas una por una y comprobó que, en efecto, todas eran para Carmen y todas del mismo remitente: un Antonio Domínguez Garza. Obviamente habían sido escritas a lo largo de tres meses, aunque ignoraba si éste las había llevado al correo una por una o si, al saber que no serían enviadas mientras durara la crisis de salud, las había coleccionado para enviarlas todas juntas, en fechas recientes. De cualquier forma había una fortuna invertida en estampillas para unas cartas que él quería quemar sin averiguar más.

La chimenea estaba encendida. Habría sido muy sencillo prender fuego a todas, poco a poco, y verlas arder con lentitud. También habría resultado fácil abrirlas una por una para leer qué tanto le decía el tal Antonio a su hija. Pero no lo hizo, por más que sintió la necesidad. Las cartas ajenas nunca se abren, nunca se leen sin permiso, se tuvo que recordar.

No las abriría por la buena educación, pero a cambio de eso quería golpear algo con el pie. Le habría gustado tener algo sólido para patear, como a Antonio Domínguez, por ejemplo, pero se debió conformar con patear el montón de cartas que había formado en el piso, al irlas sacando una a una del costal.

A base de patadas desenfrenadas hizo volar las cartas en todas direcciones, esparciéndolas por su oficina.

Así lo sorprendió nana Pola cuando le llevó su chocolate caliente, como era su costumbre cada tarde de invierno si su patrón se encontraba en casa. Llegó hasta la puerta y no se atrevió a dar un paso más allá. Acostumbrada a verlo sereno ante casi cualquier circunstancia, Pola ni siquiera se atrevió a abrir la boca para entregar su aromática ofrenda. Deprisa, aunque sin derramar una sola gota del chocolate que con tanto esmero había preparado, cerró la puerta y regresó a la cocina, deseando que la señora Beatriz no tardara en volver, porque alguien tenía que hacer algo.

Ver a Francisco Morales perdido en una especie de danza violenta por todo el cuarto, colorado de la cara, bufando por un esfuerzo incomprensible para ella, sería muy difícil de olvidar y de explicar.

Tenía que mandar a alguien a buscar a la señora con urgencia.

—¡Martín!

Martín se fue corriendo por el camino que lo llevaría hasta casa de Anselmo. Con suerte se toparía con doña Beatriz en su camino de regreso, y si no iría a buscarla hasta allá. Alarmado por la urgencia que le había inyectado nana Pola a su encargo de llamar a doña Beatriz, Martín esperaba que ésta no se hubiera retirado de ahí hacia otra visita, por otro sendero. No había recorrido ni la mitad del camino cuando la encontró, acompañada de Simonopio. En la tempranera penumbra invernal y desde lejos notó que los dos venían andando deprisa, tomados de la mano. Simonopio le seguía el paso a su madrina. Parecía angustiado, afectado por algo. En el minuto que le tomó llegar a su encuentro, Martín trató de imaginar qué podía tenerlos así: doña Beatriz también traía cara de pocos amigos, a Simonopio tomado con la mano izquierda y un palo con la derecha. No podía creer que Simonopio hubiera hecho algo para desagradar o enfurecer a la mujer, que por lo general era paciente y apacible. ¿Qué estaba sucediendo ahora? Apenas unas horas habían transcurrido desde el regreso y ya todo estaba patas pa'rriba. Ni de disfrutar le daban tiempo a uno.

—¡Señora Beatriz! ¡Dice Pola que a don Francisco le está dando un síncope!

Beatriz no preguntó más: soltó el palo y la mano de Simonopio para levantarse las estorbosas enaguas por ambos lados y redobló el paso. Si Martín alcanzaba a verle los tobillos, no le importaba. Su prioridad era llegar lo antes posible a casa, donde la recibió Pola con el mismo pronunciamiento: Francisco había sufrido un síncope. En su oficina.

—Ya se oye todo silencio…

—¿Y así lo dejaste? ¿Solo?

—Pues es que me dio miedo por los bufidos y resoplidos que echaba, y mejor cerré la puerta y me fui a llamarla.

—Manda a buscar al doctor, Pola. Rápido. Ándale.

Frente a la puerta cerrada de la oficina, Beatriz dudó en entrar. Tenía miedo de lo que la esperaba. ¿Lo encontraría aún con vida? Y de estar vivo, ¿qué creía Pola que ella podría hacer por él, después de un síncope? Sintió que los ojos se le llenaban de lágrimas. Se controló y entró.

Se lo había imaginado tirado en el piso, pero no: estaba sentado y reclinado en su sillón, de espaldas a ella. Se acercó a él con precaución, despacio, hasta que pudo verlo de frente. Tenía los ojos cerrados, pero el ceño fruncido. Estaba sudoroso, pero respirando. Tenía la cara completamente roja.

Nunca antes le había tocado ver a una víctima de una apoplejía, y no tenía ni la más mínima idea de cómo ayudarlo. No sabía si debía moverlo para acostarlo o dejarlo donde estaba. Tampoco estaba segura si debía hablarle o agitarlo para que saliera de su sopor, o si era mejor que regresara en sí por sus propios medios y a su propio tiempo. ¿Darle agua o no? ¿Darle a oler amoniaco?

Se atrevió a tocarle la cara. Al sentir el contacto Francisco abrió los ojos tan repentinamente que sobresaltó a Beatriz.

—¿Qué?

Indecisa entre el espanto y el alivio, Beatriz se inclinó por la indignación.

—¡Pues que te estabas muriendo!

—Claro que no. ¿Quién dijo? —preguntó, sin moverse de su lugar.

—Ay. Olvídalo. Está claro que no. ¿Qué es este tiradero? ¿Qué pasó aquí? —con el respiro que le dio el alivio de no ver a su marido morir, notó los sobres esparcidos por el piso.

—El consenso en Linares es que son puras cartas de amor para Carmen.

—Ah. ¿En Linares ya hay opinión sobre el asunto?

—¿Tú qué crees? Ochenta y nueve cartas no pasan inadvertidas, Beatriz.

—¿Tantas? —empezó a recogerlas y a hacer montones de manera ordenada, mientras Francisco la observaba sin moverse. Estaban un poco magulladas, algunas pisadas, pero ninguna abierta, y al parecer ninguna destruida. Todas eran de Antonio Domínguez.

No pareció sorprendida.

—¿Ya sabías que Carmen tenía un enamorado en Monterrey?

—Apenas me enteré hace unos días.

Beatriz le narró cuanto sabía sobre la historia de amor de su hija y sobre los antecedentes familiares y sociales del amoroso escritor.

—Te lo iba a decir muy pronto, pero no era un secreto. Era un aplazamiento, nada más. Hasta que llegara el momento apropiado. Ahora tendremos que discutir con ella lo de un compromiso serio.

—Pues que ni crea, ¡eh! Ésta no se nos casa tan chica. Además, ¿quién es ése? Será un vividor, un libertino, seductor de jovencitas…

—¡No! Es muchacho de buena familia, ya te dije. Y no creo que se haya atrevido a jugar con alguien como Carmen. Pero no es de Linares: si se casan, vivirían en Monterrey. Imagínate. ¿Qué haríamos nosotros? ¿Cada cuánto la veríamos? Y claro que no se pueden casar de inmediato: Carmen debe terminar la escuela y dejar pasar al menos un año por el luto.

—Mejor uno por cada muerto.

—No creo. ¿Te imaginas? A ese paso nunca seríamos abuelos. Y sí quiero ser abuela, aunque los nietos terminen viviendo lejos. Sólo que no tan pronto. Además, necesitaríamos tiempo para acostumbrarnos a la idea de que seremos abuelos, de que somos viejos, ¿no crees? A mí la verdad me cayó como balde de agua helada esto de tener una hija con intenciones casaderas. Apenas me estaba acomodando a esta etapa en nuestra vida y ya vamos a otra, a la misma en que está mi mamá. Y me ha costado: hacerse vieja no es fácil.

—Faltaría ver si nos gusta el pretendiente, y luego, que de eso se logre una boda. Después los nietos. Falta mucho.

—Pues si me hago vieja yo, te haces viejo tú también, te lo advierto.

—Yo nunca seré viejo, y si yo no me hago viejo, tampoco dejaré que te hagas vieja tú —le dijo, mientras la jalaba para hacerla sentar en su regazo.

Así los halló Carmen cuando entró con estrépito en su búsqueda, alborozada.

—¿Es cierto que me llegaron muchas cartas?

—¿Quién te dijo?

—Me dijeron en el centro, cuando venía de regreso. Primero doña Eufemia. Me dijo que ella vio que eran como tres costales llenos. Y luego otros. Todos querían saber de quién son.

—Doña Eufemia… Te dije que ya todo Linares sabría de las famosas cartas, Beatriz. Un costal. Sólo llegó un costal. Y tú, Carmen: más vale que le aclares a ese Antonio que no me gusta que, gracias a él, estés en boca de todos por aquí. Y si vas a leerlas,

181

después le vas a pasar cada una a tu mamá para que las revise. Más vale que su tono y sus intenciones sean los correctos. Y si le contestas, también debes leerle la respuesta a tu mamá, para que no te prestes a malinterpretaciones ni a más chismes. Si no estás de acuerdo, las quemamos ahorita mismo y nos olvidamos de todo este asunto.

Carmen se apresuró a mostrarse de acuerdo, pero se tomó el tiempo para acomodar las cartas por fecha, antes de abrir la primera.

Nana Pola se atrevió a entrar para dar aviso de la llegada del médico.

—Qué vergüenza: ¡lo hice venir por nada! Pensé que te me habías muerto. Le voy a decir que todo fue un malentendido, para que se vaya tranquilo.

—No, dile que pase. Con tanta actividad me lastimé la espalda. No me puedo mover —confesó.

Beatriz lo miró con detenimiento.

—¿No me acabas de prometer que nunca te harías viejo?

23

Versos que conquistan

Mientras el padre se recuperaba de su arrebato, ayudado por un tratamiento de aspirinas y fomentos de agua caliente, Carmen leyó sus cartas en voz alta, en presencia de su madre, que no pudo más que admitir que no sólo guardaban el debido respeto por una señorita de buena familia, sino que denotaban un enamoramiento que parecía sincero y apasionado, siempre correcto. En las primeras Antonio le prometía y le pedía promesas. Le pedía su anuencia para escribir a sus padres, para obtener su permiso para empezar el noviazgo. En las últimas seguía prometiendo, pero la angustia por la prolongada ausencia y el silencio de su amada lo hacían pasar de la esperanza de un futuro juntos al desaliento ante la posibilidad de que Carmen ya no adornara con su presencia el mundo de los vivos.

Le dedicaba canciones que transcribía y poemas de algún poeta clásico de la literatura inglesa que, con torpeza, había traducido al castellano. También se atrevía a incluir en la colección otros de su propia autoría —también pobre, aunque febril—. Beatriz no sabía si Carmen notaba la diferencia, pero a ella le gustaban más los que el propio Antonio escribía, si no por su calidad, sí por su devoción. A pesar de la sorpresa que les había causado la nueva relación amorosa de Carmen y de su firme creencia de que aún era muy joven para tenerla, a Beatriz la conmovía mucho la emoción que su hija producía en el muchacho. Si alguien habría de quererla, la madre deseaba que la hija resultara bien amada y para toda la vida. Y por eso fue que, entre versos y declaraciones —y la buena intención de pedir su permiso—, Antonio Domínguez conquistó para siempre a la que se convertiría en su suegra. Con cada página Beatriz se iba olvidando cada vez más de las objeciones y los impedimentos. No conocía en persona al futuro yerno, pero aspiraba a hacerlo, a saber todo sobre él. Quería ver en su mirada el amor y la admiración que éste sentía por su hija. La guerra terminaría y cada vez más fácil sería visitarlos en Monterrey cuando se casaran. Ya encontrarían la manera de que los nietos no resintieran la ausencia de los abuelos maternos invitándolos seguido a visitarlos.

Todavía no hablaba el muchacho de fechas, sólo de promesas, y aunque no había por qué temer que Carmen amenazara con casarse antes de los dieciséis —Beatriz seguía firme en la idea de que debía esperar hasta los diecisiete—, empezó a pensar que no opondría mucha resistencia si los jóvenes enamorados decidían unirse antes.

Si algo había aprendido Beatriz a base de golpes en los años de guerra y en los meses de contagio y muerte, era que la vida no ofrecía garantías, y que por más planes que uno hiciera, eventos ajenos podían echarlos a perder. Desde el momento en que Carmen le leyó la primera línea de devoción en las cartas de Antonio Domínguez, el cinismo que la había ido invadiendo hasta forjarse en ella como una dura coraza se reblandeció. Nada la haría cambiar de opinión: seguía pensando que la vida no da promesas. Ése, para ella, era un hecho. Pero se había concentrado por mucho tiempo sólo en ese precepto. Y ahora quería pensar que, aunque la vida no las diera, a veces sí ofrecía oportunidades. Y Beatriz reconoció que Carmen tenía en sus manos la posibilidad de vivir y de dar vida, de empezar de nuevo, con entusiasmo fresco y fe en el futuro.

Por lo tanto, concluyó que entre dieciséis o diecisiete no importaba: lo importante era que tomara la oportunidad con fuerza y que no la dejara ir. Pensó con nostalgia que dejaban atrás los juegos femeninos infantiles entre madre e hija de con quién me voy a casar, para lo cual nunca había respuesta concreta, hasta que la había. Y ya la había. Y quería decirle a su hija: aquí está, ya llegó, esto es lo que la vida te ofrece. No lo dejes ir.

A cada párrafo que iban leyendo, Beatriz Cortés de Morales fue dando la espalda a pesares, penas y lamentos del pasado, para mirar con gusto a lo que el futuro prometía. Para todos. Para Carmen —decidió creer— habría más alegrías que dolor. ¿Y qué más podía desear una madre para su hija?

Por primera vez en mucho tiempo pensó que muertes, enfermedades o guerra nada impedían: la vida continuaba, y en ocasiones como ésa ella se alegraba. Por supuesto que ochenta y nueve cartas no se leen con la debida atención de una sentada. Pararon para cenar y luego para volver a tomar algo. La respuesta de Carmen debió esperar hasta el día siguiente por insistencia de su madre: a estas horas quién sabe qué disparates digas.

—Y yo también. Vámonos a dormir.

Al día siguiente mandaron a Martín a llevar la carta de Carmen al correo. En ella, con apropiada discreción, iba la información pertinente: estoy viva; recibí tus cartas; no sé cuándo regreso y mis papás ya me dieron permiso de ser tu novia. Martín se fue con una carta, pero regresó cargado con nueve más, aunque sólo una era de Antonio Domínguez. Las demás, para sorpresa de la familia Morales, también eran mensajes de amor para Carmen, escritas por muchachos linarenses que, al enterarse el día anterior del gran cargamento de misivas de Monterrey, habían visto el camino abierto para cortejarla.

La respuesta para ellos fue amable, pero contundente: gracias, tengo novio. Aunque no todos desistieron en su intento: años después seguirían llegando cartas que nunca recibirían respuesta, pero que Beatriz guardaría para siempre. Su hija estaba prometida, pero en un mundo con tan pocas buenas nuevas, ¿cómo no apreciar un joven amor —cualquiera— que lo único que deseaba era darse a conocer?

24

La vida que sigue

Mi hermana Carmen no se casaría de inmediato. Después de debatirlo mucho, mis papás decidieron que mis hermanas debían volver al Sagrado Corazón, a pesar del romance. Las condiciones de guerra y el pillaje no habían amainado ni tras tres meses del contagio de influenza. El peligro de la leva continuaba presente para los hombres, pero las mujeres también podían desaparecer en un instante y para siempre. Supongo que todo eso se vivía peor en otros estados, pero en Nuevo León no estábamos exentos. Y mis papás pensaron entonces que Carmen y Consuelo corrían más peligro por la posibilidad de cuatreros atacando Linares, que si permanecían internadas y resguardadas con unas monjas, aun con el pretendiente al acecho.

Sin embargo, no sería sencillo para ellos apoyar a mi hermana en su noviazgo. Decididos a que ninguna hija suya se casara con un hombre sin conocerlo bien, tuvieron que pensar en una estrategia para que los novios se vieran más, pero con toda propiedad. No bastaría con permitirle salir del internado de vez en cuando con su amiga, la prima del muchacho. De hecho temían que fuera mal visto que una mujer de buena familia viera al novio sin la presencia anuente de sus padres.

Así que mi papá, que tenía ya mucho tiempo pensando en el desarrollo de Monterrey como una oportunidad para salirse, o como un respiro del fuego cruzado de la guerra, y por lo tanto de la parálisis y la incertidumbre del campo, le anunciaría a mi mamá en los días siguientes de conocer la noticia del noviazgo que, a pesar de cualquier objeción que ésta expresara, era tiempo de construir o comprar una casa en Monterrey.

—Y no, no es para irnos a vivir allá. Ya sé que no quieres. Es para estar cerca de las niñas. Para que Carmen vea a Antonio bajo tu supervisión, porque a ciegas no se casa. Además es buena inversión.

Aunque eso último quizá lo diría en beneficio de los oídos de sus antepasados.

—Pero el tractor que necesitas, las casas de los peones, la luz...

—Tenemos los ahorros, y si no nos sirven para esto, pues ¿para qué son? Ya los he usado para comprar terrenos allá, y mira: no ha pasado nada.

Aprovechando la preocupación de mi mamá por los cambios que se avecinaban, mi papá por fin le informó, sin gran aspaviento, sobre la compra de esas propiedades. Para no tentar más su suerte ante la falta de respuesta explosiva por parte de mi mamá, para distraerla, continuó exponiéndole el plan.

Mis hermanas podrían quedarse en la casa cuando ella estuviera en la ciudad y se harían socios del casino de Monterrey para que fueran a los bailes.

A mis hermanas les gustó la idea. El problema era que mi mamá nunca había regresado a Monterrey desde que fusilaron a mi abuelo. No era a la ciudad a la que ponía objeciones: era al trayecto. Tenía miedo al riesgo de ir en tren, y ni aunque mi papá le dijera te mando en carro, aunque te tardes más, se tranquilizaba. Tren o carro, le daba lo mismo. Mi papá estaba imposibilitado de criticarle sus miedos, pues se hallaban bien fundamentados: no podía garantizarle que nada sucedería, que no había peligro, como tampoco podía garantizarle que estaría a salvo si se quedaba en Linares.

Mis hermanas eran muy bonitas, en especial Carmen, pero no por accidente: se lo heredaron a mi mamá que, a pesar de tener una hija en edad casadera, estaba bien conservada. Mi papá sabía que corría casi tanto peligro como mis hermanas de que pasara cualquiera y decidiera llevársela. Y por quedarse cerca lo más posible, al pendiente de ella, había dejado los ranchos ganaderos de Tamaulipas sin la atención suficiente desde el incidente por el que determinaron mandar a mis hermanas de internas a Monterrey. Así que la situación amorosa de Carmen le había abierto la posibilidad de que su familia entera estuviera a salvo en una casa nueva en Monterrey, al menos mientras él permaneciera lejos, en sus ranchos.

Aunque mi mamá amenazó —y cumpliría— con que nunca pasaría más de una semana alejada del que era su hogar al lado de mi papá, comprarían de inmediato, por la calle Zaragoza, que en ese entonces era la mejor ubicada para las familias de abolengo, una casa de tamaño modesto pero modernísima: electrificada por completo, con servicio de agua corriente en la cocina y en el baño interior. A ella esto le había parecido en un principio una extravagancia, pero se acostumbró casi de inmediato.

Fue así como Carmen y Antonio, a pesar del luto completo por un año de ella y de él —porque también en Monterrey hubo muchas muertes por la influenza española—, pudieron llevar un cortejo más o menos convencional: cuando mi mamá estaba en Monterrey, bailaban en el casino de Monterrey, cenaban en casa, con ella. O cuando mi papá llegaba de visita, la familia del novio los invitaba a algún evento familiar. Cuando mi hermana regresaba al internado ante la ausencia de mi mamá, se carteaban hasta dos veces al día, extrañándose y planeando con impaciencia el suceso en que unirían sus vidas, para el invierno de 1920.

No terminarían casándose hasta el invierno del veintiuno, cuando Carmen ya contaba con dieciocho, a pesar de que tenían todo listo para la boda desde un año atrás. Lo que sucedería —y mis papás después comentarían sobre la ironía de preocuparse tanto en un principio por la juventud de su hija enamorada— sería que la señora Domínguez, la madre de Antonio, moriría de una hepatitis aguda un poco después de la presentación de los novios ante la Iglesia, en agosto de ese año, y Antonio, obligado como estaba a guardar luto por lo menos un año, como Dios manda, aplazaría la boda.

—Mira, Francisco. Tienes que prometerme una cosa —le diría mi mamá a mi papá durante el año de luto de su yerno—, si me muero en este año, no se les vaya a ocurrir esperar para que se casen Carmen y Antonio. Si seguimos así, se les puede ir la vida entera con tanto moridero. La vida no espera a nadie y la muerte nos lleva a todos. Que se casen y ya. Algo discreto, si quieren. Sin mucha fiesta. Es más: me ofendería que no fuera discreto, pero más me ofendería que por una imprudencia mía como la de morirme se hicieran viejos.

—¿Se permitirían las flores en tal caso? —después de recibir el pellizco merecido, mi papá le señalaría—: Ni digas, tú nunca has sido imprudente en tu vida. Y ni se te ocurra empezar.

25

El coyote que llega

El día en que Simonopio acompañó a Beatriz Cortés de Morales a dar el pésame a la familia Espiricueta, fue el momento en que volvió a refugiarse en la cama de su nana.

Simonopio había dormido apaciblemente en la recámara de las nanas Reja y Pola toda su vida, primero en un moisés, luego en una cuna. A los cuatro años le hicieron una cama de manera urgente.

Su madrina había entrado una noche, buscando a nana Pola, y lo vio acostado en su cuna, hecho bola, listo para dormir. Se acercó a acariciarle la frente y a taparlo mejor, pero se detuvo.

—¡Mírate nada más, Simonopio! ¿Cuándo creciste tanto? —él, por supuesto, no ofreció respuesta—. Ya no cabes. Si sigues durmiendo aquí, vas a crecer enrollado como caracol.

Dos días después, al entrar por la noche a descansar, Simonopio notó que en lugar de su cuna había una cama grande y desprotegida.

No quería convertirse en caracol. Le gustaba la idea de estirar sus piernas, pero extrañaría los barrotes que lo mantenían adentro, que lo protegían. Sabía que dormido no controlaría sus movimientos para mantenerse alejado de la orilla. La primera noche no logró dormir. Las siguientes dormía, aunque pronto despertaba sobresaltado con la sensación en el estómago de caer al vacío. Simonopio no le temía al golpe contra el piso: le temía al vacío. A nunca terminar de caer.

Después, y por varios meses, se acostumbró a mudarse furtivamente a medianoche, con cobija y almohada, a la cama de su nana Reja, donde se quedaba profundamente dormido, entre el cuerpo tibio de su protectora y la pared.

Reja, que no dormía, notaba cuando se subía el niño con ella, tratando de no molestarla, temeroso tal vez de que lo rechazara y lo mandara de vuelta a su propia cama. Pero ella nunca lo haría. No le importaba que la cama la expulsara antes de lo acostumbrado por las mañanas, más entumida que de costumbre, y quejándose un poco al moverse y levantarse, cuando nunca lo había hecho. No estaba acostumbrada a tener a nadie tan cerca, ni de día ni de noche, pero si no estaba ella para darle sosiego a su niño, ¿para qué se hallaba en esta vida?

Simonopio era un niño activo, aun cuando dormía. Reja imaginaba a veces que, en sueños, perseguía a sus abejas, igual que como hacía despierto: movía las piernas como si corriera y los brazos como si volara. Además, prefería acercarse al cuerpo correoso y a la piel casi de madera de su nana que a la dura e inflexible pared. Por tal motivo, poco a poco, durante la noche, Simonopio iba conquistando más y más el territorio de la cama compartida, dejándole a ella poco espacio para descansar, poco y mal, en la orilla del acantilado. Reja no le temía al vacío: le temía al piso duro. Tenía miedo de que, al darse contra el suelo, se le rompieran los huesos igual que cuando se rompe un vaso de vidrio.

Imposible que con tanto e inusual movimiento nocturno en su recámara nana Pola no notara nada. Así que, al ver que pasaban los meses y que la situación no mejoraba, habló con Simonopio una noche, al arroparlo.

—Ya no puedes irte a dormir con tu nana Reja, que está muy viejita y le duele todo. No sé qué te dé miedo, Simonopio, pero ya eres un niño grande. Nada te va a pasar aquí. Yo bendigo este cuarto todas las noches. Aquí no pueden entrar brujas ni fantasmas. No caben monstruos debajo de tu cama, porque está muy bajita y porque son muy grandotes, dicen. Y no tenemos muñecas que despierten y caminen de noche, porque ya las mandamos a todas a una bodega. Duerme tranquilo.

A Simonopio nunca se le habría ocurrido toda esa lista de seres a los que debía temer, pero si el cuarto se bendecía todas las noches, con eso le bastaba para sentirse tranquilo. No les temía. Lo que lo seguía atemorizando era caer y —dormido— jamás encontrar el camino hasta el suelo. Caer y caer sin fin y nunca despertar. Y no creía que para eso hubiera bendición que valiera. Pero nana Pola tenía razón: ya era un niño lo suficientemente grande para entender que, aunque necesitaba la protección de su nana por las noches, ella ya era demasiado vieja para dársela sin pagar consecuencias. Debía ser valiente.

Fue valiente y fue inventivo, pues al vérsele negada la sencilla posibilidad de dormir protegido por el cuerpo de su nana, arrastró una silla y la pegó a la orilla de su cama. No era el cerco completo que le había ofrecido su cuna, pero el respaldo alto funcionó para engañar un poco a sus ojos somnolientos en la oscuridad. Tardó varias semanas más en volver a conquistar su sueño apacible, pero nunca más volvió a molestar a nana Reja. Un buen día se olvidó de acercar la silla a la hora de dormir y poco a poco se le olvidó ese miedo que le había impedido el descanso profundo. Y con el paso del tiempo olvidó por completo que alguna vez había necesitado tener cerca a nana Reja para dormir.

Sin embargo, aquel día en que Beatriz soltó su mano para irse corriendo seguida de cerca por Martín, el ave de mal agüero, Simonopio se había quedado ahí, solo, paralizado, en medio del camino. No temió por la salud de su padrino Francisco: sabía que algo había pasado para darle un disgusto, nada más. Parado ahí, Simonopio tuvo miedo de estar cayendo, de caer sin fin, de no encontrar el suelo. Por su imprudencia, por ir donde no debía, estaba seguro de que había echado a andar su historia con el coyote, y no sabía qué hacer para remediarlo.

Porque sentado en su roca tras el arbusto, mientras esperaba con paciencia a que su madrina terminara su visita, oyó un
ruido que lo alertó para volverse a tiempo y ver que el hombre
se acercaba presto con su vara, listo para golpearlo. Logró evitar
el primer golpe al reaccionar con agilidad, pero sabía que no
lograría esquivarlo para siempre: leyó en la mirada de Espiricueta que éste no se detendría hasta matarlo.

Sólo el grito de Beatriz apenas lo detuvo. Luego ésta se acercó furiosa, armada sólo con una muñeca de trapo. Simonopio
la reconoció como la muñeca que su madrina había cosido
para la niña Espiricueta, la de los ojos silenciosos. Llegó hasta
donde estaban ellos con la mirada y el propósito de una abeja
en defensa del enjambre. Simonopio se alegró de tenerla de su
lado.

—¿Qué le pasa? ¿Cómo se atreve?

Haber detenido el golpe no significaba que Espiricueta contuviera su furia ni que soltara su vara. Beatriz se detuvo entre
Simonopio y el agresor.

—Es lo que yo quisiera saber. ¿Cómo se atreve este ende-
moniado a venir a mi casa? ¿Cuántas veces ha venido a trairnos
la desgracia?

—¿Cómo se le ocurre?

—Mi mujer se me murió. Luego los hijos se me murieron.

—Y a eso vine: a darle el pésame —dijo Beatriz, tratando
de recuperar la tranquilidad y el sentimiento de lástima por ese
hombre que había perdido tanto.

—¿De qué me sirve su pésame? Váyase a dárselo a quien le
sirva. Pa' mí, éste me mató a mi familia. Yo no quiero pésames
ni lástima. Quiero que me vivan los dos que me dejó vivos.
Que me vuelvan los que me llevó, igual qu'ese que se regresó de
la tumba.

—Anselmo. Entiendo su pena y su desesperación, pero
¿cómo puede pensar que Simonopio tuvo culpa alguna? ¡Si se
trató de una enfermedad que atacó a todo el mundo!

—Yo les dije que pura desgracia nos iba a cair. Mi campo nunca ha dado lo que otros desde que llegó éste, y luego mi familia se me muere como ninguna otra. ¿Por qué namás a mí?

—Murió muchísima gente, Anselmo. En todo el mundo.

—Pos ya ve, pero a ustedes naiden.

—Tías, parientes, amistades. Su familia, Anselmo.

—Naiden.

Así no estaban llegando a ningún lado, así que Beatriz cambió de tema y de tono a otro más conciliador.

—Pues yo le traje algunas cosas para su niña. Si necesita algo más, díganos. Si quiere podemos inscribirla en la escuela para…

—No. Ahí sólo se enseñan a ser sirvientas, y ésta no va a ser sirvienta de naiden. ¿Sabe qué nehesito? Nehesito que se lleve sus caridades pa' alguien que las quiera. No hay nada que quiéramos de usté. ¿O qué? ¿Cree que con una muñeca le va a reponer a m'ija su mamá? Llévese también a su niño y dígale que nunca vuelva a pisar mi tierra, porque a la siguiente lo mato.

Esa amenaza provocó que Beatriz contuviera el aliento y que su cara perdiera el color. Soltó el aire contenido poco a poco. Simonopio notó que la mano con que seguía sujetando la muñeca temblaba.

—Y yo le advierto a usted que si se acerca a él la va a pasar muy mal. Más le vale que ni lo mire. ¿Me entiende? Y déjeme decirle otra cosa y entiéndalo bien: esta tierra no es ni nunca será suya.

Beatriz no esperó respuesta a esa aseveración. Tomó a Simonopio con fuerza del antebrazo y se lo llevó a toda prisa, sin mirar atrás. Con una mano lo sujetaba a él, que sentía que iba volando detrás, como la muñeca de trapo que ella llevaba en la mano derecha, olvidada. Su respiración no había regresado a la normalidad y Simonopio pensó que ni Espiricueta se atrevería a enfrentarse a ella cuando en su cara se reflejaban tal bravura

194

y tal furia. Al ensancharse la vereda, Beatriz se acordó de la muñeca a la que tanto tiempo había dedicado, pensando en Margarita Espiricueta. Sin dudar, la arrojó al monte a que se pudriera lentamente, como todo lo poco que aún cubría esa tierra. Luego buscó un fuerte palo para sustituirla en su mano vacía.

—No te preocupes, Simonopio. No pasa nada. No se atreverá —le repetía cada cierto tiempo para tranquilizarlo, pero sin amainar el paso, sin soltar el palo.

No habían encontrado peligro en el camino: sólo a Martín con sus novedades del supuesto síncope de Francisco Morales. Y ahí mismo permaneció Simonopio, parado en medio del monte invernal, sin madrina ni abejas, teniendo por única compañía un inútil leño tirado que él sabía que de nada serviría para defenderse en la historia que, sin lugar a dudas, había empezado ese día.

No podía recuperar el aliento, aunque no por el esfuerzo de la caminata a marchas forzadas, sino por el miedo.

No. Su historia no se resolvería a palazos, y tampoco ese día, de eso estaba seguro. Pero seguía sin saber cuándo, y por eso estaba aterrado: sentía que, despierto, caía sin fin, sin control, sin poder volver a encontrar el balance, el suelo firme de la certeza. Entonces recordó el calor de su nana protegiéndolo del vacío y corrió a su encuentro.

26

Esta tierra no es y nunca será

tuya. Nunca. Tuya. No. Tuya no.

El impulso de Anselmo Espiricueta de golpear al demonio aquél había sido interrumpido bruscamente por la vieja. Porque ni modo que qué: ¿no hacerle caso a la mujer del patrón? ¿Matar al niño delante de ella? Ganas tenía, pero tonto no era. Porque ¿luego qué?

Así que había detenido el movimiento, aunque no las ganas, y ahí permaneció parado con firmeza, en defensa de su territorio, hasta que se fue la mujer con su demonio.

Después, todavía invadido y ofuscado por la furia, tardó en recordar que aún tenía su brazo levantado y que en la mano traía una vara, pero al ver a su hija salir de la casa, buscando a su benefactora ausente, con un brillo que nunca antes había visto en su mirada, surgido quizá por la emoción de estrenar la falda y la blusa que la mujer de Morales le había obsequiado, volvió a sentir el peso de la caña y la textura burda de la orilla seca que se le clavaba en los callos de la mano.

Se fue hacia ella con el impulso revivido de golpear, por aceptar caridad y dádivas, surgidas de seguro del remordimiento del que lo tiene todo.

A golpes, en el exterior, la hizo despojarse de la ropa nueva, meterse a la casa, calentar el comal. Cuando estuvo caliente, la puso a asar chiles. Antes de sentir el escozor del humo picoso y ardiente de los chiles tostados en sus vías respiratorias o en sus ojos, Anselmo Espiricueta salió de la casa, asegurándose de que todo flujo de aire limpio estuviera impedido para ella, y la dejó ahí, llorando, rogando, quemándose por dentro con el humo enchilado, tal y como lo habían castigado a él sus padres ante cualquier afrenta.

Espiricueta salió a la intemperie helada, seguro de que con ese castigo borraría del espíritu de su hija cualquier inclinación de ser pobre y agachada.

Vio la falda y la blusa tiradas donde habían caído y las recogió. Se dirigió al monte por la vereda que había tomado la vieja entrometida. Llegó a donde se hacía más ancha y, satisfecho con la lejanía de la casa, las arrojó hacia el monte, para que se pudrieran lentamente, como todo lo poco que aún cubría esa tierra.

—Mía.

Suya.

27

El techo que respira

Todas las noches restantes de ese invierno helado en que se encontró con el coyote, Simonopio las pasó resguardado en la cama tibia de su nana Reja.

Cuando la oía llegar por la noches para acostarse, se metía tras ella en la cama, siguiendo sin saber la técnica exacta que había perfeccionado a los cuatro años: cargado con almohada y cobija, siempre sigiloso y en silencio, por temor a ser rechazado. Tardaba mucho en dormir, debido a la estrechez de la cama y los rondines que su mente se empeñaba en hacer, en busca de una salida al atolladero en que se había metido. Por fin dormía, porque su cuerpo infantil lo exigía, y la mente cedía.

Nana Reja, como siempre, guardaba su mutismo y no decía nada ni preguntaba nada: ni qué te pasa, ni qué te tiene tan asustado ni mucho menos que no hay a qué temerle. Simonopio sospechaba que ella sabía, que intuía que algo monumental le había sucedido, y que por lo mismo jamás se atrevería a pedirle abandonar el miedo ni a asegurarle que no había a qué temer. Permanecía acostada, despierta, inmóvil, como Simonopio sabía que hacía cada noche en su cama, aun sin ese bulto llamado Simonopio empeñado en visitarla sin pedir permiso. Cuando éste abría los ojos con la primera luz de la mañana, la cama estaba fría. La nana ya no estaba: se había ido de nuevo a su puesto eterno, sentada en su mecedora, protegida bajo el techo volado del cobertizo.

Simonopio había oído a su madrina Beatriz comentar que, en especial en tiempos de frío, ya no se le debería permitir a nana Reja pasar sus horas de guardia a la intemperie. Que una vieja de su edad podría morir por exposición. Mas no había cómo convencer a la viejita de madera. A ella no le importaban el cambio climático ni los elementos: a ella sólo parecía importarle no dejar vacante su puesto como vigía sorda, muda y ciega. Cuando Beatriz pidió a Martín y a nana Pola que la levantaran de su sitio y la metieran al calor de la cocina, nana Reja reaccionó con una contundencia difícil de malinterpretar: agitó con fuerza su bastón, atinando a darle a Martín en las piernas, que no fue lo suficientemente veloz en su huida. En cuanto a Pola, Reja no se atrevería a golpearla por ningún motivo, si bien nada le impedía mover su bastón en grandes arcos para disuadirla al sentirla cerca.

Nada ni nadie la convencería de cambiar su rutina de décadas. Ni siquiera Simonopio, que también se preocupaba por ella.

Pronto cumpliría ocho: ya no era un bebé. Sabía que la molestaba en la noche, pero la experiencia en tierra de Espiricueta lo había sacudido y por lo pronto necesitaba sentirse protegido, por lo menos en el estado inconsciente del sueño profundo.

Pasaba los días reconstruyendo su valor. Como el frío se negaba a irse, sus abejas salían muy poco, y cuando lo hacían permanecían cerca de la gran estructura con que habían ido invadiendo el techo del cobertizo. Salían a ejercitar un poco las alas y quizá el instinto, y no lo hacían todas. Al menos no todas al mismo tiempo.

Simonopio tampoco quería ir a ningún lado sin ellas. Por lo pronto no. Había deambulado durante días cerca de la casa, sorprendiendo a todos con su presencia permanente, ya que por su constante exploración de los montes sus apariciones eran cada vez más fugaces.

Antes de que todos en la casa empezaran a cuestionarlo sobre su bienestar, cuando sabía que ni siquiera era capaz de ofrecer una respuesta, se le ocurrió ayudar a su nana para que la dejaran de molestar con tantos acercamientos solícitos y, claro, para que no pasara frío. Simonopio sospechaba que no lo sentía en su curtida piel, aunque tal vez en sus viejos adentros sí, sin darse cuenta. Sabía que no era tiempo para que la nana Reja muriera, pero también sabía que había ciertas situaciones que podían cambiar por la simple testarudez de no resguardarse cuando era necesario.

Como era imperativo que nana Reja no pasara frío durante el día, para que viviera aún cuanto debía vivir, Simonopio encendió para ella una fogata que apaciguó la preocupación de todos por la viejita y por él. Mantener viva una fogata, y con ella a una anciana querida, pero cuidando que el humo no llegara hasta sus abejas en su alojamiento, resultó un trabajo constante: Simonopio alimentó el fuego con leños todo el día y todos los días, hasta que el frío decidió irse a otra parte. Las abejas salieron de su acogedor encierro sin problema y él se sintió con fortaleza para alejarse de nuevo.

Porque desde la noche en que regresó a la cama de su nana o el primer día que pasó sentado a sus pies, velando por ella y por su calor, Simonopio supo que se estaba permitiendo un respiro temporal. Que pronto necesitaría volver a salir al mundo a prepararse, antes de que el mundo, el violento, llegara a buscarlo a él. Pero en esos días, cuando todos lo felicitaban por mostrarse tan atento y vigilante por el bienestar de nana Reja, sin imaginar que también velaba por el bienestar propio, no lograba alejar el deseo de que el frío durara más. Que la tregua se alargara tan sólo un poco más. Al mismo tiempo estaba consciente de que para esos asuntos no había deseo que valiera: el frío desaparecería cuando debiera desaparecer, y cuando eso llegara su tiempo de tranquilidad artificial terminaría y debería darle la cara a su enorme error.

Cuando pensaba en eso, sentado a un lado de la inerte nana Reja, lo asediaba el miedo, como la humareda de la fogata que él mismo había encendido durante el día. Porque el fin del invierno era el plazo que le había concedido a su miedo y a su parálisis. A dormir calientito y a salvo a un lado de la nana. A echar leños y leños en una tarea sin fin que cualquiera estaba capacitado para hacer. Simonopio había decidido que, antes de que la primera abeja saliera a disfrutar la libertad de la primavera, tomaría su almohada y doblaría su cobija. Dejaría el calor y la protección de su nana. Dejaría también las bendiciones nocturnas contra monstruos, animales, muñecos y demás de nana Pola. Transportaría su cama con o sin ayuda. Limpiaría el cobertizo de nana Reja, que por las abejas ya nadie usaba ni como bodega, y se instalaría ahí a dormir, a despertar, a crecer, a hacerse fuerte.

Al principio Francisco y Beatriz Morales se habían opuesto a que Simonopio durmiera en tal aislamiento y rusticidad. También argumentaban —y con razón— que el cobertizo había sido construido como almacén. Que no estaba concebido como recámara de nadie, y menos de un niño tan querido, al que habrían llevado a dormir a la casa principal desde el día de su llegada si tan sólo la nana Reja lo hubiera permitido, sin importarles que Consuelo armara un berrinche por lo feo y ajeno del bebé.

Apenas Simonopio sacaba su cama para hacer su mudanza, Beatriz o Francisco enviaban a alguien para regresarla a su lugar.

—No, Simonopio. No puedes dormir allá. Si ya no quieres dormir con las nanas, vente a la casa con nosotros.

Continuaban explicándole cómo las abejas se habían ido posesionando poco a poco del entretecho del cobertizo de la nana Reja —por no haber atendido el problema a tiempo, admitían— y que ahora era demasiado tarde: por miedo, hacía años que ya nadie quería entrar a guardar herramientas ni material alguno en esa bodega.

—¿Cómo vas a dormir tú ahí, Simonopio?

Mientras le preguntaban eso, ante el silencio esperado del niño, la respuesta les llegaba sola, clara, lógica. Y si no los hubiera decidido el hecho de que no había nadie mejor para ese espacio que el propio Simonopio, al que poco veían sin sus abejas, habrían sido testigos de cómo la misma nana Reja, a la que jamás nadie veía moverse, hablar ni aparentar interés, hacía un intento fallido por sacar la cama de su niño querido del cuarto que habían compartido desde su llegada.

Pusieron sus condiciones, claro: una, que antes de cambiarse Simonopio limpiara el cobertizo. Otra, que permitiera le construyeran un baño aledaño y abrieran una ventana para mejorar la ventilación y la iluminación natural de la recámara. Por lo pronto.

Simonopio accedió con gusto: no quería meter su cama donde quizá, olvidadas por todos, permanecían las muñecas nocturnas que nana Pola había exiliado a alguna bodega, sin especificar cuál. La limpieza la haría él.

La ventana se abriría cuando se abriera, pero quería cambiarse de inmediato. Antes de que tal determinación flaqueara, fue directamente a intentar abrir la puerta del cobertizo. Por el descuido y los años en desuso, oxidada e hinchada, Simonopio no pudo solo con ella y tuvo que convencer a Martín para que se atreviera a ayudarlo.

—Al cabo sé que estando contigo no me van a atacar, Simonopio.

Sus abejas nunca habían atacado a nadie, con él o sin él, pero no tenía cómo aclararle eso a Martín. Y en cierto modo, para lo que venía en el futuro, pensó con algo de pesar sobre la conveniencia de que esa fuera la percepción: no se acerquen al cuarto de Simonopio, porque se mueren de un piquete o de mil.

Había pasado gran parte de su vida sentado a la sombra del techo volado del cobertizo, acompañando a nana Reja, aprendiendo las lecciones de la vida que le daban el viento y las abejas, pero ese día, reparada la puerta, Simonopio entró por primera vez al espacio que había escogido para crecer.

Era cierto que necesitaba una ventana no sólo por la oscuridad, sino para erradicar el olor a encierro de años. El piso era firme, cubierto por el polvo que incluso la puerta hinchada había sido incapaz de detener, y en dos esquinas se hallaba el cúmulo de miel que sus abejas dejaban escapar y durante años se fue cristalizando.

Nada de eso lo perturbaba. Dejaría la puerta abierta todo el día para que entrara el aroma fresco de las hierbas del monte a limpiar el aire en que habían quedado estancados los olores de hombres al regresar de la labor, aceites lubricantes del arado, queroseno derramado, macetas rotas, mecates podridos, costales viejos vacíos y costales viejos llenos de tierra, tablones de andamios y fierros oxidados. Al ritmo del crujir de la mecedora de la nana Reja, que lo acompañaba desde afuera, como siempre viendo hacia el camino y los montes, arrastró todo hacia fuera.

A las estalactitas y estalagmitas del suave ámbar cristalizado de la miel las dejó intactas en sus esquinas. Ahí pertenecían.

Sobre el último anaquel estaba lo que Simonopio pensó, a simple vista y por la penumbra del lugar, que era una lona. Al acercarse notó que la lona cubría algo: una caja enorme. No podría moverla él solo.

Cuando al fin convenció a Martín de volver, Simonopio quedó sorprendido del miedo que había sentido el hombre al ver la caja, y al principio no entendió por qué. A él le parecía una caja muy fina, aunque no la había abierto. Entonces dudó: ¿y si era ahí donde nana Pola había guardado las muñecas nocturnas? No era de noche, pero en el interior del cobertizo estaba bastante oscuro. Temió que las condiciones fueran las propicias para que se reanimaran, para que salieran, para que lo asustaran.

Simonopio salió corriendo tras Martín, espantado con el producto de su imaginación.

Tras recuperar el aliento y la calma, Simonopio volvió a insistir jalando la manga de Martín: debían volver a terminar el trabajo. Lograron reclutar también a Leocadio para la tarea. Entre los tres sacaron la pesada caja a la luz del día, tras casi nueve años de olvido en completa oscuridad. Leocadio y Martín, sin desearlo, recordaron el día en que ellos mismos la habían guardado con gran cuidado por instrucciones de su patrona.

Se les enchinó el cuero.

A Simonopio, en cambio, la caja le pareció muy bonita. Pensó que si nadie la necesitaba tal vez le permitirían conservarla para guardar algunas cosas, si es que las muñecas no estaban guardadas ahí. De ser así, primero tendría que encontrarles otra prisión.

Ésa era su primera prueba de valor: abrirla y luego erradicar a sus posibles habitantes. Cuando intentó abrirla con resolución, Martín se lo impidió.

—No la'bras. Es pa' un muerto. No vaya a querer que la llénemos si la abrimos.

Martín ya no dijo más en consideración al niño: de alguna manera relacionaba la llegada a la vida del pequeño con esa caja y le pareció que no sería buena anécdota. La cubrió, y de nuevo le pidió a Leocadio ayuda para esconderla en lo más profundo de otra bodega, donde nadien la vea, compadre, no vaya a ser.

Simonopio sabía de muerte. La veía seguido en sus historias sobre lo que sucedería y en algunas que ya habían pasado. Pero nunca había visto una caja de muerto. Entonces él no la quería. Y hacía bien Martín en tampoco quererla: esa caja no estaba destinada para ninguno de ellos dos.

Dedicó el resto del día a la limpieza. Esa noche, cansado pero ya instalado, con la cama acomodada en su lugar y tendida, su madrina Beatriz llegó a inspeccionar el resultado de su esfuerzo.

—Vas a necesitar un armario y una silla, al menos. Y te urge la ventana, Simonopio. ¡Qué feo huele! ¿Seguro que no quieres venir a dormir a la casa, por lo menos hasta que terminemos con la ventana y el baño?

Apreció la oferta, pero no la aceptó. Estaba empeñado en que esa noche sería la primera que pasaría en su nueva recámara, aunque su madrina tenía razón: con la puerta cerrada había regresado el aroma desagradable de los años de encierro.

Con la ventilación de la puerta abierta durante el día y el olor de los jabones y aceites que había usado, creyó haberlo ahuyentado, pero cayó la noche y no le pareció buena idea dormir con la puerta de par en par: era su primera vez durmiendo solo, aunque afuera todavía estuviera Reja. Sintió miedo. Como no se sabía las palabras de la bendición de la nana Pola, tuvo que inventar la propia, pero no estaba seguro si resultaría tan efectiva como la que lo había protegido todas las noches hasta entonces. No sabía si sus palabras convencerían a brujas, animales varios, monstruos y muñecas de irse de visita a otro lugar.

O si lo protegerían del coyote.

Así que, tras cerrar la puerta como doble precaución, los malos olores le invadieron otra vez la nariz. Creía posible que, tras tantos años de habitar en un lugar, estuvieran reacios a hacer su mudanza, a perderse al aire libre hasta perder la esencia. Ahora, en defensa propia, se aferraban al poroso enjarre de las paredes y a las antiguas vigas de madera del techo, y si Simonopio no lo solucionaba pronto no tardarían en descubrir las cualidades de sábanas, almohada y colchón como receptáculos permanentes que prolongarían su existencia en ese espacio que los había visto nacer.

Exhausto, acostado en esa cama que todavía olía a limpio, pero sin poder dormir, porque a oscuras el olfato se agudiza y lo que huele mal empieza a oler peor, Simonopio se concentró en desbaratar el aroma invasivo. Poco a poco distinguió los olores individuales y los fue domando con la nariz para ignorarlos hasta llegar al último, al que hasta ese momento todos los demás, en concierto, le habían impedido percibir: el dulce aroma del enorme panal que entre los maderos del techo habían edificado sus abejas.

Y se sintió confortado, porque éste era el aroma que le pertenecía. El mismo que él llevaba en su piel. Las abejas se alegraban con su presencia y le daban la bienvenida, porque él también pertenecía ahí, con ellas, al igual que las formaciones de miel cristalizada que adornaban la recámara.

Por el momento descansó del miedo que lo había invadido últimamente: cuando al cerrar los ojos y abrir no sólo la nariz, sino también los oídos, oyó la vibración emitida por sus abejas a través del techo que lo cubría y protegía, consideró que había hecho bien en resguardarse ahí.

Arropado por esa compañía, descansó del recuerdo constante de Espiricueta, el coyote de su historia. De Espiricueta con su palo, con sus rencores infundados, con sus amenazas, con su tierra moribunda. Supo que tendría tiempo de crecer y de hacerse fuerte para lo que venía entre ellos dos, y dormir ahí era un buen comienzo. Al día siguiente empezaría un renovado esfuerzo para acompañar a sus abejas hasta el fin de su vuelo diario, porque era importante —lo sabía— entender al fin qué buscaban y qué encontraban antes de darse la media vuelta para regresar al hogar previo al anochecer. No sabía cuándo lo lograría, pero se propuso que llegaría más lejos cada día. Guiado por sus abejas, llegaría hasta el final del camino.

Así, poco a poco, fue olvidando sus dudas sobre la efectividad de sus bendiciones, porque ¿qué mejor bendición que dormir arropado por ellas?

Y así, durmiendo y creciendo bajo ese techo vivo que poco a poco se ajustaba para sincronizar su ritmo y su respiración hasta igualar los de él, sería como Simonopio conquistaría el miedo.

28

El viaje de las espinas

Simonopio comenzó su peregrinación al día siguiente, tras descansar como no lo había logrado en meses: iría en busca del tesoro que esperaba a sus abejas todos los días de primavera.

Antes de emprender el viaje por primera vez, supo de antemano que no lo lograría de inmediato, que le tomaría tiempo llegar y le exigiría esfuerzo, pues la fortaleza y el arrojo necesarios para tal viaje no se adquieren de un día para otro ni con sólo desearlo.

Antes se le habían facilitado los caminos cercanos que había ido conquistado poco a poco, pero ahora tendría que ir mucho más lejos, descubrir senderos y lugares. Hacer caminos nuevos.

Además, luego de tres meses de no adentrarse en el monte, como había sido su costumbre, el tiempo perdido le cobró caro su descuido.

Porque el camino de las abejas no era el de los hombres: mientras que él daba pasos tentativos, ellas volaban sobre matorrales y espinas, sin importarles que no hubiera camino abierto. Las hondonadas entre las sierras no les suponían problema alguno; las cuestas no las cansaban y los cañones, siempre difíciles de sortear para un animal de dos patas como él, a ellas las dejaban indiferentes. Si les llovía en el camino, se sacudían el agua. Si las sorprendía el frío antes de su regreso, sabían que al final del día llegarían de vuelta al calor de su panal, llenas de energía con la miel de primavera. Nunca sentían miedo y nada las desviaba de su propósito. Sólo la muerte las detendría, y no les importaba morir en el cumplimiento diario de su encomienda.

Ellas debían completar el viaje de ida y vuelta en un día, así que no tenían tiempo de esperar a su niño. Porque Simonopio, al fin limitado por su humanidad y su juventud, debía encontrar o hacer veredas transitables, lo cual tornaba más lento su andar. Además se cansaba, se tropezaba, y al caer se cortaba las rodillas o las manos. La lluvia empapaba su ropa. El frío, cuando llegaba, lo calaba hasta los huesos. El intenso calor del verano y la sed lo hacían trastabillar. Las espinas del monte lo atrapaban con fuerza y las piedras se empeñaban en doblarle los tobillos.

El miedo que lo invadía cuando la inminente oscuridad lo sorprendía lejos lo hizo darse la media vuelta más de una vez, regresar a casa exhausto, vencido, y darle a nana Reja explicaciones con la mirada: hoy no, todavía no. Ella abría los ojos para él y con ellos le decía: sigue. Luego los volvía a cerrar. Ya le había dicho todo. Y a la mañana siguiente lo despedía de nuevo con el puro movimiento de su mecedora.

Poco a poco, durante sus recorridos de esa primavera, de ese verano y de ese otoño, la destreza retornó a sus pies, su velocidad se acrecentó, su sentido de dirección se agudizó y la seguridad en sí mismo regresó y aumentó. También, con el ejercicio diario y constante, incrementó su conexión con las abejas, y con eso, paso a paso, hora tras hora y día tras día, se sacudió el miedo como ellas se sacudían las gotas de lluvia, y se sintió fortalecido.

Sabía que aún tenía tiempo y que el tiempo trabajaría a su favor: si no conseguía llegar en esa misma primavera o en el verano, lo lograría en la próxima o en la siguiente, pero llegaría.

Las abejas habían sido pacientes con él: habían aguardado durante años a que estuviera listo para completar el viaje con ellas. Al final del camino lo esperaba algo importante, algo que ellas siempre habían tratado de compartir con él, de darle a entender.

Pronto vería. Pronto sabría.

29

El tren pasa por Alta y Simonopio también

Mi mamá se arrepintió de inmediato de haberle permitido a Simonopio irse a su propio cuarto, pues empezó por esfumarse entre los montes durante el día por períodos cada vez más largos, hasta que una buena noche no regresó ni a su baño ni a su cena ni a su cama.

Alarmados, mis papás llamaron a los peones para que se sumaran a la búsqueda nocturna, que resultó infructuosa: pasaron horas escudriñando el camino a La Florida, con la esperanza de que Simonopio hubiera llegado hasta allá al sorprenderlo la noche.

Mi papá regresó esa noche frustrado y preocupado: de Simonopio no había rastro por ningún lado.

—Ni santo ni seña.

Esa noche mis papás no durmieron. Por la oscuridad, no había nada que pudieran hacer más que seguir la rutina diaria, desde lavarse y cambiarse hasta apagar la luz.

—Lo encontraremos mañana, ya verás —le dijo mi papá a mi mamá en tono consolador.

Mi mamá, pesimista como sólo se puede ser cuando es de noche y se tiene la certeza de que ésta será eterna, se imaginaba a Simonopio en el fondo de un cañón, incapaz de moverse, con las piernas rotas, asustado y asediado por pumas y osos. Cada vez que cerraba los ojos, veía a ese niño al que querían tanto en el total desamparo, enfrentando una noche que de seguro le parecería más eterna que a ella. Así que dejó de fingir que descansaba y se fue a la cocina a preparar café, a encender cuanta luz había en la casa y luego a abrir postigos y cortinas: si Simonopio estaba perdido, vería las luces desde lejos y sabría regresar.

Mi papá, que se levantó para hacerle compañía con la excusa de que se le antojaba tomar un café —puras mentiras, porque nadie mejor que él conocía lo mal que mi mamá hacía el café—, sabía que Simonopio no estaba perdido. Que Simonopio nunca se perdería. Estaba seguro de eso porque Simonopio siempre se las arreglaba para llegar sin ayuda ni guía a donde él estuviera: si en los maizales, a los maizales; si en los cañaverales, en los cañaverales lo encontraba.

Ya antes de esa noche de vela mi papá le había comentado a mi mamá que extrañaba a Simonopio desde que éste decidió quedarse a cuidar a nana Reja. Al principio, aún sin la costumbre de verlo aparecer por aquí o por allá, saliendo a su encuentro de entre los matorrales, le preguntaba: Simonopio, ¿qué haces aquí? ¿Cómo llegaste hasta aquí? ¿Cómo supiste dónde estaba? Pero pronto cesó con sus preguntas necias, porque comprendió que Simonopio nunca le respondería y porque esas visitas imprevistas que le hacía Simonopio comenzaron a ser parte de su día de trabajo, quizá la más agradable.

Sin embargo, desde que no lo visitaba, desde que decidió quedarse cerca de la casa y luego salir a la aventura, la sorpresa era siempre su ausencia.

Mi papá no entendía por qué Simonopio no había ido a su encuentro tras darle fin a su encierro. Estaba seguro de que el niño se había ido para otro lado, porque buscó —tanto como la oscuridad se lo permitió— huellas del recorrido posible de Simonopio; el camino que más directamente lo habría llevado a los maizales próximos a los de Espiricueta, donde había pasado mi papá la mayor parte del día. Él estaba seguro de que al niño no se le habría dificultado llegar. Simonopio siempre encontraba el camino.

No. Ese día mi padre no buscaba a un niño querido: buscaba su cuerpo sin vida. Las luces encendidas eran un desperdicio, mas no se atrevió a quitarle a mi mamá la esperanza ni la intención. Días después le confesó que, al no aparecer, lo inundó la certeza de que estaba muerto, pues ¿qué más impediría que Simonopio regresara a cenar y a dormir a su casa?

Mi papá se llenó la barriga con el café de mi mamá para llegar despierto y alerta al alba, cuando había convocado a todos los de cuerpo hábil a continuar la búsqueda. A la hora acordada fue a su recámara a echarse agua fría en la cara.

Mi mamá se había quedado dormida en la sala, ya que ni siquiera por disimular fue capaz de seguir bebiendo ese triste remedo de café que había preparado. Creo que le habría sido mejor pasar la noche con su costura, aunque yo no estuve ahí para sugerírselo. En cambio pasó la noche entre preocupada por Simonopio y sorprendida por mi papá, que se servía y bebía taza tras taza sin hacer muecas de disgusto.

Mi papá abrió la puerta de la casa sin despertarla y lo primero que vio en la penumbra fue a Simonopio esperándolo en el porche.

¿Tienes hijos? ¿No? El día que los tengas entenderás qué motiva a cualquier padre de un niño que decide perderse o lanzarse a una aventura a decir: cuando lo encuentre, lo ahorco, o cuando se baje de esa copa del árbol, lo mato. Yo nunca lo había entendido, aunque lo oí mucho de labios de mi plácida madre, cuando era yo el receptor de tan cariñosas intenciones.

Hay que ser padre para entender que de un gran amor también llega a nacer un gran impulso violento. Hay que haber temido por un hijo para comprender y perdonar la violencia que se esconde o bulle tras la angustia de cualquiera que, después de dar a un hijo por muerto, lo encuentra divertido, jugando en la casa del vecino o espinado de las nalgas por haber caído en una nopalera. O como este caso, Simonopio, de regreso de una aventura por su propio pie y sin daño aparente.

Si fueras padre, comprenderías por qué el primer impulso que tuvo mi papá fue ir con Simonopio a tomarlo por los brazos, zarandearlo y no querer parar hasta desbaratarlo y gritarle hasta que quedara sordo. Pero tras dos o tres movimientos toscos de mi papá, ese zarandeo se convirtió en un abrazo. Fuerte.

Así los encontró mi mamá, que de inmediato sintió el mismo impulso, el cual de seguro contuvo porque el puesto ya estaba ocupado y porque tras una noche en vela y tanta taza de café tuvo que salir corriendo al baño a desaguar.

Como te comenté, mi mamá se arrepintió de haber permitido la mudanza de su ahijado. Supongo que mi papá también. Porque por más que lo intentaban, no entendían qué motivos tendría Simonopio para abandonar su puesto como compañero constante de mi papá e irse sin avisar a nadie, a veces hasta por tres noches seguidas. Porque ese mismo día del gran abrazo que recibió de mi papá, Simonopio volvió a escaparse para deambular por rumbos desconocidos. Notaron que a su cama le faltaba una cobija, y nana Reja, en su puesto eterno afuera de su cobertizo —ahora convertido en recámara—, no abría los ojos ni para parpadear, lo cual mis papás tomaron como signo de que el niño sabía lo que hacía, porque a ella no se le notaba intranquila.

No obstante, ellos no podían evitar seguir preocupados por él. En una ocasión mi mamá le dijo:

—Mañana nos vamos a Monterrey a visitar a las niñas en el tren de las doce.

Simonopio ya no estaba en su recámara al amanecer del día siguiente.

Con tal de que no se alejara cuando ella se iba a Monterrey y mi papá a sus ranchos, mi mamá persistía en invitarlo, pero Simonopio siempre se negaba y se lo hacía saber a base de ausencias. Para otro viaje a Monterrey, le dijo:

—Ándale, Simonopio, ven conmigo. Hay un circo con elefantes, payasos y leones. Te llevo.

Fue la única vez que Simonopio aceptó la invitación. La tentación había sido imposible de resistir. Pero tuvo que regresar antes de lo planeado, porque no soportaba estar y dormir en un lugar desconocido, lejos de los montes y de sus abejas. Además, me imagino que mis hermanas no ayudaron: Carmen, porque con su enamoramiento no tenía cerebro para pensar en nada ni en nadie más, y Consuelo… porque era Consuelo, y tal vez porque para entonces también estaba enamorada. Ella nunca le puso muy buena cara a Simonopio, no se diga dirigirle alguna palabra amable ni dedicarle un rato a un niño contrariado con tanta novedad de la ciudad.

Dos días esperó Simonopio para que llegara el momento de su visita al circo. Los aguantó sólo por el placer que imaginaba al ver a los leones de verdad, me diría años después. Pero el día de la visita al circo la gente lo miraba a él como si fuera parte de la atracción circense, como un intermedio entre la visita que habían hecho a la mujer barbuda y el hombre con seis dedos en una mano.

—¿Qué ven? —imagino que les habrá reclamado mi mamá, molesta, protegiendo a su pequeño invitado y llevándolo a su asiento en primera fila.

Primero había salido el elefante.

Mi mamá notó que mientras todo el público aplaudía, Simonopio perdía cada vez más la vitalidad y la emoción por estar ahí, al ver a un animal que —supuso por adelantado— sería monumental.

Y de hecho sí fue el animal más grande que Simonopio había visto hasta entonces, aunque por más grande que estuviera el animal, Simonopio me contaría después que en verdad lo había impactado que el animal estuviera moribundo, pues apenas se movía. Que su color no fuera el que se suponía y que enseñara más costillas de lo aceptable. El elefante moría de tristeza y de encierro. Y lo peor: nadie parecía notarlo. Le seguían exigiendo que subiera una pata y luego la otra. Que diera una vuelta al ruedo con una mujer que hacía peripecias sobre su espalda huesuda, y luego que se balanceara sobre sus dos patas posteriores, mientras con su trompa atrapaba y volvía a lanzar una pelota a su amaestrador.

Luego siguió el león, con su propio domador, que llevaba látigo y una antorcha, la cual encendería para hacer pasar a la fiera entre aros de fuego. El domador lograba que el león brincara de banco en banco y rugiera de vez en vez, pero todo era falso, porque en los ojos del felino no había ni el recuerdo de su fiereza. Vivía, se movía, rugía un poco y hacía, forzado, lo que el domador le pedía con su látigo, pero estaba muerto por dentro.

Fue cuando a Simonopio se le llenaron de lágrimas los ojos, y luego cuando salieron los payasos como en manada, porque si el circo sólo contaba con un elefante y un león, de payasos tenía más de una docena y de todos los tamaños, desde el largo hasta el enano.

¿Has oído hablar sobre la coulrofobia? ¿Del miedo desmedido e irracional a los payasos?

Simonopio resultó coulrofóbico al instante, y al ver a esos seres pintados, de fisonomía extraña, paseándose en la pista cerca de él y haciendo lo que les pagaban por hacer, que era simplemente hacerse los payasos, Simonopio estalló en llanto.

No un lloriqueo ni un lagrimeo: no, un estallido violento.

Hay que aclarar que la pobre de mi mamá nunca había visto a Simonopio derramar ni una sola lágrima, así que te imaginarás el susto que se llevó con su coulrofobia, sin saber siquiera que existiera tal aflicción. Y si ahora sabemos que existe el término para el que les tiene miedo, creo que también debería haber uno para el payaso aquel que goza con el sufrimiento del fóbico. Al parecer todos esos payasos tenían un radar especial para detectar quién era presa fácil para la tortura, y más cuando se trataba de un riquillo que había pagado un peso completo para verlos de cerca.

Cuando recordaba esta anécdota, mi mamá decía que se fueron directamente hacia él, mientras que ella no sabía qué hacer: si consolar a Simonopio, disculparse con las otras personas de su sección por el alboroto o golpear con su sombrilla a los payasos para alejarlos del niño. Se decidió por la sombrilla y por irse de ahí de inmediato, con un Simonopio que no podía dejar de llorar y que lloraría, desconsolado —aterrado—, el resto de la noche y hasta el día siguiente, cuando mi mamá le dijo ándale, deja de llorar, Simonopio: si nos vamos ahorita, alcanzamos el tren a Linares.

De regreso, cuando pasaban por Alta, y sin saberlo, mi mamá perdió el hilo de su monólogo con el que pretendía consolar a Simonopio, hasta quedar en silencio.

Por supuesto que ella sabía que nada quedaba de mi abuelo fusilado en el mundo y que, de equivocarse, por ningún motivo querría encontrarlo ella o que lo que quedara de él permaneciera en el lugar en que lo habían fusilado. ¿Por qué querría hacerlo, cuando existían lugares de los que había disfrutado más, como sus haciendas o la biblioteca de su casa?

Cada vez que el tren que la llevaba a Monterrey pasaba por Alta, no podía evitar asomarse por la ventana con miedo de ver a algún ejército acechando en el horizonte, listo para atacar al ferrocarril como tantas veces antes. Años después me confesó que también lo hacía como atraída por una fascinación extraña: para ver si había señales de su padre, para sentir algún escalofrío emanado por la energía de odio y terror que de seguro se habría acumulado en los árboles y en la tierra misma, testigos mudos de la violencia y receptores involuntarios de la sangre derramada.

Nunca veía nada fuera de lugar y no sentía sino alivio: en los varios viajes que ya había hecho, jamás nadie los detuvo.

Mi papá le explicó que, en términos tácticos, la cuesta de Alta era el lugar idóneo para emboscadas, y que por lo tanto había sido utilizado por un bando o por el otro para infligir el máximo daño al enemigo. Escenario de múltiples enfrentamientos, mi mamá nunca encontró ahí indicio alguno de violencia, y los árboles le parecían tan secos o tan verdes —según la temporada— como cualquier otro: ni sus hojas habían cambiado de forma ni sus raíces escondidas habían sufrido ninguna mutación al regárseles con sangre y fluidos humanos.

Siempre miraría por la ventana en ese lugar, lo sabía, y nunca dejaría atrás la —ahora— suave nostalgia que la ausencia de su padre le causaba.

Simonopio la tomó de la mano con suavidad, distrayéndola de su contemplación y de su melancolía.

Al tocar tierra linarense, parecía que la visita a Monterrey nunca hubiera sucedido. Simonopio regresó a su nueva rutina de explorador, porque, por más que le decían ya no te vayas, que algo te puede pasar, Simonopio se desaparecía en el monte sin avisar.

Mi papá seguía esperando a que el niño apareciera donde él estuviera, pero, desconcertado, veía pasar los días y Simonopio no aparecía en los campos. Y al ver que el plan de mi mamá de llevar a Simonopio a Monterrey resultó un fracaso, pensó que lo invitaría él a sus viajes a Tamaulipas, ya que, si lo que quería Simonopio era aire libre y aventura, de eso había mucho en los ranchos ganaderos.

Aunque se había entusiasmado con la invitación, Simonopio no aceptó ésa tampoco. El error de mis papás era pensar que Simonopio se iba vagar por ahí, sin destino fijo en mente. Después se enterarían de adónde iba y qué buscaba, pero eso no sucedería hasta muchos meses después.

Habían intentado que Martín lo acompañara en sus paseos, pensando que la idea sería de su agrado, pero las veces que éste trató de seguir a Simonopio, regresó frustrado:

—Ahí íbamos los dos, pero de repente, cuando volteé, ya no estaba el huerco.

Entonces fue mi papá el que le ofreció su compañía, aunque se encontraba muy ocupado en su afán por salvar la tierra, pero Simonopio sólo lo miró con fijeza y mi papá entendió: no quiero. Mi mamá me dijo que incluso intentaron que nana Reja lo disuadiera de irse solo, también sin éxito: la nana apretaba con fuerza los ojos cerrados. Nunca quiso involucrarse en el asunto, lo cual mis papás, vencidos e imposibilitados, tomaron como señal de que era mejor dejar en paz a Simonopio y a sus expediciones.

Sin más remedio, mi papá le regaló a Simonopio una bolsa de dormir ligera y fácil de empacar. También le regaló una navaja que su abuelo le había obsequiado cuando era niño. Le dio también una cantimplora y un pedernal para que encendiera una fogata con la que ahuyentaría el frío, la oscuridad y los animales. Si el niño se empeñaba en pasar muchas de sus noches como un rústico, lo mínimo que podían hacer ellos era que lo hiciera bien equipado.

—Y ya nada de andar llevándote las cobijas de tu cama, ¿eh?

Ni con el tiempo ni el esfuerzo pudieron dejar de preocuparse del todo. Una vez lo vieron agregar un machete a su equipo de campamento, pero ya no dijeron nada. Ya ni lo discutieron entre ellos. Y sólo le decían, cada quien por su lado: te cuidas, y lanzaban tras él cuanta bendición se les venía a la mente.

La siguiente vez que mi mamá regresó en tren a Monterrey, como era su costumbre, al pasar por Alta se asomó por la ventana. No vio a su padre aparecido. Tampoco vio ningún ejército tendiendo una emboscada. Los árboles eran los mismos y la tierra también. Lo único diferente en el panorama fue que, a lo lejos, parado sobre una roca, vio a Simonopio, que desde su puesto le decía adiós agitando su brazo en un amplio arco que casi acariciaba las nubes.

Lo mismo sucedería cada vez que pasara por ahí, de ida o de regreso.

¿Cómo hacía Simonopio para llegar a pie tan lejos de la casa? ¿Cómo sabía Simonopio cuándo sería que ella iría como pasajera en el tren, si a veces ni ella lo sabía con antelación? Mi mamá nunca lo averiguó. Se trataba de Simonopio. No había explicación.

Desde la primera vez que, asomada por la ventana del tren en movimiento, lo vio parado en su roca, mi mamá ya nunca volvió a buscar a su papá ni a los ejércitos. Asomada por la ventana del tren en movimiento sólo lo buscaba a él, y al encontrarlo invariablemente ahí su miedo y su nostalgia quedaban exorcizados.

30

¿A dónde va el diablo cuando se pierde?

—¿A dónde se va el diablo cuando naiden lo encuentra?

A Anselmo Espiricueta le molestaba la existencia del niño. Le molestaba que disfrutara la buena vida de crío consentido de los patrones. Había nacido y llegado tan sólo un par de meses después que su hija y a ella nadie le ofrecía nada: ni comida segura ni cama caliente. A ella, que no tenía más que la cara de niña, nada. A ése, con la cara besada por el diablo, todo: desde ropas hasta tiempo.

A ése no le faltaba nada.

Si el niño quería su cuarto solo, decidía cuál y se lo daban. Si el crío se perdía, lo buscaban, sin entender que el diablo nunca anda perdido. Que el diablo se esconde. Que el demonio planea, espera y luego embosca y sorprende.

Anselmo Espiricueta no entendía al patrón.

—Será muy leído, muy instruido, pero de qué le sirve si no se dice ¿qué hace el niño mugroso cuando desaparece?

Y ahora se la pasaba casi todo el tiempo desaparecido.

Anselmo tenía sus sospechas: creía que el niño lo rondaba todo el día para luego caminar detrás de él, cuando regresaba a su casa al anochecer. Se creía muy listo y furtivo, aquel diablo en cuerpo infantil, pero Anselmo a veces podía oír sus pasos lentos o apresurados, según él decidiera los suyos. Luego los pasos, que lo seguían con constancia, se detenían cuando él se detenía. Y Espiricueta le gritaba ¡sal, demonio!, pero el demonio ni salía a su encuentro ni le daba la cara: sólo reanudaba su paso furtivo cuando lo hacía él. Entonces el demonio lo seguía hasta la casa y luego esperaba a que se durmiera para interrumpirle el sueño todas las noches y robarle el sosiego. Nunca se dejaba ver, como demonio que era, pero Anselmo lo sentía en cada rama que se agitaba alrededor de su casa, cada vez que los postigos se agitaban y en cada gemido que, dormidos, emitían los dos hijos que le quedaban. Anselmo sabía que, de bajar la guardia, de no bendecir su casa cada noche, el diablo en cuerpo de niño vendría a robarle hasta el último aliento, como había hecho ya con su mujer y sus hijos.

Anselmo Espiricueta siempre sentía cerca al niño recogido de los Morales, de día o de noche, porque como todo mundo sabe el diablo no duerme. Por eso lo buscaba con disimulo al salir cada mañana de su casa, al limpiar los campos, al tomar el ritmo para cortar la caña.

Y había sentido su presencia maligna la noche de la búsqueda ordenada por Morales.

Al recibir la orden, Anselmo festejó: si el demonio se había perdido, por él que así siguiera. No tenía interés en que lo encontraran. Él no invertiría ni un minuto de su noche en hacerlo, determinó. Pero luego recapacitó, pensando que entre más perdido de su casa, más oportunidad tenía de acercarse a la casa de él, de sorprenderlo con mayor facilidad. Recapacitó, porque ésa era su oportunidad para liquidar al pequeño.

Al llegar al punto de partida, notó que todos tenían miedo de salir al monte en esa noche oscura. Además, comentaban ¿ya pa' qué, si ya hasta se lo han de haber tragado los animales de la sierra?

Espiricueta también sentía temor de salir a oscuras al monte, pero se había dominado, porque las ganas de encontrar al niño, de preferencia a solas, eran mayores. Porque el niño vivía, estaba seguro. Ni los animales se atreverían a levantar ni una garra contra él y mucho menos a comérselo, porque si no lo habían hecho la noche en que lo abandonaron recién nacido, abajo de un puente, aquella noche en que el diablo lo había marcado con su beso, tampoco lo harían esta vez.

Así que, con miedo o no, Anselmo fue y llamó al demonio por su nombre.

—¿On'tás, Simonopio? ¡Sal!

Pero el niño endiablado no quiso salir.

Anselmo lo sabía. Sabía que lo había oído, que había pasado cerca, porque el cuero entero se le enchinó. Pero ese demonio era muy sabio: sabía esconderse de sus ojos, como lo hacía constantemente.

Porque sabía que, de haberlo encontrado, Anselmo Espiricueta lo habría matado.

31

Sólo los vivos entienden

Francisco acababa de firmar el último cheque que planeaba enviar por la mañana. La mano le había temblado al hacerlo, aunque le gustara fingir que era por haber sostenido la rienda del caballo con más firmeza de lo habitual: en el camino de regreso tras revisar el ganado en su rancho de Tamaulipas, lo sorprendió una tormenta estruendosa, por lo que debió controlar al animal asustadizo.

El cheque lo había firmado mientras lanzaba una disculpa silenciosa —pero ferviente— hacia el cielo, que era donde esperaba que estuvieran disfrutando la eternidad su papá y sus demás ancestros conocidos —o por conocer, cuando también a él lo llamaran de arriba a darle su recompensa por ser un hombre apegado a la ley de Dios—. Pero en ese momento, cuando vertía arena sobre la tinta húmeda con que había plasmado oficialmente su nombre, sospechaba que su padre lo estaría mirando con poco agrado o quizá hasta con ganas de mandarlo en la ardiente dirección contraria.

—De mis cuatro hijos sólo me sobreviviste tú, ¡y no saliste bueno ni para hacer caso! —imaginó que le estaría gritando desde su nube.

De ahí, en consecuencia, la tormenta escandalosa de rayos y truenos. Varias veces sintió en el trayecto sobre su caballo que el pelo se le paraba de punta por la electricidad de algún rayo que había fallado su marca, por muy poco.

Pero Francisco no se había detenido: el mundo era de los vivos, y a veces los vivos debían tomar decisiones con información nueva. Información de la que los muertos, como su padre, no sabían nada porque habían tenido la fortuna de irse antes. A su padre se lo había llevado la fiebre amarilla, pero él estaba vivo: ni la influenza había podido con él. No quería pecar de arrogante, pero tampoco podía seguir viviendo la vida tomando siempre decisiones basado en el criterio de alguien que ya habitaba el más allá.

El mundo cambiaba, y había que adaptarse.

En vida, su abuelo y su joven padre pasaron por el trance de la intentona secesionista —o por lo menos entreguista, ante el emperador Maximiliano— del entonces gobernador de Nuevo León, Santiago Vidaurri. Esto había ocasionado que el gobierno federal de Juárez castigara al estado arrebatándole territorio y fronteras. Ellos, como muchos otros hacendados notables, debieron firmar un documento donde se declaraban fieles a la patria y renunciaban a apoyar cualquier nuevo intento de traición.

Sin embargo, lo que le costó la vida a Vidaurri, a su padre y a otros, tras pocos días de tensión, les había resultado inconveniente, nada más. Tras su compromiso con la firma, jamás nadie los había amenazado con quitarles sus tierras en forma legal y sistemática. De haber sido así, Francisco estaba seguro de que su abuelo o su padre también habrían hecho uso de los ahorros, pagando lo que fuera con tal de salvarlas.

Pero estaba de acuerdo: no debía usar los fondos a su disposición —tras el sacrificio de varias generaciones— para darse lujos que él mismo no se ganaba con el trabajo diario. Tenía muy claro que no tocaría un solo peso del banco para solventar los gastos de la boda de Carmen, por ejemplo. Ésa tendría que hacerse de acuerdo con sus posibilidades y la época: un evento austero e íntimo. Asimismo, con gran disciplina, Beatriz seguía cosiendo su ropa y la de las niñas, en tanto que otras señoras la compraban ya hecha o la mandaban hacer con alguna costurera. De igual modo no se veía a la familia Morales paseando por ahí en automóviles último modelo, como a otros.

Según su parecer, estaba claro que no era que en últimas fechas se hubiera vuelto derrochador. Cierto: ya había echado mano de parte del oro que tenía en el banco para comprar la casa en Monterrey y todos los terrenos, pero eso no significaba que hubiera adoptado la filosofía de "el muerto al pozo y el vivo al gozo". Porque ¿cuál gozo? Pura preocupación. Y si comprando esas nuevas propiedades había adquirido un poco de paz mental, tenía motivos para sentirse satisfecho. El gasto valía la pena.

Él era el primer Morales en vivir con la amenaza de ser despojado, pero no sería el primero en perder una hectárea de la herencia familiar. Al menos no lo haría sin luchar.

Por eso ahora se proponía comprar el nuevo tractor que tanto deseaba desde hacía años. También, en un impulso, había encargado cuatro cajas de apicultura para las abejas de Simonopio. Y compraría todo con el dinero de las arcas familiares. Con dinero que la misma tierra fértil de varias generaciones de Morales había sido incapaz de producir a últimas fechas. Y lo compraría todo en Estados Unidos, ¿dónde más?

En el *Farmer's Almanac* anunciaban lo más nuevo en el mundo del campo y el último adelanto descubierto ahí: semilla de maíz creada en Oklahoma para soportar sequías y calores intensos. Con esa semilla novedosa plantaría en secciones de tierra que nunca habían utilizado por la falta de un sistema de riego suficiente. O de agua.

John Deere también anunciaba en ese número un tractor para arado con un motor aún más poderoso que el original, el cual tenía años de acariciar sólo en una foto de revista que había recortado, tentado desde entonces a comprarlo. Con ese nuevo tractor labraría más territorio en la mitad del tiempo en que lo hacía con un arado movido por mulas.

Con la inversión que estaba decidido a hacer, lograría que su tierra fuera más productiva. Y nunca, como ahora, había resultado más necesario poner la tierra a trabajar.

A Francisco Morales no le gustaban las tierras ociosas. Suponía que era otra usanza aprendida de su padre y de su abuelo: si no puedes sembrarlas, regarlas, fertilizarlas y cosecharlas, para luego vender bien la cosecha, mejor véndelas.

Si fuera tan sencillo como eso, ya habría vendido una gran extensión, pero en la depresión económica y entre la incertidumbre de la guerra, de la Reforma y de la nueva ley de tierras ociosas, ¿quién compraría?

El presidente Carranza había intentado aplazar esa disposición. Sin embargo, tras acusarlo de intentar proteger los intereses de los grandes propietarios, sus generales De la Huerta, Obregón y Calles lo asesinaron en mayo de 1920. En uno de sus primeros actos como presidente interino, De la Huerta había hecho pasar la ley.

Ahora cualquier tierra sin sembrar era terreno libre para que el gobierno la expropiara y la cediera a algún vecino de Linares, para que éste la trabajara un año, plazo al final del cual entregaría al propietario legítimo un porcentaje de la cosecha, en una renta previamente establecida por aparcería.

Francisco lo venía practicando desde hacía muchos años, sin necesidad de ley que se lo dictara. Poseía parcelas de tierra en manos de hombres de confianza y trabajadores. Hombres casados, con alguien por el cual querer mejorar. Hombres de fiar que él escogía y nadie le imponía.

No le importaba saber que alguien más ocupaba su tierra de ese modo y había visto el beneficio real de compartirla mediante la conformación de sociedades: él ponía la tierra, que de otra manera quedaría sin atender. También aportaba la semilla, el agua y hasta la casa del peón, a cambio de cincuenta por ciento de la cosecha. Cincuenta por ciento que de otra manera no tendrían él ni el peón.

Sin embargo, nunca consentiría sin dar pelea que un desconocido cualquiera, abusador y con deseo de tierra ajena, llegara y, con una simple solicitud, se la adjudicara sin mayor mérito que el deseo personal.

Como parte de su estrategia de proteger su tierra, hacía tiempo Francisco había tomado la determinación de organizar un reparto a su tiempo y a su modo: registró algunas tierras de la familia a nombre de amigos de confianza sin propiedades agrícolas propias. Hombres honorables que actuarían ante la ley como dueños de esos pequeños predios, aunque fuera de forma y no de hecho. También, tan pronto como se casaran, le pediría a su yerno Antonio que actuara como titular honorario de otra extensión. Por acuerdo de palabra, la responsabilidad y el usufructo de las propiedades le seguiría perteneciendo a él y a su familia. De ese modo, con una medida encubierta, aunque del todo legal, se diluía el peligro de que le arrebataran sus tierras por capricho gubernamental y Francisco se adelantaba en algo al gobierno y a los codiciosos.

Como sea, el gusto no le había durado mucho.

Ahora el problema era que con la nueva ley de tierras ociosas no importaba cuán pequeña fuera la propiedad: si quedaba inculta, les podía ser arrebatada para que un cualquiera, sin conocimiento alguno ni auténtico cariño por la tierra, la ocupara y pisoteara. A su modo de ver, esa ley no era más que una expropiación disimulada, porque, cierto: según la disposición legal, la posesión de una tierra inculta se daría sólo por un año al solicitante, pero una vez en posesión de ella, ¿quién lo obligaría a abandonarla? ¿El propio gobierno que se la había cedido? Y en tal caso, ¿se la regresarían al dueño legítimo?

A su manera de ver, esa ley no era más que la precursora de lo que estaba por venir con la Reforma Agraria.

A Francisco no le gustaba estar a merced del gobierno. El nuevo alcalde, Isaac Medina, era un agrarista declarado que, al querer hacer valer esa ley, había formado una cooperativa para fiscalizar la propiedad privada en Linares. El problema era que los tres miembros de ese comité se declaraban jueces de algo a lo que todos en Linares sabían que ya eran parciales, por lo que Francisco temía que su criterio para arrebatarle una hacienda a su dueño no se basara en la certeza, sino en el antojo y el beneficio personal o de algún amigo. No le parecía una locura temer que, por decreto de esos jueces arbitrarios, despojaran sin ton ni son de los mejores predios a cualquiera, so pretexto de la nueva ley, pero movidos por la avaricia. Ellos fiscalizaban la tierra, pero ¿quién los fiscalizaba a ellos? ¿El alcalde que los había nombrado?

No. Francisco no quería que el destino de su tierra, heredada de sus padres y que planeaba heredar a las familias de sus hijas, estuviera a merced de esa gente.

A Francisco le parecía que con esta medida gubernamental se podía llegar a la violencia por parte de los peones, con tal de tomar posesión de alguna tierra, o por parte de los hacendados, con tal de proteger o recuperar sus propiedades. En Linares se empezaba a sentir la tensión: cada visita de inspección de la cooperativa era tomada como una amenaza por los dueños de las haciendas azucareras. Empezaban a rondar por las afueras, como buitres, agraristas en busca de establecerse en predios, sin más permiso que el que se otorgaban ellos mismos y en grupo. Entre todos los hacendados habían debido conformar —y pagar— una fuerza rural para proteger sus intereses, luego de la invasión violenta e ilegal sufrida por el dueño de la hacienda San Rafael.

Francisco se sentía afortunado de conservar a sus empleados de toda la vida y, por lo mismo, de rentarles tierras en sociedad y con toda confianza. El peón más nuevo tenía diez años de haber llegado y no dudó en ofrecerle lo mismo que a los demás, porque, a pesar de no conocerlo, Francisco consideró que la numerosa familia que lo acompañaba era la mejor carta de presentación de Espiricueta: a su juicio, alguien con esa carga no abandonaría ni descuidaría los grandes beneficios que se le ofrecían. Sería leal. Creía no equivocarse: mientras que Espiricueta no era ni sería jamás un agricultor muy capaz, y seguía —tal vez ahora aún más, tras la muerte de casi toda su familia— sin entenderse bien con nadie, hacía en silencio lo que se le solicitaba y se presentaba sin falta a trabajar.

Francisco se había resignado: a veces eso era lo máximo que se podía esperar de alguien.

Poco le importaba que Espiricueta siguiera sin producir buenas cosechas en su tierra designada ni poder pagar la renta acordada. Francisco recibía sus quejas y sus pretextos con paciencia: que si la tierra no era muy buena, que si el agua no había sido suficiente, que si la semilla era de pobre calidad. A propósito, respiraba profundo y recordaba: mejor tener la tierra ocupada por un incapaz de confianza que por un rapaz desconocido.

Si las circunstancias hubieran sido otras, ya le habría pedido a Espiricueta que desalojara su predio, pero a Francisco aún le quedaban tierras ociosas en Tamaulipas y en Linares y sus alrededores, ya fuera porque las había dejado reposar por necesidad o porque debido a la violencia había detenido la inversión en el riego o el tractor nuevo. Otras las había dejado ociosas, pues las había comprado de recién casado, pensando en adquirir propiedades para cada uno de los muchos hijos que tendría con Beatriz. Los muchos hijos no habían llegado y en cambio apareció la guerra, con la cual desapareció todo impulso por empezar algo nuevo en esas fincas. Carmen se casaría pronto y Consuelo también andaba ya de novia en Monterrey. ¿Para qué dejarles el peso del cuidado de tanta tierra a dos hijas que acaso nunca se establecerían en Linares?

Con la nueva cooperativa agraria y sus dudosos juicios encima, lo que menos necesitaba era desocupar otro predio más, así que, resignado, pensó era mejor que Anselmo Espiricueta se quedara donde estaba.

Porque tras la guerra y las muertes por influenza, sumadas a las oportunidades de trabajo industrial de Monterrey, la mano de obra campesina escaseaba, y más la de confianza. Durante su ausencia, durante los tres meses de exilio por la influenza, a Linares habían llegado huyendo pobladores de comunidades rurales vecinas, que habían debido abandonar sus propiedades en la más profunda miseria, debido a la violencia de los salteadores o del propio ejército. La única referencia que se tenía de ellos era que estaban desesperados. Igual se habría sentido él si alguien se hubiera apropiado de su labranza o lo obligara a abandonarla. Tal vez Francisco podría dar empleo eventual a algunos, pero no quería ofrecer a esa gente la oportunidad de establecerse en su propiedad. Sabía que a la vuelta del tiempo, y a la sombra de la Reforma, intentarían quedársela.

Ése era un tema que había ocupado su mente en las últimas fechas, hasta que halló una solución que le parecía perfecta: entre las cartas que enviaría al día siguiente iba una a Linares con una propuesta para el señor Chang, el chino que compraba hortalizas para luego venderlas en el mercado del pueblo: ¿quisiera cultivar sus propias hortalizas en mi tierra? Estaba seguro de que aceptaría, pues Francisco tenía mucho tiempo observándolo: marido y padre trabajador, al parecer honorable y honesto, con buen sentido de los negocios. Francisco esperaba que al señor Chang también se le antojara una buena oportunidad y creía que entendería las ventajas que le ofrecía, pues como extranjero no tenía posibilidad alguna de que la Reforma lo contemplara a él para beneficiarlo.

El cultivo de hortalizas no requería grandes extensiones de tierra arable ni grandes inversiones. Debía hacerse, aunque su padre lo maldijera más por rentarle la tierra a un chino. Francisco pensó en la ironía de que para poner sus propiedades a salvo, debía fraccionarlas *motu proprio* para que el gobierno no lo hiciera por él.

A veces se le ocurría, cuando permanecía despierto por las noches, que ese intento del gobierno por hacer más productivo el campo, desmenuzándolo y deshebrándolo en tantos hilos, terminaría por matarlo como una plaga. Que el futuro estaba en las ciudades como Monterrey, las cuales habían encontrado una nueva vocación apartada de la actividad agrícola.

No imaginaba cómo el país saldría adelante si se dejaba morir el campo, pues a pesar de tanto cambio, del surgimiento de ciudades de hierro, de tanto adelanto tecnológico, de tanta maravilla moderna, si algo nunca cambiaba era que la gente, ya fuera de ciudad o de pueblo, necesitaba comer a diario.

En consecuencia era necesario que alguien siguiera produciendo ese alimento. Si tan sólo el gobierno y los gorrones no estorbaran tanto...

Dejó los sobres cerrados en su escritorio. Estaba cansado. Se fue a cambiar su ropa de noche, pero continuaba la tormenta. Dudaba que pudiera dormir con tanto escándalo, pero lo intentaría.

En fechas recientes había recibido una carta firmada por el mismísimo dueño del Banco Milmo, en la que se declaraba alarmado por el dispendio inusual en su cuenta bancaria, temeroso —sospechaba Francisco— que los Morales estuvieran haciendo traspasos a otro banco. A pesar de esa carta, de las objeciones cada vez menores de Beatriz, de la incomprensión de algunas amistades y sobre todo del estruendo que le lanzaba su padre desde arriba esa noche, Francisco no se arrepentía de haber hecho uso de los ahorros para invertir en terrenos y en la casa de la ciudad, antes de animarse a comprar el tractor o extender el riego.

Irónicamente, toda la tierra que había adquirido en Monterrey permanecía ociosa, inculta, y a nadie en el gobierno le importaba.

Ya era hora de volver de nuevo la mirada al campo y comprar el primer tractor de la región. Si el gobierno quería productividad agrícola, él se la daría. Por la mañana viajaría a Laredo. Con carta o sin carta de Patricio Milmo, y aunque truenos y relámpagos persistieran en el cielo, era tiempo de adelgazar más la cuenta en el banco, aunque él se encargaría de que la inversión en el tractor se pagara a sí misma. Lo movería entre todas sus propiedades, emplearía así menos manos en la cosecha y produciría más. Lo rentaría a otras haciendas en sus horas ociosas para que al menos se pagara solo el alto costo del queroseno y de la gasolina que requería.

Oyó un último trueno.

—Ya. Tú a lo tuyo, papá. Déjame a mí lo mío.

Y con eso, y en el silencio repentino de la noche, se quedó dormido.

32

Una mirada vieja en la mirada nueva

Mi papá consiguió que el chino Chang ocupara algunos de sus predios pequeños, que por tren le mandaran su tractor y que los plantíos de maíz fueran exitosos con menos riego y a pesar de una sequía moderada.

En un principio todos lo tildaron de excéntrico por invertir en una máquina que hacía lo mismo que un par de mulas y un arado, o en unas semillas más caras, para cultivar lo mismo de siempre. A final de cuentas todos aceptaron su acierto al notar la velocidad con que araba, plantaba y luego recolectaba la mejor cosecha de la temporada en la región, y no sólo de maíz, sino también de caña, e incluso debieron apuntarse para esperar su turno y rentar el tractor en el siguiente ciclo de cultivo.

Mi mamá siempre reiría al contar cómo mi papá estrenó su tractor con el libro de instrucciones en mano y el claro propósito de, más adelante, entrenar al más capaz de sus campesinos y delegarle la responsabilidad. Sin embargo, se encariñó tanto con ese monstruo de acero que le tomó meses animarse a soltar el volante, arguyendo que se trataba de una máquina complicada y cara, por lo que le parecía difícil que alguien más que él la controlara bien y sin maltrato. Ella entendía que él quisiera asegurarse de entrenar bien a alguien, pero le decía que no era necesario que él también lavara desde el motor hasta el último tornillo, que le pusiera grasa o lo tapara como a un bebé cada noche, al final de cada jornada.

—Tienes muchas más cosas que hacer como para pasarte el tiempo acariciando un arado. Además, ya te extraña hasta tu caballo, que se está poniendo gordo por falta de actividad —le dijo.

Al fin, reacio, pero recordando que, tal como decía su mujer, su destino no era pasarse la vida tras una yunta mecanizada, declaró que por fin alguno de los peones sería merecedor de la distinción de conducir la máquina.

Con él como conductor, y luego sin él, gracias al tractor mantuvo al margen a los buitres que rondaban sus tierras, aún sin terminar de plantarlas. Su estrategia había sido ararlas por completo, incluso las que necesitaba dejar reposar, de modo que pareciera que haría uso de ellas. Sabía que esa estrategia sólo le funcionaría durante una temporada de siembra, pero eso era mejor que nada. Ya pensaría en algo para la siguiente.

Mientras tanto, seguía adelante con su plan alternativo de inversión en Monterrey, el noviazgo de Carmen continuaba y Simonopio parecía haberse olvidado de sus escapadas.

Al empezar el invierno mi papá creyó haber logrado que Simonopio dejara de vagar tanto por ahí al invitarlo a que lo acompañara varias veces a Tamaulipas a pasar un par de días en los ranchos. Allá mi papá vería indicios del antiguo Simonopio, su compañero constante, el alegre, el gozador, el que no se había dejado ver desde un año atrás. Pero cuando regresaban a Linares ese Simonopio volvía a desaparecer. A veces buscaba a mi papá, pero sólo para encontrarlo en el camino, cuando regresaba de supervisar la labor. Se perdía por horas, aunque no por días. Y aunque no entendiera el motivo de su melancolía, mi papá se sentía satisfecho y aliviado de que su ahijado se olvidara de su solitaria y peligrosa vagancia constante.

Mi mamá me contaba que la transformación de Simonopio desde que se mudó a su nueva recámara con las abejas, y por consiguiente a su vida de caballero errante, había sido impactante, pues aunque nunca resultó un niño muy infantil, siempre tuvo en su mirada un brillo con el que sólo un niño puede contar, ya sea de inocencia o fe ciega en todo y en todos. Mi mamá aseguraba que mientras que era de esperarse que cualquiera lo pierda poco a poco en la transición inevitable hacia la adultez, Simonopio perdió esa luz de súbito, como un destello, sin darles oportunidad de irse acostumbrando a la nueva persona que surgió en un abrir y cerrar de ojos.

La verdad es que, si en un futuro yo hubiera sido el que un buen día les anunciara —en silencio o con ausencia, como hacía Simonopio, o mediante una perorata, como habría hecho yo— que me iría por ahí y que no había cómo disuadirme, mis papás me habrían agarrado a cintarazos y me habrían dicho huerco mugroso, ya verás lo que te pasa si te vas. Así, con rapidez, habría abandonado cualquier plan de dedicarme a pasear, pues siempre fui un niño relativamente normal —aunque mi mamá, que en paz descanse, si pudiera ahorita te diría ¿cuál normal, si me hizo batallar toda la vida?—, y como cualquier niño normal urdí múltiples planes de vida y aventuras maravillosas, tuve ideas que cambiarían el mundo y erradicarían la injusticia para siempre, las cuales abandoné y olvidé ante la primera señal de hambre, con la primera invitación a jugar a casa de un amigo o al ser receptor de la mirada severa de mi papá o de mi mamá.

Pero Simonopio, que nunca fue un niño verdaderamente normal, a partir de ese año lo fue menos.

Mi mamá creyó que dormir bajo los vapores y fluidos de sus abejas le había cambiado el carácter, por lo que se seguía sintiendo obligada a insistirle a mi papá, ya que con Reja era imposible lograr algo, que él a su vez le insistiera a Simonopio para mudarse de nuevo a la casa. Él la escuchaba, pero no hacía lo que le pedía, pues entendía que ella hablaba por hablar, como lo hace una madre que no quiere darse cuenta de que sus hijos se hicieron mayores y se siente obligada a seguir manejándoles y arreglándoles la vida. A decidir por ellos. Pero ese hijo, su ahijado, con el cuerpo de un niño de diez años, tenía una mirada vieja en la mirada nueva, una mirada que denotaba una sabiduría y una determinación inquebrantables, que ellos nunca habían visto en nadie.

Así que respetaron su transformación: si aceptaba las invitaciones a Tamaulipas, por ellos mejor. Si no, insistirían, pero lo dejarían tranquilo. Si quería seguir viviendo bajo el techo de sus abejas, lo dejarían, porque mi papá no había logrado, pese a exaltar las virtudes del sistema, convencer a Simonopio de usar las cajas de apicultura que le había mandado traer de Estados Unidos. Éste las había aceptado, agradecido por el gesto, eso sí, pero se las había llevado lejos de la vista de la casa y las abejas seguían como inquilinas en ese condominio de seis por seis que compartían con su niño en el entretecho de su recámara, antes bodega. ¿Qué habrá imaginado mi papá? ¿Que con tener las cajas cerca se les antojaría dejar el que había sido su acogedor hogar por una década?

No. Para que esas abejas quisieran mudarse tendría que pedírselo Simonopio, y él nunca lo haría por voluntad propia.

Bueno, como te digo: mis papás pasaron tranquilos ese invierno, sin invasiones y un poco menos preocupados por su ahijado, que se mantenía relativamente cerca. Descansaron un poco. Pero si creyeron que Simonopio había superado de una vez por todas su ansiedad de recorrer los caminos de los cerros, se equivocaron: otra vez, con el primer vuelo primaveral de las abejas, Simonopio desapareció.

33

Al camino, otra vez

Desde hacía semanas lo sentía en los huesos, en los músculos y en la nariz: era el final del invierno. Un día antes sus abejas se lo anunciaron con su zumbido excitado y frenético: mañana, mañana, mañana.

Mañana saldrían de nuevo, como cada primavera. Mañana se acabaría el invierno. Mañana reiniciaría su ciclo de vida y la peregrinación de Simonopio.

No había sido un invierno tan solitario como el anterior. Al no ser tan frío, las abejas se animaron a salir más, tan sólo por hacerle compañía, sin encomiendas, sin prisas. Como si olvidaran por varios meses que la vida de su comunidad dependía de su viaje diario de primavera. Volaban sin presión, se detenían con libertad y regresaban cuando querían. Sabían que el trabajo estaba hecho. Sabían también que el trabajo las volvería a llamar pronto y que acudirían gustosas. Pero en ese lapso entre el otoño y la siguiente primavera la vocación exclusiva de sus abejas, además de ayudar con su calor a mantener su panal tibio para la siguiente generación, era Simonopio.

Ese invierno Simonopio tampoco permaneció inactivo.

Sabía que el paso del tiempo no había disminuido el peligro que representaba Espiricueta y que sería un grave error descartarlo o ignorarlo. La peregrinación del año anterior no sirvió para eso, pues no fue su propósito olvidar el miedo que el hombre le provocaba. Al contrario: lo dejó crecer y lo alimentó.

No se permitiría caer en la autocomplacencia, por más fáciles que fueran sus días, sin el peso de ese miedo, sin el peso de la responsabilidad que había adquirido al ser el único que veía a Espiricueta como lo que era: el coyote.

Un coyote que, con todo propósito, no había vuelto a ver desde el día en que pisó su tierra por primera y única vez.

Simonopio lamentaba lastimar a su padrino con su presencia sólo esporádica, así como continuaba lamentando que, aquella primera noche que pasó lejos de la hacienda, en la primavera del año anterior, en un campamento improvisado, la familia se hubiera alarmado tanto y formado una cuadrilla para salir en su búsqueda al anochecer.

Aquella noche Simonopio había acampado cerca. Quería probar su valor, pasando su primera noche solo, pero no muy lejos, porque quería tener la seguridad de regresar en cualquier momento en caso de fallarle el temple. Anticipó sentir miedo, pero no fue eso lo que lo mantuvo despierto horas después: extrañaba su cama, porque nunca había dormido fuera de una. Eran las piedras que se le encajaban por debajo de la cobija que había llevado, lo cual lo hacía extrañar aún más su cómoda cama. Así que, inevitablemente despierto, oyó los pasos de la marabunta de hombres desde lejos. Luego oyó las voces urgentes. Sintió en especial la desesperación en la voz de su padrino, instando a los rescatistas a esparcirse para un lado o para otro, llamándolo.

Le habría respondido de inmediato, de no haber sido porque entre el grupo de hombres se encontraba, silencioso, Espiricueta. No quería verlo. Tampoco quería enfrentarlo. Tampoco quería que éste posara su dura mirada en él. Por lo cual Simonopio se había escondido entre los arbustos, arrastrando y borrando tras de sí toda evidencia de su campamento improvisado, guardando silencio. Desde ahí los vio pasar y alejarse. Había visto a Espiricueta regresar y detenerse, gritando su nombre, parado a tan sólo unos pasos, instándolo a salir. Simonopio cerró los ojos, a sabiendas de lo que la fuerza de una mirada puede atraer. Al cabo de un rato, que a Simonopio le pareció interminable y durante el cual Espiricueta permaneció atento, inmóvil, y durante el cual Simonopio apenas se atrevió a respirar, el coyote, al igual que los demás, atendió el llamado a desistir, para reanudar la búsqueda al día siguiente.

Simonopio no quiso moverse de su escondite en toda la noche. Antes de que retomaran la búsqueda con la primera luz, Simonopio había regresado solo. Habría querido llorar las lágrimas que su padrino se negó a derramar cuando lo vio, pero se abstuvo: se limitó a rodearlo con sus brazos, aunque no lo abarcara por completo, y a quedarse así hasta sentir que la paz regresaba al cuerpo de Francisco Morales.

Simonopio habría querido explicarle su propósito para que entendiera su motivación, pero sabía que, aun de poder enunciar las palabras con corrección, seguirían sin entenderlo, pues no había cómo explicarles la importancia para él y para todos de llegar con sus abejas hasta el fin de su viaje. Por eso lamentó cada paso que lo alejaba de sus confundidos padrinos, que creían disimular su preocupación por él mientras lo dejaban en libertad de hacer lo necesario, pero ni eso lo detuvo: había ido y venido en sus viajes múltiples veces y sabía que, llegada la primavera, lo volvería a hacer.

Ni siquiera en invierno, con sus viajes de exploración suspendidos, se podía dar el lujo de descansar, y por lo tanto de perder lo ganado. Se había empeñado en que para el final del invierno sus pies no olvidaran cada hendidura ni cada piedra en el camino y que, igualmente, el camino no lo olvidara a él: que aceptara sus pasos como había aprendido a hacerlo con el empeño de Simonopio. También se había permitido días tranquilos. Días para ir a los ranchos con Francisco Morales. Días para ir a los montes, esforzándose en volver a tiempo para recibirlo en el camino, al terminar el día. También se había esmerado en llegar lejos por su madrina, a ese lugar que la entristecía tanto, donde todavía la tierra lamentaba la discordia.

Pero regresaba a dormir bajo sus abejas, como casi no se había permitido hacer durante los meses de calor.

Con la nueva ventana de su recámara abierta y mucha paciencia, el mal olor había sido erradicado durante los días calientes del verano. Para el invierno, cuando la ventana permanecía forzosamente cerrada, ya sólo persistía el aroma del panal, que le daba a Simonopio la sensación de respirar el mismo aire que ellas y el consuelo de estar envuelto y acogido por esa comunidad inquebrantable. Ahí dormía en paz y dormía profundamente. Y ahí su cuerpo había crecido. Lo sabía porque se lo decían sus pantalones, que parecían encogerse solos, y sus adoloridos dedos en sus botines gastados. Se lo decía su madrina cada vez que llegaba a su cuarto a traerle zapatos nuevos o a medirlo para hacerle pantalones a su medida, diciéndole además ¡ay, Simonopio!, así como vas, me vas a pasar en un mes.

Le daba gusto crecer. Le daba gusto que otros lo notaran, pero lo que más quería era que lo supiera el coyote.

Esa nueva primavera reemprendió el camino. Su cuerpo más alto, más fuerte, recorría una mayor distancia en menos tiempo. Llegar al lugar donde veía pasar a su madrina de ida o de vuelta de Monterrey no le representaba ya mayor esfuerzo y sólo se detenía ahí para verla pasar en el tren y para que ella lo viera a él. Si no era día de viaje, se seguía de largo sin mirar atrás, pero lanzando una promesa: no le correspondía a él sanar esa tierra. No cuando aún tenía que cumplir su propósito.

Pero regresaría.

Poco a poco fue avanzando más, alentado por sus abejas: ya mero, sigue, ya falta menos, le decían. Las noches las pasaba irremediablemente solo: las abejas no sabían existir de noche a la intemperie, por lo que si querían amanecer con el sol del día siguiente, debían regresar cada atardecer a su colmena. Simonopio, como cada noche que pasaba lejos, escogía muy bien el sitio donde acamparía. Prendía su fogata con el pedernal que le había regalado su padrino, no por frío, sino para avisar a otros animales que el sitio estaba ocupado. Cenaba una mezcla de avena suave y miel. Tomaba agua de su cantimplora y luego extendía su bolsa de dormir y se metía en ella, imaginando que ésta era un capullo que guardaba el aroma de su piel —aroma de abeja—, mientras que, cual talismán, acariciaba con su mano encallecida por el uso constante del machete al abrirse el paso entre los matorrales, el terso mango de la antigua navaja obsequiada por su padrino. Y luego se quedaba dormido, recordando o reinventando los cuentos que guardaba en su memoria, en especial aquéllos que le recordaban que él era el león. El león fiero de su imaginación: no el león muerto por dentro que había visto aquella vez de la triste visita al circo de Monterrey.

Al día siguiente despertaba, por lo común tras una noche tranquila, resuelto y listo a seguir con su exploración.

Un día de verano no lo había despertado su cuerpo saciado de descanso, como siempre. Lo despertó un aroma indefinido, atrayente e irresistible, un aroma que viajaba ayudado por el tibio viento de la mañana o por las alas de las abejas. Entonces lo supo: esto era lo que las llamaba a hacer el largo viaje diario. Ése era su tesoro y él estaba cerca de verlo y de tocarlo por primera vez.

Contrario a su costumbre de experimentado campista, dejó su equipo en el sitio, menos el machete. Ése lo necesitaría. Tenía prisa por llegar al fin de ese largo viaje.

Y llegó, concentrado en mover su hoja afilada como un péndulo, hipnotizado por el ritmo, abriéndose camino por lo más grueso del matorral sin ver más allá de esta rama de espinas y la siguiente, ésta y la siguiente, ésta y la siguiente, hasta que de repente ya no hubo más: sólo el tesoro de sus abejas, que ya estaban ahí, esperándolo.

—Llegaste. Llegaste —le decían ellas, revoloteándole alrededor—: Mira. Toca. Huele. Toma. Lleva. Lleva. Rápido.

Y Simonopio obedeció.

34

El vuelo de las flores

Eran los días finales de la Pascua y Francisco estaba agradecido del buen clima que habían tenido toda la semana de festejos. Después del baile de Sábado de Gloria del casino de Linares, también aprovecharon las festividades para llevar a cabo la presentación religiosa de Carmen y Antonio.

Ese día ofrecían una comida a la familia del novio y a los testigos llegados desde Monterrey especialmente para el evento de acreditación de los prometidos ante la Iglesia, el cual se había llevado a cabo más temprano y sin ningún contratiempo o sorpresa desagradable. El nuevo padre Pedro, que en fechas recientes había salido de Saltillo a suplir al antiguo —y difunto— padre Pedro, se mostró muy satisfecho de la reunión privada con los novios y sus correspondientes testigos de carácter, declarando que no existía impedimento para que la boda se llevara a cabo ese verano. Al ser tal el caso, Francisco lo invitó a unirse a la fiesta, lo cual él aceptó gustoso: estaba recién llegado a Linares, pero pronto había intuido que poco o nada se lograba ahí sin la anuencia o el apoyo de las familias de abolengo o de la sociedad de primera, como la llamaban ahí, así que cualquier oportunidad de conocer mejor a la gente, sobre todo a esa gente, la tomaba.

Además ya estaba aburrido de comer la comida desabrida que a diario le preparaba doña Inés. Ese día comería la de doña Matilde en casa de los Morales Cortés.

En los meses de noviazgo de Carmen, durante las visitas obligadas a Monterrey, Francisco y Beatriz establecieron una buena amistad con sus futuros consuegros. Ahora, en dos mesas a la sombra del gran nogal a un lado de la casa, disfrutaban el clima perfecto para comer y luego hacer la sobremesa en el exterior, tomando café y saboreando la calabaza en tacha y las bolitas de leche de cabra quemada con nuez que doña Sinforosa había elaborado para la ocasión.

La plática fluía con amenidad y nadie parecía tener prisa por ponerle fin a la tarde.

En su mesa los jóvenes reían como sólo se puede reír cuando se es joven: con soltura, sin el peso de la preocupación opacando el sonido de una buena carcajada. Francisco los miraba con envidia o con ganas de ir a sentarse a su mesa para recordar, aunque fuera por un instante, qué era vivir así de libre, y para olvidar, por otro instante, que a pesar de lo perfecto del momento —la comida deliciosa, la cerveza fría, el whisky con hielo, el clima perfecto, la buena compañía—, en esa primavera él estaba de nuevo en peligro real e inminente de perder un gran porcentaje de sus tierras.

Hacía un esfuerzo serio por ser buen anfitrión: participaba en la plática y reía en los momentos adecuados. Ofreció un brindis sincero por los novios. Agradeció la presencia de los futuros consuegros. Festejó el esfuerzo de Beatriz por la comida y el de su suegra por el postre y hasta escuchó con paciencia la petición del nuevo padre Pedro, el cual buscaba su apoyo para ampliar las escuelas de gracia de varones y de mujeres.

—Para que ya no se nos vayan tantos niños a las rurales, señor Morales, porque ahí lo que les enseña el gobierno es a olvidarse de Dios y de sus mandamientos —le dijo el religioso, a sabiendas de que los Morales Cortés mandaban becados a todos los hijos de sus empleados a las escuelas de gracia de la Iglesia.

—Sí, padre, vamos a ver…

Francisco Morales era un gran creyente en la educación. En verdad le habría gustado comprometerse ahí y entonces con las buenas intenciones del cura, pero no podía: no sabía si próximamente tendría tiempo para dedicarlo a un proyecto nuevo. No sabía si tendría dinero. No sabía si tendría tierra.

Ese día, sentado a la sombra del gran nogal a un lado de su casa, Francisco Morales no sabía nada.

Beatriz lo miraba de vez en cuando, cuando la plática lo permitía, y desde sus ojos hasta los ojos de su marido llegaba una pregunta: ¿qué te pasa? Y desde los ojos de él hasta los ojos de Beatriz regresaba una respuesta: no te preocupes, todo bien. Pero luego los ojos de Francisco volvían a viajar en forma involuntaria, deseosos, a la mesa ruidosa de los jóvenes.

En su día los novios fueron el centro de atención; los únicos que no les prestaban toda la suya eran Consuelo y Miguel, el hermano menor de Antonio, pues sólo tenían ojos el uno para el otro, ya que disfrutaban los primeros días de su noviazgo. Eso también les envidió. Recordaba esas miradas jóvenes y enamoradas que había compartido con Beatriz. No se habían ido: el amor continuaba, pero las iban guardando casi todas para mejores tiempos, porque la vida interfiere, la rutina se atraviesa y la guerra rara vez da cuartel o tiempo para contemplaciones.

Quiso entonces llamar la mirada de Beatriz con la fuerza de la suya, pero ella no se dio por aludida, pues discutía con su consuegra los detalles de la próxima boda.

Con el rabillo del ojo Francisco vio, sorprendido, que se acercaba Simonopio. Tenían varios días de no verlo. Cientos de abejas revoloteaban a su alrededor. Venía andrajoso, lleno de raspones y rasguños, enlodado, con el pelo parado y duro de mugre, pero con un propósito en su andar y una sonrisa tan grande, tan brillante, que iluminaba hasta su mirada.

Desde los ojos de Francisco hasta los ojos de Simonopio llegó un mensaje: llegaste, volviste. Y desde los de Simonopio hasta los de su padrino, una respuesta: regresé.

Cuando las damas de Monterrey vieron y comprendieron qué era la nube que acompañaba al niño, una por una soltaron un grito y se movieron con prisa para alejarse de la amenaza, abanicándose locamente como si ya fueran víctimas de un ataque aéreo. Los visitantes sabían del ahijado de los Morales Cortés, pero nadie les había informado de sus peculiaridades, así que, cuando vieron a Beatriz y a Francisco acercarse al niño, que venía envuelto en un velo de abejas, se sorprendieron.

—¡Cuidado! —gritaron algunos tras ellos.

Beatriz volteó para dar alguna explicación, pero Francisco los ignoró. Aunque era muy común ver a Simonopio con abejas revoloteándole alrededor o caminándole por el rostro o los brazos, no era habitual verlo rodeado por tantas. Ese día acaso por todas. Era como si el enjambre entero hubiera salido a darle la bienvenida o lo hubiera acompañado en ese inusual regreso a casa. Como si se tratara de una ocasión especial. Tal cantidad intimidaría a cualquiera, pero Francisco conocía bien a las abejas de Simonopio y ellas lo conocían a él. Lo toleraban. No le harían daño y lo dejarían acercarse como siempre, así que no dudó en avanzar hacia él. A lo lejos alcanzaba a oír las quejas de Consuelo y sus disculpas avergonzadas ante su novio y los demás invitados jóvenes por la presencia inesperada del niño recogido.

—¡Ay, y mira cómo viene...! ¡Qué vergüenza! —pero él dejó que Beatriz aclarara la situación y controlara los aspavientos de la menor de sus hijas.

Francisco no supo si fue su cercanía o algún mensaje silencioso de Simonopio lo que las hizo desistir como chaperonas del niño, pero de repente, como movidas por una sola voluntad, las abejas abandonaron a un mismo tiempo su procesión de bienvenida para alejarse volando en un concierto perfecto.

Sólo quedó una, posada en el cuello de Simonopio.

—¿Quieres acercarte a saludar?

A Francisco no lo sorprendió cuando Simonopio negó con la cabeza. De hecho estaba extrañado de verlo por ahí. No sólo por la ausencia de varios días, sino porque a Simonopio nunca le había gustado estar presente cuando recibían a extraños. Ahora ahí estaba y la sonrisa permanecía en su mirada.

—Estás bien —dijo Francisco.

No era una pregunta.

Simonopio asintió mientras sacaba de su morral todo lo que cargaba.

—¿Qué traes?

Simonopio extrajo la bolsa de dormir, la colocó en el suelo y la desenvolvió de su apretado molote. Del centro sacó algo envuelto por un trapo y se lo entregó a su padrino.

—¿Lo abro?

Simonopio asintió, mirándolo intensamente a los ojos. Fuera lo que fuera, el contenido del pequeño paquete era muy importante para su ahijado. Conteniendo el aliento, Francisco deshizo con cuidado el nudo del paño, recordando el día en que había visto a Simonopio por primera vez cuando abrió dos envoltorios similares, aunque más grandes, para encontrarlo a él y a su panal de abejas, por lo que pensó que en este caso obrar con precaución no estaba de más.

Y cuando desenvolvió por completo el paquete que le había presentado Simonopio, soltando el aire contenido en sus pulmones, desveló con alivio lo que contenía: dos mitades de naranja huecas y tan viejas que casi se habían convertido en caparazones de duro cuero. Simonopio las había unido con el trapo para hacer con ellas un contenedor en forma de esfera.

Francisco tuvo la impresión de que se disponía a descubrir una perla, como las joyas que atesoran las ostras con sus conchas cerradas.

Al separar las mitades, lo que protegían en su interior cayó como una suave y fina lluvia blanca al suelo. Francisco la siguió con su mirada y luego la fijó, intensa, sin hacer esfuerzo para recoger lo que había dejado caer.

Un aroma exquisito asaltó sus sentidos.

—¡Son flores para la novia! —dijo encantada la señora Domínguez que, ya que se habían ido las abejas, se aproximó con curiosidad por ver qué cargaba el niño en su morral.

—¿Le trajiste flores a Carmen, Simonopio? ¿Azahares? —Beatriz, a la vez enternecida y sorprendida, se acercó a ver de cerca las flores blancas que no existían en los alrededores—. ¿Dónde los conseguiste?

Entonces Francisco, que seguía sin levantar la mirada de donde el suave viento ya hacía bailar las flores de naranjo —los azahares—, dijo:

—No son para la novia. Estas flores son para mí.

Y luego las recogió una por una, con cuidado para no maltratar sus pétalos.

Todos lo miraron con extrañeza cuando, tras volver a formar el paquete tal y como se lo había entregado Simonopio, sin decir más, se internó en la casa seguido de cerca por el niño de las abejas.

35

El destino de los azahares

Francisco imaginaba que Beatriz estaría atendiendo a los invitados, desconcertados por su anfitrión desertor. Valoraba mucho los buenos modales y estaba consciente de que abandonar la comida y la compañía había sido del peor gusto.

Pero Simonopio le había traído esas flores, y hasta ese día Francisco no había recibido mejor regalo que ése.

En su estudio, sentado frente a su escritorio, volvió a abrir su obsequio con cuidado. Con lástima vio que varias flores lucían maltratadas por caer al suelo y, por supuesto, por el tiempo que llevaban muertas. Su descomposición se comenzaba a notar y Francisco no hizo nada para evitarlo: todo lo vivo muere, incluso esas flores, pensó. Ponerlas en agua sólo aplazaría lo inevitable.

Eso no importaba.

Simonopio las había arrancado de la vida en su árbol con un propósito, y Francisco, al verlas, lo entendió bien: habían llegado a su destino. Miró a Simonopio, que esperaba con paciencia, de pie frente a él, a que los engranes de su cerebro se sacudieran el óxido y las telarañas con que se habían ido cubriendo con los años de la guerra, la incertidumbre, la costumbre y las tradiciones de antaño.

—Fuiste caminando hasta Montemorelos, Simonopio. ¿Por el monte? —no necesitó respuesta, porque la sabía.

El señor Joseph Robertson había plantado esos árboles a finales del siglo pasado, le contó entonces. Había llegado a construir las vías del ferrocarril y se había quedado ahí con sus ideas extranjeras. Un día se fue a California, para regresar con varios vagones llenos de naranjos que echarían raíz en Montemorelos, sin importarle que lo llamaran gringo loco y extravagante por no querer plantar caña de azúcar, maíz ni trigo, como lo habían hecho ahí los hombres desde que se tenía memoria.

—Y así siguieron ellos. Así seguimos todos aquí también: plantando casi lo mismo y casi de la misma manera en que se ha hecho desde siempre. Y mira cómo estamos ahora: a punto de perderlo todo. En cambio, él... Bueno, él ya es viejo, pero ahí siguen los árboles que plantó quizá hace ya treinta años y ahí seguirán cuando él muera.

El árbol que había dado las flores que Simonopio le obsequió tenía alrededor de treinta años de no dejar la tierra ociosa. Y su dueño tenía todo ese tiempo de no limpiar el terreno con cada cosecha para volver a empezar con la siguiente o de necesitar rotar la cosecha, porque los árboles permanecían, y una vez que comenzaban a dar fruto, no paraban. Además, Francisco había probado esas naranjas: eran extraordinarias.

Entonces decidió que empezaría su propia huerta. Encontraría el mercado para venderlas cuando sus árboles las empezaran a producir, se propuso sin dudar, porque luego de treinta años de éxito demostrado en Montemorelos, cualquier duda de que esa tierra no era buena para la naranja quedaba aclarada.

Implementar las ideas que empezaban a recorrerle la mente no sería fácil ni barato, pero estaba convencido de que la respuesta a sus problemas la tenían esas pequeñas flores blancas que le había traído Simonopio.

—Simonopio: mañana me voy a California. ¿Quieres venir conmigo?

36

Y todo cambia

El movimiento del tren la arrullaba. No dormiría, porque hacerlo en público sería de muy mal gusto. Se dijo que sólo descansaría un poco los ojos, cerrándolos un rato. Beatriz Morales no sabía por qué estaba tan cansada. Tal vez era que, en su condición de abuela, eso de viajar tanto a Monterrey se le hacía pesado.

Sus dos hijas ya se habían casado y a Beatriz le daba gusto haber terminado con la obligación de ir a Monterrey para acompañarlas como cuando eran novias. Sabía que iría siempre, que lo haría por ver a los nietos, pero la sensación de subirse al tren no era igual cuando viajaba a Monterrey a ver a sus hijas queridas —tensa y sintiendo que abandonaba su puesto en el hogar—, que cuando retornaba a Linares, al lugar que sabía le correspondía.

El tiempo a veces pasaba como un parpadeo: sus hijas eran mayores y se habían ido a hacer su propia vida. Y ahora en Linares todo había cambiado.

Ya nada había impedido la boda de Carmen y luego la de Consuelo con Miguel Domínguez, hermano menor de Antonio. Lástima que la madre de los novios hubiera muerto antes de verlos bien casados, pero eso era irremediable. Por lo mismo, ambos fueron sucesos muy discretos y austeros, aunque se habían llevado a cabo con gran dignidad y elegante sencillez. Estaba segura de que los invitados llegados de Monterrey habían regresado con muy buena impresión de Linares, en especial cuando ambas nupcias se organizaron alrededor de las fiestas típicas locales: la de Carmen en el día de la Virgen de Guadalupe en 1921, tras el año de luto por la muerte de la madre de Antonio, y la de Consuelo un año y medio después, durante la Feria de Villaseca de 1922.

Le parecía lejano el tiempo en que creyó que nunca volverían las fiestas a Linares, en que creyó que era su obligación mantenerlas vigentes para que sus hijas conocieran las tradiciones que habían enriquecido la vida familiar por generaciones.

Ahora los festejos tradicionales habían regresado, pero sus hijas ya tenían su vida en otra parte. Alguna vez vendrían de visita a disfrutarlos, claro, y tal vez traerían a sus hijos también, pero les serían ajenos porque nunca los experimentaron como jóvenes solteras. Para ellas serían tan sólo una anécdota cuando recordaran a su pueblo o a su madre, que tanto tiempo invertía —aún— para que las festividades se organizaran a la perfección hasta el último detalle. Recordarían como un devaneo pueblerino el luto obligado de actividades y de vestimenta que los linarenses llevaban siempre —como siempre— durante toda la Cuaresma, esperando con ansia el día del baile de Sábado de Gloria, cuando la primera sociedad se daba permiso de abandonar el negro para vestir sus mejores galas en colores primaverales y sus zapatos de baile.

A veces, como ésa, la invadía la nostalgia por esas hijas que fueron y podrían haber llegado a ser si la historia hubiera sido otra, pero parecían felices en Monterrey, con sus maridos y con los hijos que ya tenían o que venían en camino: Carmen acababa de anunciarle que esperaba al segundo y Consuelo estaba embarazada por primera vez.

Todavía era un misterio cómo sería Consuelo como madre, pues Beatriz nunca le había conocido un momento de instinto maternal ni de la ternura que sólo siente una mujer por un bebé, aunque sea ajeno. Aun con un crío en camino y con acceso absoluto a su primer sobrino, continuaba interesada en lo mismo de siempre: sus amigas, sus libros y, eso sí, en su marido. Beatriz esperaba que eso cambiara con un hijo propio. Carmen, en cambio, había resultado una madre muy paciente: su primer hijo, un varón que las mantenía ocupadas a ella y a sus nanas, tenía sólo dos meses y era tan inquieto y tan dado a los cólicos que casi no dormía.

Cuando la visitaba, Beatriz era testigo del trajín al que sometía a sus cuidadoras y se alegraba de haber pasado y superado esa época. Debía admitir que no tenía energía para cuidar de su nieto como le hubiera gustado, pero últimamente se sentía tan cansada que, al ir de visita o al ir ella a Monterrey como en esa ocasión, pedía que se lo dejaran sólo después de cenar, cuando ya bañado y cansado de su intensa actividad del día se tenían mutua paciencia para abrazarse en la mecedora hasta caer rendidos los dos.

Ya no iba tanto a la casa de Monterrey, como lo había hecho en los últimos años. Las hijas casadas ya no necesitaban de su vigilancia constante. Al entregarlas, su responsabilidad con ellas, si bien no había terminado —porque nunca lo haría—, sí evolucionó. Su vida estaba en Linares, cerca de Francisco, que ahora se hallaba tan ocupado con sus nuevas huertas de naranjos y ranchos, que le era imposible hacer el viaje, como acostumbraba antes de vez en cuando.

No. Ya ni por los nietos quería regresar tan seguido a Monterrey. A ellos les correspondería ir a Linares a visitar a los abuelos.

No tenía de qué quejarse: no era como si ir a Monterrey fuera un infierno. La casa allá era muy bonita y cómoda, aunque no era su casa de La Amistad, donde la confortaban su cama, su cocina o sus vistas. Las amistades de la juventud en esa ciudad se habían reforzado con la convivencia renovada, y las amistades nuevas eran buenas y abundantes, mas no las que la habían acompañado a lo largo de su vida en Linares. Así, aunque las disfrutaba, se negaba a involucrarse en las actividades del casino de Monterrey. Debía su lealtad al de Linares, que continuaba sin sede.

Resultaba extraño que mientras estaba en Linares añorara y se preocupara por sus hijas, y que al estar en Monterrey, con ellas, lo hiciera igual o más por la gente de su vida en Linares. Le parecía que era media vida la que vivía: incompleta en todos lados. Porque Beatriz se sentía mal cada vez que se despedía de sus hijas, pero se sentía peor al alejarse de Francisco.

Su madre también se lo decía las veces en que aceptaba acompañarla a Monterrey, pero más cuando la despedía, renuente, en la estación de tren de Linares: hija, tu lugar está con tu marido. Por más que Beatriz se enfurecía cuando su madre se lo decía, debía admitir que estaba de acuerdo, porque tras la experiencia de los tres meses en el exilio sabía que la vida no se detenía ante nada, ni siquiera ante la necesidad de una mujer que, aunque temporalmente, abandonaba todo por acompañar a las hijas y por conocer a los nietos. Cada vez que se montaba al tren que la alejaría de Linares y de Francisco, la asaltaba la desagradable sensación de que en su ausencia la relación cambiaría y que ella se quedaría afuera como una intrusa en su propio hogar, una mirona que sólo atina a ver hacia dentro por la rendija de una pequeña ventana cerrada. Temía que, lejos el uno del otro, ella cambiara y cambiara él en direcciones contrarias, para nunca reencontrarse. Que un buen día se miraran y no se reconocieran las voces, las intenciones, las miradas ni el calor del cuerpo en la cama.

Así que Beatriz iba lo menos posible a Monterrey. Cada vez menos. Sabía que no podía ayudar a su marido con el trabajo, que a últimas fechas lo absorbía más y más. Pero creía que lo mínimo que podía hacer por él era esperarlo y estar ahí para recibirlo por las noches, acompañarlo a cenar, acostarse con él muy cerca para compartirle su calor y así hacerlo olvidar sus dudas y preocupaciones, que eran más de las que admitía.

Los cambios por los que ahora pasaban no eran nada fáciles para Francisco, aunque los hubiera decidido él mismo de un instante al otro. Porque aquel día de la presentación de Carmen y Antonio en que Simonopio irrumpió con su extraña ofrenda, Beatriz se había quedado con los invitados, esperando como todos a que Francisco terminara lo que había ido a hacer en la casa y regresara con prontitud. Sin embargo, pasaban los minutos y no salían él ni Simonopio, por lo que Beatriz comenzó a preocuparse. Y lo peor: se le habían acabado las excusas para justificar el inusual —y hasta grosero— comportamiento de su marido.

Al entrar en su busca, lo había encontrado en la oficina escribiendo diversos mensajes que Martín debía llevar a correos para que los mandaran por telegrama.

—¿Qué haces, Francisco? ¡Tenemos visitas!

—Ya sé, pero no se van y yo tengo prisa.

—¿Prisa de qué?

—Prisa de ganarle a la Reforma.

A Beatriz esa respuesta la había dejado igual de perpleja: ¿cómo era posible que unas simples flores le hubieran dado la inspiración o lo ayudaran a ganarle a la ley federal? En ese momento no hubo modo de sacarle más información, porque Francisco regresó de inmediato a la redacción de sus mensajes y no volvió a considerar la presencia de su mujer, que se marchó resoplando por el enfado y el desconcierto.

Claro, al salir había disimulado y ofrecido excusas con renovados bríos:

—Francisco les manda una disculpa. Recibió noticias de una emergencia en alguna de sus haciendas, pero los deja como en su casa.

Con tan amable despedida del anfitrión, la fiesta continuó sin interrupción. El que menos parecía desear irse era el nuevo padre Pedro, que le preguntaba a Beatriz constantemente sobre la hora en que esperaba que regresara su marido.

—No sé, padre. Con ese hombre a veces es mejor ni preguntar —respondió, dejando salir su resentimiento.

Las horas le parecieron eternas, pero al fin la comida, convertida en merienda y luego en cena improvisada —cuando al oscurecer la comitiva se mudó a la sala formal y luego al comedor, con hambre nuevamente, a disfrutar las sobras recalentadas—, había concluido. Todavía se verían al día siguiente, pues todos estaban otra vez invitados a un día de campo en La Florida.

—No sé si Francisco podrá ir con nosotros. A veces así pasa en este negocio.

Tuvo razón en ofrecer esas disculpas anticipadas: esa noche Francisco le anunció que al día siguiente partiría para Laredo, donde pasaría unos días haciendo arreglos para su viaje a California, que luego emprendería por tren desde San Antonio, Texas.

—¿A qué vas hasta allá?

—Voy a comprar árboles de naranjo.

Este nuevo dinamismo de su marido, el de las decisiones intempestivas y acciones improvisadas, el que tomaba medidas que casi negaban todo lo que había sido antes: mesurado, conservador, siempre atenido a las leyes patriarcales, a veces lograba que a la nueva Beatriz la invadieran las ganas de dejar salir a la luz a la vieja, ésa que temía al cambio, por lo que no dudaría en aportar alguna objeción vociferante contra éste.

Pero la nueva Beatriz se controlaba y escuchaba. Accedía y luego admitía que su marido posiblemente tenía razón, como la había tenido con la casa o las inversiones de los terrenos en Monterrey, o con la compra extravagante, pero a la postre acertada, del tractor.

Ahora esa Beatriz debió escuchar los planes de su marido sin mostrar dudas, intentando hacer preguntas puntuales e inteligentes, pero con una gran fuerza de voluntad, conteniendo en su interior aquello que en realidad quería hacer: ¿y de qué viviremos mientras tus naranjos dan fruta?

Lo que Francisco le había explicado era algo que les cambiaría la vida: compraría naranjos en varias etapas, ya que era

254

una inversión fuerte —otra más—. Luego erradicaría para siempre los cañaverales de sus tierras. Ante la exclamación de Beatriz, éste había continuado:

—Acuérdate de que este año toca plantar toda la caña nueva. Pero se acabó: no la vuelvo a plantar. Los naranjos nos van a durar décadas. Ya verás.

Sí, la caña de azúcar se renovaba cada tres años, y ese año, en efecto, se vencía tal plazo en sus plantíos y marcaría el fin de los Morales como productores de caña.

Beatriz tomó la noticia y la llevó directamente hasta la boca de su estómago, pero la compartió un poquito con la parte del corazón que se comprime con la tristeza: había vivido toda su vida rodeada de cañaverales porque su familia —su padre y ahora sus hermanos— también los cultivaban en sus tierras. Había crecido rodeada del verde de la caña, que parecía cubrir cuanta tierra se le concedía. Se había arrullado por las noches con el silbido que producía el viento al internarse y viajar entre la infinidad de varas y se había despertado, en las mañanas de ventisca, con el espectáculo de verlas agitarse como olas en un mar verde enfurecido, o como uno calmo cuando el viento no era lo suficientemente fuerte para agitarlas. ¿Qué sería en el futuro dormir sin su arrullo? ¿Qué sería asomarse por la ventana de su casa y ver el paisaje de sus recuerdos mutilado para siempre?

Además, Francisco no se detendría con eso: le dijo que ese mismo año plantaría naranjos en las tierras ociosas. Al menos lo intentaría.

—Pues vas a tener que comprar cientos.

—Vamos a tener que comprar miles y sólo este año. Y poco a poco iré comprando más, hasta llenar todas nuestras tierras.

—¿Y los plantíos de maíz?

Ésos no los quitaría hasta que empezaran a producir los primeros naranjos: no cometería la locura de quedarse por completo sin ingresos.

—Tarde o temprano se irán también, Beatriz. El paisaje de nuestras tierras va a cambiar poco a poco, así me lleve diez años.

Y aunque todavía quedaba mucho terreno intacto, el paisaje a su alrededor había ido cambiando, y a la antigua Beatriz, ésa que le temía a cualquier cambio, a veces se le enchinaba la piel en señal de protesta. Pero la nueva, ésa modernísima que ahora usaba vestidos arriba del tobillo —total, menos tela y menos gasto—, apoyaba a su marido en forma incondicional. Ésa trataba de ver el lado bueno al cambio: al menos habría flores aromáticas de vez en cuando, cuando las hubiera. Si las había.

Cuando, un mes después de la presentación de Carmen y Antonio, Francisco y Simonopio regresaron con dos vagones de ferrocarril cargados de jóvenes árboles de naranjo dulce en cepellón, varios vecinos se acercaron a él para disuadirlo.

—Es una locura. Ni siquiera sabes si se te van a dar. ¿Y vas a quitar toda tu caña y luego tu maíz? ¿Qué diría tu padre, Francisco?

—Que el mundo es de los vivos. Eso diría. Y si los naranjos se dan en Montemorelos, no tienen por qué no darse aquí. Ya verán.

Beatriz sospechaba que Francisco en realidad temía que su padre se estuviera revolcando en la tumba con su decisión, pero no había dejado que eso lo detuviera. Y concedía que estaba en lo cierto: no había que apegarse a viejas costumbres que ya no funcionaban en el mundo cambiante, aunque pareciera que una nueva revolución, una diferente, sin sangre, hubiera azotado sus propiedades. Aunque se batallara para conciliar el sueño por la noches, porque éste dependía del arrullo de lo extinto.

Ya no había marcha atrás y los naranjos echaron raíz con rapidez en la tierra linarense, como había predicho Francisco, así que, aunque el primer año no florearon y mucho menos dieron fruto —y podrían tardar hasta tres—, para el año siguiente muchos, incluidos los hermanos de Beatriz, nuevos conversos al razonamiento de Francisco, seguían su plan. Para cuando Francisco mandó traer más árboles de diversas clases de naranjas que darían fruto en diversas temporadas, otros lo hicieron con él.

Quedaron todavía algunos que habían batallado para cambiar, ya fuera por escasez de fondos para invertir o porque estaban negados a cultivar árboles frutales, cual señoras en su jardín. Al final hasta los más reacios se convencieron, porque recientemente habían incluido una excepción a la Reforma Agraria publicada en la Constitución: toda tierra plantada con árboles frutales quedaba exenta de cualquier expropiación.

¿Por qué los árboles frutales sí y la caña no? La enmienda publicada no ofrecía explicación, aunque muy pronto se descubrió por qué: el general Plutarco Elías Calles acababa de comprar la hacienda Soledad de la Mota en el pueblo vecino de General Terán, la que se dedicaría, de entonces en adelante y por completo, al cultivo de la naranja.

A Francisco no le había importado el porqué y ni siquiera se detuvo ni una vez a comentar o a quejarse sobre el descaro de algún político aprovechado para promulgarse una ley a la medida y a su conveniencia. Lo que le daba satisfacción era llevarle ventaja a cualquier plan del gobierno por quitarle lo suyo, y si todos en Linares y en la región se salvaban por esa ley de ser desposeídos, mejor.

Sin desatender los ranchos ganaderos, y lamentando que la tierra en Tamaulipas no fuera igualmente propicia para la fruta, se había dedicado en cuerpo y alma a aprender, de los libros comprados en California, todo sobre el cultivo del naranjo. Después de ordenar que todo vestigio de los cañaverales fuera erradicado, midió en personal la distancia entre cada pozo que tendrían que excavar para recibir a los naranjos y luego supervisó cada árbol que sus hombres plantaron. Regresaba a la casa por las noches, cansado, directo al baño para quitarse la tierra pegada al cuerpo por el sudor y a seguir trabajando después de cenar, estudiando el método para hacer los injertos para los árboles de naranja dulce que cultivaría pronto desde la semilla. No quería seguir comprándolos a otro productor.

Por primera vez en mucho tiempo Beatriz veía a Francisco motivado. Tenía días buenos, en los que se le veía confiado de que estaba en el camino correcto para salvar su herencia. Ella habría deseado que todos fueran así, pero no: no estaba en su naturaleza ser tan arrogante y triunfalista como para pensar que la solución a sus problemas había llegado con algo al parecer tan sencillo como cambiar de giro. Francisco era realista. Y había algunos días en que la angustia lo asaltaba: los agraristas seguían rondando, y en el tiempo que llevaba implementando ese costoso programa no había podido terminar de cubrir todas las propiedades de la familia. Sabía que aún le tomaría años.

Una noche, envueltos entre las sábanas, le dijo:

—Siento que estoy en una carrera que al parecer voy ganando, por lo pronto. Pero es carrera larga, muy costosa, y siento que me vienen pisando los talones. Y me estoy cansando.

—Si te cansas, me dices. Yo te ayudo.

Y ahí, acostados, Beatriz acomodó la cabeza de Francisco contra su hombro y le acarició el cabello de la sien como a un crío, hasta lograr que se apaciguara y luego se quedara dormido.

Ahora, cansada ella en ese viaje de regreso a su Linares, el arrullo rítmico del tren acariciando sus vías al fin la había vencido: por primera vez desde que empezó sus recorridos en el ferrocarril entre Linares y Monterrey, Beatriz se quedó dormida. Por eso fue que no se enteró cuando pasó el recolector de boletos, el cual la había dejado dormir al reconocerla como asidua pasajera. Tampoco se enteró cuando se detuvieron en Montemorelos, donde bajaron y subieron pasajeros. Y por su sueño profundo no se percató cuando pasaron por la cuesta de Alta: no se asomó, como era su costumbre, ni notó la ausencia de Simonopio, así como tampoco percibió el suave pero persistente movimiento en su vientre.

Al llegar, el recolector se atrevió a despertarla.

—Ya llegó, señora.

Atolondrada, aletargada, pero más sorprendida y avergonzada por haberse quedado dormida en público, Beatriz logró abrir los ojos para comprobar que, en efecto, ya estaban en la estación de Linares. Recogió su bolsa. Un maletero la ayudó con su equipaje y qué bueno, pensó agradecida, porque si de ella dependiera, lo habría dejado donde estaba: no tenía energía para cargar nada. Quería llegar a su casa, a su cama, para volver a dormir.

Comenzaba a preocuparse. Al principio había sospechado que tanto cansancio crónico se debía a las circunstancias normales en el físico de una mujer de su edad y que la pérdida de interés por diversas actividades a las que había dedicado tanto tiempo en el pasado era algo normal en una abuela. Pero sus amigas tenían aproximadamente la misma edad —unas más, otras menos— y a ellas no se les veía tan decaídas.

Sintió un nudo en el estómago. Una de sus abuelas había muerto joven de una anemia perniciosa que había comenzado por manifestarse con un debilitamiento general del cuerpo y del ánimo. Esperaba no haber heredado la enfermedad, pero temía que mostrara ya los síntomas incipientes. Haría cita con el doctor al día siguiente. Odiaría ser la causante de más dolor o angustia para Francisco, pero no podía seguir ignorando intencionalmente su malestar. De haber malas noticias, decidió que las enfrentaría sin perder más tiempo.

Al bajar del tren, sorprendida, vio que Simonopio la esperaba con una gran sonrisa. Acababa de cumplir doce años pero, observando con detenimiento, a Beatriz le pareció que había crecido aún más en la última semana.

—¿Pues qué comes tú, muchacho, que creces como hierba?

Simonopio se acercó. Sí, a los doce años ya era más alto que ella. Beatriz se sintió orgullosa, aunque más vieja que nunca porque le parecía que había sido ayer cuando Simonopio había llegado recién nacido, envuelto en un rebozo y en un manto de abejas.

Y ahora míralo nada más: casi un hombre.

Para su sorpresa, Simonopio había aceptado la invitación de Francisco de ir a California. Beatriz los había visto partir al día siguiente con aprehensión, con la preocupación inmediata de que Simonopio no soportara la distancia, pero éste regresó un mes después con su antigua mirada casi intacta, como si en ese mes de ausencia, en la compañía constante de su padrino, hubiera dado marcha atrás a la transformación que había sufrido en su época de vago montañés, aunque todavía, de vez en cuando, se asomaba esa mirada madura tan fuera de lugar y que tanto entristecía a Beatriz al verle los ojos. Era como si por un instante a Simonopio se le escapara un prisionero que guardaba dentro, que con sólo salir a la luz lo sometía a una dura transformación que duraba hasta que el niño —el que aún debía ser— se imponía de nuevo para volver a encerrar al invasor detrás de sus ojos.

Francisco le había mandado telegramas y cartas para mantenerla al tanto de sus novedades, incierto de cuánto tardaría en volver. Por ellas se enteró de que Simonopio disfrutaba todo lo nuevo en el viaje y que ni el extraño idioma era un impedimento para él, pues se daba a entender sin hablar. Un poco celosa de que no lo hubiera pasado tan bien con ella en Monterrey, Beatriz se enteró así de que ni una vez se había quejado y ni una sola vez había llorado. Acompañaba a Francisco a todos lados, recorría los huertos de árboles jóvenes, hilera por hilera, para escoger para sus abejas y marcar él mismo con un listón rojo que les habían dado para ese fin los árboles que harían el larguísimo viaje hasta Linares.

El primer día las personas que trabajaban en el huerto se sorprendieron de que el hombre mayor fuera tan deferente con el niño.

—¿Va a dejar que el niño escoja por usted?

—Si lo conocieran bien, sabrían por qué.

Francisco había comenzado ese viaje, esa idea, convencido de que los árboles serían de quien los pagara: lo usual en cualquier transacción. Y sí, obviamente los pagaría él, los plantaría él en su tierra y se beneficiaría él, pero con el paso de los días, y atestiguando la excitación de Simonopio al emprender esa nueva aventura que los llevaría al norte y del otro lado del continente, le había nacido otra idea, una que a él no le parecía adversa aunque nunca la compartiría con nadie más que con su mujer: los naranjos eran de Simonopio y de sus abejas, y nadie mejor que él para saber cuáles serían de su mayor agrado, cuáles sobrevivirían el viaje, cuáles se adaptarían mejor al terreno de sus tierras para dar más flores para ellas y más fruto para él.

Así que lo dejaba escoger y le permitía dar por alto algún árbol que parecía frondoso y sano, para luego detenerse a marcar alguno que a él, a simple vista, le parecía débil y deshojado. Simonopio sabía lo que hacía y Francisco, confiado, lo dejaba hacer sin importarle lo que dijeran los gringos —y los braceros—, que además nunca habían visto a alguien como su ahijado, el cual, desde el primer día de la visita al huerto, atrajo a las abejas californianas como si fueran sus amigas de toda la vida. No tardó así en ganarse el apodo de *Bee Charmer* o encantador de abejas.

Francisco sospechaba que un simple vistazo les había bastado a éstas para entender que en Simonopio habían encontrado a un ser afín, si no es que igual, y por eso no le sorprendió que de un instante al otro cientos de abejas abandonaran su rutina diaria para acercarse a su ahijado, a posársele encima y tapizarle el cuerpo para darle la bienvenida. El dueño de la huerta había estado a punto de sufrir una apoplejía, asustado por ese ataque repentino, inesperado y sin provocación. Pero Francisco lo tranquilizó antes de que ordenara que rociaran al niño y a su tapiz alado con una manguera de alta presión.

—*Wait. Look.*

Para asombro de todos, había bastado que Simonopio levantara sus brazos para que todas salieran volando a un mismo tiempo, dejando al niño intacto y feliz.

Y Simonopio nunca volvió a estar solo: desde entonces, todos los días, al llegar temprano cada mañana a continuar con la cuidadosa tarea de escoger los árboles con que vivirían el resto de sus vidas, las abejas salieron sin falta a su encuentro, aunque nunca con el gran gesto del primer día. Francisco suponía que, para el final de la jornada, así como todos los que trabajaban en la huerta, las abejas también tenían una cuota de trabajo que cumplir, cuota que no debían descuidar ni por pasar el día entero con su visitante, por lo que iban y venían entre la obligación y la atención a su invitado.

¿Serían ellas, haciendo uso de la simbiosis que compartían con los naranjos, las que le indicaban a Simonopio cuáles árboles eran los mejores? ¿O sería simplemente que Simonopio lo intuía? Tan pronto como empezó a cuestionarse, Francisco se interrumpió: poco importaban los cuestionamientos y los motivos, porque Simonopio no estaba equipado para explicárselos ni él para entenderlos.

Lo importante era que él había creído que Simonopio escogería bien y que el tiempo le había dado la razón: de todos los árboles que hicieron el larguísimo viaje hacia el sureste, sólo dos murieron en el camino y ninguno más, luego de trasplantarlos a la tierra negra mexicana que los esperaba. Ahora todos prosperaban, aunque el fruto continuara siendo una promesa.

A casi dos años del viaje a California, aquel diciembre de 1922, en la estación de tren, todos los pasajeros de primera y de segunda con equipaje, y los de tercera con morrales y jaulas, volteaban extrañados a ver al niño que la había ido a recibir. Beatriz creyó que Simonopio, sonriente, se aproximaba a darle un abrazo, pero se equivocó: se acercó a ella lo necesario para posar sobre su vientre sus dos manos.

La miró a los ojos y su sonrisa se amplió.

37

Esclavos del tiempo

Ya falta poco para llegar.

Tenía muchísimo de no venir por estos rumbos, pero creo que el camino nunca me había parecido tan corto. A mi edad uno ya se da cuenta de que el tiempo es un amo cruel y caprichoso, pues cuanto más lo deseas, más rápido se esfuma y viceversa: cuanto más quisieras escabullirte de él, más inmóvil parece. Somos sus esclavos —o sus títeres, si quieres— y nos mueve o nos paraliza a su antojo. Hoy, por ejemplo, desearía llegar al final de esta historia, por lo que quisiera tener más tiempo y que éste pasara lento. Tú, en cambio, tal vez quisieras que este viejo al que acabas de conocer se quede callado para poner tu música o pensar en otra cosa, por lo que tal vez el trayecto te parezca eterno.

Y déjame decirte lo que sé, lo que he concluido: se pase rápido o se pase lento, no importa. Lo que es una garantía es que al final lo único que quieres es tener más. Más de esas tardes perezosas en las que nada pasaba, a pesar del esfuerzo que invertías en que sucediera lo contrario. Más de esos brazos necios que te cargaban para impedir que hicieras alguna barbaridad. Más de los regaños de la madre que creías necia. Más vistazos —tan siquiera— de las prisas del padre, siempre ocupado. Más abrazos suaves de la mujer que te quiso toda la vida y más miradas confiadas en los jóvenes ojos de los hijos.

Ahora supongo que mi mamá también habría querido más tiempo para muchas cosas, claro, pero en ese momento le habría venido bien que el tiempo le hiciera el favor de darle mejor plazo para digerir la noticia que recibió ese día. Que le otorgara una pequeña prórroga para, con tranquilidad, encontrar la manera y el momento propicio para informar al marido, hijas y al mundo entero que, temiendo estar moribunda, había descubierto en sí más vida de la que esperaba.

Pobre de mi mamá. Imagínate. Sería madre otra vez, cuando al fin había hecho las paces con la vida semiestéril que le había tocado. Cuando ya estaba conforme con sólo dos hijas, mayores ya, madres las dos y, por lo tanto, abuela ella.

La vida y el tiempo habían decidido otra cosa.

Mi papá, el primero en ser informado por tratarse del otro implicado en el asunto, quedó encantado con la noticia. Nacería niño, vaticinó. Mis hermanas no tanto: mientras que Carmen se había limitado a decir ¡ay, mamá!, Consuelo, menos discreta y más inquisidora, preguntó cómo, por qué y cuándo, a lo que mi mamá, perdiendo toda su paciencia —la cual había acumulado con todo propósito para ese momento— contestó:

—Mira, Consuelo. Si con cuatro meses de tu embarazo no te has enterado de cómo ni de por qué, yo ya no estoy para explicártelo. ¿Y cuándo? Qué te importa.

Según mis hermanas, que aseguraban también haberse sentido muy complacidas con la buena nueva, ése fue el final de las explicaciones.

38

Llega quien tiene que llegar

Simonopio no se quería alejar mucho de la casa en esos días de primavera. Los primeros botones de flor de naranjo habían aparecido hacía unos días en el primer árbol casi de la nada, y como si se hubieran puesto de acuerdo o se tratara de una carrera, entre todos había cundido con rapidez el afán por empezar su ciclo, echando brotes en abundancia.

Desde el principio supo que necesitaría paciencia con esos árboles tan jóvenes: todavía el año pasado las abejas —y él con ellas, de vez en cuando— habían tenido que ir lejos, hasta las flores que conocían de antes, para aportar miel a su colmena. Ahora los botones de su huerta aún no compartían su tesoro de miel dorada, pero la paciencia de las abejas era ilimitada: como Simonopio, no se alejaban; esperaban. Habían esperado los árboles por años, y por fin éstos habían llegado. Habían esperado con paciencia la floración y ésta había llegado. Sabían que en cualquier momento una primera flor se abriría, generosa, y que de ahí se desataría una reacción en cadena que haría que todo el huerto se invadiera de aroma, polvo de oro y de oro líquido.

Cuando esa primera flor se abriera, marcaría para siempre el final de los viajes lejanos de ellas y de Simonopio. Y para Simonopio también sería el indicador de algo más.

Era tiempo de estar cerca. Era tiempo de seguir esperando al bebé que llegaría, y ahí era donde la paciencia de Simonopio había encontrado su límite. Observaba los botones con mayor

265

detenimiento que las abejas. Sabía que con el primer pétalo que se abriera a la luz, él no se quedaría a festejar la abundancia, no. Saldría corriendo porque sabía que con la primera flor empezaría la vigilia ante la llegada inminente de ese crío que les llenaría la vida.

Así que aguardaba con ansiedad. Rondaba. Acariciaba algún brote con cuidado para no lastimar, pero con la intención de convencerlo: ábrete, que la vida te espera. Ábrete, para que la vida llegue.

Y Francisco Morales, que con el primer botón de naranjo había empezado a creer que todas sus esperanzas en ese plan se cumplirían, observó a su ahijado. Por más dispuesto que él también estuviera a acariciar los árboles uno por uno, y por más que fijara la mirada en ellos deseando que la floración sucediera, sabía que de nada serviría: las flores vendrían a su tiempo.

—Simonopio, vete a jugar. No hay nada que hacer por aquí.

Pero éste no se iba ni se iba él.

Caminaban. Rondaban. Supervisaban el riego y que todos los árboles tuvieran las raíces bien cubiertas por tierra suave, que crecieran derechos, que no hubiera plagas. Se mantuvieron artificialmente ocupados en esa espera lenta mientras examinaban cosas que habían revisado múltiples veces, sin encontrar defectos ni problemas. Hasta que al fin, al terminar de recorrer una hilera y dar vuelta para comenzar lo mismo en la siguiente, lo vieron: el primer azahar de la huerta La Amistad. Simonopio no le dio tiempo a Francisco ni de olfatear la flor. Lo tomó con brusquedad por la manga de la camisa y se echó a correr, urgiéndolo a correr con él.

Confundido, Francisco vaciló por un instante para seguirlo, pero sólo un instante. Si Simonopio quería que lo siguiera, lo haría. Algún motivo habría. Y corrió a la velocidad que le marcaba su ahijado por los atajos que éste tomaba entre el laberinto de árboles de lo que ahora era su huerta, sin pensar ni ver a dónde iban. Sin comprender por qué Simonopio lo había hecho llegar hasta la casa con tanta prisa.

39

Un extraño y confuso mundo

Yo nací en abril, en tanto que me esperaban para junio. No nací prematuro: nací el día en que me tocaba, lo cual significa que, para cuando mi mamá se enteró de su gravidez, ya tenía tres meses más de lo calculado: se había embarazado antes de la fecha de la boda de mi hermana Consuelo.

No fui yo el desocupado que hizo las cuentas. Fue la propia Consuelo, la cual siempre me lo recordaría: de muy niño para confundirme por no entender nada, luego de muchacho para mortificarme con el tema y luego, de adulto, en son de broma amable, cuando por fin ella nos perdonó: a mí por haber nacido y a mis papás por haberme procreado. Logramos, a la vejez viruela de ella, empezar a disfrutar nuestro parentesco.

Te aclaro que nunca lo hablamos, pero mi teoría muy personal es que el hecho de que le naciera un hermano tardío la mortificó por varias razones.

Mi llegada, de haber sido temprano en su vida, habría tomado a mis hermanas por total sorpresa. Miren lo que nos trajo hoy la cigüeña, les habrían dicho a las pobres inocentes, esperando o tal vez exigiendo que no preguntaran más. Al día siguiente ellas irían a su colegio a anunciar a sus amigas que la cigüeña las había visitado para dejarles un varoncito. Habría conmiseración o regocijo, deseos de que la cigüeña visitara sus casas también, pero no más cuestionamientos por parte de las amigas.

Sin embargo, al nacer yo, cuando mis hermanas ya eran adultas casadas, ese misterio les quedó obsoleto. Obviamente no eran tontas. Además, para su consternación, les quedaba más que claro en qué se entretenían sus papás —abuelos ya— en su ausencia. Y encima les tocaría responder a las preguntas necias y los comentarios imprudentes de las amigas cuando se enteraran, por terceros, de que la actividad matrimonial de sus padres daría fruto.

Por si eso no fuera suficiente para justificar el rencor que me tenía, imagínate cuando mi mamá le informó —en forma errónea— que las fechas del alumbramiento de ambas coincidirían, por lo que no podría acompañarla en su confinamiento, en su alumbramiento ni en las semanas posteriores.

Mi mamá moriría antes de vernos reconciliados, porque Consuelo sabía cómo disfrutar y alargar un buen rencor. A mí me parece que un buen día decidió perdonarme. Así, sin más. Más vale tarde que nunca, supongo. Para entonces ella ya iba para abuela y creo que le llegó la hora de darse cuenta de que hasta los abuelos tienen su corazoncito y de que, si son afortunados, como también ella lo fue, disfrutan aún las actividades matrimoniales que tanto resintió y les criticó por décadas a nuestros papás.

Nunca entendí, ni aun cuando habíamos hecho las paces, cómo siendo como era lograba llevar tan buena relación con su esposo y con sus hijos. ¿Te dije ya que, de entre todos los hombres de Monterrey, se había enamorado de Miguel, el hermano menor de Antonio, mi otro cuñado? Así es: hermanas y hermanos.

Lo que resultaría de esa doble unión a mí me mantendría confundido durante mis primeros años, ya que sólo las parejas de jóvenes padres —y tal vez los abuelos, pero sólo con gran concentración— sabrían con certeza absoluta cuál hijo o hija era de cada quien. No sólo se apellidaban igual, Domínguez Morales, lo cual complicaba bastante la cosa hasta en la escuela, sino que en ese revoltijo genético —los siete hijos de Carmen y los seis de Consuelo— todos nacerían con el mismo colorido, nariz y hasta boca. Un mismo molde. No habría entre ellos ni un par de gemelos, pero a mí eso es lo que me parecerían: primos gemelos.

A mí me soltarían, en un futuro no muy lejano, entre esa revoltura de primos, mis sobrinos que vivían de vecinos, lo cual me ofuscaría por completo, en especial porque, al ser menor que alguno de ellos y de la misma edad que otros, cuando iba de visita la gente de Monterrey pensaba que era uno más del montón y que, por parecernos tanto, alguna de mis hermanas de seguro era mi mamá. Y yo, que nunca conviví mucho con ellas como hermanas, admito que llegué a pensar que eran mis mamás en Monterrey —si bien debo admitir que Carmen me gustaba más para el puesto que Consuelo—, y que la mía, la verdadera, sólo lo era en Linares, donde mis hermanas eran mis hermanas.

Ya sé que no es lógico, pero aclaro que yo era un chiquillo de entre tres y cinco años y que los niños a veces necesitan mayor aclaración de la que los adultos damos por entendido.

Una vez, por ejemplo, cuando acaso tendría yo cuatro años —una edad impresionable—, oí cómo la tía Rosario le decía a mi mamá:

—Ay, Beatriz: Francisco va a caer muerto hoy en la noche cuando se acueste.

Yo me asusté muchísimo por ese vaticinio.

El mes anterior, de igual manera, había caído muerto, en medio de su quehacer en la huerta, un jornalero que mi papá contrataba por temporada. Así nada más: en un momento estiraba un brazo para revisar la madurez de la fruta de un árbol y al siguiente estaba con la boca y los ojos abiertos sobre la tierra. Ni un parpadeo dio: cayó muerto. Simonopio me había invitado a acompañarlo ese día para que viera los naranjos tupidos de fruta casi lista para cortar, aunque la verdad es que de lo que más me acuerdo es del muerto, porque estábamos bastante cerca, así que lo vi. Además por muchos días fue el tema de conversación constante entre los adultos: cayó muerto.

Y ése era el caso en referencia que yo tenía a mis cuatro años cuando oí que la tía auguraba que mi papá caería muerto al acostarse. ¿Cómo se suponía que yo supiera que existían más significados para la frase "caer muerto"?

Ese día mi papá supervisaba en persona la que creo habría sido una de las primeras grandes cosechas de naranja. Sabía que eso significaba que no llegaría hasta la noche, por lo que no había manera de advertirle de su muerte inminente: Simonopio no estaba para ayudarme, tan dado a irse por su cuenta cuando no me dejaban salir. Yo comprendí que solo no podía ir de huerta en huerta buscando a mi papá, porque a esa edad cualquier distancia me parecía enorme, cualquier camino interminable y cada vuelta que hubiera dado me habría parecido igual que la anterior. Aventurarme por mi cuenta sólo habría servido para perderme sin haber logrado nada. Comprendí que no podía hacer nada más que esperar.

Creo que ése fue uno de los días más largos de mi vida.

Me mantuve callado todo el tiempo, casi sin moverme del puesto que había escogido para divisar el arribo de mi papá. Debía advertirle que no se acostara, que le hablara al doctor, que me abrazara o se confesara. No sabía qué se hacía en esos casos, cuando ya está anunciada casi hasta la hora misma de la muerte. Pero yo le tenía fe a mi papá: él sabría qué hacer, si no para salvar el cuerpo, por lo menos el alma.

¿Por qué no acudí a mi mamá para que aliviara mi preocupación? Supongo que la creí un poco cómplice de la tía. Cuando mi tía hizo su anuncio mortífero, ella se rio y luego cambió de tema, lo cual me había parecido una clara traición o por lo menos una prueba de que no le importaba en absoluto el corto destino de mi papá.

Cuando al fin llegó, exhausto, ya me había quedado dormido en su cama. Al final me había ido venciendo el sueño en mi observatorio, a un lado de la puerta principal, pero antes de cerrar los ojos hasta el día siguiente descubrí en mí, por la motivación de salvar a mi papá, la disciplina para moverme e ir al lugar en que al menos le impediría acostarse de inmediato. Tuve miedo de que me llevara a mi cama sin que yo me diera cuenta, porque una vez dormido usualmente no había método ni manera de despertarme. Pero ese día —lo que hacen la angustia y el miedo— me despertó el primer contacto de la mano de mi papá en mi frente, como desde siempre hacen los padres para verificar que su crío no tenga fiebre, por lo raro que era que me acostara en su cama.

Perdí la lengua, y por los ojos toda la humedad del cuerpo. Cuatro años de ganancia en vocabulario y en el momento crucial nada me salía, más que lágrimas y sollozos. Cuando al fin empezaron a salir las palabras, mochas y entrecortadas, el pobre de mi papá tardó mucho en entender qué me sucedía. No estoy muerto, aquí estoy, me aseguraba. Pero yo le decía con la voz entrecortada que ¡cuando te acuestes te mueres!

Ya me imagino en qué laberintos debió internarse mi papá para entenderme. Finalmente entre él y mi mamá lo lograron, y luego me explicaron el malentendido, así que la perdoné, por supuesto, aunque a la tía nunca más pude verla con buenos ojos: cayó de mi gracia para siempre, no por el malentendido, que admito fue todo mío, sino porque en cualquier lugar que coincidiéramos, aun años después, nunca dejó pasar la oportunidad de contar "la anécdota".

Debo aclararte que ahora ya le veo la gracia, sobre todo porque, como te digo, ahora está científicamente comprobado que el malentendido no se dio por algún defecto en mi proceso mental. Pero entonces no comprendía y menos me gustaba que se rieran de mí por eso, sobre todo porque no fue la primera ni la última vez que me sucedió.

Eso te lo platico más adelante, si tenemos tiempo. Dale más despacio. Vas muy rápido.

Pues bueno. De cuatro kilos y llorando a todo pulmón, nací prematuro sólo para los planes de mi mamá, que me recibió entre asustada y sorprendida aquel martes de abril de 1923.

Cuando ya le fue imposible negar que el trabajo de parto había empezado, pensó que un bebé tan prematuro difícilmente sobreviviría, y en los pocos meses desde que se había enterado del inquilino en su vientre ya se había encariñado con la idea de mí. Bueno, con la idea que se había hecho de mí.

Luego, cuando en vez de un escuálido debilucho, que hasta el médico había temido que sólo nacería para morir, le salió un peso completo, ni tiempo se dio de sentir alivio, pues al verme, cuando me colocaron en sus brazos, empezó a hacer conciencia de que no había terminado de coser o tejer mis chambritas, y de que las que había terminado no me quedarían, al tener como referencia la delicadeza de sus otras dos hijas al nacer. También recordó que la cuna seguía sin recibir una nueva capa de pintura y que el colchón seguía sin sacudirse del polvo que había acumulado desde que lo había usado Simonopio. Que hasta el moisés seguía en la bodega y los pañales y demás parafernalia necesarios en la vida temprana de un bebé aún no estaban colocados en la cómoda.

—¡Iba a empezar la semana que viene!

Mi mamá se había tardado en digerir la noticia de que esperaba a un nuevo miembro de la familia. Luego pensó que era mejor esperar a que se acercara la fecha calculada, porque no habría querido invertir tanto, especialmente en ilusiones, en un embarazo que tal vez no se lograra debido a su edad.

—No te preocupes —le dijo mi papá después del parto—. Desnudo no se queda: Simonopio ya sacó toda la ropa que él usó de recién nacido. De seguro le queda. Lupita ya la está lavando.

—¿Ropa usada?

Mi papá, que había llegado corriendo detrás de Simonopio sin que nadie le mandara aviso, fue quien se encargó de todo mientras mi mamá se dedicaba a dar a luz. Acuérdate de que en ese tiempo el alumbramiento era negocio exclusivo de las mujeres —y nunca dejará de serlo, aunque ahora se comparta más— y los hombres nunca entraban como testigos, aunque la larga espera también les resultara dura. Así que Simonopio mató dos pájaros de un tiro: primero mantuvo a mi papá entretenido y, por lo tanto, tranquilo, asignándole tareas. Ocupándolo así, resolvió también cualquier preocupación que se le ocurriera a la parturienta tan pronto como acabara su trance.

Algo sabría.

—Ya sacamos el moisés y lo están limpiando. Pola ya está acomodando los pañales en su lugar y limpiando el cuarto. Para la cuna hay tiempo, no te preocupes.

—¡No pintamos el cuarto del niño!

Tal vez ésa fue la primera ocasión en que mi papá se puso firme sobre mi crianza.

—A los hombres no nos importan esas cosas, Beatriz.

Y cuánta razón tuvo. Nunca me importó si la pintura de mi recámara era blanca, pinta o neja. Tampoco me importaba cuando contaban la historia de cómo nací tan desprovisto, que al principio tuve que usar ropa y hasta sábanas ajenas.

Nunca me importó, pues todo había sido antes de Simonopio, y en ese mundo confuso al que había llegado lo que supe con toda claridad desde el principio, porque él siempre me lo dijo con firmeza, fue que él era mi hermano.

40

El día en que el burro mande al arriero

La señora acababa de aliviarse y Anselmo Espiricueta no sabía de qué se alegraban todos: con un hijo en el mundo, Francisco Morales se empeñaría en producir más, en conservar la tierra que tenía a como diera lugar y en quedarse con toda.

Más para él, menos para todos.

El patrón nada comentaba ni compartía sus planes. Sólo daba órdenes: ayuda al chino con sus hortalizas, planta maíz, quita el maíz, corta la caña, arráncala de tajo, ahora haz pozos y planta árboles. Anselmo no podía hacer nada si el patrón echaba a perder la tierra llenándola de árboles que después no lo dejarían cultivar la cosecha buena, la cosecha del alimento. Así que callaba.

Pero Anselmo no estaba ciego ni sordo, y aunque nada preguntaba para aparentar desinterés, la gente hablaba a su alrededor, algunos criticando, sí, pero otros alabando el atrevimiento de los que empezaban a creer que tenían derecho a un terreno propio, por los medios que fuera, por la buena o por la mala. Los patrones se habían organizado para intentar ahuyentar a los agraristas con la policía rural, pero muy pronto hablaría la ley o hablarían las armas, decían algunos: los desterrados.

Una noche en que había salido, insomne y atormentado por el llamado incesante de las muchas voces del diablo que viajaban en el viento, Anselmo se encontró a un grupo de hombres acampando cerca de su casa. Su fuego los delató. Tras un momento de tensión en el que pensaron que los había descubierto la rural, lo dejaron entrar al calor de su fogata. Quizá habían reconocido en él, al igual que él en ellos, un mismo ardor en la mirada y lo convidaron a su alimento, a su bebida y a su amistad.

Nunca acampaban en un mismo lugar: temerosos de ser descubiertos por los propietarios, sin tener aún la fuerza suficiente para defenderse, se movían con sigilo entre lo más apartado de las haciendas —la mayoría convertidas ahora en huertas—. Habían encontrado también cuevas en la serranía, las cuales suponían que había usado Agapito Treviño en su época de gloria como asaltante cuando huía de la justicia, antes de que lo fusilaran. Anselmo no sabía quién era ese Treviño y tampoco le interesaba conocer las cuevas, pero visitaba a sus amigos desterrados siempre que se encontraban cerca.

Con ellos había encontrado la camaradería que nunca antes sintió con nadie de la región. Con ellos podía hablar de su familia perdida para siempre o sentarse por horas sin decir nada, para escuchar sus canciones o hablar de la tierra que tendrían, aquella que necesitaban para sus muchos hijos.

—Yo sólo tengo uno —les dijo el primer día, sin recordar que también tenía a la niña.

—Pues hazte más, compadre.

Lo hacían parecer muy sencillo.

Por su mente pasó —y se detuvo— la imagen de Lupita, la lavandera, haciéndole hijos. Hacía mucho que no la veía. Ésa siempre le había gustado. Ella no visitaba los campos, y a Espiricueta ya nadie lo solicitaba para hacer trabajos en la casa grande, aunque la recordaba bien con su canasta de ropa mojada a la cadera, caminando hacia el tendedero y luego tendiendo la ropa sin conciencia de que, cada vez que levantaba los brazos para enganchar alguna prenda, su falda se levantaba, mostrando los tobillos delgados y su pecho generoso, al que se le ceñía la blusa.

La buscaría pronto, se propuso. Haría con ella una familia toda nueva y tendría su propia tierra, que sería tan fértil como su nueva mujer.

Había mucho que hacer antes de que eso sucediera. Por eso ahora Anselmo ponía atención a cuanto acontecía a su alrededor, pues algo tramaba Francisco Morales. Un hijo nuevo y una cosecha nueva que poco a poco desplazaba a la vieja no eran casualidad, aunque él todavía no entendía con exactitud lo que significaban. A él le decían: haz el hoyo para el árbol y él lo hacía sin siquiera levantar la mirada, pero lo hacía cantando, por lo bajo y entre dientes, el único estribillo que recordaba de una canción que había aprendido al calor de una fogata y que nunca abandonaba su conciencia ni sus sueños.

Ya el águila real voló
y se incomodó el jilguero.
Se ha de llegar la ocasión
en que el burro mande al arriero...

Había ocasiones en que Francisco Morales le preguntaba, mientras lo supervisaba:

—¿Qué tanto mascullas?

Pero Anselmo sólo contestaba, interrumpiendo su canción:

—Nada, patrón.

Como la ley, por ahora, y como las armas, por ahora, Anselmo Espiricueta callaba. Por ahora.

41

Nuevas historias que contar

Tras tanta espera paciente y tanto camino recorrido, la vida por fin era lo que debía ser: habían llegado las flores y pronto llegaría la fruta. Ahora también había llegado el niño esperado por años, al que había salvado aún antes de existir, pues de haber muerto los Morales con la influenza, habría muerto con ellos la posibilidad de él. No obstante, Simonopio debió de encontrar dentro de sí una nueva fuente de paciencia, pues aún no le permitían cargar al bebé.

Está muy chiquito, es trabajo de mujeres o no queremos que se embracile, le decían. Lo dejaban sentarse a un lado de su cuna cuando dormía, eso sí. Le confiaban quedarse solo con él, velándolo, observándolo mientras dormía en su cuna, vestido con la ropa que se había impregnado del olor, del aroma de la miel, del cuerpo infantil de su dueño anterior, su vigilante incansable: Simonopio.

No le daba miel, como se la habían dado a él desde sus primeras horas, pero a diario aprovechaba algún llanto a boca abierta para, con un palillo, ponerle con delicadeza un poco de jalea real bajo la lengua. Simonopio sabía que al bebé le gustaba y que se fortalecía con ella, porque notaba los movimientos cada vez más enérgicos en sus piernas y brazos cuando los movía de contento; su respiración tranquila y profunda cuando descansaba, y su gran capacidad pulmonar al llorar. Si lo tenían en la cuna, Simonopio no le quitaba la vista de encima a Francisco chico, porque no se quería perder ni un momento.

Fue así como memorizó su fisonomía y sus facciones, desde el hueco suave en la coronilla hasta el suave remolino de fino vello como de durazno tierno que se le formaba entre las cejas apenas perceptibles y que Simonopio se empeñaba en acariciar a contrapelo, en un experimento para averiguar si el orden de ese círculo perfecto se podía desordenar con la fuerza suave y tierna de su dedo algo calloso, y comprobar que no, que lo que era, era y sería. También así había aprendido qué canción lo consolaba cuando despertaba llorando y qué palabras lo hacían abrir los ojos y poner atención, salir de su estupor y somnolencia, aunque todos pensaran que un recién nacido no ponía atención ni se interesaba en el mundo a su alrededor.

Así era como, en esa pequeña cara, veía el niño que llegaría a ser, los caminos que recorrerían juntos y las nuevas historias que forjarían entre los dos.

Simonopio se esforzaba en asirse con fuerza de su fuente de paciencia, mientras que, a través de los barrotes recién pintados de la cuna, observaba los movimientos del pequeño Francisco chico, que ni en sueños se estaba quieto. La tentación era muy fuerte: quería tenerlo en brazos. Debía cargarlo, lo sabía. El problema era que él era el único que comprendía eso, el único que sabía que este niño sería su responsabilidad.

Llegaría el día, y esperaría con paciencia. Por lo pronto, a solas, casi al oído, le contaba sobre el mundo, sobre las flores del monte y sobre las abejas que zumbaban pegadas a la ventana, insistiendo en que las dejara entrar a visitar al nuevo ser.

Esperaría más para contarle las historias del coyote. No deseaba que el bebé tuviera miedo. Ésas las guardaría para cuando creciera un poco más y entendiera bien que Simonopio lo cuidaría de eso y de todo.

42

La primera gota

Creo que fue cuando nació el primero de mis hijos cuando mi mamá me confesó que, por una temporada más larga de lo deseable, creyó que yo no era del todo normal. O sea que, a pesar de haber nacido completito y con todo en su lugar, le quedaba la duda de mi capacidad mental.

La verdad no me ofendí. Supongo que a cualquiera le pasa que, al nacer algún hijo, lo primero que se hace es dudar: contar los dedos, revisar las orejas, el ombligo, la respiración. Uno se pregunta: ¿será normal? O sea que, por más alegría que lo invada a uno en el momento, lo invaden también y por sorpresa la angustia y la incertidumbre. Mi mamá, al verme así cuando nació mi primer hijo, tuvo a bien confesar las dudas propias de antaño para consolarme.

—Ay, hijo, ni caso tiene preocuparse. Los primeros tres años de tu vida yo pensé que eras medio retrasado, y mírate ahora.

A mí no me había pasado por la mente aún la posibilidad de algún defecto cognitivo de mi bebé. Estaba tan sólo preocupado por algún defecto físico, como un sexto dedo en una mano o algo así, por lo que el comentario de mi mamá sólo logró meter más ideas en mi ya de por sí revuelta cabeza. Pero no fue ahí, ni en ese momento, cuando le pedí que me aclarara el asunto ése de mi supuesta discapacidad mental. Lo haría después, ya con la certeza y la tranquilidad de ver que a mi hijo ni le faltaba ni le sobraba nada en su cuerpo, y que reaccionaba

279

como me había dicho el médico que debía hacer cualquier recién nacido normal.

A mi mamá también le decía el doctor Cantú que su hijo era normal, que a pesar de ser un prematuro tardío no era un retrasado, que aunque precoz e incómodo —para las cuidadoras— fuera que un niño de diez meses corriera por todos lados, era común que un crío de esa edad no percibiera ni entendiera peligros o advertencias y que, por lo mismo, se metiera en problemas constantes y viviera con chipotes en la frente. Más adelante, para cuando se esperaba cierta comunicación de mi parte a los dos y a los tres años de edad, el doctor le aseguró que era lo esperado que no hablara porque, como todo mundo sabe, los hombres tardan más en hablar.

—Pero, doctor, no es que no quiera hablar, ¡si parlotea constantemente como cotorro, sólo que nadie le entiende ni jota!

De hecho, mi mamá contaba que no había cómo callarme. Que era tan alegador y tan verboso que mi papá aseguraba que sería abogado de grande, lo cual ella dudaba, porque si nada de lo que decía lo entendían ella ni las nanas, menos lo entendería algún juez.

Lo que sucedía era que yo hablaba el idioma fraterno —que nadie conocía más que Simonopio y yo—. Tanto tiempo llevaba Simonopio de guardar silencio, que ya a nadie se le ocurría que no fuese mudo. Y no era mudo. Nunca lo fue: todos esos años antes de que yo naciera, él mismo se había hecho compañía con sus cuentos y sus canciones, contándolos y cantándolas para sí, en la privacidad del monte. Eran los mismos cuentos y las mismas canciones que le habían cantado y contado a él en castellano, pero que de su boca incompleta salían a su manera, la cual yo aprendí a la par de la lengua materna, desde la cuna.

Porque conmigo nunca guardó silencio.

¿Que por qué al principio tuvo más peso en mí la lengua fraterna que la materna? No sé, pero sospecho que sería tal vez porque lo que Simonopio me decía, al oído o en privado, siempre era más emocionante que lo que me decían mi mamá o mis nanas. Siempre es más atractivo que alguien te hable de grandes aventuras a que te recuerden constantemente que ya es hora de bañarte, de dormirte, de lavarte los dientes o las orejas: necedades para un niño activo como lo fui yo.

Todo esto es pura especulación de mi parte. No recuerdo que algún día yo haya decidido: hablaré simonopio y no castellano. Lo que sí recuerdo es que no comprendía por qué nadie entendía lo que yo quería decir, en tanto que yo comprendía cuanto ellos me decían.

Entiende por favor que yo era un chiquillo.

Para cuando cumplí y pasé los tres años negándome a pronunciar palabra que no fuera en eso que mi mamá llamaba parloteo, incluso mi papá empezó a preocuparse. No fue hasta que alguien me encontró en profunda conversación con Simonopio cuando se dieron cuenta o recordaron que éste había intentado hablar cuando era más niño sin ser comprendido, y que ahora, bajo su influencia, yo imitaba su defecto.

Mi mamá me confesaría, una vez yo como padre adulto, que le habían pedido a Simonopio alejarse de mí hasta que aprendiera a hablar bien. Y él había tratado de obedecer, pero yo no lo dejaba. Lo seguía a todos lados para exigirle su atención. Eso sí recuerdo: la sensación de vacío en los días —¿o fueron meses u horas?— en los que creí, sin entender, que Simonopio estaba enojado conmigo porque no me esperaba al levantarme en las mañanas como siempre lo hacía ni me cargaba de inmediato cuando me acercaba a él con los brazos extendidos, expectante.

Te dije antes: como aun de bebé era muy inquieto y no dejaba a nadie terminar su quehacer, me iban pasando de brazo en brazo hasta que llegaba con Simonopio, que ya me esperaba con impaciencia para mecerme hasta dormir y tiempo después, un poco mayor, para llevarme cargado por el campo mientras me cantaba sus historias.

Él era la parte interesante de mi vida.

Con él aprendí a trepar árboles y a distinguir huellas de animales e insectos; a tirar piedras en los arroyos mientras me mojaba los pies en el agua fresca de la orilla; a sujetarme a su espalda como mono mientras cruzábamos algún arroyo a pie o un río a nado; a esconderme, sin hacer ruido ni moverme, bajo un arbusto o tras una piedra en el instante en que él me lo pedía; a escoger muy bien dónde colocar cada pisada en los caminos del monte cercano a la casa, para no hacer ruido ni tropezar; a evitar la hiedra ponzoñosa —aunque no siempre le hiciera caso—; a apuntar con la resortera que me había hecho él, aun sin contar con la fuerza para jalar del hule; a no usarla contra pájaros ni conejos, a pesar de que yo le preguntaba que entonces para qué servía; a ayudarlo a transportar en mi cuerpo a algunas abejas sin ahuyentarlas con mis manoteos; a gozar de su miel y su jalea aunque a veces fuera con propósito medicinal, mientras disfrutábamos alguna tarde a los pies de nana Reja. Con él aprecié la música de la tambora, escondidos de las miradas que tanto lo incomodaban, inmóviles, en un rincón de la carpa de tercera de la feria de Villaseca, o con más cuidado y sigilo porque, según Simonopio, en las carpas de segunda y de primera las miradas eran más pesadas, para escuchar a la maravillosa Marilú Treviño cantar "La enredadera", que era su preferida, o "La tísica", que se convirtió en la mía desde la primera vez que la escuché, seducido por la imagen que en mí producía la muchacha que moría, mientras que abajo de su cama aullaba un perro.

Me enseñó a guardar silencio mientras me contaba sus cuentos, sin preguntar nada ni exigir que me anticipara el final, porque Francisco: el final sólo llega cuando debe llegar y no antes, y siéntate calladito, porque si no nunca te podré llevar a escuchar los cuentos de Soledad Betancourt cuando venga a Villaseca. Ante esa amenaza yo hacía caso de inmediato. También me enseñó a quedarme dormido mientras contemplábamos las estrellas sobre el techo de su cobertizo, cuando en los días tibios me dejaban quedarme afuera con él al oscurecer; a distinguir en el canto de un pájaro el saludo al nuevo día y a la pareja, o la alarma de peligro lanzada al aire; a seguir a las abejas con la mirada y saber si apenas iban o ya regresaban; a distinguir qué árbol daría fruto primero; a saber, con una mirada, que las naranjas estaban maduras para saborearlas y a nunca jamás cortarlas verdes para usarlas inútilmente como misiles.

De un momento a otro perdí eso. Lo perdimos los dos: Simonopio se quedó con los brazos vacíos y yo, a merced de las actividades regimentadas que me imponían en casa. Tal vez él estaba dispuesto a hacer el sacrificio, convencido de que era por mi bien, pero yo, ignorante de la situación con que además nunca habría estado de acuerdo ni habría cooperado, impedí que Simonopio se esfumara de mi vida tan fácilmente.

Un día, cuando se suponía que yo debía estar durmiendo la siesta, lo busqué y lo encontré en la suya bajo el nogal que marcaba los límites del terreno de la casa y sus jardines, acompañado como siempre por algunas abejas que se posaban perezosas sobre él. Recuerdo que me le eché encima sin aviso ni precaución, quizá en un intento de convertirme en una más de las abejas que transportaba en su cuerpo.

Sus ojos se abrieron de inmediato, sin sorpresa.

—Vamos a la huerta.

—No podemos. Debes quedarte aquí.

—¿Por qué?

—Porque necesitas aprender a hablar bien, como los demás.

Regresé a la casa intrigado. ¿Eso era todo? ¿Hablar bien?

Mi mamá aseguraba que ese día se había dado un milagro, pues tras despertar de lo que ella asumió que había sido una siesta tranquila, emergí de mi recámara curado y sorprendiendo a todas.

—Mamá. Quiero ir con Simonopio a la huerta a buscar a mi papá.

En esta frase completa y bien enunciada dije por primera vez las palabras "mamá" y "papá" en el idioma que ellos entendían.

Por supuesto, esa tarde en que aprendí a distinguir bien entre el castellano y el simonopio fuimos a buscar a mi papá sin ningún impedimento, sin que Simonopio regresara al silencio impuesto por mi mamá y, por lo tanto, sin detener cuanto me enseñaba con esa manera suya de enunciar.

Entonces me convertí en traductor. Aunque casi todo lo que me decía Simonopio era sólo para mí, cosas del momento, de ésas en que hay que estar presente para entender, otras eran de utilidad para otros.

—Papá, dice Simonopio que dicen las abejas que mañana va a llover.

No importaba que el cielo estuviera del todo despejado. Simonopio aseguraba que al fin se interrumpiría la sequía de varios meses y había que creerle, porque sería verdad: al día siguiente llovía. No recuerdo si mi papá recibió ese vaticinio con sorpresa, escepticismo o total aceptación, porque apenas traduje el mensaje, me alejé corriendo pensando ya en lo que sería la lluvia.

Ésa fue la primera lluvia de mi memoria. Es lo bonito de esa edad: vivir varias veces algún evento como si fuera la primera vez. Para los tres años supongo que ya había sido testigo de algunas otras lluvias meses atrás, si bien a esa edad los meses resultan una eternidad y el cerebro no retiene la memoria de algo tan eventual como una lluvia a la que tal vez mi mamá no me dejó salir a disfrutar.

Ya la puedo imaginar: que no se moje el niño porque se enferma. Es curioso cómo a veces olvidamos algo tan sencillo e inmediato como una cita con el dentista o un cumpleaños y por otro lado recordamos para siempre algo tan lejano como la primera sensación de una gota de lluvia fría rebotando y luego rodando por nuestra cara.

En todos mis años no ha vuelto a llover sin que yo recuerde aquel día y la opresión y el silencio en el ambiente antes de la la lluvia. Las gotas gordas de agua fría saturándome las pestañas y el pelo en un instante. El aroma del campo mojado no por riego, sino por lluvia, que no es lo mismo. Pasar del calor intenso del interior de la casa al fresco inmediato de la ropa mojada. Ver —y oír— el agua encontrar el mejor camino para reunirse toda, primero en arroyos y riachuelos, hasta llegar a alguna vertiente del río. Dejar atrás y sin cuidado las advertencias de mi mamá de Francisco, no te mojes que te enfermas y echas a perder tus zapatos y tu ropa. La maravillosa sensación de una meta en mente: Simonopio me había prometido que me llevaría al sitio de donde saldrían de la tierra, húmeda por fin, los sapos que meses atrás se habían hundido en ella para salvar su delicado cuero de la sequía.

Horas después regresé empapado y enlodado. En ese estado no me dejaron entrar en la casa, así que Lupita se encargó de desnudarme y bañarme en la lavandería. Desconozco el paradero de la ropa que usé para esa aventura, pero mi mamá había tenido razón: mis zapatos no tenían remedio y ni como regalo para los hijos de los trabajadores servirían. Recuerdo que durante su perorata de niño malcriado, que no hace caso, que te vas a enfermar y entonces ya verás, y mira tus zapatos sin remedio y mañana qué te vas a poner, ella hizo hincapié en suspirar —tan fuerte que me pareció más un resoplido— antes de tirarlos a la basura.

Mi mamá sabía muy bien cómo imponerle drama a sus sermones. Hasta el día de hoy no sé aún qué resuena más en mí: si ese suspiro fatalista o la irrevocabilidad del golpe sonoro que se oyó cuando mis zapatos encontraron su fin en el fondo del basurero de metal.

Contrario al vaticinio de mi mamá, esa noche no me enfermé, pero caí exhausto. Dormí profundo, contento con mis recuerdos. También arrullado, ya que en mi mesa de noche, en una caja, croaba para mí —deseaba creer que de contento— el sapo que había adoptado: el que en su momento me pareció más confundido con la libertad repentina del mundo sin límites.

Da vuelta aquí. Despacio, que ya vamos llegando.

43

Deseo que no corresponde

Más de diecisiete años de desearla. Y la tierra no le llegaba.

Más de cuatro años de buscarla, de mirarla, de esperarla, pero la mujer seguía sin siquiera brindarle un saludo ni lanzar una sonrisa en su dirección. Él la miraba a ella, y de tanto hacerlo había notado cómo ella miraba hacia otro lado, siempre hacia otro lado. Nunca hacia él. Por años había sospechado que mucho se debía a la influencia ejercida sobre ella por aquel demonio arrimado al que ella había ayudado a criar desde el día en que llegó.

Pero a ése, lo sabía, sólo era cuestión de interceptarlo desprevenido para borrarlo de la vida. Espiricueta trataba: lo buscaba, ponía atención, planeaba. Se enteraba de dónde estaría acompañando al patrón o paseando al niño que ahora siempre le confiaban y él se apresuraba para salir a su encuentro. El problema era que nunca lo lograba. Cuando llegaba, el demonio ya se había ido. Cuando lo esperaba en un camino, entre un punto y otro, nunca aparecía.

Le parecía como si al sentirlo presente se forjara otro camino de la nada.

El diablo era el diablo, pero una mujer era simplemente una mujer. ¿Qué problema podía haber ahí? ¿Qué impedimento? ¿Qué resistencia? Pero la había. La sentía. Espiricueta nunca había sido hombre de muchas, pero sabía por experiencia que con las mujeres una mirada bastaba. Con ésta no, porque ni siquiera lo volteaba a ver. ¿Pero qué? ¿Qué veía ella cuando volteaba la vista, cuando se negaba a verlo a él?

El ángulo en que Anselmo se había colocado esa noche le permitió ver con exactitud a dónde miraba ella. Y ella miraba con la intensidad de una flecha, como si con la fuerza de su mirada le hiciera llegar el mensaje a su interés amoroso: aquí estoy, ven por mí. Pero ése era un amor no correspondido, notó Espiricueta con satisfacción, porque el hombre esquivo la ignoraba y miraba a propósito hacia otro lado, siempre hacia otro lado, el que fuera, mientras no estuviera ella ahí, mientras no se rozaran las miradas.

La mujer parecía no comprenderlo. Parecía no querer desistir.

Anselmo Espiricueta había sido paciente con esa mujer ingrata, con su entrega al niño y a sus engaños, pero no le perdonaba su entrega, ni siquiera en una simple mirada de sus ojos grandes, a otro hombre cualquiera. El diablo era el diablo, pero un hombre era eso: sólo un hombre, y si ella buscaba uno, él, Anselmo, le bastaría, como debía bastarle a ella el esfuerzo que él le había dedicado demasiado tiempo ya: la esperaba en el camino cuando regresaba de su día libre en el pueblo. La seguía cuando caminaba a oscuras en las noches en que a ella le daban permiso los patrones de ir a Villaseca a bailar a la carpa de la tambora. Él también pagaba boleto para ir a verla aunque fuera de lejos, mientras ella esperaba que alguien la invitara a bailar.

Cada vez la sacaban menos a bailar, y nunca el que ella más deseaba que la apretara cuerpo contra cuerpo al compás de una canción, por más que intentara mandarle su mensaje de amor con toda la intensidad de su mirada.

Los años se le iban a él, pero a ella también, y muy pronto. Si no se apresuraba, ella ya no le serviría para nada. Quería tierra y quería mujer para llenarla de hijos. Él se estaba cansando de esperar a que le dieran la tierra y a que la mujer lo volteara a ver como hombre y no como una sombra con que se cruzaba de vez en cuando.

287

Así que él se había atrevido esa noche, por primera vez, a invitarla a bailar, a pesar de no saberse los pasos del chotis que a ella tanto le gustaba.

Con esfuerzo ella había desviado la mirada al oír su voz para verlo parado ahí, frente a ella, pero sin mirarlo a los ojos, sin notar su tono un poco suplicante y sin hacer caso de la humillación a que lo había sometido al contestarle que no, no quería bailar, para rápidamente volver la vista al punto que la embelesaba.

Con ese pequeño vaivén desinteresado de sus ojos lo había hecho sentir insignificante. Había logrado recordarle que no tenía nada: ni tierra ni mujer ni posibilidades de conseguirlas por la buena.

Algunos de sus amigos, los más dóciles, llenos de hijos todos, ya habían conseguido sus predios: de tanto presionar en las tierras buenas, los dueños habían cedido, pero no con ésas, sino con algunas de Hualahuises, con menos agua y de menor calidad.

Ahora ellos ya tenían su ejido pobre: se habían conformado con lo que fuera.

En cambio él no se conformaría con cualquier dádiva. Aún callaba, pero Anselmo Espiricueta estaba llegando al final de la espera ecuánime por su tierra, a la que poco a poco iban sitiando con árboles de naranjo y flores, a paso constante, en esa guerra contra el tiempo que parecía ir perdiendo. Anselmo sabía lo que valía la tierra que pisaba todos los días. Era suya, la trabajaba y la merecía. Como también merecía a la mujer por desearla tanto y por tanto tiempo, por demasiado tiempo.

Aquel día llegó al final de su paciencia con la mujer, y como era ya su costumbre, siguió a Lupita por los caminos oscuros de La Amistad.

44

Pasan en lo más profundo del sueño

Simonopio despertó sobresaltado. Todavía no amanecía, pero una terrible sensación de caer sin fin lo había sacado de lo más profundo del sueño, que era a donde más temía ir cada noche. Sabía que cosas malas pasaban cuando uno —él— se dejaba caer hasta ahí. Cosas malas que después no se distinguían en el instante de la primera alerta, cuando se abren los ojos de súbito, sin pausas ni proceso.

Su corazón dio un vuelco repentino, presa del miedo. ¿Francisco? No. Respiró profundo, aliviado: Francisco se había ido a dormir a casa de sus primos. Estaba a salvo. Simonopio sabía. Tal vez por eso se había relajado aquella noche, al sentirse desembarazado de la preocupación, siempre presente, por el niño.

¿Entonces qué había sido? ¿Qué lo había despertado?

Ya no era un niño. Tenía casi dieciséis años, pero continuaba tan temeroso de perderse en esa caída como cuando era el chiquillo que se refugiaba cerca del calor de su nana. Ya no había con quién refugiarse, porque no se lo podía permitir. Por lo tanto, poco a poco, entrenándose en las noches que había pasado lejos a la intemperie, en la búsqueda del tesoro de las abejas, adquirió la disciplina para evitar caer, para no pasar de cierto punto en su descanso.

Y casi siempre lo lograba.

Hacía varios años había decidido que ese miedo a caer profundamente dormido no era infundado, pues emanaba de la certeza de que algo sucedería cuando él se encontrara ausente de su conciencia, con la vista interior dormida e imposibilitada, vulnerable y, por lo tanto, que abandonaría a su suerte al mundo que lo rodeaba, el que le importaba. Siempre había intuido, desde la más temprana infancia, que nada se interrumpe cuando se apaga la luz, cuando se cierran los ojos y se duerme profundo. Nada se interrumpe: lo que ha de suceder, sucederá, sin la mínima consideración y sin aviso. Sin esperar a la primera luz de la mañana, sin testigo, sin vigilante, porque éste lo abandonó todo, presa del sueño.

Por más disciplina, por más empeño, Simonopio fallaba a veces y dormía para ir al lugar donde se olvidaba de todo, hasta de sus sentidos. Algunas veces, la mayoría, nada sucedía y Simonopio despertaba agradecido por no sentir culpa ni remordimiento por su descuido. Pero había otras.

Tal como ese nuevo día, indeciso aún entre la oscuridad de la noche y la primera luz.

Simonopio odiaba saber que no lo sabía todo. Odiaba que, en especial en esas circunstancias, tras el sobresalto por el sueño profundo rudamente interrumpido, su mente no se conectara con la energía del mundo con la facilidad habitual.

Su única certeza: algo había sucedido, ¿pero qué?

Se levantó de la cama a oscuras. Mojó su cara con el agua fría de la palangana. Se vistió sin necesidad de ver. Entonces tomó un quinqué. Lo encendió. Supo que debía salir y supo a dónde ir: hacia el inicio de todo, por el camino de Reja. De eso estaba cierto.

Pero no sabía lo que ahí encontraría.

45

La venganza no es asunto de mujeres

El funeral de Lupita ya había pasado, pero el dolor no. Y Beatriz se preguntaba si alguna vez su familia volvería a la normalidad tras la tragedia.

Lo dudaba.

Las hijas, escoltadas por sus maridos, hicieron el viaje para estar presentes en el funeral de la muchacha que quisieron en vida sin darse cuenta. Ahora, muy tarde, apreciaban cada favor que Lupita, quien había sido sólo un poco mayor que ellas, les concedió siempre de buena gana. Para ellas nunca había habido un no de parte de Lupita, y nunca hubo día en que se despertaran sin que ella ya estuviera avanzada en sus quehaceres, que interrumpía sin dudar para desearles buenos días y preguntarles ¿necesitan algo, niñas?

Ahora se preguntaban y lamentaban cuántas de esas veces se habrían pasado de largo sin devolver el saludo, pensando nada más en lo propio, y cuántas veces habrían recibido sus favores sin siquiera dar las gracias.

Ahora se sentían devastadas, entendiendo por primera vez quizá, y de primera mano, el verdadero significado de la muerte: que no hay marcha atrás y que lo que no se dijo a tiempo, jamás se dirá.

Carmen y Consuelo no habían llegado al velorio, que necesariamente fue muy breve debido al deterioro del cuerpo, pero llegaron a tiempo para la misa de cuerpo presente y para atestiguar el entierro: el sencillo féretro de madera de pino descendiendo con lentitud al profundo pozo, comprimiéndole la tripa a más de uno cuando los torpes y noveles enterradores desbalanceaban las cuerdas con que lo sujetaban de ambos extremos, haciendo que en momentos bajaran más rápido los pies y en otros, para compensar, la cabeza.

Fue un suceso terrible, en el que hasta el nuevo padre Pedro batalló para sacar la voz y la cordura a la hora de sus bendiciones.

No sonaron otras voces, pero tampoco hubo silencio: el llanto se estableció como un murmullo parejo, como si fijada la cadencia y convenido el tono nadie se atreviera a romper la armonía de ese coro macabro.

Ese día sí hubo ojos secos circundando el pozo. Francisco no lloró. Beatriz no lloró. Tampoco Simonopio, porque no había querido quedarse a decir ese adiós.

Se fue sin avisar a dónde iría ni cuándo regresaba.

Sentada en el sillón, en su sala de costura, Beatriz Morales oía los lamentos de sus hijas, pero ya estaba cansada de escucharlos. Se sentían obligadas a acompañarla y a atenderla en ese luto y entendía que, por su juventud, ventilaran su dolor y su horror con esa verborrea imparable. Pero Beatriz quería silencio, quería ojos secos, tan secos que ardieran. Quería venganza y quería, sobre todo, ser el testigo principal cuando ésta se llevara a cabo.

Imposible, lo sabía. La venganza no era asunto de mujeres, lo sabía, y se lo repetía para convencerse. Por ser mujer se le mantendría al margen de todo ese asunto, a salvo, y ella lo permitiría, porque era mujer. No se mancharía las manos, aunque ya sintiera el alma manchada, a pesar de ser mujer.

Ya había hecho esa confesión al nuevo padre Pedro. La había hecho en casa, en un descanso que se tomó del velorio, donde debía guardar compostura de pie a un lado del ataúd cerrado que habían colocado sobre la mesa del comedor. Ante todo aparentando calma, resignación y fe absoluta, mientras las ganas de matar la corroían.

Se había confesado en la penumbra de su cuarto de costura, sentada a un lado del padre, sin la protección y sin la anonimia del confesionario. Sin la malla que la separara y protegiera de la mirada directa del confesor.

—No me mire, padre, por favor.

No quería que nadie la viera en ese momento de flaqueza. No obstante, pensó que la vía de la confesión la ayudaría a purgar su cuerpo de esa adrenalina violenta, nunca antes experimentada, que la enfermaba y la asustaba, pues la obligaba a descubrir en ella aspectos elementales que emanaban de una parte de su espíritu y de su mente, que había escapado a cualquier intento de disciplina como dama y ejemplo de virtud cristiana que se suponía que debía ser. Pero no había funcionado.

—Recuerde, señora Morales, que Jesucristo nos exige perdonar aun a nuestros enemigos. Como penitencia, rece diez padrenuestros diarios. Sí, por ellos. Perdónelos así.

—Sí, padre. Sí, padre. Sí.

Antes de volver al velorio, Beatriz se tomó unos minutos más cuando el cura se retiró. Necesitaba recuperarse un poco antes de salir al lamento que era su casa. No le había servido esa confesión: no rezaría uno ni diez padrenuestros por el o los asesinos, porque sabía que no perdonaría su canallada. Ésa era la verdad. La admitía. Si le siguiera la corriente al padre, fingiendo que rezaba por los asesinos de Lupita, el primero en distinguir su hipocresía sería el propio Cristo, y Beatriz Morales no quería caer tan bajo como para intentar engañarlo a Él.

Le tomaría años dejar atrás al recién descubierto impulso vengativo, y si bien se negaba a rezar por el mal, rezaría por ella misma. Haría de su Singer su confesora. Eso sí podía y quería hacer. Rezaría. Rezaría mientras cosía. Cosería confesando. Confesaría cosiendo. Rezaría y confesaría al ritmo de sus pies sobre el pedal de su Singer y del roce de sus manos sobre la tela.

Confesaría su falta: rezaría pidiendo perdón por la promesa a la que había faltado.

Lupita había llegado hacía dieciséis años de la mano de una tía, antigua empleada, que buscaba un lugar seguro para la sobrina, ya no tan niña a sus doce años, en vísperas de una guerra que de un modo arrasaba con los hombres y de otro con las mujeres.

—Aquí la cuidamos, Socorro. No te preocupes.

La cuidamos aquí. No te preocupes: la cuidamos. Aquí. Yo. Nosotros. Francisco. Las nanas. Pero una noche: nadie. Nadie la cuidó esa noche. Y se fue. Se fue violentamente. La torturaron en vida. Le sacaron las ilusiones con los ojos. Le exhalaron la risa de su boca. La apretaron hasta que el alma misma se le escapó por los poros. La arrancaron de la vida.

Alguien.

No sabían quién. Pudo haber sido cualquiera en esos cerros donde aún imperaban las ganas de matar por poco o por mucho. En esos cerros que continuaban infestados por una plaga de bandoleros que, sin oficio ni principios, vagaban subrepticiamente y sin permiso entre esas colinas con dueño, aunque no quisieran —o no les conviniera— aceptarlo.

Esa mañana de martes habían despertado de manera normal, sin indicio de que hubiera prisas, apuros ni ausencias. Francisco, como siempre, se fue a sus quehaceres casi con la primera luz del día. Beatriz, como siempre, se había tomado más tiempo, disfrutando el inusual silencio de esa mañana: Francisco chico se había ido por primera vez a pasar la noche a casa de sus primos Cortés. Si no fuera así, la casa ya habría estado inundada de su ruidosa energía. Le había dado permiso de ir con la condición de que fuera obediente con su tía Concha.

—Y nada de andar deslizándote por el barandal de la escalera, eh. Ya viste lo que te pasó la otra vez.

Por andar imitando a los primos —¿o los primos a él?, no sabía— terminó con una herida en la frente que le habían tenido que coser, mientras ella lo sujetaba y él clamaba e imprecaba al mismo tiempo. Después habían tenido que disculparse con el doctor y su enfermera, y además con su cuñada Concha, entonces embarazada del cuarto.

—No te preocupes. Fue mala suerte. Mis hijos se la pasan haciendo lo mismo.

Y Concha nunca perdía la paciencia ni la calma. La imaginó entonces, rodeada de niños corriendo a su alrededor, gritando como revolucionarios. Mejor ella que yo. Suspiró.

Al salir de su recámara se dirigió a la cocina, extrañada por la escasez del movimiento rutinario y matutino de la casa. Ahí encontró a nana Pola en conferencia con Mati, la cocinera.

—¿Qué pasa?

—¿Mandó usted a Lupita a algún mandado?

No. Beatriz no la había visto desde que le dio permiso de salir la tarde anterior al festejo de quince años de la hija de una prima.

—Dice Mati que hoy no amaneció.

—Se la han de haber robado, señora —Mati, que compartía la recámara con Lupita, no la había esperado despierta—. Siempre llega y yo la oigo, porque hace más ruido que un ferrocarril. Pero hoy abrí el ojo, ya era de día y nada de Lupita.

Là ropa que había dejado sobre su cama, en su prisa por irse a la fiesta, seguía en su sitio: Lupita no había regresado durante la noche.

—Manden a Martín a buscarla con la prima o las amigas. Tal vez se quedó a dormir por allá.

Martín regresó sin Lupita, pero con la noticia de que ésta se había despedido antes de las once, y ni por insistencia de su prima se había quedado más tiempo a bailar: estaba muy cansada y quería dormir. Martín también la había visto ahí, de lejos, pero cuando cerca de la medianoche la buscó para regresar a La Amistad, ya no estaba. No la había visto en el camino de regreso. Nadie más la vio.

—Martín, vaya a avisarle al señor Francisco.

Así empezó la búsqueda casa por casa por el área de Villaseca y metro por metro por el camino más común entre la casa donde había sido el baile y la casa donde la esperaban con angustia.

—Se la robaron —decía y repetía Mati sin entender por qué la callaban cada vez que lo hacía, si con cada hora que pasaba parecía el mejor destino para la pobre muchacha desaparecida. Lo que había comenzado a decir como augurio se fue convirtiendo en deseo: mejor robada, arrejuntada y embarazada que algo peor.

Para mediodía había llegado Simonopio, desgarbado. La tierra del monte le cubría la cara, menos donde las lágrimas, secas para entonces, habían dejado caminos limpios al correr. Beatriz entendió: Lupita ya no estaba perdida.

Simonopio no quiso quedarse a descansar ni a tomar un chocolate dulce para la impresión. Se limitó a darse la media vuelta y se alejó en dirección de la cochera. Cuando llegó Francisco en su busca, Simonopio ya tenía lista la carreta. Nadie lo cuestionó.

Martín se negó a ir con el resto de los hombres a recuperar el cuerpo. No quería verla así, decía. Entonces Beatriz recordó la advertencia que le había hecho Francisco años atrás a su empleado, tras encontrarlo coqueteando con Lupita:

—Cuidado, Martín. Con las mujeres de la casa, nada. ¿Entendiste?

Nunca habían vuelto a tener problema con él en ese sentido, pero ahora Beatriz se preguntaba qué habría sido si lo hubieran dejado hacer su intento. Tal vez Lupita no habría salido sola esa noche. Tal vez ya tendría su propia familia. Tal vez ahorita mismo estaría preparándoles la comida. Pero no tenía caso dejar que su mente siguiera por esos caminos de recriminación.

Ya nunca sería.

En cambio, Martín se había quedado sentado en la cocina, inmóvil y con la mirada perdida, tomando a insistencia de Pola el chocolate originalmente destinado para Simonopio. Nana Pola hacía el esfuerzo por consolarlo a él, pero él no hacía nada por ayudarla a ella, que lloraba en silencio, sin disimulo.

Beatriz salió de ahí antes de que por su boca y sus ojos salieran todas las palabras húmedas —ninguna de consuelo— que amenazaban con contaminar más el ambiente de la cocina.

Fue en busca de nana Reja. Tal vez con ella sería aceptable sentarse sin decir nada. Cuando llegó, vio que ésta había abandonado su mecedora, que ahora se mecía sola, como extrañando el peso y la forma de su ocupante habitual. Beatriz, alarmada, la buscó después en la penumbra de su cuarto: la encontró acostada, con los ojos cerrados como siempre y sin hacer ruido, como nunca lo hacía. Beatriz no sabía cómo, pero le resultó claro que la nana se había enterado. Ese silencio y esa inmovilidad en que apenas parecía respirar, lejos del aire y de la luz que disfrutaba desde su mecedora, eran su manera de demostrar su aflicción: a solas, como siempre, pero lejos de sus montes, que tanto la llamaban. Y al darles la espalda se castigaba, se dolía.

Demasiado dolor para un cuerpo tan seco.

—Vamos a encontrar a los que le hicieron esto, nana Reja.

Beatriz hizo esa promesa sin pensar. Luego se arrepintió: ¿qué derecho tenía ella de hacer promesas de esa magnitud, si no había cumplido una tan sencilla hecha años atrás?

La nana no reaccionó a sus palabras ni a sus intenciones. Tal vez no la había oído, pensó con alivio.

Mati también estaba en su cuarto y lloraba de manera ruidosa. Aunque era considerablemente mayor, había compartido su espacio con Lupita desde que ésta había llegado de doce años. Beatriz prefirió no entrar. ¿Para qué? Por el momento no llevaba palabras de consuelo. Entonces agradeció que Francisco chico no estuviera en casa ese día. ¿Quién lo cuidaría? ¿Quién le explicaría? Ella no se sentía en condiciones. Ya lo harían cuando todo hubiera pasado. En dos o tres días, cuando la voz recuperara su fuerza y su estabilidad.

Hoy no se sentía fuerte ni estable.

Práctica como siempre, aunque tuviera que esforzarse para recordar esa característica, Beatriz hizo una lista mental de lo que necesitarían ese día. Con todos ocupados en la recuperación del cuerpo o en la lucha contra su dolor, Beatriz decidió completarla ella misma.

—Regreso pronto.

Tras el aviso, se fue a pie en busca del doctor, al cual encontró con facilidad en la clínica. No había prisa. No se trataba de una emergencia de vida, sino de una visita de muerte, pero de todas maneras el doctor Cantú le prometió que iría de inmediato.

No resultó sencillo encontrar al nuevo padre Pedro: la catedral y todas las iglesias permanecían cerradas desde agosto por disposición del gobierno. Ahora el cura se dividía viviendo y oficiando ilegalmente en diversas casas, incluida la de los Morales Cortés, las cuales rotaba para no imponerse ni causar peligro. Beatriz no lograba recordar con qué familia se hospedaba en ese momento, y aunque no quería hablar con nadie, tenía otra visita obligada: tocó en casa de su hermano, aunque no quiso entrar.

—Mejor dile a la señora Concha que venga, ¿sí?

—Está dormida.

—Dile que venga.

A Concha le informó de manera escueta, sin detalles, sin drama, sobre la muerte de Lupita. Concha sí sabía dónde estaba el padre.

—Lo voy a buscar. Por favor, quédate con Francisco chico unos días hasta que pase todo.

Entonces buscó al padre, el cual se comprometió también a estar ahí para recibir y ungir el cuerpo. Beatriz se lo agradeció, porque no era cualquier cosa: en estos días era peligroso ser sacerdote y más si los militares lo atrapaban oficiando algún sacramento.

De ahí se fue a ordenar un féretro, el que fuera: el que tuvieran disponible para ese mismo día. No fue a dar aviso a los rurales. Eso se lo dejaría a Francisco.

Cuando regresó a su casa, notó con sorpresa que, aunque ya estaban ahí el médico y el sacerdote, aún no habían vuelto los hombres con el cuerpo. Luego se enteró de que se habían detenido a limpiarlo un poco a un lado de un pozo de agua, para, en la medida de lo posible, ahorrarles a las mujeres el horror de la escabrosa tarea.

Su bienintencionado esfuerzo resultó fútil: en un cuerpo con tanta marca de violencia no había limpieza posible.

Cuando llegó el doctor, pidió que extendieran una manta sobre la mesa de la cocina, y sobre ésta el cuerpo semidesnudo y húmedo para revisarlo.

—Beatriz, si no quiere estar aquí puedo conseguir a alguien más que me ayude.

—Me quedo. Pola también.

A Lupita la habían hallado en las tierras limítrofes de La Amistad, en camino a La Petaca, bajo el pequeño puente donde nana Reja había encontrado al recién nacido Simonopio cubierto por abejas. La habían dejado tirada ahí, tal vez con el deseo de que el cuerpo no fuera encontrado jamás, con la intención de que fuera devorado por cuanto insecto o animal le diera antojo.

Simonopio la encontró y ella había regresado a casa. Ahora ¿cómo no acompañar a esta muchacha que a plena vista se veía que había sufrido tanto en sus últimos momentos de vida?

La ropa de baile se le había hecho jirones en partes. El pelo, que por lo común Lupita llevaba recogido en una trenza, estaba suelto, enmarañado y lleno de hojas y terrones. La cara, golpeada y raspada, empezaba a mostrar el inicio del *rigor mortis,* así que no había manera de engañarse fingiendo que la muchacha dormía con placidez. Además, sus párpados, cerrados y amoratados, no protegían más los ojos ausentes. Su cuello mostraba huellas de las manos asesinas que lo habían exprimido sin piedad. Al quitarle la ropa vieron las mordidas que marcaban la parte superior de su cuerpo.

—¿De animales?

—No. De humano.

—¿Todo esto en vida?

—No sé, Beatriz. No sé.

—Pues cuando la mataron estaba viva —interrumpió nana Pola, llorosa.

—Vete, nana. Mejor sí. No te preocupes. Vete a descansar.

Pero se quedó, aunque por el resto de la sesión nadie habló.

Al final, después de lavarlo, el cabello de Lupita había regresado a su brillo usual, limpio y cepillado con cuidado, como si nada hubiera pasado, como si su dueña siguiera con vida. Pero era un espejismo efímero: el rigor del cuerpo se acrecentaba, y si no la amortajaban pronto tendrían que esperar a que éste pasara.

—Péinala como a ella le gustaba, Pola. Voy por una sábana.

Abrió el armario donde guardaban los blancos y sacó la sábana del lino más fino, la sábana que Lupita habría tendido en la cama de su patrona, temprano esa mañana, de haberse tratado de un martes como cualquier otro.

Ahora serviría para otro propósito.

Cuando regresó a la cocina ahí estaba Simonopio. Al verla entrar le entregó, con urgencia en la mirada, un pañuelo sangriento que traía en la mano. Beatriz se preparó: al desenvolverlo, con horror descubrió los ojos muertos de Lupita.

Su primer impulso había sido reclamarle la ofrenda diciéndole: ¿a tu padrino le das un pañuelo lleno de flores y a mí uno lleno de horrores? Pero recapacitó: se trataba de Simonopio y en él no había morbo ni crueldad. Lo que hacía, lo hacía siempre pensando que era lo correcto, y en ese caso también tenía razón: un cuerpo no debía enterrarse incompleto.

Dentro de los pliegues de la mortaja de lino blanco, cerca de las manos de la muchacha, Beatriz guardó los ojos.

—Gracias, Simonopio.

Así se había ido Lupita a su tumba y así llegaría con Dios: completa.

Esa noche Francisco y ella se turnaron para permanecer en vela a un lado del ataúd. Primero se fue a dormir Francisco.

Ofrecieron pan dulce y chocolate a los que quisieron quedarse también. Beatriz se arrodilló a un lado de Socorro, sin mirar más que la sucesión de cuentas, sin decir nada más que rosarios y letanías por Lupita. Beatriz agradecía que, por concentrarse cada quien en el ritmo paliativo del rosario, no tuviera que enfrentar a la tía.

Cuando Francisco regresó, aunque no del todo descansado sí listo para seguir en vela durante la madrugada, Beatriz se retiró a su recámara. Era su turno para descansar. Y con suerte descansaría el cuerpo, pero no el ánimo, que le pesaba como plomo.

Al llegar a su recámara y ver la cama sin tender, recordó que así se había quedado todo el día. Beatriz se desvistió, aunque no se molestó en ponerse la ropa de noche. No le importaba. Tampoco cambió las sábanas, pese a que el martes hubiera pasado sin que nadie pensara en hacerlo. Recordó la sábana con que había envuelto el cuerpo desnudo de Lupita y se estremeció. Mañana, pensó, mañana lo haría. Mañana haría todo: mañana cambio sábanas, veo a mis hijas, miro a Socorro a los ojos, entierro a Lupita. Hoy ya nada.

Permaneció a oscuras, acostada, sin conciliar el sueño ni la nueva ausencia. Ni la nueva realidad. Antes de cerrar los ojos al fin, a Beatriz le llegó, suave y ligero, el olor a lavanda que perduraba en las sábanas usadas. El olor de Lupita.

Lloró. Se dio permiso ahí y en ese momento.

—Pero mañana no.

46

Todo a su tiempo

Simonopio no se fue lejos el día del entierro de Lupita. Era época de azahares y entre éstos sería donde él encontraría sosiego. Así que caminó de huerta en huerta, sin contar los días. Caminó incansable entre las hileras de árboles, de ida y vuelta en compañía de las abejas, que se negaban a abandonarlo a pesar de que el día, el sol y las flores las llamaban a irse libremente a disfrutar las promesas de su labor. Al caer el sol lo abandonaban, porque ni por acompañarlo enfrentarían la oscuridad.

Mañana será mejor, le decían al despedirse al final del día. Mañana volverá la calma. Mañana seguirán las flores ahí para ellas, para todos.

Simonopio entendía. Mañana o pasado se desprendería del recuerdo de la Lupita muerta. De la sensación de sus ojos muertos en su mano. De la memoria del tiempo que pasó tumbado a su lado: ella con el cuerpo frío, inerte y frío, y él con el suyo vivo y tibio, tibio pero lacio, perdido en el llanto, sin fuerza ni voluntad para compartir la terrible noticia. Sabía que debía hacerlo, y lo haría tan pronto como encontrara fuerza, porque supo que su trabajo no terminaría ahí: comprendió que tras dar aviso y entregar el cuerpo, a él le correspondería ir en busca de los ojos perdidos de Lupita.

Acostado así todavía tiempo después, pero tranquilo al fin, percibió la paz del lugar: Lupita no había muerto bajo ése, su puente. De haber sido así, Simonopio lo habría percibido, de eso estaba seguro. Lupita murió donde yacían sus ojos abandonados. La habían llevado ahí después de muerta para ocultarla, o como mensaje, no sabía. No había ya aromas ajenos. No encontró nada en el pasado ni en el futuro que lo iluminara con la respuesta a la pregunta que todos se harían por años: ¿quién mató a Lupita?

Había visto la pregunta en los ojos de Francisco Morales. Éste se atrevió incluso a preguntarle si viste algo, Simonopio, o sabes algo, pero él lo negó. Era cierto: no sabía nada.

Y aunque ésta no había hecho la pregunta, la había visto también en los ojos de Beatriz. Además notó en las dos miradas algo más, algo que bullía en forma incontenible y los transformaba: el trueno, el rayo, la cascada, la tormenta. Vio que buscarían al asesino y que, de encontrarlo, batallarían para entregarlo a las autoridades, para entregarlo con vida.

Lo buscarían por años, pero éste los evadiría con facilidad. Nunca lo encontrarían. Entonces Simonopio comprendió que nadie descubriría quién había sido el atacante de Lupita y que nadie le haría justicia a la muchacha asesinada. Nadie más que él.

¿Cuándo? ¿Dónde? ¿Cómo lo reconocería? No sabía, pero sucedería. A su tiempo.

47

Hoy, un deseo muerto

Hoy en casa de los patrones enterraban a la muerta, pero nadie le había mandado invitación a él. Hoy no había trabajo. Todos estaban allá y sólo él estaba acá. Y hoy la tierra era sólo para él y no tenía que estar tan callado.

Ya el águila real voló
y se incomodó el jilguero.
Se ha de llegar la ocasión
en que el burro mande al arriero…
Se llegará
en que el burro mande al arriero…
Llegará, llegará
en que el burro mande al arriero…
En que el burro mande…
Que el burro mande…
En que mande.

48

El que a hierro —o a plomo— vive...

Francisco Morales estaba confundido. Si se había preparado para todo tipo de contingencia, si había mandado a sus hijas a Monterrey para alejarlas del peligro y el drama del campo, ¿por qué estar entonces tan sorprendido y sacudido de lo que tanto temía que hubiera sucedido ya en sus tierras, a su gente? ¿Acaso en el fondo se había creído inmune? ¿Había llegado a creer en su arrogancia que ciertas situaciones les sucederían siempre a otros y no a los suyos?

Lupita había madurado de una niña ruidosa que no sabía hacer nada, hasta convertirse en una mujer que dominaba los quehaceres que le correspondían aun sin dejar de ser estridente, dicharachera y cantarina. Lupita había aprendido a leer con éxito y con el mismo entusiasmo con que intentó aprender a coser con la máquina, sin lograrlo:

—Te falta paciencia —le había dicho Beatriz, ella misma con poca paciencia.

—Ay, señora, paciencia tengo harta, pero si no puedo pintar una línea derecha en un papel, ¿cómo la voy a pintar con hilo en una tela de flores?

De hecho tenía mucha paciencia. Así lo había demostrado cuando cuidaba a Francisco chico, tarea nada fácil, ya que sólo Simonopio sabía cómo tenerlo entretenido constantemente.

Ahora su muerte los había golpeado a todos. Porque había de muertes a muertes. No había sido una bala perdida la que la mató.

Ni la influenza, el paludismo ni la fiebre amarilla. Ni siquiera había sido víctima de un revolucionario en busca de la compañía de una mujer, de esos que pasaban arrasando con ellas para llevárselas y les dieran calor e hijos. No, Lupita había caído en manos de un ser incomprensible para Francisco, uno que mataba por matar. Y peor: a una mujer.

Pensó en las veces en el pasado en que, arrepentido, extrañándolas y enfrentando la evidencia de que nada malo había sucedido, quiso ir por sus hijas al colegio de monjas en Monterrey para regresarlas al hogar en definitiva. Ahora sabía que nada pasaba hasta que pasaba. Ahora enfrentaba el hecho de que él había relajado la guardia. Admitía que al amainar el conflicto armado —el oficial— había dejado de preocuparse por el bienestar de su gente para concentrarse en el bienestar de su tierra y de sus bienes. Ni la guerra del gobierno contra los fieles de la Iglesia lo había movido a actuar.

—¡Ya nomás quedan hombres en Jalisco! —le decía su tía Rosario, ante su negativa y la de todos los hombres de la región, de unirse al nuevo movimiento armado en defensa de la Iglesia católica.

Él hacía su parte: le ofrecía resguardo al nuevo padre Pedro. Daba dinero para que las escuelas católicas siguieran funcionando y se siguieran impartiendo los santos sacramentos aunque de manera clandestina. Pero de eso a unirse a la batalla campal había una gran diferencia.

Su pelea era por su tierra, ayer, ahora y siempre. Su lucha, hasta el momento, se había basado en libros, leyes y flores, pero la muerte de Lupita lo sacó de esa sensación de seguridad, de la falsa comodidad que le había dejado el sentimiento de ir ganando la guerra por la tierra a base de ingenio.

Mientras hubiera gente deseando la tierra del prójimo no habría paz. No habría seguridad.

Él sabía quién había matado a la muchacha. No le conocía la cara, porque podía ser la de cualquiera, pero le conocía las intenciones y las motivaciones. Le conocía los rumbos. Podría haber sido éste o aquél. Podrían haber sido todos. Pero él sabía entre quiénes andaba el asesino de Lupita y ahora iba a caballo a reunirse con sus hombres, a los que había citado cerca del lugar del crimen para erradicar a los agraristas de una buena vez.

Francisco se había sentido tranquilo cooperando con una buena cantidad de dinero para mantener a la policía rural creada por los propietarios. Ellos patrullaban, pero la extensión de terreno era muy vasta y por más que lo intentaban no podían estar en todos lados en todo momento. Por eso Francisco o alguno de sus hombres encontraban con frecuencia, en el monte de su propiedad, indicios de fogatas frías, huesos roídos, trozos duros de tortillas desechadas, alguna cuchara olvidada y hasta, en una ocasión, una armónica.

Los agraristas se movían entre los cerros cada una o dos noches para evadir a los rurales y se establecían tranquilos a comer y a cantar sus canciones socialistas bajo las estrellas, mientras planeaban despojar a aquellos que con placidez, cual ovejas, dormían sintiéndose seguros.

Aun tras ver la evidencia de su invasión interina Francisco no se había alarmado. Siempre había pensado: bueno, aquí estuvieron sólo de pasada, pero ya se fueron sin molestar y conmigo no se van a meter. Sin embargo, desde el asesinato de Lupita no dormía tranquilo, pues sabía que los rondaban y los rodeaban. Y no volvería a dormir tranquilo hasta mirar a su mujer a los ojos y decirle: ya todo pasó.

Durante la noche anterior había tomado una decisión: por sus tierras ésos no volverían a pasar. En sus tierras no volverían a dormir ni una sola noche más. Ya no se atreverían a usar su tierra como almohada, colchón, sombra ni sustento.

En su tierra ya no habría ni un trago de agua para que los agraristas siguieran humedeciendo sus rencores.

Cuando llegó al punto acordado, ya todos sus empleados estaban ahí. Bajó de su caballo y repartió entre ellos el cargamento de armas y municiones que había comprado ilegalmente en el cuartel militar. Pudo haberlas adquirido en su siguiente viaje a Laredo, pero no había querido esperar: necesitaba armar mejor a sus hombres. Los máuser siete milímetros eran mucho más certeros a mucho mayor distancia que las viejas carabinas Winchester treinta-treinta que ya conocían, aun sin ser expertos tiradores.

—Van a tener que practicar. Yo les doy las balas. Tal vez con los balazos que se van a oír de ahora en adelante en nuestras tierras, ahuyentemos a los agraristas. Todos vamos a defender a nuestras mujeres y nuestra tierra, porque si no somos nosotros, ¿quién? Así que practiquen mucho, y si ven a algún invasor, tiren a matar.

—Sí, patrón.

Francisco Morales nunca había visto a Anselmo Espiricueta responder tan entusiasmado.

49

La tía que nadie invita

Cuando yo vivía aquí, todas las calles de Linares eran numeradas. Ahora mira: Morelos, Allende, Hidalgo. Las calles Madero y Zapata corren paralelas, y dos cuadras más allá ambas cruzan con Venustiano Carranza.

Como se cruzaron en vida, destinados ahora a cruzarse en los caminos de Linares para siempre.

No sé si en el más allá nuestros héroes revolucionarios estén contentos con el acomodo, o si por estar allá sus rencillas y resentimientos quedaron saldados, pero te garantizo que muchos de mis parientes han de estar revolcándose en la tumba con la ocurrencia. Sé que mi tía Refugio, en particular, ha de agradecer no estar viva para no tener que salir por la puerta de su casa ubicada en la calle 2, según la nomenclatura antigua, y ver que ahora se llama Zapata. Y mi abuela Sinforosa todavía peor: a la calle de su casa la nombraron Venustiano Carranza, al que siempre culpó de hacerla viuda.

Da vuelta aquí.

Ésa, a tu izquierda, fue la casa de mi abuela, con la que luego se quedó mi tío Emilio, uno de los hermanos de mi mamá, cuando aquélla enviudó. Ahora, como todo lo que queda en el centro de las ciudades mexicanas, invadidas por comercios, está muy venida a menos, pero entonces era una de las casas más grandes y bonitas. Ahí pasé mucho tiempo con mis primos Cortés, entre una travesura y otra. Mi mamá siempre me decía pórtate bien o no te vuelven a invitar, cosa que yo no entendía, porque lo único que hacía ahí era seguir las ocurrencias de mis primos.

A mí me gustaba vivir en mi casa, cerca del campo, pero dormir y amanecer en el centro de Linares también tenía su encanto, porque se oía cerca el repicar de las campanas de la catedral, el silbato del cartero, el silbato del lechero y la flauta del afilador de cuchillos. Luego tocaban a la puerta los aleluyas para hacer su esfuerzo evangelizador, a lo que cualquiera que les abriera les contestaba, en silencio rencoroso, con un portazo. Constantemente llegaban señoras conocidas, amigas o tías, diciendo que iba de pasada y me paré a saludar. El reto para nosotros, entonces, era escabullirnos sin ser vistos para no cumplir.

Luego había vecinos inmediatos: por un lado la señora Meléndez, que según aseguraban mis primos practicaba la brujería como las de La Petaca, haciéndole el mal de ojo a cualquiera que se le atravesara en el camino.

—Nunca dejes que te mire, Francisco, porque ahí quedas.

Cualquiera diría que bajo esa amenaza y ante el peligro inminente que se respiraba en la vecindad, ir a casa de mis primos perdía su atractivo. Pues no: resultaba muy emocionante sentarnos horas en la banqueta, jugando a las canicas, a la espera del primer indicio de que la bruja Meléndez saldría de su casa. Queríamos evitar a toda costa que ella nos viera, pero aprovechábamos cualquier oportunidad para espiarla. Y la seguíamos, pues todo nos parecía sospechoso: si entraba en la iglesia, era para hacer algún encantamiento. Si compraba telas, era para hacerse nuevas vestimentas de hechicera. Si iba a la botica, era para conseguir hierbas para alguna pócima. Se movía con dificultad, como si un lado del cuerpo le pidiera reacia cooperación al otro. Según mis primos, la máxima prueba de su entrega a las fuerzas del mal era que el lado izquierdo de su cara, el lado del corazón, pertenecía a otra persona.

—Fíjate cómo si un ojo parpadea, el otro no, y si un lado de la boca habla, el otro no se mueve. ¿Ya viste? Dos personas en una.

Pobre señora Meléndez. Poco les importaba a mis primos que su mamá visitara a esa vecina de vez en cuando o que fueran a la misma iglesia, frecuentaran la misma botica y compraran telas en la misma tienda: una era bruja y la otra simplemente era su mamá.

Ésa era la vecina bruja, por un lado. Por el otro, la casa de los Cortés colindaba con la logia masónica Estrella del Sur, a la cual nos convocaba mi primo, con ambición eterna de rey, a invadir y conquistar en un ataque sorpresa, en el que primero había que escalar las murallas y luego llegar al corazón de la fortificación enemiga — por supuesto, a la espera de que estuviera desierta—: el salón de la mesa redonda y las espadas. El primero en llegar no se hacía rey: ése siempre sería el primo mayor y no había cómo quitarle su corona. Llegar primero sólo nos daba el derecho a escoger la espada que quisiéramos y a sentarnos a la derecha del trono, que a decir de mi pariente, el rey, era el máximo honor. Por ser de los menores nunca llegué primero y casi no tenía fuerza para levantar mi espada, pero mi primo mayor, que se convertía en rey cada vez que cruzábamos ese portal, nos hacía sus caballeros a todos los primos parejos: hombres y mujeres.

Imagino el desconcierto de los masones al llegar por las mañanas a su logia de secrecía y notar que la espada de fulano estaba ahora en el lugar de zutano, o que faltaba alguna porque la habíamos olvidado bajo la mesa. Deben de haber sentido lo mismo que los tres osos tras la invasión sin invitación de Ricitos de Oro. Los masones no tardaron mucho en deducir quiénes eran sus visitantes furtivos y en hacerle llegar la queja a mi tío Emilio, que por supuesto prohibió a sus hijos regresar y los amenazó con una tunda.

Así como ahí pasé horas muy divertidas, también pasé las horas más aburridas, pues cuando llegó el día de empezar a ir a la escuela, las católicas habían cerrado obligadas por la ley, así que los hijos de buenas familias íbamos a escuelas clandestinas establecidas en casas. Por pura casualidad, debido a mi edad y por ser hombre, la mía tendría como sede, cuando estuviera en edad para ir, la casa de mis primos Cortés.

Creo que por eso tardé en ser bueno para el estudio. Siempre me pareció confuso que no se me permitiera hacer lo mismo cuando fui a la escuela ahí mismo, pues estaba acostumbrado a ir de visita a esa casa donde era perfectamente aceptable que me montara y resbalara por el barandal de la escalera echando gritos, bajara los escalones de sentón, entrara y saliera a mi antojo al oír los diversos silbatos que llamaban, atacara la cocina cuando a mi tripa le daba por retorcerse, fuera al baño sin tener que avisar ni pedir permiso a nadie o entrara al cuarto de mis primos por un balero. Como primo lo podía todo; como alumno tuve que aprender a permanecer sentado, sin hablar, comer ni ir al baño siquiera, hasta que el maestro dijera que era hora de contestar, comer o ir al baño.

Volverme obediente no era una tarea fácil: aprovechaba cualquier oportunidad para escabullirme, y conocedor de cuanto rincón propicio para el escondite había en esa casa, no me era difícil pasar de punto en punto hasta llegar a la puerta principal y salir a la libertad de la calle para emprender el camino de regreso a mi casa en La Amistad. Por supuesto que mi intención no era llegar hasta la casa, pues sabía lo que sucedería: me mandarían de inmediato de regreso, obligado además a pedir disculpas. No: mi plan al huir de la escuela era perderme entre los naranjos. ¿Qué haría ahí todo el día? No sabía. ¿Qué comería? No sabía. Ya para entonces había superado mi afición de comer escarabajos. Con suerte habría naranjas maduras en los árboles. De lo contrario pasaría hambre.

¿Y cómo regresaría después a mi casa? El mío no era un plan muy elaborado y no había pensado más.

Nunca averigüé qué sucedería a la hora de la salida del colegio cuando mi mamá enviara a Simonopio a recogerme. Ni siquiera llegué a sentir hambre. Nunca tuve oportunidad, pues mis aventuras de escapista no duraban más de dos horas: por más que me escondiera, Simonopio siempre se las arreglaba para saber, sin que le avisaran, que no estaba donde me había dejado temprano esa mañana, y si no me encontraba en pleno camino de regreso, como si fuera abeja en busca de la única flor, él navegaba entre los árboles de la huerta hasta llegar al que me encontrara yo trepado, escondido.

Invariablemente él me regresaba al colegio de inmediato, sin dejarse disuadir por mis quejas sobre lo aburrido que era estar encerrado el día entero con el eterno blablablá del maestro. Con una sola mirada desaprobatoria me hacía callar e ir con él, dócil: no me gustaba que me viera así, disgustado, ni que me hablara con el tono en que lo hacían los adultos de mi vida. Él no era adulto: él era Simonopio.

—Nunca salgas solo. Es muy peligroso. Te puede pasar algo.

—¿Qué?

—Algo.

—¿Como qué?

—Como encontrarte con el coyote.

Para entonces yo ya conocía el miedo, y la figura del coyote era la raíz del mismo, así que salir por la puerta de esa casa, solo, a los seis años, representaba un gran acto de valentía que me hacía esforzarme para dar cada paso.

Si tenía tanto miedo, ¿por qué nunca hice caso? ¿Por qué me escapaba de la escuela una y otra vez?

Ahora creo que reincidía en mi acto de desaparición porque sabía que Simonopio dejaría todo por venir a mi encuentro. Creo que eso era lo que yo quería. El colegio me aburría, lo admito, aunque fácilmente pude haber encontrado alguna otra travesura que hacer ahí mismo, algo que me mantuviera entretenido sin necesidad de salir de esos muros, pero ya para entonces yo pertenecía al exterior y Simonopio me había convertido en una abeja más de su enjambre. La más torpe, sí; la más latosa, por supuesto, pero mis días no se sentían completos si no los pasaba con él, revoloteando al aire libre, jugando a lo que jugábamos él y yo.

En el colegio mi desaparición siempre era detectada: la primera vez perdieron mucho tiempo buscándome en cuanto recoveco se les ocurrió, pero al comprender que se trataba de una fuga mandaron de inmediato un mensaje a mi mamá, el cual repetirían en cada ocasión como machote: su hijo está desaparecido.

Mi mamá me contó mucho después que la primera vez que recibió esa misiva había sentido que el corazón se le paralizaba por el susto, aunque para cuando llegó corriendo a enfrentar al maestro descuidado y a pedir más información Simonopio ya me tenía de regreso en mi sitio. Las ocasiones subsecuentes tomaría el anuncio de mi ausencia con más calma, tras aprender muy pronto que lo que el colegio perdía con su descuido, Simonopio lo encontraba sin falta.

No recuerdo las nalgadas que me dio esa primera vez en que desaparecí, mientras me repetía todo lo que Simonopio me había dicho ya. De seguro me dolieron, pero a nalgadas yo nunca aprendí y fue por eso que, cuando uno de mis primos pidió ser incluido en el siguiente escape, alentándonos el uno al otro, no nos detuvimos a pasar el rato en un naranjo. Envalentonados, yo por su compañía y él por la mía, continuamos el camino con la intención de ver pasar el tren, pero como tardaba decidimos pararnos sobre las vías y pegar la oreja al hierro para oírlo venir. Paso a paso, sin darnos cuenta, nos fuimos a acomodar donde la vía volaba sobre un vado. Quizá fue que por la edad: aburridos de esperar, olvidamos nuestro cometido como vigías atentos, así que para cuando nos dimos cuenta de que el tren se aproximaba ya casi lo teníamos encima. Sin saber a dónde correr para salvarnos de esa aplanadora que se acercaba como toro enfurecido, nos tomamos de la mano y, envalentonados una vez más, yo por su compañía y él por la mía, brincamos. No fue un salto de gran altura, aunque alguna fractura nos habríamos ganado de no haber sido porque aterrizamos en la suavidad acolchonada de una nopalera. Cuando Simonopio nos encontró, la primera y única vez que no me regresó al colegio, estábamos más espinosos que el nopal, al cual habíamos dejado medio averiado y medio pelón. Aunque adoloridos, no tuvimos más remedio que caminar hasta mi casa.

Las nalgadas que mi mamá me dio por impulso sin siquiera esperar a sacarme las espinas del trasero nunca se me olvidarán. Mi único consuelo fue que en las horas posteriores que pasó tratando de sacar una por una, admito que lloraba yo, pero en forma disimulada ella también lloraba conmigo.

Mi destino de obligada, sufrida y espinada academia —pasarían años antes de volver a ser liso como antes— aún no se manifestaba en los tres días gloriosos que, a petición de mi mamá, pasé en casa de mis primos Cortés tras la muerte de Lupita. Tendría yo cuatro años por esos días, así que, como es natural, a mí nadie me hizo partícipe de la tragedia. Sólo me enteré, con gusto, de que mi estancia —una simple invitación a dormir que en origen duraría una noche— se alargaría a una vacación de tres, la cual me pareció muy corta.

Para cuando regresé a mi casa todo había pasado: no había flores, deudos de negro ni indicios de cera escurrida por las velas que de seguro habían encendido. La casa había vuelto al orden, aunque no a la normalidad. Cuando pregunté por Lupita, mi nana Pola fue corriendo a hablarle a mi mamá para dar la explicación que considerara pertinente.

—Lupita ya no va a estar aquí.

—¿Por qué?

—Porque la mandó llamar su papá. Le pidió que regresara a su casa porque la extrañaban mucho.

Como mamá lo decía, no tuve por qué desconfiar. No me gustaba la ausencia de Lupita, pero entendía que su familia quisiera verla, así que me quedé años con esa idea. No obstante, fue imposible no darme cuenta, al regresar de mi vacación de tres días en casa de los primos, de que el ambiente y la rutina de la casa habían cambiado y no sólo por la ausencia de la muchacha: Simonopio también se había ido. Lo busqué en su cuarto, pero estaba vacío de su cuerpo y su calor. Lo busqué con mi nana Reja, pero ella se mecía sin responder a nada. Lo esperé a que llegara esa noche acompañando a mi papá, pero éste llegó solo y sin ganas de hablar. Lo busqué hasta la entrada de la huerta, que era el límite a donde me atrevía a llegar sin compañía en ese entonces, pero tampoco había rastros de él. Le pregunté a Martín y no me contestó. Cuando le pregunté a mi nana Pola, los ojos se le llenaron de lágrimas y fue corriendo en busca de mi mamá. Temí que, como a Lupita, en mi ausencia a él también lo hubiera llamado una familia hasta entonces desconocida, pero mi mamá se apresuró a responder que Simonopio sólo se había ido de vacaciones: igual que tú, me dijo, pero pronto regresará, ya verás.

Esa noche y las siguientes me quedé dormido pensando en él, creyendo que si lo hacía con la intensidad con que veía a muchos rezar, me escucharía: como si con tan sólo mi deseo intenso de verlo pudiera llamarlo a través de la distancia. Ven, Simonopio.

Pasaron varios días sin noticias.

A falta de Simonopio y de Lupita para jugar conmigo, buscaba a mi mamá para que me leyera como lo hacía a veces, pero ella se encerraba a coser en forma interminable: cualquiera diría que se había propuesto proveer de uniformes a un ejército. Cuando yo despertaba ella ya estaba pedaleando en su máquina, y cuando llegaba mi hora de dormir ahí seguía. Y entre todo eso ni un regaño para mí, ni un reclamo, ni un cuento, ni una caricia. Ni buenos días ni buenas noches.

Nana Pola y Mati no ayudaban: a veces las encontraba con lágrimas en los ojos, pero cuando les preguntaba por qué lloras, siempre contestaban es que acabo de cortar cebolla.

De ahí que por años yo le tuviera miedo a la cebolla.

También a mi papá lo notaba extraño, siempre ocupado: aun cuando estaba en casa, después de terminar su día, me parecía que se mantenía lejos de su cuerpo, como si hubiera dejado parte de sí entre las hojas de naranjo. Parecía que todo lo que hacía por la casa, lo hiciera mecánicamente. Ahora sé —y comprendo— que tenía una gran preocupación en mente, pero entonces no entendía que mi papá, al que veía poco tiempo durante el día, no me prestara la atención a la que me había acostumbrado: tal vez nos viéramos poco, pero en ese poco nos veíamos mucho.

En esos días, cuando se le veía salir de su ensimismamiento, era porque llegaban otros citricultores para discutir a puerta cerrada cosas que ni por estar en silencio, escuchando atentamente detrás de la puerta, podía entender con claridad.

Antes de esos días sólo me interesaba que me dejaran jugar a lo que quisiera, cuando quisiera y con quien quisiera; tras ausentarme tres días, mi pequeño universo del hogar había cambiado y yo quería saber por qué. Entonces era imposible llegar con el padre o la madre para exigirles una explicación. Tal vez me tragué completo el cuento ése de que Lupita se había tenido que ir con su familia, pero a veces lo que los niños no entienden, lo sienten, y algo monumental había sucedido en mi ausencia.

Con tiempo de sobra, aburrido, preocupado, puse más atención a lo que sucedía a mi alrededor, a lo que decían los adultos sin que notaran mi presencia, y en especial a un nombre que siempre salía a relucir: Reforma.

No era nada nuevo, aunque antes ponía poca atención cuando hablaban de ella, ya que honestamente no necesitaba a otra "tía" necia en mi vida, y menos a una tan indeseable. Si algo sabía, era que a la tal Reforma Agraria nadie la quería.

Antes de esos días no entendía por qué, entre tanta tía y pariente ruidosa, pellizcona, chismosa u olorosa a alcanfor —Dolores, Refugio, Remedios, Fidelia, Engracia, Amparo, Milagros,

Asunción, Consuelo, Rosario, Concepción, Mercedes y otra Refugio— nunca invitaban y siempre le sacaban la vuelta a la tía que se llamaba Reforma.

Que no llegue, que no nos caiga, que no venga.

—¿Pues qué habrá hecho? —me preguntaba cuando oía que la mencionaban con desprecio.

En esos días desconcertantes de mis cuatro años, al escuchar con atención, por fin caí en la cuenta de que al hablar de ella no se referían a ninguna mujer llamada "Reforma" y que habría sido muy bueno que su falta resultara algo tan sencillo como oler a alcanfor o andar chismeando como tantas otras. Por fin entendí que el pecado de esa reforma, *la Reforma,* era tratar de anular cuanto éramos nosotros y el trabajo entero de mi papá. Comprendí que ésa buscaba arrebatarnos todo, desde nuestra manera de vivir hasta quizá la vida misma.

Y por primera vez en mi vida sentí miedo.

50

Nada. Sólo grillos

Simonopio había encontrado un cierto grado de paz y de olvido deambulando entre las eternas hileras de árboles frutales, envuelto en el canto diario de sus abejas, sumergido en el recuerdo de sus cuentos, pero por hacerlo perdió por completo la noción del tiempo y la conexión con la vida fuera de los montes.

Se había marchado sin considerar a Reja, sin avisarle, pero ¿para qué, si ella ya sabía? Simonopio necesitaba alejarse del mundo para descansar, como lo hacía ella con tan sólo cerrar los ojos. Para él no era tan simple, ya que al cerrarlos seguía viendo la vida, así que los mantuvo abiertos, siempre abiertos, para llenarlos de tantas imágenes que no les diera tiempo de enseñar algo que no tenía frente a sí.

Había creído que ganaba la batalla.

Una noche de grillos como otras le llegó al corazón del oído un susurro molesto, ininteligible e indescifrable. Había intentado entrar antes, pero hasta entonces Simonopio había logrado rechazarlo como se rechaza a un mosco revoloteando en la entrada de la caverna llamada oreja. Ese día también había tratado de ignorarlo, pues en el ritmo repetitivo que establecían esos insectos nocturnos encontró otra fuente de purificación que se resistía a abandonar. Sin embargo, el sonido había persistido, insistente: demandaba ser escuchado, demandaba dejar de ser un simple y molesto ruido y exigía que Simonopio lo dejara tomar forma para convertirse en susurro; demandaba justo la parte de su atención que se había tomado un merecido descanso y se resistía a funcionar, a dejar ese estado disperso en que se sentía tan cómoda. Esa parte quería seguir concentrada, sumergida en los grillos que hablaban por hablar, que cantaban en su locura, embelesados con su propia voz, lo mismo y lo mismo, una y otra vez sin cambiar de ritmo, sin cambiar de mensaje insensato, sin siquiera hacer el intento de comunicarle nada. Nada. Nada.

En ese bálsamo de la nada quería seguir Simonopio, pero el susurro no lo dejaba estar. Seguía y seguía. Era como un *déjà vu:* conocido y desconocido a la vez. Poco a poco, sin desearlo ni anticiparlo, éste empezó a cobrar sentido para él. A base de la repetición e insistencia de perforar una entrada en su oído, Simonopio volvió a entender el idioma que había necesitado olvidar en forma temporal para descansar el éter de su mente, el rompecabezas de su corazón, el líquido de sus huesos, la semilla de sus ojos, el corazón de sus oídos, el filtro de su nariz y el pergamino de su piel.

Entonces reconoció la voz. Entonces escuchó. Entonces entendió: ven, ven, ven, ven, decía a gritos el susurro, tan repetitivo y tan rítmico como el de un grillo, pero no sin sentido. Ese venvenvenvén resultaba un reclamo urgente para él, uno que nunca debió ignorar por tanto tiempo y menos con tanto propósito.

Era la palabra del niño que lo llamaba: venvenvenvén. Así que se sacudió el letargo y dejó el concierto de los indiferentes grillos atrás para retomar el camino que debía, concentrado en lo que entonces sería su única compañía durante el retorno: venvenvenvén.

Pronto había igualado sus pasos al ritmo urgente del reclamo, y pronto se vio forzado a trotar y luego a correr en *crescendo* para no perderlo. Pero a medio camino oscuro de regreso a casa, el susurro se extinguió de súbito. Se había dormido. Ese silencio lo cortaba y el vacío que le dejó la ausencia del llamado ahora se había convertido en la cacofonía que le tronaba los oídos y no lo dejaba respirar a profundidad ni andar con certeza.

Cuando llegó a La Amistad, aún de noche, fue directo a la casa, pero encontró que habían cerrado la puerta con llave. Antes nunca lo hacían, pero supuso que en el nuevo mundo sin Lupita habrían recapacitado y corregido el descuido. No hizo ruido al entrar como ladrón por la ventana del cuarto de costura de Beatriz: el pestillo había sido diseñado sólo para sujetarla en su sitio ante un fuerte viento o en los días en que se dejaba sentir el invierno, y no como impedimento para que alguien irrumpiera sin permiso, así que Simonopio la abrió sin problema. Con pasos mudos, tampoco hizo ruido al cruzar la casa hasta que, al llegar al pasillo de las recámaras, Simonopio olvidó evadir el mosaico suelto que, con su *clunc*, advirtió a Francisco Morales de la invasión.

—¿Quién es?

El pelo revuelto por la almohada y la piyama de rayas no concordaban con la fiereza en su mirada ni con el revólver presto que portaba Francisco Morales en la mano al salir de su recámara.

—¿Simonopio?

—Ajá —dijo, aliviado, al ver que su padrino bajaba el arma, al reconocerlo aun en la oscuridad.

—¿Qué andas haciendo a estas horas?

Simonopio no tenía manera de contestar esa pregunta, pues habrían sido necesarias muchas más palabras que un simple ajá. ¿Cómo contestarle que había necesitado un tiempo para sí? No pudo decirle ya regresé y no me vuelvo a ir, nunca más lo vuelvo a dejar solo. Aunque pudiera pronunciar tales palabras, Francisco Morales padre no habría entendido el mensaje, así que sólo repitió su ajá, apuntando hacia el cuarto de Francisco chico.

—Está dormido, y ya sabes cómo es…

—Ajá —respondió de nuevo, dándole la espalda para continuar con su propósito.

—Bueno, como quieras. Buenas noches.

Al darse la vuelta para entrar en la recámara del niño, el pie de Simonopio volvió a dar con el ruidoso mosaico. Volteó para disculparse, pero Francisco ya había cerrado la puerta de su recámara. Simonopio hubiera lamentado mucho despertar a su madrina con su descuido. Sabía lo que esos días le habían costado, y dudaba que lograra dormir con facilidad. En cambio para nada temió por Francisco chico, que seguía dormido, inmutable. Quiso despertarlo con una sacudida para decirle ya llegué, me llamaste y vine, me tardé porque me perdí unos días, pero por experiencia sabía que nada ni nadie sería capaz de hacerlo abrir los ojos hasta que estuviera listo para hacerlo. El niño dormía profundamente y cada noche se entregaba a sus sueños, confiado, sin miedo de ir a donde Simonopio ya no se atrevía.

Simonopio se sentó en la misma mecedora donde cuatro años antes se había apostado para contemplar al recién nacido en su cuna. Este niño ya no dormía en su cama de bebé: desde antes de los dos años lo habían tenido que cambiar a una más baja, pues se empeñaba en escapar de la cuna trepando por los barrotes y aventándose a la buena de Dios, cayendo a veces de sentón, otras de rodillas y otras, las menos —gracias a Dios y a su ángel de la guarda, decía su madre tras un sonoro suspiro—, de cabeza.

Los barrotes que lo contenían no representaban para él seguridad como lo habían sido para Simonopio de pequeño: eran cautiverio.

La luz del nuevo día empezó a filtrarse en la recámara hasta llenarla. En ese proceso, que empezó con lentitud y terminó en un abrir y cerrar de ojos, Simonopio apenas parpadeaba, concentrado, intentando ver en esa lenta y paulatina luminosidad que bañaba la cara del niño al bebé que había sido y al hombre que sería, todo al mismo tiempo. Al bebé no tenía problema en distinguirlo en esos mismos huesos, tal vez asistido por los recuerdos, pero la cara del hombre lo eludía: ahí veía la promesa, mas no la certeza.

Decidió que era hora de enseñarle más. Francisco chico ya no era un bebé, pero si había de convertirse en hombre tenía mucho por aprender, y Simonopio se propuso enseñarle. En silencio prometió que nunca volvería a dejarlo solo. Hecha esa promesa, el niño abrió los ojos despacio, como si la hubiera sentido.

—¿Ya llegaste?

Francisco chico batallaba para sacar su conciencia de los sueños, y al ver a Simonopio ahí, sentado entre la suave luz de la mañana, bañado por rayos de luz intensificados por su reflejo en el polvo usualmente invisible, no supo de momento si éste era real o producto de sus deseos.

—Sí. No me vuelvo a ir sin ti.

No tuvo que decir más. Francisco chico le creyó.

51

Monstruos hay

A los seis años estuve en edad para ir a la escuela. No que yo quisiera, pero no había más remedio.

El encargado de llevarme era Simonopio, que caminaba mientras yo iba montado en mi caballo: uno viejo, chaparro y lento que me había empeñado en bautizar como Rayo. Estoy seguro de que Simonopio habría querido seguir llevándome a horcajadas, como cuando era menor y me cargaba así a todos lados, pero mi papá ya no se lo permitió.

—Te vas a quedar chaparro, Simonopio, y si siguen así al rato a éste le van a arrastrar las patas, sin aprender para qué sirven. Que camine.

Y bueno: caminaba a todos lados, menos al colegio, ya que pronto fue evidente que no tenía el menor interés en llegar con puntualidad. En mi estrategia dilatoria me detenía a mirar cuanto gusano o piedra se atravesaba en mi camino, a desamarrar las cintas de mis zapatos para que Simonopio me las volviera a amarrar múltiples veces, a sentarme de urgencia bajo la sombra de algún árbol para descansar el cuerpo y los pies agotados.

Para evitar más conflictos y llegar como de rayo, me dejaban ir montando en Rayo.

Simonopio se pasaba el camino a la escuela intentando educarme en las materias que en su escuela personal eran importantes. Si ya estaba aprendiendo en la clandestina a leer y a hacer mis primeros cálculos aritméticos, Simonopio intentaba enseñarme a escuchar y a ver el mundo como lo hacía él. Nunca logré entender el murmullo de las abejas ni percibir los aromas como lo hacían ellas, ni ver qué había más allá de la vuelta en el camino ni concentrarme en tratar de "ver" a mi mamá en mi ausencia o sentir si el coyote me esperaba más allá de mi vista, escondido, acechante. Yo, que nunca lo había visto, porque en cuanto Simonopio lo sentía cerca nos hacía esconder, inmóviles, o cambiar nuestra ruta, le decía con temor: vamos a verlo para reconocerlo.

Él nunca aceptaba mi propuesta.

—Entre menos lo veas, menos te ve él.

Las lecciones de Simonopio no paraban ahí: intentaba que viera con los ojos cerrados y que recordara lo que pasaría al día siguiente, pero yo, que casi ni recordaba lo que había desayunado esa misma mañana, menos entendía cómo se hacía para recordar lo que aún no ocurría. Luego me pedía que viera el día de mi nacimiento, que recordara el primer contacto con mi piel, los primeros sonidos en mi oído, las primeras imágenes que habían invadido mis ojos. Por más que trataba, sólo atinaba a descifrar lo inmediato: por aquí pasó un caballo hace rato, le decía como adivino. Nunca lo engañé: cualquiera era capaz de darse cuenta cuando el caballo en cuestión había aprovechado el camino para purgar el intestino de su aromática carga.

Sabía que era una fuente de frustración para el pobre de Simonopio, y para complacerlo —para ser como él— hacía el esfuerzo en concentrarme, pero no había cumplido aún los siete años y, dado que era un niño muy activo, me resultaba en particular difícil quedarme quieto por un tiempo prolongado, más aún cuando la piel me picaba tanto por los mosquitos que me habían comido vivo durante la noche por dormir con la ventana abierta; cuando ir sentado me dolía por las espinas de nopal en el trasero; cuando mi tripa se quejaba por el chorizo con huevo del desayuno; cuando sabía que pronto vendría un castigo por no haber hecho la tarea; cuando sabía que pasaría un día miserable de letras y aritmética, ansiando acompañar a Simonopio en el suyo, lleno de aventuras, aromas y sensaciones; cuando me parecía más importante que me platicara una nueva versión del cuento del león y del coyote, y cuando no entendía para qué servía tanta cosa que él quería enseñarme.

Llegaba a la escuela frustrado por verla aparecer ante mis ojos tan rápido, mientras que habría preferido pasarla de largo. Por eso me parecía que el Rayo era un corcel de cuarto de milla, como los que competían en la feria de Villaseca.

Ahora admito que Rayo no era un espécimen para presumir, aunque me sentía importante con mi veloz medio de transporte, sin importar que siempre me hiciera llegar a mi destino más rápido de lo deseable. Además, llegar acompañado por Simonopio sólo acrecentaba mi arrogancia y mi presunción, ya que la mayoría de los otros alumnos, que vivían en el pueblo, llegaban a pie de la mano de sus nanas o de sus mamás, las cuales nunca fallaban en mostrar su asombro al vernos. Yo, que durante meses creí que se debía a mi porte y al de mi acompañante, siempre me aseguraba de llegar erguido, elegante, como me imaginaba que sin falla debía andar un caballero en su montura.

Simonopio me ayudaba a descender, se montaba en Rayo y se alejaba apresurado, casi sin despedirse. Él, que desde niño estaba acostumbrado a las miradas intensas y desdeñosas de la gente del pueblo, nunca se engañó pensando que un caballo anciano y raquítico y un niño güero, chorreado y a rape fueran suficiente motivo para desviar las miradas que le lanzaban sin disimulo ni bondad, tratando de descifrar el mapa incomprensible de su rostro.

Para mí fue una sorpresa cuando un niño indiscreto e imprudente me preguntó si no me daba miedo andar en compañía del muchacho con cara de monstruo. Obedecí mi impulso y lo golpeé en cuanto terminó de hablar, y si bien a él no le dejé la cara de monstruo, como hubiera querido para que se callara, sí le puse el ojo hinchado. Con eso logré quedarme castigado en una esquina el resto del día, escudriñando la textura de la pared, sin poder voltear a ver el transcurso del día escolar.

Ese día me aburrí más que nunca, pero me sentí orgulloso: había defendido a mi hermano. En cambio no hubo manera de defenderme ante la autoridad: cuando, todavía ofendido, le dije al maestro es que él dijo que Simonopio tiene cara de monstruo, éste contestó que no debemos golpear a alguien sólo porque nos dice la verdad.

¿La verdad? ¿Simonopio con cara de monstruo? Yo nunca lo había visto así. En Linares había monstruos, sí, pero él no era uno. Para mí la cara de Simonopio era la cara de Simonopio, la que mis ojos habían visto desde las primeras veces que se abrieron. Era diferente a la mía, a la de mis papás y hermanas, sí, lo sabía, pero sus rasgos eran tan conocidos y tan queridos para mí como los de ellos. Yo no veía el defecto ni el motivo de espanto. Yo sólo veía a mi hermano y lo quería.

Ahí y entonces me propuse que volvería a golpear al que se atreviera a hablar mal de él. Simonopio bien valía un día de castigo, o dos, o diez.

Así que ésa fue la primera pelea, pero no la última. Las quejas del colegio no cesaban y la pobre de mi mamá ya no sabía qué decirme para que dejara de pelear. Luego trató de convencer a Simonopio de dejar que Martín me llevara al colegio, a lo cual se negó rotundamente. Él era el encargado de llevarme y nadie más. No es que quisiera provocar a nadie o hacer que yo peleara por él: no me importa que me vean mal, me decía, ya no pelees por mí. Yo era incapaz de dejar pasar cualquier comentario ofensivo. Al final mi mamá acudió a mi papá para que la apoyara.

—Francisco: dile a Francisco chico que ya no pelee.

—No. Hay peleas que valen la pena.

Poco a poco los otros niños habían dejado de hacer comentarios, al menos en mi presencia. Todos sabían cuáles eran las consecuencias de burlarse de mi compañero, así que mejor callaban. Todo aquel que aspiraba a ser mi amigo pronto aprendió que debía aceptarme con Simonopio a un lado. Por la convivencia prolongada, el nuevo amigo no tardaba en dejar de verle la boca para empezar a verlo a los ojos.

Simonopio regresaba a su silencio cuando teníamos compañía, porque además de mí nadie lo entendía. Su mutismo no importaba, pues gracias a que él nos acompañaba podíamos internarnos en la huerta para encontrar la hilera de naranjos donde había más fruta tirada en la tierra, pudriéndose: misiles perfectos para una guerra campal que terminaba cuando las abejas, atraídas desde lejos por el jugo que nos escurría desde el pelo, llegaban a invadir nuestro juego, con lo que siempre me convertía en el vencedor debido a que yo no huía aterrorizado, como los demás, por la repentina presencia del enjambre.

Tal vez por eso me hice fama de valiente o temerario, según el que opinaba. Así como yo había crecido acostumbrado al aspecto inusual de Simonopio, lo mismo sucedía con las abejas: crecí con ellas y no les temía, o tal vez, como había crecido con ellas, no me hacían daño, pues me conocían y me aceptaban acaso por complacer a Simonopio.

Tampoco me daban miedo los personajes que compartía libremente en el colegio con mis amigos y no tan amigos, contando cuentos que llevaba en la memoria: la Llorona, las momias de Egipto que recientemente se habían establecido en Linares —¿las han visto?—, las brujas de La Petaca, la muñeca, el fantasma vengativo de Agapito Treviño, el fantasma vengativo del soldado abandonado a morir en una cueva, el fantasma vengativo de mi abuelo fusilado en Alta —mil disculpas a mi abuelo: cabe aclarar que todos los fantasmas debían ser vengativos, porque si no disminuía su capacidad de aterrorizar—. Si querían hablar y saber de monstruos reales que rondaban por ahí, yo los conocía a todos.

Y amigos o no me escuchaban con avidez: será que desde la más tierna infancia todos poseemos una veta de morbo que nos hace gozar al sufrir de terror.

Mi mamá siempre me decía al volver de alguna reunión con las damas del casino: ya no cuentes tanta tontera, Francisco, todas las mamás se quejan de que sus hijos no pueden dormir del miedo.

La verdad no me importaba si dormían o no: cada quien. A mí nada me quitaba el sueño, protegido como me sentía.

Tal vez la razón por la que nada ni nadie me molestaba en lo más profundo de la noche, la parte más temida por los niños, era gracias a Simonopio, que se tomó el tiempo de enseñarme las palabras de la efectivísima bendición que años antes le había enseñado nana Pola a él. Aunque como era de sueño profundo, obtenido sin problema y menos preámbulo, nunca completé siquiera un padrenuestro antes de caer muerto, y nunca llegué a pronunciar más que el "bendice señor" de mi nana, debido a que al llegar a la erre de "señor" ya estaba dormido.

¿Habrán sido suficientes esas palabras para exentarme de los terrores nocturnos? Pues sí: tal vez con esas dos me bastaba para disuadir a casi todos los personajes monstruosos que pretendieran visitarme durante las horas vulnerables de la noche.

Las momias no eran motivo para perder ni interrumpir mi sueño, que de todas maneras resultaba tan sólido que, si en la noche me caminaban o bailaban encima las misteriosas muñecas que Simonopio aseguraba que vivían en nuestra propiedad, nunca me enteré. Si pasaba por ahí la Llorona preguntando por sus hijos, pronto habría desistido, pues yo ni me inmutaba ni le contestaba. Los fantasmas, vengativos o no, jamás lograron moverme un pelo, y en todo caso se tendrían que haber ido a asustar a algún otro cristiano tras extinguir sus energías sin que me hicieran despegar el ojo.

El cuento que nunca compartí con nadie fue el del coyote, tal vez porque esa narrativa extraña evolucionaba en forma constante. Tal vez porque lo sentía como un diálogo privado entre Simonopio y yo: ni Soledad Betancourt, cuentista profesional que creía saber todo cuento o leyenda, conocía de la existencia y el peligro del coyote. Quizá no la compartía porque entendía que lo del coyote era diferente a lo de las muñecas, fantasmas y compañía: que lo del coyote no era cuento, sino real; que nos buscaba a él y a mí, como los leones que Simonopio aseguraba que éramos; que contra ese monstruo real no había bendición posible: sólo precaución y nada más. O tal vez porque, muy dentro de mí, era al único monstruo —desconocido— al que en verdad temía, de día o de noche.

Si hasta Simonopio le temía, yo no podía hacer menos.

Y en esas noches en que no podía sacudírmelo de la mente, a sabiendas de que la constante repetición de bendice señor, bendice señor, bendice señor no me haría ningún bien, cambiaba mi letanía a venvenvenvén. Y él nunca me fallaba: llegaba en la oscuridad, sin aviso ni decir palabra; extendía una colchoneta en el piso a un lado de mi cama y ahí se acostaba, para de alguna manera lograr que yo igualara mi ritmo respiratorio al de él para bajarlo, bajarlo hasta el hipnotismo, y con ese escudo humano entre mi cuerpo vulnerable y cualquier amenaza nocturna del coyote yo dormía tranquilo, profundamente, sin interrupción.

Despertaba contento para volver una vez más a la escuela a esparcir el terror entre mis pares dispuestos.

Cuando mi mamá me preguntaba de dónde sacaba tanta historia extraña, nunca le confesé que Simonopio me las contaba o que me había llevado a escuchar los cuentos de Soledad Betancourt cuando venía a la feria de Villaseca o pasaba por su cuenta por Linares. Hay cosas que se saben por instinto, y en este caso mi instinto me gritaba que no revelara mi fuente. Así que no lo hice, porque sospeché que acaso significaría el fin de nuestras escapadas para ver un pedacito del mundo a través de los espectáculos que visitaban Linares.

Y no quería quitarle a Simonopio ese placer.

52

Una auténtica maravilla

Simonopio iba de regreso a La Amistad, cruzando la plaza, montando el Rayo de Francisco chico, cuando oyó algo que nunca había oído. Para alguien acostumbrado a percibir los sonidos, las voces y hasta los pensamientos con algo más que sus oídos, eso era sorprendente.

Era una maravilla.

Se detuvo. Se detuvo en medio de todo y de todos, sin importarle que estorbara y que lo miraran con extrañeza. Intentaba ubicar la dirección desde donde emanaba esa voz metálica e ininteligible que a momentos parecía venir de la derecha y en otros de la izquierda; que hacía eco en la pared de la botica, la cual la disparaba hacia la plaza; que luego se esfumaba un poco entre los árboles y recuperaba su fuerza al salir, hasta causar el mismo efecto del lado contrario, en la pared de la tienda del señor Abraham, para luego regresar por el mismo camino. Simonopio trataba de seguir el sonido con la vista, pero no lograba ubicarlo pues se movía más rápido que sus ojos, aun sin siquiera agitar una sola hoja de los árboles que se atravesaban en su camino.

La gente a su alrededor hablaba, caminaba, pensaba en sus asuntos, aunque parecían no sorprenderse tanto con el fenómeno.

¿Sería que sólo él lo oía? Le pasaba muy seguido, aunque por lo general, a sus casi diecinueve años, ya sabía distinguir entre aquello que emanaba del mundo de todos y aquello que era suyo en exclusiva: los secretos que el mundo sólo compartía con aquel dispuesto, como él, a dejarlos entrar e interpretarlos y guardarlos.

Esto era nuevo. No sabía cómo interpretarlo. Eran palabras que no entendía entre la confusión que le llegaba de todas direcciones, palabras rápidas que se entrelazaban y se camuflaban con una música de ritmos repetitivos.

Entonces vio que la gente detenía su actividad y miraba a su alrededor para, como Simonopio, intentar distinguir la dirección desde donde venía tal alharaca, que cada vez parecía acercarse más por la derecha.

Atraídos por el ruido, los linarenses salían de sus casas y negocios. Las señoras, que a esas horas acostumbraban pasar una hora contemplando al Santísimo en la catedral, habían suspendido su meditación para salir con prisa, curiosas ante tan inusitada interrupción. Los maestros de las escuelas públicas —y los de las clandestinas— no lograron contener a sus alumnos, que en la excitación corrieron a la calle a atestiguar el fenómeno. Simonopio vio a Francisco chico también entre la muchedumbre, pero con una seña le ordenó que no se moviera de su lugar.

Igual que Simonopio, todos se preguntaban qué era aquel escándalo, y no tardaron en saberlo, pues en ese momento daba la vuelta hacia la plaza un camión de redilas de donde parecía brotar ese manantial sonoro: montada en éste venía una tambora con su música al máximo volumen posible.

¿Y la voz? ¿Cómo era posible que no se opacara con la música que la envolvía? Así era: por encima de la música predominaba una voz que se aclaraba y se distinguía cada vez más a cada vuelta de rueda.

A Simonopio siempre le había parecido que la voz cantante de Marilú Treviño era casi milagrosa, porque a pesar de ser suave viajaba con pureza por encima de la música de sus instrumentos y otros ruidos, sin detenerse hasta llegar a cada esquina de la carpa donde cantaba en la feria de Villaseca. Otros artistas menos dotados ya hacían uso de los nuevos micrófonos, cuyas voces adquirían características desagradables y duras como el metal, aunque menos que ésa que se oía retumbar por la plaza. Porque entonces Simonopio notó que eso traía el hombre que gritaba —no cantaba— sin interrupción sobre el camión: un micrófono móvil en forma de cono pegado a la boca, lo cual le daba al anunciador el aspecto extraño de encontrarse en el proceso de tragarse algo más grande que su cabeza. Hablaba tan rápido y con tanto ímpetu, que se requería un esfuerzo grande para entenderle algunas palabras. Aunque la gente, que se iba multiplicando y acomodando para caminar detrás, avanzaba hasta igualar el paso lento del camión, parecía entenderle y festejarle el mensaje. No fue hasta que el vehículo pasó frente a Simonopio cuando al muchacho le parecieron claras sus palabras, que repetía una y otra vez:

—¡Por sólo veinte centavos vengan todos el sábado a las cinco, al antiguo molino La Verdad, a oír a Pedro Bonilla, Auténtica Maravilla, cantar bajo del agua y sin aparato ninguno!

La gente a su alrededor aplaudía el anuncio del espectáculo, emocionada tal vez por un suceso que rompería la rutina y además prometía ser portentoso, asombroso.

Simonopio no se movió de su montura. No lanzó hurras, gritos ni aplausos. No se movió siquiera para seguir al camión y su convite, como hacían muchos: escucharlo claramente una vez le bastó para dar rienda suelta a su imaginación: ¿cómo era posible tal arte, tal habilidad? Cantar en público ya era para él suficiente motivo de asombro, y por eso no perdía cuanta oportunidad se presentaba de disfrutar cualquier espectáculo, ya fuera en la feria de Villaseca o en eventos más pequeños. Pero oír a alguien que cantaba bajo el agua era algo nunca antes visto, ni siquiera por él, que a veces observaba a los peces en el río cuando se acercaban al verlo en la orilla, y por más que trataba no lograba oír ni entender lo que intentaban comunicarle.

¿Quién era ese Pedro Bonilla, Auténtica Maravilla, que cantaría ante todo Linares sumergido en el río frente al molino La Verdad? ¿Cuál era ese don en un humano que prometía hacer lo que ni los peces lograban?

El camión y su alharaca se alejaban para dar la vuelta en otra calle y seguir anunciando el convite. La voz, que por un instante fue clara cuando pasó frente a él, volvió al metal y a la estridencia sin sentido. Volvió a reverberar en la botica, a perderse entre los árboles, para reflejarse otra vez en la tienda del tendero árabe. La gente que no se fue tras el camión en su recorrido volvió a sus quehaceres, vaciando la plaza: las señoras a su contemplación, sus compras o su limpieza del hogar; los hombres a sus negocios, y los maestros con una tarea más difícil, pastoreando a sus pupilos de regreso a sus salones.

Entonces Simonopio decidió arrear a Rayo, que entre ese bullicio y escándalo no había hecho ni el intento de mover una pata. Lo obligó a dar la media vuelta para seguir al camión. Cuando lo alcanzó, dirigió al Rayo hacia la derecha de la muchedumbre. Entonces lo vio: Francisco chico ya iba montado por ese costado del vehículo, y como si fuera parte del espectáculo que prometían, saludaba a la gente de a pie, agitando la mano, dispuesto a seguir esa caravana humana hasta el desenlace.

Francisco chico no lo vio al acercarse ni colocarse a su lado para jalarlo y montarlo sobre el Rayo, delante de él. Batallando con uno, que vio su aventura interrumpida, y con otro, que no estaba acostumbrado —ni le gustaba— a llevar el peso de dos encima, Simonopio volvió a dar la media vuelta para dirigirse a la casa de los Cortés y regresar al niño a la escuela por segunda vez en menos de quince minutos.

Francisco chico pataleaba y se agitaba en sus brazos, enojado. Parecía creer que se perdería de todo si no iba con el camión, pero Simonopio también sabía que aprovechaba cualquier excusa con tal de no estar encerrado por horas con su profesor.

334

—El espectáculo no es hoy, sino el sábado. Hoy es día de escuela.

—Falta mucho para el sábado.

—Cinco días nada más.

—Es mucho. No aguanto cinco días.

—Sí aguantas.

A Simonopio también le parecería larguísima la espera. Pero aguantaría él y aguantaría Francisco chico.

—¿Me llevas?

—Sí.

—¿Me lo juras?

—Sí.

Simonopio creía poder juntar los cuarenta centavos que costaría la entrada de ambos. Vendería algunos botes de miel entre la gente de La Amistad. Era caro, pero representaba una oportunidad tal vez única en la vida. Por nada del mundo se habría perdido Simonopio el espectáculo de Pedro Bonilla, Auténtica Maravilla, que más hábil que cualquier pez prometía cantar bajo el agua y sin aparato alguno.

53

Alquimia

Francisco Morales estaba de mal humor. Ése era su estado normal siempre que a últimas fechas trataba con Espiricueta, ya fuera al fijar una fecha para supervisar la tierra que le había asignado hacía más de dieciocho años, entregarle la semilla de la temporada o una nueva caja de municiones para su máuser, o simplemente al preguntarle con amabilidad por sus hijos. No había cómo encontrarle el modo ni el lado a ese peón que cada vez se hacía más taciturno y arisco. Siempre le daba largas a la supervisión que de rutina, con el fin de encontrar maneras de hacerlas más productivas, hacía Francisco en las tierras de todos sus aparceros por igual. Si acaso a alguna pregunta respondía Espiricueta, siempre lo hacía mascullando y cabizbajo, sin verlo a los ojos, como de hombre entero a hombre entero.

Tantos años de resguardo no le habían servido de nada al sureño. Era la tierra que ocupaba Espiricueta la única que quedaba en el territorio de La Amistad sin sembrarse con naranjos, porque éste se negaba al cambio. Francisco no entendía por qué, si por alguna extraña razón los cultivos de maíz que seguía empeñado en sembrar no se le daban. A veces sospechaba que no les prodigaba los cuidados necesarios, pero cuando se hacía el propósito de ir a una visita de improviso, siempre se podía ver al hijo —¿cómo se llamaba?, Francisco nunca recordaba— arando la tierra a base de sudor y la fuerza de su lomo o regándola durante las horas de riego que se les asignaba.

Aun así la cosecha de los Espiricueta nunca era buena. Nunca resultaba suficiente para pagar la renta acordada en 1910. Ahora Francisco estaba llegando al límite de su paciencia. En un principio por lástima y después por la simple conveniencia de mantener ocupadas sus tierras, había dejado pasar tanta ineptitud e improductividad.

Ya no le era posible dar más prórrogas.

Creía haber logrado espantar a los agraristas de sus tierras, pero ésos no eran los únicos que amenazaban sus predios familiares: también estaban los agraristas de escritorio, que no cesaban ni se cansaban de mandar oficios de esto y de lo otro con exigencias de revisar toda la extensión de sus propiedades repetidamente, de revisar las actas de propiedad y la legalidad de la cesión de las tierras que había hecho hacía años a algunos amigos de confianza.

Francisco se sentía hostigado. Le parecía que ahora pasaba más tiempo entre papeleos y aclaraciones que en las huertas y en los ranchos. En Tamaulipas ya había tenido que ceder un rancho, pero en Linares se libró de la expropiación por las negociaciones que había logrado, al entregar cada vez más terrenos de los de Hualahuises, que le interesaban menos.

Había defendido las tierras en Linares a como diera lugar.

Las huertas eran cada vez más exitosas: los naranjos le resultaron muy productivos y cada vez había menores impedimentos por las emboscadas del ejército o cuatreros para transportar cajas llenas de la fruta a diversos puntos del país y hasta Texas, donde el mercado pagaba buenos precios.

Gracias a eso, con gran orgullo pero mayor alivio, había repuesto los retiros cuantiosos que tanto habían mermado la cuenta del banco en un plazo relativamente corto. Aunque eso ya no tenía la mínima importancia: un año antes, en 1928, el Banco Milmo, donde por generaciones habían confiado los Morales, había quebrado de súbito, sin aviso ni tregua. Un día recibió una carta que con gran formalidad le comunicaba que lo que creía tener, el ahorro de décadas, su herencia, se había esfumado. Su cabeza aún trataba de resolver el acertijo financiero —aquella alquimia— que había logrado que más de cien mil pesos en oro se convirtieran en un simple papel membretado lleno de disculpas tan vacuas como su cuenta de banco.

—Vamos a tener que volver a empezar. Ya no tenemos nada, Beatriz.

—Tenemos tierras y fuerza.

—¿Crees?

—Lo sé.

—¿Qué vamos a hacer?

—Tú, levantarte mañana, como todos los días. Ir a trabajar tus tierras, como todos los días, porque ésa ahí sigue. Y dar gracias a Dios porque te atreviste a usar ese dinero para cosas útiles mientras lo tenías. Y yo, esperarte aquí, haciendo mis cosas, como siempre.

Beatriz tenía razón: la vida de la familia Morales Cortés no había cambiado por la pérdida de una cuenta de banco de la que no dependían para vivir. Francisco nunca había dejado de trabajar un solo día por la arrogancia y el engreimiento de ser rico. Nunca había vivido como rico ni contemplado en un futuro dedicarse a extravagancias.

Gracias a que habían usado el dinero en el banco, mientras lo habían tenido, y más recientemente a la bonanza de los huertos, habían cooperado con los demás socios para financiar entre todos, al fin, la totalidad de la tan esperada construcción del edificio del casino de Linares, que ya iba muy avanzada. También poseían la casa de Monterrey y los terrenos. Tenían el tractor tan útil —aunque con mucho pesar debía admitir que admiraba y acariciaba un nuevo recorte del *Farmer's Almanac* donde anunciaban uno mucho más moderno y compacto, aunque bajo las nuevas circunstancias financieras ahora era imposible comprarlo—. Gracias a ese oro Francisco se había atrevido a cambiar la vocación de su tierra y esa apuesta le funcionó por partida doble: con el éxito de los naranjos como cultivo y como impedimento para mayores expropiaciones.

Lamentaba la pérdida del oro, claro, cómo no. Incluso se unió a un grupo de acreedores de Linares y Monterrey contra el Banco Milmo, aunque no veía cómo lograrían, por la buena de la ley, que les resarcieran sus fortunas. Organizaban reuniones, despotricaban, imprecaban, se lamentaban e incluso algunos lloraban. Todo era inútil: Francisco sospechaba que era mucho más fácil desaparecer una montaña de oro que volverla a aparecer de la nada.

Su fortuna se había esfumado, pero sus propiedades no, y por eso ahora más que nunca ya no sólo sentía la obligación, sino la necesidad de defender las que le quedaban. Por eso ya no podía permitirse la magnanimidad que siempre había tenido con Espiricueta. Por eso venía a informarle que, si no accedía y cooperaba para plantar árboles de naranjo en su lote asignado, tendría que irse.

La noticia no fue bien recibida por el campesino.

—Tengo diecinueve años de trabajar mi tierra, pero yo lo que quiero es sembrar tabaco.

Francisco estaba sorprendido de que de boca de Espiricueta salieran hiladas tantas palabras. Lo del tabaco, además, era novedad para él.

—El tabaco ya se sembraba aquí antes que la caña, pero no funcionó. Y tú ya llevas diecinueve años de fallar en nuestro acuerdo. Hasta aquí llegamos: haces lo que se te dice o te vas. No te va a costar nada. Yo te traigo los árboles. Tú los plantas y los cuidas. La naranja se vende bien y es la manera de que no nos arrebaten la tierra, Anselmo.

Silencio.

—Te veo aquí el sábado. Te ayudo a empezar.

54

Es la manera de que no le arrebaten mi tierra

—Sí. Aquí lo veo el sábado.

En vez de regar su maíz, como se requería, Anselmo Espiricueta se fue a practicar sus tiros con el máuser.

55

No todos los sábados son iguales

Recuerdo esos días de espera.

Cuando me subí al camión de redilas, lo hice imaginando que me iba con el circo y que aprendería, como Bonilla, Auténtica Maravilla, el truco ése de cantar bajo el agua. No es que quisiera ganarme la vida cantando bajo la superficie, pero imaginaba que si alguien sería capaz de cantar en ese medio tan ajeno y adverso, primero sería capaz de respirar como pez en el agua. ¿Y qué acaso esa habilidad no me daría muchas y muy grandes aventuras que contar?

¿Cuántos sábados había vivido hasta entonces? Era abril de 1929, así que calculo que hasta entonces en mi vida habían corrido trescientos sesenta y cuatro sábados. No porque antes de ir a la escuela me fijara mucho, aunque a partir de entonces cualquier sábado me parecía glorioso sin tener que ir a la escuela.

A mis casi siete años había vivido ya siete Sábados de Gloria, que eran en particular esperados porque la vida de color y actividad regresaba a Linares después de lo que parecía una eterna monotonía, que por tradición empezaba con el luto de la Cuaresma. Luego había ciertos sábados al año, cuando nos visitaba la feria de Villaseca, en los que se organizaban las mejores carreras de caballos de cuarto de milla. Ésos me parecían especiales. Otros eran los sábados de verano que pasábamos con los primos en ese rancho o aquél tratando de durar lo más posible sumergidos en las charcas que se formaban en las márgenes del río

—de ahí mi intenso interés de aprenderle a Bonilla su habilidad acuática.

Ese sábado en particular era para mí el sábado de sábados: mi cumpleaños número siete coincidía con el espectáculo bajo el agua y la reunión de todo el pueblo en ese evento que, a ratos, yo me convencía de que se organizaba para festejarme. Imaginaba que en pleno espectáculo la voz de Bonilla, desde su puesto bajo el agua, diría con claridad entre burbujas: ¡que se acerque el festejado! Y ahí estaría yo en primera fila.

Sí, la espera resultó larga.

En esos tortuosos días de escuela que faltaban para el sábado tan esperado, tan anunciado, tan mío, nadie hablaba de otra cosa: ni los alumnos ni los maestros. Imposible, decían los adultos. Imposible. ¡Pero lo dijo!, decían los inocentes. ¡Lo dijo con el megáfono y todos lo oímos! Como si decirlo con megáfono ya implicara garantía. Pero unos y otros acudirían al recital de canto acuático: el anzuelo había sido lanzado y todos éramos peces dispuestos a picar.

Dos días antes, en la plaza, en las calles, todos se detenían a comentar el punto y se preguntaban entre sí: ¿vas a ir? Así nada más, sin necesidad de especificar a qué evento se referían o a qué día en particular. Todos lo sabían y luego decían: ¿nos vemos allá? ¿A qué horas te vas a ir?

—Pues empieza a las cinco.

—Pero podríamos llegar antes. Llevar comida.

—Podríamos hacer un día de campo.

—Llevamos tortas y limonada.

—Pues nos vemos a las doce, entonces.

—Para apartar buen lugar.

Apartar buen lugar sería crucial.

Ese día hasta el tendero Abraham cerraría su negocio a las cuatro de la tarde. Todos los trabajadores del campo habían pedido permiso especial a sus patrones para laborar sólo medio día. El cuartel militar, que desde hacía años se había apoderado del edificio del hospital más grande del pueblo, dejaría como guardias a sólo dos soldados —los castigados— para irse todos al convite, y a todos los padres de familia, hasta a los más escépticos, les había resultado imposible negar a los hijos el paseo del sábado.

Excepto a los míos.

Cada día de esos cinco que hubo que esperar emprendía una nueva campaña para convencer a mis papás de ir, sin éxito. Creo que habrán sido los únicos que se negaban rotundamente a pagar veinte centavos por persona al que ellos aseguraban era un vividor aprovechado de la credulidad de los linarenses. Ni siquiera mi propio intento extorsionador de que todos mis amigos van a ir o de que es mi cumpleaños los doblegaba.

Yo no estaba tan preocupado, porque tenía la promesa de Simonopio: él me llevaría, y si mis papás se lo querían perder, pues era asunto de ellos.

Como siempre, transcurra lento o rápido, el tiempo pasa seguro, y de grano de arena en grano de arena toda fecha se cumple. Así también llegó aquel sábado que todo Linares esperaba.

56

A compartir el sudor y la sombra

Ella había criado a sus hijos con disciplina, bajo la regla de que no a todo se le debía decir que sí, aunque para el sábado Beatriz Cortés de Morales ya se había cansado de decir que no, que no, que no, y por favor ya déjame en paz, porque su interlocutor, a pesar de —o gracias a— sus siete años era infatigable y hacía imposible ignorar su terquedad.

Así que hubo momentos en los últimos cinco días —que le parecieron semanas— en que estuvo a punto de flaquear y de decirle ándale, vete a ver al Bonilla ése, al maravilla ése, al bueno para nada ése. Pero la familia ya tenía planes para el sábado y éstos no incluían perder el tiempo ni el dinero en un inmigrante de algún poblado vecino que, en los diez años que llevaba de vivir de arrimado en Linares, no había hecho más que subsistir de sacarle dinero a la gente de buena voluntad a base de tretas.

Ésa del sábado era sólo una artimaña más.

Beatriz no sabía qué encontraría la gente al acudir a ver el espectáculo prometido por el cantante acuático y hasta cierto punto entendía que por la necesidad de distraerse de alguna manera, después de los difíciles años transcurridos y los próximos que se avecinaban, hasta los más suspicaces cedieran ante la curiosidad morbosa.

El interés en Bonilla era sólo un pretexto para muchos.

Con la excusa que les había proporcionado Bonilla, ¿por qué no disfrutar lo que prometía ser un día flojo y tibio de primavera a la orilla del río, a la sombra de los árboles que lo bordeaban, rodeados de familia, juegos, buena comida y amistades? Beatriz sospechaba que algunos anticipaban gozosos en lo que terminaría la verbena: una buena rechifla —que Beatriz sabía que resultaría bien merecida— al final del recital del supuesto canto bajo el agua. Para ésos, veinte centavos por persona sería un dinero bien gastado, porque disfrutarían el día, convivirían con sus vecinos y amigos al aire libre y luego disfrutarían la burla masiva —o quizá serían los instigadores mismos— hacia alguien que de seguro lo merecería.

Con veinte centavos por persona disfrutarían la anécdota durante años, así que lo verían como un dinero bien gastado.

Con un propósito u otro parecía que todos —crédulos y cínicos— se darían cita en el molino La Verdad. Hasta los empleados de Francisco habían pedido medio día, y mientras que a Francisco chico sus papás le negaron la visita, a ellos, como su patrón, se las había concedido.

Trató de disuadirlos, pero si querían gastar veinte centavos en idioteces, era asunto de ellos. A Francisco chico le dijeron los Morales al despertarlo:

—Hoy necesito que me acompañes al trabajo.

—Y cuando regreses te voy a estar esperando con un pastel de cumpleaños, ¿qué te parece?

Por fin habían encontrado la manera de silenciar la incesante obstinación del niño por ir a ver a Bonilla.

Francisco no lograría cuanto se había propuesto en origen para ese día, pero aun así quería seguir con el plan, aunque a menor escala: llevaría a Francisco chico a empezar la siembra de naranjos que había destinado para la tierra que ocupaba Espiricueta. Francisco creía que no era demasiado pronto para involucrar a su hijo en los asuntos de la tierra, a entender la que sería su herencia, y más: que ya era hora de entablar una relación más cercana con su único hijo, la cual sentía descuidada, primero por la corta edad del niño y luego por los problemas y las distracciones que implicaba ser jefe de familia en tiempos de tribulaciones.

A falta de peones y de Espiricueta —que Francisco suponía que se ausentaría ese día, reacio como estaba al cambio propuesto por Francisco y atraído, como todos, por la convocatoria en el río—, ellos dos solos plantarían cinco o seis árboles, llevarían comida y luego el padre le daría el regalo de cumpleaños al hijo: el antiguo rifle calibre veintidós que había pertenecido a su abuelo.

—Sí, Beatriz: ya está en edad de usarlo. Conmigo.

Él le enseñaría a ser cuidadoso, a apuntar y a tirar, pero también a darle el cuidado y la limpieza que un rifle como ése merecía tras ser usado.

Francisco estaba seguro de que, al recibirlo, se le compensaría la decepción por no ir al amontonamiento de gente en el río, que sólo terminaría en desengaño. El rifle, en cambio, les daría a padre e hijo grandes oportunidades de convivencia. Les proporcionaría la manera de entablar intereses en común para que le quedaran a su hijo toda la vida, como esperaba que le durara el veintidós, para que en un futuro, él también lo heredara a sus hijos como la joya que era.

A él también se lo había regalado su padre a temprana edad, y ya con rifle en mano y su uso bien dominado pasó días y noches enteras sintiéndose crecer como hombre a su lado, practicando sus tiros, acompañándolo a sus ranchos, cuidándose de las víboras de cascabel, montando guardia nocturna para cuidar el ganado en el trayecto a la venta en Texas, cazando venado cola blanca, secando esa carne magra a base de sol y sal para que durara toda la temporada, tomando café amargo hervido sin filtro en la olla de peltre, hablando poco, porque su padre era hombre de pocas —pero siempre precisas— palabras.

Él había aprendido a escuchar cada una, a recordar cada palabra que su padre le dirigía ex profeso, porque en ellas siempre había una lección, aunque fuera en son de broma y Francisco se tardara en entenderlas, como cuando le aconsejó, con gran sabiduría —porque los güeros lo sufren más, m'ijo—, nunca andar sin sombrero bajo el sol.

—Es más: en la calle siempre camina del lado sombreado, pa' que no te pidan prestado.

Ésa fue una de las lecciones que le tomó un tiempo entender: ¿por qué alguien le pediría prestado si caminaba del lado soleado de la calle, pero no por el sombreado?

Por pendejo, concluyó, tras adquirir un poco más de madurez y un poco más de sensibilidad ante el sabroso sarcasmo que a veces se asomaba en las pocas palabras de su padre: cuando hay sombra, sólo los pendejos caminan por el sol.

Ya era hora de enseñarle a Francisco chico a caminar por la sombra, a hablarle de sus abuelos, de lo que la familia había ganado por esfuerzo propio y perdido por designios de otros. Le hablaría de lo doloroso de la muerte, pero del gozo absoluto de la vida. Tendría que esperar más para hablarle del valor de una buena mujer, aunque no era demasiado pronto para contarle del valor de la buena compañía y del respeto y cuidado que, como patrón que sería, les debía a todos los que estarían bajo su responsabilidad.

No sabía por dónde empezar, y le había confesado a Beatriz que se sentía un poco nervioso, tal vez inadecuado. No tan sabio como su padre.

—Con la primera vuelta de la rueda de la carreta: con eso empiezas. Y no tengas prisa por enseñarle todo hoy.

Cierto: a su padre le había tomado años. Él también se tomaría su tiempo.

Mientras Francisco cargaba la carreta con los jóvenes árboles injertados que se habían desarrollado en su propio vivero, además de pico, pala y el rifle protegido en una lona, Beatriz había organizado todo lo demás, ansiosa por disfrutar de al menos un día de paz, porque hasta Pola, Mati y la muchacha nueva habían pedido permiso para ir al río.

—Mati, hazles unos tacos de huevo con papa y chorizo. Envuélvelos bien y luego los empacas en la canasta. Ponles mucha limonada en las botellas para que les dure todo el día. Y tú, Lup...

Tres años hacía de la muerte de Lupita, pero Beatriz no se acostumbraba a su ausencia ni a dejar de pronunciar su nombre. Lupita, Luu..., Lup... era lo primero que su lengua soltaba cuando se dirigía a la nueva lavandera.

Por necesidad habían contratado a otra muchacha, una jovencita de buena familia de Linares, pero Beatriz no se acostumbraba a ella ni a deshacerse del nudo que se le había formado en el corazón desde la muerte de Lupita. Sería por eso que tampoco lograba encariñarse con la nueva, a pesar de que era muy trabajadora, de buena disposición y paciente con Francisco chico.

Sabía que no era justa con la pobre Leonor —así se llamaba, Leonor—, que de por sí había llegado a su nuevo trabajo a sabiendas de que venía de sustituta de una muerta, sobre todo cuando nana Pola y Mati se empeñaban en recordársela a diario en algún comentario, disimulado a veces, pero en otras no tanto: ay, cómo extrañamos a Lupita, le decían, o Lupita dejaba la ropa bien blanca.

—Y tú, Leonor —se corrigió con precisión Beatriz—, busca en la ropa de invierno un suéter para Francisco, porque lo va a necesitar. Ojalá que todavía le quede. Pola, saca dos cobijas del baúl y échalas a la carreta.

Su marido y su hijo no pasarían frío.

El clima, usualmente cálido en primavera, les había dado a todos una sorpresa: ese sábado del cumpleaños de Francisco chico, contra toda predicción y lógica, amaneció invernal: ventoso, nublado y frío.

—Simonopio me dijo ayer que hoy haría frío y que me tapara bien.

—¿Y por qué no me dijiste desde ayer, niño?

A ella, hijo y ahijado la habían mantenido en la ignorancia, y por eso estaba entonces, de última hora, ordenando buscar en baúles que pensaba que no se volverían a abrir hasta el otoño. El año que viene los guardo hasta junio, pensó, sintiendo frío aun dentro de la casa, por lo que aprovechó para sacar un chal de lana para ella. Beatriz estaba a punto de sentir compasión por el cantante acuático, al cual le sería imposible cancelar el espectáculo, y por todos los que pasarían frío en ese chasco de día de campo, pero algo la distrajo:

—Señora, encontré polilla en el baúl de los cobertores.

Si no es una cosa, es otra: en una casa nunca terminan las emergencias, pensó.

—Vamos, Pola.

Una plaga de polilla podía acabar con todo en unas cuantas semanas si no se le atendía, y Beatriz, alarmada y como buena ama de casa que era, atendía ya el asunto cuando la carreta, jalada por un caballo, salió con lentitud de los límites de la casa. Por eso no vio que Francisco, magnánimo, había permitido a su hijo cumpleañero echarla a andar. Atareada y agobiada por la invasión de insectos, y ya para entonces un poco mareada por los gases del alcanfor, Beatriz no salió a despedirlos.

57

Cada quien su camino

Francisco chico había salido temprano a avisarle que no podría ir con él a ver a Bonilla.

—Ven con nosotros, Simonopio. Vamos a trabajar.

A sabiendas de que sería la primera vez que el niño recorrería los campos sin él, Simonopio no aceptó la invitación, porque era también la primera ocasión en que padre e hijo pasarían un tiempo a solas lejos de la casa. El niño estaría a salvo con su padre y él se quedaría tranquilo para irse por su lado. Con esas consideraciones no le fue difícil negarse: Simonopio no quería perderse por nada del mundo el espectáculo en el molino.

Si hubiera sido su padrino el que lo invitara, Simonopio habría aceptado de inmediato, por supuesto, porque no había nada que a él le pudiera negar, ni siquiera por ver una auténtica maravilla. Pero de haber sido así, sabía que habría pasado todo el día completo deseando estar en otra parte, deseando estar en el río, esperando ver a Pedro Bonilla cantar bajo el agua y sin aparato alguno.

Simonopio esperó ese día con ansias, deseoso, eso sí, de llevar a Francisco como le había prometido, ya que sabía que era un suceso que nunca se repetiría. Pero le dio gusto verlo partir con su papá, asiendo las riendas, emocionado por acompañarlo a trabajar. Tal vez irían a alguna de las huertas. Harían una fogata durante el descanso para mitigar el frío. Comerían juntos a la sombra de un árbol, cobijados con los cobertores que había visto a nana Pola subir a la carreta.

Por ir ese día al río sin él no faltaba a la promesa que le había hecho al niño, pensó. Simonopio así lo percibió en la mirada de Francisco chico: tras cinco días de no pensar en otra cosa, el espectáculo del hombre que cantaría bajo el agua ya no era ni un recuerdo para él, al sentirse privilegiado de pasar un día al lado de su padre.

Algún día los acompañaría, pero ése no: ése les pertenecía a ambos y a nadie más. Mientras hacía una fogata para la nana Reja, de modo que pudiera protegerse del inusual frío, los vio alejarse en la carreta y los despidió en silencio, agitando la mano. Ambos le regresaron el saludo, felices de emprender el camino juntos. Y Simonopio supo entonces que a Francisco chico nunca se le olvidaría ese día. Que ese día lo marcaría. De todas maneras Simonopio se prometió con convicción que él recordaría cada detalle del suceso del río para contárselo más tarde al niño.

Iría solo porque, así como él no había aceptado la invitación de Francisco chico, sus abejas tampoco aceptaron la suya: era primavera, pero haría frío durante los próximos cuatro días y ellas preferían quedarse en su panal, a la espera de que volviera a salir el sol.

Por tomar los caminos de las abejas que sólo él conocía, en dirección contraria al que habían tomado los Franciscos, Simonopio fue el primero en llegar al molino La Verdad, a excepción del hijo mayor de Bonilla, que al enterarse de que la gente llegaría temprano a disfrutar su día de campo se había instalado ahí para que nadie pasara sin pagar sus veinte centavos, que Simonopio le entregó gustoso. Para sorpresa del tesorero de Bonilla, su primer miembro del público se metió al agua helada y caminó cruzando unos metros por la corriente hasta subirse en una roca que sobresalía, prominente.

A Simonopio no le importaba haberse mojado las piernas para llegar hasta su roca ni le importaba el frío: desde ahí gozaría una vista privilegiada del espectáculo sin necesidad de moverse ni de sentarse entre la marea de gente que llegaría. De haber ido Francisco no habría podido ocupar ese lugar: mojarlo y dejarlo empapado por horas de seguro lo enfermaría.

Sacó el jarro de miel con tapa de cera que siempre llevaba en su morral, y saboreándola se dispuso a esperar con paciencia.

58

Por el camino más largo

Han pasado tantos años y tantas cosas, que debo confesar que no recuerdo cuál camino fue el que tomamos o cuánto tiempo nos tomó llegar a donde debíamos llegar. Lo que sí recuerdo es que todo era nuevo para mí, de tal manera que te puedo asegurar que no pisamos con las ruedas de nuestra carreta el camino entre La Amistad y La Florida, que hubiera sido el único que yo habría reconocido por el árbol moribundo de las ramas retorcidas, de las cuales sólo retoñaban hojas de una, o por la enorme roca con aspecto de hombre enojado que parecía bloquear el camino y que siempre imaginaba, intimidado, que me miraba al pasar.

Los senderos de ese día, antes desconocidos para mí, nos llevaron a supervisar desde la carreta el nivel del río y el trabajo de los hombres en las huertas que pasamos.

Creo que ellos nos veían acercarnos con cierta aprensión, temiendo que quizá el patrón se hubiera arrepentido de dejarlos abandonar su labor a medio día para encargarles nuevas encomiendas, pero mi papá sólo pasaba dando el visto bueno a lo que fuera que se encontraran haciendo, sin detenerse por mucho tiempo.

Los hombres deben de haber sentido alivio al verle la espalda, alejándose.

A cierta hora empezamos a encontrar a gente caminando o a caballo en dirección contraria a la nuestra. Todos iban al río, menos nosotros. Ya no me importaba. El lunes llegaría y en el colegio mis compañeros no hablarían de otra cosa y me preguntarían por qué no había ido. No me importaba. El misterio de las maravillas de Bonilla se esfumó de mi mente, si bien la expectativa de nuevas maravillas la había invadido: conducir la carreta, sentir que ayudaba a mi papá con sus labores diarias, ir sentado hombro con hombro con él escuchando sus observaciones y sus planes para un futuro inmediato o a largo plazo.

No llegábamos a ningún lado, pero tampoco me importaba, ya que siempre tendía a torturar a mis papás cuando íbamos en el camino eterno a Monterrey, preguntándoles hasta el mareo: ¿cuánto falta para llegar?

Creo que ese día intuí que en realidad lo importante era el camino y no el destino.

Paramos a comer temprano, aunque ya no encontrábamos a nadie en el trayecto hacia el río. Parecía que éramos los únicos habitantes del campo, además de las urracas, los conejos y demás animales menores que sorprendíamos a nuestro paso. Comí los tacos de huevo con papa y chorizo, resistiendo la tentación de quejarme de que el chorizo siempre me caía mal a la panza, aunque mi mamá nunca se acordaba.

No sé si fue esa pesadez que me causaba el chorizo en la tripa, la cercanía de nuestro destino, las horas que llevaba en esta actividad lejos de Simonopio, que era el que por lo común me acompañaba en mis paseos, pero de repente sentí un nudo en el estómago y un impedimento por la ceguera que acababa de notar: me sentía seguro con mi papá, pero acababa de notar que, en todas las horas juntos, ni una sola vez él había predicho qué había más allá de la vuelta en el camino o de la colina. Tampoco se había detenido a descifrar quién había andado por ahí antes que nosotros o quién venía detrás. Y ni una sola vez lo noté buscar, más allá del horizonte, la presencia del coyote.

—¿Conoces al coyote?

—¿A quién?

—Al coyote que busca y sigue a Simonopio, porque es león.

—¿Un coyote que es león?

—No. Simonopio es el león. El coyote es el coyote que nunca dejamos que nos vea.

—¿Le tienes miedo a un coyote?

No supe qué contestar: no quería admitir que le tenía miedo a algo, pues si lo hacía dudaba que me volviera a invitar a salir con él. De repente pareció entenderme.

—Ése es un cuento que yo le conté a Simonopio hace mucho. Un cuento nada más. Cuando vienes conmigo no debes temerle a nada: soy tu papá.

Detuvo la carreta. Habíamos llegado al lugar donde haríamos los hoyos para los árboles.

—Además, mira.

De entre las colchas que venían en la parte posterior de la carreta, sacó el rifle más pequeño que yo hubiera visto. Un veintidós, me explicó, de su abuelo a su padre y ahora de mi papá a mí, que ya tenía siete años cumplidos. Sería para usarse en exclusiva cuando saliera con él, y con gran responsabilidad.

El regalo de cumpleaños me gustó, pero me agradó más lo que implicaba: era la primera invitación de muchas. Olvidé mis aprensiones.

—Ayúdame a medir y a hacer los pozos. Luego sembramos los árboles. Cuando acabemos te enseño a cargarlo y a tirar.

Para cuando terminamos los pozos, él estaba cubierto en sudor y yo de tierra de pies a cabeza.

—Nos va a regañar tu mamá.

—¿A ti también te regaña?

59

Y un camino nuevo

No recuerdo qué pasó luego de eso. Sólo sé que tres días después estaba en mi cama, confundido, y mi mamá lloraba, desconsolada, incapaz de contestar a mis preguntas:

—¿Ora qué hice? ¿Qué pasó?

Ella lloraba sin poder explicarme que la vida nos había mandado por un camino nuevo.

60

Dolerá

A pesar de sentirse tan atado a sus memorias, toda su vida Francisco Morales Cortés ha negado recordar lo que sucedió ese día de su cumpleaños número siete, ese sábado tan esperado, después de que su padre y él trabajaron en hacer los hoyos, cuando todavía lo llamaban Francisco chico.

Lo ha negado tanto, que él mismo se convenció de que era cierto. No me acuerdo, se dijo a sí y a su madre, a su abuela y al doctor Cantú, que lo atendió, pero también toda la vida a sus hermanas, a la familia, a los compañeros de escuela vieja y después a los de la nueva; a su novia, que después sería su esposa, a su hija la psicóloga, a su compadre del alma: no me acuerdo; quedé conmocionado por el golpe.

Toda su vida su gente le permitió ese singular olvido, primero en consideración al golpe en la cabeza y a su corta edad, luego por simple compasión, y últimamente, otra vez, por respeto cuidadoso a su avanzada edad.

Su madre, interesada ella misma en ignorar para siempre los detalles de ese día, protegió su amnesia mientras tuvo vida:

—Déjenlo en paz. Si dice que no se acuerda, es que no se acuerda. Además, ¿por qué querría recordar?

61

Sí. ¿Por qué querrías recordar,
Francisco chico?

Mejor fue, a lo largo de tu vida, no repasar lo acontecido, lo que atestiguaste: un niño de apenas siete años, ese sábado, día de tu cumpleaños, un día tan esperado. Un instinto de preservación te ayudó a mandar a algún calabozo oscuro, en lo más profundo de la mente, la dura realidad de esos minutos, esas horas y esos días siguientes, para muy pronto permitirte regresar a ser un niño sano, juguetón, que lograría convertirse en un hombre exitoso, equilibrado, feliz.

Encerraste esa realidad en una jaula como prisionera, pero no tiraste la llave, y hoy llegó el día de dejarla salir a la luz, lo sabes. Llegó la hora de completar la historia, de llenar los huecos.

Todos.

Así que respira hondo y no hagas distingos: deja salir los recuerdos de ese día. Recuerda los propios, pero reconoce e integra también las memorias ajenas, las que dejarás entrar en ti apenas hoy, aunque incomoden, aunque duelan, aunque parezca que te detienen el corazón.

62

Una consagración en el río

A la hora esperada, la gente más alejada del molino empezó a pedir silencio, y como una ola éste se fue dando. Se hizo ahí uno más profundo de lo que el nuevo padre Pedro lograba al momento de la consagración: nadie tosía, nadie cuchicheaba, nadie se abanicaba ni se acomodaba y reacomodaba el velo en la cabeza o las caderas cansadas en el asiento. Y nadie tenía siquiera que callar a niños parlanchines o necios.

A la orilla del río todos entendían la importancia del absoluto silencio.

Parecía que hasta los pájaros habían entendido. Lo único que se oía era la corriente del río, el crujido de la gran rueda de madera del molino impulsada por la fuerza del agua y, más alto, el chorro que caía desde la parte alta como fuente, por sus vueltas constantes.

Que el molino hubiera caído en el desuso no implicaba que su rueda, que nunca había sido desmontada de su sitio, dejara de funcionar. Mientras hubiera agua en el río, ésta haría lo que había sido diseñada para hacer desde que la instalaron ahí hacía décadas, sólo que ya sin el propósito productivo de moler la caña: dar vueltas.

Algún día en el futuro, sin mantenimiento, ésta caería y se pudriría. Mientras tanto, desde su abandono, había servido de diversión a los niños del pueblo, que a modo de competencia se atrevían a colgarse de ella en su ascenso para ver quién duraba más suspendido y para ver también quién lograba dar la vuelta completa: una actividad peligrosa que ya había reclamado la vida de uno de los niños, que al casi darla completa no volvió a salir vivo del agua, pues se quedó atorado con una rama debajo de la rueda.

Ese día, en que hacía frío y los padres estaban presentes, nadie intentó la hazaña. Ese día las familias comieron a la orilla del río, bebieron, platicaron, rieron, jugaron y hasta dormitaron, todo con tal de que el tiempo pasara más rápido hasta la hora prometida.

Que ya había llegado.

Simonopio, que hasta entonces se había mantenido inerte por horas, extrañando la compañía y la plática de sus abejas y lamentando la ausencia de Francisco chico, a pesar de su posición de privilegio en la gran piedra dentro del río, se reacomodó con expectación en su rocoso asiento. Y entonces, cubierto con su bata de dormir, apareció Bonilla, que hasta entonces no se había dejado ver. Simonopio notó que no se le veía muy contento de tener que quitársela: por más grandiosos dones que poseyera y llegara a demostrar bajo el agua, no era inmune al frío. Tal vez también estaba temeroso de enfermar, pero había convocado al pueblo a ver su espectáculo de música acuática, y hasta gente de Montemorelos se había dado cita en el lugar. No tenía manera ya de echarse para atrás ni de cambiar la fecha: había cobrado un buen dinero y ahora debía cumplir.

Por fin se quitó la bata, se la entregó a su hijo el tesorero, y dando un brinco frente a la rueda se echó al agua y se sumergió.

63

Los cantos de Bonilla

Nadie reconoció las primeras notas del corrido que, sonoro, llegaba de oído a oído, pero no importaba: Bonilla cantaba. Lo habían visto sumergirse en el agua, y ahora el público podía oír su voz y escuchar su canción. Toda la gente al unísono, incluyendo entre ésta a la incrédula, que se había alistado con anticipación para aventar verduras y frutas podridas al fallido cantante submarino, emitió un sonoro suspiro de admiración. Bonilla, Auténtica Maravilla, cantaba bajo el agua: todos lo podían oír, pero aun así algunos se inclinaron lo más que pudieron hacia delante para oír mejor, mientras que los de un poco más atrás se pararon para tratar de ver algo.

Los gritos de siéntensen, dejen ver y no dejan oír opacaron un tanto el incipiente concierto, aunque para entonces los que se encontraban en los mejores puestos para ver sin impedimento empezaban a protestar, por diferentes motivos. Sí, era cierto que Bonilla, la autoproclamada Auténtica Maravilla, cantaba bajo del agua y sin aparato alguno, pero no sumergido, sino bajo el grueso chorro que caía con el constante movimiento de la rueda. Ahí, parado en el suelo firme del río, cantaba fuerte, aunque desentonado, una canción de su propia autoría. Ni el cantante ni la pieza eran ninguna maravilla, concluyeron los miembros del público, y empezaron el reclamo, porque cantar bajo el chorro de una regadera —aunque estuviera al aire libre y provista por un molino— y sin necesidad de aparatos para respirar o micrófonos, era una habilidad que cualquiera de ellos poseía sin la mínima necesidad de habilidad o maestría, al igual que el propio Bonilla.

—¿Qué pasa?

Los del fondo no alcanzaban a ver la silueta de Bonilla que se dibujaba tras el chorro de agua del molino. Los de adelante les explicaban de buena gana la situación, para que se unieran al descontento generalizado. Hasta los que habían ido ese día sabiendo y esperando algún truco se sentían ofendidos y timados: para truco, ése que les hacía Bonilla era muy barato y no valía los veinte centavos que les había cobrado.

Simonopio no esperaba un truco: él había ido a ver una maravilla, la cual creyó había comenzado cuando Bonilla se sumergió. Había sentido su corazón saltarse un latido por la emoción, pero éste reanudó su ritmo normal cuando lo vio con claridad emerger del agua detrás del chorro. La canción que cantaba Bonilla ni siquiera era buena: ¿a quién le interesaban las penas de un hombre al que se le moría su mula? Eso le pasaba a cualquiera y en cualquier día de la semana.

Simonopio no entendía por qué el público reclamaba tanto. Bonilla ni siquiera había mentido: cantaba bajo el agua conforme a lo prometido. La gente —él mismo— había entendido lo que había querido entender. De inmediato perdió el interés en Bonilla para concentrarse en las caras, las voces y la energía furibunda del resto de la gente, aunque no se sintió tentado a unirse a los reclamos vociferantes y maldicientes de los otros espectadores: más que timado, se sentía decepcionado. De haber podido, en ese momento se habría echado al agua para irse, pero no quería pasar entre todas esas personas que cada vez se apretaban más hacia el frente, reclamándole en masa al hijo tesorero de Bonilla que les regresara su dinero. Ya cansado de gritos y reclamos, siguió inmóvil en su sitio tratando de sacar todo y a todos de su mente. Pero no le resultaba fácil.

Ya había tenido suficiente: suficiente de gritos y suficiente de esa energía negativa que imperaba. Ya tenía demasiado tiempo sentado en esa roca helada. Hastiado de eso, ya no podía ignorar el frío ni la frustración. Había invertido mucho de su tiempo de los últimos cinco días tratando de imaginar cómo sería que alguien cantara bajo el agua, y por atestiguarlo había rechazado la invitación de Francisco chico, que con gusto y generosidad había deseado compartir con él a su papá.

Decidió que se disculparía con el niño, y si bien no había maravillas que contarle, Simonopio sabía que le causaría gracia saber cómo y quién había empezado a tirar restos de comida en dirección de Bonilla como muestra de desaprobación. Le contaría también que el chorro de agua detrás del cual se escudaba era tan grueso, que no había pan ni tomate que lo traspasara: que los proyectiles daban contra el chorro sólo para descender y hundirse en el río. Le contaría que no fue hasta que a alguien se le ocurrió tirar una naranja con fuerza, cuando Bonilla empezó a recibir el fruto de su esfuerzo musical, a golpes. Le diría —y esto lo haría reír, lo sabía— que hasta ciertas señoras del casino, cansadas, heladas y aburridas tras largas horas de espera a la intemperie, habían perdido la elegancia, y en ese acto como de enjambre habían comenzado a hablar y a gritar igual que la gentuza a la que no admitían en su exclusivo club ni en la carpa de primera en Villaseca. Todavía sin atreverse a cambiar de lugar, Simonopio admitió que no había sido la mejor idea ubicarse en esa roca para el espectáculo. Ahora se sentía atrapado en el sitio hasta que la gente decidiera irse, pues cruzar el río a nado hasta la distante orilla del otro lado no le convenía: lo obligaría a mojarse más y a regresar a casa por el camino más largo.

Decidió que sería paciente. La gente no tardaría en irse con o sin su dinero, y entonces él podría volver a La Amistad.

Ya era muy tarde para unírseles a los dos Franciscos, pero la espera le resultaría más placentera viéndolos, sintiéndolos. Sintiéndose cerca. Su cuerpo estaba atrapado en esa piedra, aunque podía dejar su mente volar, y así lo hizo. Se forzó a olvidar maldiciones, decepciones propias o ajenas, reclamos, naranjazos, cantos fallidos, centavos y pesos, y al hacerlo se fue a donde estaban su padrino y Francisco chico. Voló hacia un día en armonía. Sintió un chorizo que caía mal a la barriga y la emoción de un deseo postergado de apuntar y tirar con un rifle. Llegó hasta unos pozos mal hechos en la tierra y a unos árboles por plantar. Perdió el aliento al sentir el peso de una tierra infértil y hostil. Vio el odio en unos ojos que los observaban y sintió la determinación detrás de una mirilla que les apuntaría.

Entonces supo qué se siente cuando en verdad se paraliza el corazón. Un latido, dos. Entonces supo lo que siente un corazón que se ha detenido un latido, dos, cuando recuerda que para vivir debe volver a latir, aunque ese primer latido duela tanto que pareciera que se abriera una brecha en el pecho. Entonces conoció el verdadero terror que se siente cuando, sin necesidad de estar dormido, se cae sin fin, cuando el mundo se derrumba. Supo lo que se siente cuando sin aviso ni control, pero de súbito, invade a un cuerpo un dolor tan grande que no se puede almacenar en él, que no se puede contener adentro ni guardar con discreción, por lo que para pasar de ese momento al siguiente, para sobrevivir, se debe dejar salir o abandonar la existencia. Se debe dejar salir o explotar.

Antes de tirarse al agua helada del río para nadar primero y luego correr hacia la orilla y penetrar por lo más grueso del nudo de gente, sin perder velocidad, sin importarle a quién atropellaba en su camino, ese muchacho extraño de los Morales, ese que todos los que atestiguaron el suceso aquel día creían que era mudo, emitió el alarido más potente que hubieran oído en su vida. El más desesperado. El más doloroso. Pasmados, desistieron de súbito de sus reclamos y de sus gritos ante Bonilla.

¿De dónde había salido o qué había provocado tal lamento? Ninguno de los presentes que lo vieron alejarse de ahí a toda prisa en dirección al monte —como poseído, dirían unos— lo pudo alguna vez explicar. Sobre la piedra donde había pasado casi el día entero quedó olvidado un par de zapatos que nadie recogió.

64

Salto de fe

—¿A ti también te regaña?

¡Qué preguntas hacía ese niño!

Claro que Beatriz lo regañaba si la ocasión lo ameritaba, y lo ponía en su lugar cuando lo merecía, pero Francisco Morales no habría admitido eso ante su hijo, al menos no ese día, por lo que hizo lo que hacen todos los padres por instinto: evadir la pregunta, obviar la respuesta y cambiar de tema.

—Ándale, vamos a plantar los árboles.

Padre e hijo subieron a la carreta para acercar los naranjos a la orilla. No pesaban mucho para un adulto, pero entre el peso y la dimensión no era fácil para un niño de siete años moverlos sin dañarlos. Francisco vio cómo su hijo imitaba sus movimientos y cómo levantaba la vista esperando su aprobación, y pensó: así es como se hace una relación, así es como le enseño a ser lo que debe ser, poco a poco, como dice Beatriz, y no todo al mismo tiempo. Más vale que no lo olvide: no vaya a ser que ella me regañe también por eso.

Descendió de la carreta y bajó todos los árboles. Luego le dio la mano a su hijo y lo ayudó a dar el salto hacia el suelo irregular del camino. Francisco chico no se conformó con echarlo sólo para abajo para plantar los pies en la tierra y ya, sino que tomó impulso hacia arriba para llegar alto, prolongar el vuelo y hacer de algo tan sencillo una aventura emocionante. Francisco padre se preguntó cuánto hacía que él había dejado de hacer lo mismo: saltar más de lo necesario sin saber cómo se aterrizaría ni qué consecuencias habría. Al tomar el primer árbol de naranjo, producto de su huerta pero antes fruto de su imaginación y de su atrevimiento, pensó que acaso haberse atrevido a cambiar la vocación agrícola y tal vez la historia de todo un pueblo era equiparable a dar un gran salto como el que acababa de hacer, con toda fe, su hijo.

Conforme, satisfecho con el resultado de su esfuerzo de años, acercó el primer árbol al lugar donde echaría raíz para siempre.

Y entonces lo vio a lo lejos, en la colina: acompañado por su hijo, Espiricueta había llegado. Tarde, pero como habían quedado.

65

El regreso

Para, por favor. Me falta el aire. Oríllate. Me quiero bajar un momento. Sólo un momento. La verdad es que nunca pensé que sería tan duro regresar a casa, y para mí, mi casa empezaba desde este camino planeado por mis ancestros, ahora bordeado de árboles moribundos y muertos.

Habrán creído que serían eternos, que nunca envejecerían, que nunca morirían. Ahora mira lo que queda de ellos.

66

Ve, escucha, entiende

Francisco Morales, al que hasta los siete años llamaron Francisco chico, desciende del taxi que lo recogió esa misma mañana en su casa, lo más rápido que su cuerpo le permite, intrincado por la edad y el desuso.

El joven chofer del taxi lo mira con desconcierto y alarma.

Teme que alguien de tan avanzada edad decida morir en el automóvil, porque primero que nada, a su corta edad, nunca ha visto a un muerto, pero además ignora y se pregunta qué tan sucia es la muerte cuando llega. Decide que tal vez mucho, por lo que prefiere que, de morir, el viejito lo haga fuera del carro, que ni siquiera le pertenece. No quiere dar explicaciones al dueño ni que le rebaje el costo de una limpieza general, así que por eso atiende de inmediato la petición del anciano de orillarse.

Resguardar la integridad del auto es su prioridad, pero lo que lo hace bajar tras su pasajero es la curiosidad: no puede dejar las cosas así. Tiene que conocer el fin de la historia, así la escuche con el último hálito del anciano.

Esa mañana Francisco Morales hizo la llamada a la estación de taxis a la que, cuando había necesidad, siempre telefoneaba Hortensia, una mujer contratada por sus hijos al quedar viudo, con el fin de que hiciera las veces de ama de llaves y enfermera. Él no sentía que necesitara enfermera, pues todavía era capaz de atender sus necesidades fisiológicas más básicas sin ayuda, aunque nunca objetaría a tener a alguien que lo cuidara.

A Hortensia no la llamaba nana: a su edad habría sido ridículo, pero, ¿qué diferencia había entre ella y su nana Pola?

Sólo el cariño. Poca cosa.

Hizo la llamada obedeciendo un impulso inusual en alguien de su edad. Esa mañana había amanecido dispuesto a respetar la rutina que lo unía a Hortensia desde hacía más de quince años. Una rutina de amistad distante: ella desde la cocina y él en el cómodo *lazyboy,* obsequio de sus hijos en alguna Navidad y que él había ido domando y moldeando al contorno de su cuerpo. Ahora, en el mullido abrazo permanente de ese asiento, pasaba todas las horas de su día, y sólo se levantaba cuando empezaba a sentir en la cadera los empujones y pellizcos que le hacía su elegante mecedora reclinable, que se agotaba mucho antes que él de tan constante cercanía.

A veces le parecía que se iba convirtiendo en una estatua de mármol de Rodin, ésa de *El pensador* que alguna vez había visto en París, sentada por la eternidad en la misma posición, porque ni siquiera se animaba a reclinar el asiento un poco ni a usar la otra característica de su *lazyboy,* que era la de elevar las piernas.

Ahí las horas se le iban solas y sin aviso. Se le esfumaban. Ahí, con las cortinas cerradas y a oscuras, entre las visitas de algún hijo, nieto o bisnieto, cerraba los ojos y los oídos aunque la televisión estuviera permanentemente encendida como una ventana al mundo. ¿Qué podía ver o escuchar él en el cubo encendido, en esa caja de tontos, que no conociera ya? En su larga vida lo había visto todo y no quería mirar repeticiones de nada. Porque a veces le parecía que todo era una repetición: los mismos errores, las mismas alarmas y los mismos gobiernos, aunque las caras cambiaran.

Ninguna sorpresa. Jamás.

Así que cerraba los ojos y los oídos, y se encerraba en el pasado a recordar, porque la única repetición que toleraba era la de los recuerdos con que había ido llenando su vida.

Ese día había levantado el auricular y llamado para solicitar un taxi como un experto. Había llenado su cartera con dinero, y, sin decirle nada a Hortensia, que se encontraba como siempre en la cocina haciendo una de sus aromáticas sopas, salió al sol de mediodía a esperar su transporte, que llegó con prontitud. No se sentó en el asiento trasero, como se espera de cualquier pasajero de paga: se sentó adelante, para verlo todo con los ojos bien abiertos.

—Vamos a Linares.

Calló las protestas del joven conductor tras asegurarle que traía suficiente dinero para pagar la ida y la vuelta, así como la gasolina. Traía suficiente para cubrir el costo del día entero, de ser necesario.

Sentado adelante, viendo el camino sin obstrucción, comenzó a narrar la historia que quería, la historia que ninguno de sus hijos o nietos, presos de las prisas modernas, había querido escuchar más que a pedazos, porque siempre interrumpían.

—¿Es cierto que te tiraste una vez de un puente porque venía el tren? —le habrán preguntado alguna vez.

—Sí.

—¿Y qué pasó? ¿Cómo te salvaste?

—Nos salvó una nopalera.

—¿Y qué sentiste? —preguntaba su interlocutor para perder de inmediato el verdadero interés en la pregunta, como de costumbre, y luego el hilo de la conversación, porque sonaba su teléfono celular con una llamada o con el aviso de haber sido etiquetado en el tal Facebook, o con un mensaje que incluía la foto del día del jardín de niños, donde figuraba un miembro de la nueva generación de la familia.

—Mira. ¿Quieres verla?

—No traigo mis lentes, gracias.

Ese día se propuso que la narraría completa, aunque al taxista no le interesara la historia de un viejo. Siempre había recordado, pero desde que la vida se le había detenido con tanta viudez, con tanta vejez, con tanto silencio, con tanta inmovilidad y con tanto aislamiento, los detalles de su historia se habían hecho cada vez más vívidos, más coloridos, más presentes. Como siempre intentó contenerlos, dominarlos, pero los recuerdos lo habían sorprendido ese día pidiendo libertad, aire, luz. Déjanos salir, le pedían unos. Otros lo tomaban por asalto y le decían: ya déjanos entrar. Fue como si ese día todos juntos hubieran decidido asaltarlo, inundarle los sentidos, los cinco que aceptaba la convención y los otros que él aceptaba que existían pero a los que nunca había podido acceder, usar y ni siquiera comprender: ésos de los cuales le había hablado Simonopio cuando niño y que nunca había tenido la paciencia ni el tiempo de estudiar y desarrollar.

Cansado de resistir tanto, Francisco había cedido a su embate.

Ahora debía dejar salir o entrar a los recuerdos que se le arremolinaban, o si no explotar. Ahora entendía que le hablaban, que lo llamaban, que algo lo llamaba desde hacía muchos años, pero que se había negado a ver y a escuchar o que le había sido imposible hacerlo, envuelto en la cotidianidad activa de una enorme ciudad.

Ese día resultaba imperativo acudir al venvenvenvén del llamado y revivir su historia en la que nunca, ni siquiera de joven, creyó ser protagonista. Ahora al fin lograba rellenar y entender los huecos ocultos en esa historia que había creído conocer completa.

Descendió del carro porque le faltaba el aire, a pesar de que llevaba la ventana abierta.

Pero salir no mejora su condición, porque a Francisco Morales aún le falta el aire, como le faltará hasta que llegue a su destino. Como le faltará hasta que termine de contarse la historia como nunca lo ha hecho: con la nueva visión esférica que con tanto ahínco intentó enseñarle Simonopio y que apenas viene aceptando. La misma visión que ahora le permite entender y sentir ternura por una nueva madre, veterana y mayor, de un hijo incontenible. Que le facilita simpatizar con Carmen y hasta con Consuelo y comprender las duras pruebas por las que pasó su padre y entenderlas en la tripa y en la célula y ya no tan sólo como una simple, aunque amarga, anécdota. Entender, si no perdonar, las motivaciones de la envidia y el rencor que matan, y además descifrar y aceptar al fin, como propio, el mundo de Simonopio.

67

Pero la imagen de Simonopio
te invade la mente,

Francisco, y no es ésa de la mirada apacible y la sonrisa generosa que tanto te gusta recordar: la imagen del muchacho rodeado de abejas y sol, que te llevó feliz a la escuela jalando las riendas del Rayo durante tan demasiado corto tiempo. El retrato mental que ves ahora no es el que te llevaste contigo cuando te fuiste y el que te ha acompañado todos estos años desde que partiste. No, la imagen que ves hoy detrás de tus párpados, como lo ves a él en ella, es una que nunca antes viste. La que ves este día en él, tantos años después, es la cara misma del sufrimiento absoluto, sin filtros, disimulos ni condescendencia.

Y de repente sientes que te invade el dolor más grande de tu vida, uno que se debe dejar salir o morir. Entiendes que ese dolor es ajeno, pero que te incumbe. Sabes que viene del pasado, aunque apenas te haya alcanzado tantos años después. Ahora sabes que el dolor se llama Simonopio. Lo piensas un poco con lo que te queda de cordura, porque sientes la tráquea cerrada y el delgado hilo de aire que llega a tus pulmones oxigena poco tu sangre y apenas te alcanza para una decisión lúcida. Al no tener energía en tu viejo cuerpo para desfogarlo del dolor con un gran alarido, para rivalizar con el de Simonopio de aquel sábado de tu cumpleaños, tu única opción es seguir contando la historia.

Volteas hacia el chofer del taxi, que ahora sabes que se llama Nico, aunque en todo el trayecto no le has preguntado su nombre ni te lo ha ofrecido.

—Ya. Mejor. ¿Le seguimos?

Sí, Francisco. Súbete al carro de alquiler. Llega a tu destino. Sigue, Francisco. Los recuerdos y los dolores, todos, tuyos, ajenos, de principio a fin, te requieren. Hoy no te dan tregua: debes acudir a su llamado. Duele y dolerá más, pero vas por buen camino.

68

Por los caminos de las abejas

Simonopio debía cortar camino. En el mapa de los montes que durante su eterno andar tras las abejas había hecho en su mente y que luego trazó sobre la tierra y entre las plantas con el peso de su cuerpo, escogió el sendero más rápido y corrió a toda velocidad.

No podía sentir los latidos de su corazón. No podía controlar su respiración ni ver más allá de la siguiente colina. Sabía que le latía, que respiraba y que el mundo existía más allá de su vista sólo porque seguía vivo, en movimiento y con un destino en mente. Si hacía frío él ya no lo sentía. A él ya no le importaba. Si iba descalzo sobre piedras, ramas y espinas, guiado por su compulsión, sólo podía dar un paso firme y veloz y seguirlo con otro, y otro, y otro, y todos los necesarios para acercarse a donde todo lo llamaba, a donde toda la vida había sabido que sería llamado.

A cada paso lanzaba desde adentro su llamado apremiante y repetitivo: es hoy, vengan hoy. Ensordecido por la angustia, no sabía si recibía respuesta.

Indiferente a los rasguños, no se detuvo por nada. Ni siquiera disminuyó la velocidad para abrirse paso con cuidado entre las plantas espinosas, que habían vuelto a crecer desde su última visita. No se detuvo, como acostumbraba, a admirar la vista que se abría de repente hacia los más altos cerros desde un ángulo que sólo se apreciaba cuando uno caminaba por ahí. No se detuvo para dejar pasar tranquilo a algún conejo que, incauto, se atravesó en su camino. Por primera vez en su vida corría insensible e indiferente a causar alarma o daños por el monte, y ni siquiera un encuentro con el oso que rondaba por esa zona lo habría detenido ni desviado.

Tenía mucho camino por recorrer y poco tiempo para hacerlo: el día del enfrentamiento entre el león y el coyote había llegado y él se dirigía a su encuentro.

No sabía si llegaría a tiempo.

69

...a hierro —o a plomo— muere

No pudo evitarlo: ver a Espiricueta a lo lejos, de pie sobre la colina, no le había agradado.

Cierto: era en lo que habían quedado —aunque él lo dio por cancelado— y trabajar con él había sido su intención original al traer a Francisco chico al trabajo ese día, pero ahora que lo habían pasado solos no quería compartirlo con nadie más. Habían comenzado una tarea juntos y quería que la terminaran igual. Sabía que, de haber tenido ayuda desde un principio, que de haber llegado Espiricueta a tiempo, la misma tarea les habría tomado unos minutos, mientras que a él, torpe cavador, y a un niño pequeño que regresaba más tierra al pozo de la que lograba sacar, les había llevado cerca de dos horas.

Ahora que tenía el primer árbol en la orilla de su hoyo, decidió que le pediría a Espiricueta que volviera al día siguiente, cuando empezara en forma la siembra de la nueva huerta. Ellos dos solos plantarían esos árboles y Francisco chico siempre recordaría que, cuando niño, había iniciado una huerta con su papá.

El trabajo de ese día aún no terminaba para Francisco chico ni para él, pero no le importaba. Se había divertido con su hijo siendo ineficientes y sudando juntos a pesar del frío, y parecía que el niño también se divertía. Esa noche llegarían a casa con ampollas en las manos y hambrientos, pero satisfechos por el trabajo bien hecho y por los logros del día que rebasaban, por mucho, los cinco árboles que plantarían.

Tras ese largo día de trabajo caerían muertos, auguró.

Levantó su mano en señal de saludo, esperando reciprocidad. En cambio, vio que Espiricueta, en vez de regresarle el saludo como esperaba, levantaba la suya, pero para acomodar su máuser y apuntar con la mirilla con buena pausa, sin prisas, de seguro conteniendo el aliento, como cualquier experto tirador sabe hacer cuando quiere dar en el blanco.

Sólo un instante le tomó a Francisco Morales padre darse cuenta de que Anselmo Espiricueta no apuntaba a nadie atrás de él y comprender horrorizado que el campesino dispararía con el arma y las balas que él le había proporcionado —tras insistir que practicara para mejorar su puntería—. Y ese solo instante lo llevó a concluir que su objetivo era él, y con él, su hijo.

Sólo un instante.

Volteaba, con la intención de proteger a Francisco chico con su cuerpo, cuando resonó el disparo, que reverberó entre un monte y otro de esa tierra que aún le pertenecía.

70

...a hierro —o a plomo— mata

Anselmo Espiricueta acudió al llamado del patrón, tal y como habían acordado. Llegó con su hijo desde temprano, casi desde el amanecer, que era la hora habitual para empezar a trabajar, pero el patrón no había llegado y, tras varias horas sentado, con frío y hambre, apoyado contra el tronco de un árbol en la cima de una colina, Espiricueta, por insistencia del hijo, había estado a punto de desistir, de regresar a su casa, resentido por la falta de consideración del patrón.

Los tiempos del peón, concluyó, no son los mismos que los del patrón, que faltando a su palabra no había llegado a la cita. Entonces se sintió decepcionado: esperaba ese día con ansias, mas no por la excitación de cambiar de cosecha ni por la curiosidad, como todos los demás que acudirían ese día a la verbena del río, sino porque ese día al fin empezaría la vida que había planeado por tantos años.

El encuentro al que lo había citado Morales ese día Espiricueta lo interpretó como amenaza, pero sería la última vez que alguien se atreviera a hacerlo: él, a su vez, había respondido con una seria promesa que pensaba cumplir. Y no a base de naranjos.

Con esa motivación Anselmo permaneció en ese promontorio sin saber cuándo se le volvería a presentar la oportunidad de defender su tierra del que quería arrebatársela con cambios incomprensibles, con cambios que convenían, como todo, sólo a él y a los suyos. Por la tarde sus tripas comenzaban a quejarse ya cuando los vio llegar, en la carreta cargada de árboles y palas. Detuvo a su hijo en su impulso inmediato por acudir al servicio del patrón.

—No, m'ijo. Hoy no.

Olvidó el hambre. Olvidó el frío.

Y así, fuera de la vista del patrón, que no se había detenido a esperar la llegada de su obediente peón, padre e hijo observaron al otro padre y al otro hijo batallar para hacer cinco pozos mal hechos, y al verlos, campesinos torpes, altos, blancos y elegantes, corroboró lo que siempre había creído: el campo le pertenecía al que lo trabajaba, al que sabía hacer las cosas, al que sabía sembrar, y no al que lo supervisa todo desde arriba de un caballo sin ensuciarse las manos.

—Esta tierra es mía.

Había esperado años y ya no quería dejar pasar un día más para sacudir de su tierra las pisadas ajenas. Desde hacía tiempo se había gastado en su cuerpo y en su espíritu toda la paciencia y toda la espera de las que era capaz, todo el silencio de que era capaz.

Y si a la mujer aquélla le había hablado al oído para acabar con su silencio, de cerca, lo más cerca posible, sobre todo de lo que la culpaba —no me mirastes cuando te miraba y ora no vuelves a mirar a naiden más—, mientras sus cuerpos sudorosos luchaban mano a mano, ojo a ojo y pecho a pecho, uno por vivir y el otro por matar, y si al final había sentido el placer en la piel por haberla despojado de la vida con uñas y dientes, y placer en los oídos por haberla oído respirar la última vez, ahora no tenía problema en hacer lo mismo, pero de lejos, armado con su máuser, con el que tanto había practicado y al que tanto había acariciado como a una amante, a falta de mujer.

Ese día quería que su voz y su voluntad fueran oídas a balazos, que retumbaran tan fuerte como un trueno.

El patrón ya había logrado con su crío acercar el primer árbol a su destino. Pero Anselmo Espiricueta no permitiría ni un árbol de ésos en su tierra. Entonces se puso de pie para ser visto. El patrón, con la arrogancia de siempre, le dirigió un saludo y él, con la arrogancia que enseñaba por primera vez, le dirigió el cañón de su rifle.

Contrario a lo que pensó Francisco Morales en ese pequeño instante, a poco más de trescientos pasos de distancia, Espiricueta no tenía el hábito de respirar profundo ni de contener el aliento antes de disparar. Al apuntarle a la cabeza a su patrón, Anselmo Espiricueta hizo lo que llevaba años de hacer en sus prácticas.

Cantó.

Ya el águila real voló
y se incomodó el jilguero.
Se ha de llegar la ocasión
en que el burro mande al arriero…

Y disparó.

71

Tan cerca y tan lejos

Simonopio ya estaba cerca cuando oyó el estallido. Cerca, pero demasiado lejos, demasiado tarde, y ahora el aire que respiraba había cambiado: ahora olía a pólvora quemada y a muerte, y el silencio absoluto en el monte, tras el disparo, le tronó en los oídos y le perforó el corazón.

72

Regando la tierra

Francisco no sintió el impacto de la bala.

Sólo sintió, sin comprender lo que sucedía, que su cuerpo perdía la voluntad, que salía despedido y caía boca abajo, impulsándolo a desplomarse con todo su peso sobre su pequeño hijo.

Suspendido un instante entre la verticalidad voluntaria y la horizontalidad definitiva, entre la cordura y la confusión, Francisco había tenido tiempo de pensar que, cuando terminara la caída —¿por qué caía, si tenía tanto de no caer?—, le diría a Francisco chico que ya era hora de volver a casa, porque se sentía cansado y ese día no terminarían la siembra de los árboles, pero mañana volvemos, terminamos, los regamos y los vemos crecer, ya verás, los árboles crecen rápido, echan fruta rápido, pero hay que cuidarlos de la plaga, del frío, de la seca, de la Reforma. Ya verás. Ya verás cuando seas grande: estos árboles que plantamos hoy darán mucha fruta y tú traerás a tus hijos a que se llenen de tierra, para que los regañe su mamá, que es lo que hacen las mamás: te reprenden porque te quieren, porque si no lo hicieran ellas, ¿quién nos enderezaría, hijo?

Luego recordó que no habían terminado de plantar los árboles: no te preocupes, pero ojalá que alguien se acuerde de regarlos, porque yo estoy cansado y tal vez mañana no vengo. Tal vez me quedo en cama, para que me consienta Beatriz con caricias y mimos. Ahorita que podamos nos vamos en la carreta, que ella nos está esperando con un chocolate caliente y un pastel para ti, y bueno, también para regañarnos por la tierra que te cubre: a veces las madres hacen eso, pero no te preocupes, hijo, es tu cumpleaños y hoy voy a prohibir todo tipo de reclamos.

No. En cuanto pudiera, pensó —ya boca abajo en el suelo, resintiéndose del golpe en la sien izquierda contra una piedra, e intentando sin mucho éxito escupir la tierra que se le había metido a la boca—, nada más que recuperara un poco el aliento, le diría a Francisco que mejor se fuera a la casa sin él.

Y le dices a tu mamá que llego al rato, nada más que pueda. Que me espere para cenar, porque te tiene un pastel. Hoy cumples años. Hoy te quería enseñar todo, pero ella no me dejó. Me dijo: poco a poco, Francisco. Y bueno, sí, poco a poco. Pero hoy ya me cansé. Mírame aquí, tirado. Vete tú, pero vete por la sombra. Déjame descansar en mi sombra. Corre para que llegues al pastel antes de que se extingan las velas, que no duran nada. Se van a apagar, pero mejor apágalas tú, sóplales fuerte, que yo ya no puedo. Yo me quedo a regar los árboles, nada más que pueda, porque si no se riegan recién plantados las raíces no agarran. Las raíces son importantes, Francisco. Riega las raíces. Ándale, Francisco, estamos lejos de la casa. Córrele ya, que se apagan la velas. Yo te veo irte, Francisco. Ándale. ¿Dónde estás? ¿Te fuiste ya?

Entonces lo oyó: un pequeño suspiro que parecía venir de la tierra debajo de él, un pequeño quejido. Comprendió —recordó— con aprensión que había caído sobre Francisco chico. Preocupado, pensó que Francisco chico no querría regresar a trabajar con un papá tan torpe, que se caía y lo aplastaba con su peso. Debía moverse para dejarlo salir, para dejarlo respirar, y nada más que pudiera se rodaría para dejarlo salir de esa prisión bajo su cuerpo. Nada más que pudiera.

Ahora sí que Beatriz se va a enojar conmigo.

—¿Estás bien? Ahorita me levanto, hijo, espérame —trató de decirle en vano: por su boca no salía sonido.

El golpe lo había aturdido, pensó, y trató de recordar la última vez que había caído, pero no se le venía a la memoria. De seguro cuando niño, y de seguro se habría levantado de inmediato, sacudido las rodillas y seguido con el juego, con las escondidas, que siempre había sido su favorito. Y cómo le había gustado jugar a esconderse entre las hileras cerradas de caña, sin querer hacer caso cuando le decían niño, te va a morder una víbora; pero nunca lo había mordido ninguna: sólo se había perdido una vez en lo profundo de ese laberinto, dando vueltas y vueltas sin encontrar salida, viendo nada más el verde seco de la caña delante de él y el cielo azul arriba, como única aunque inútil guía. Finalmente, con gran alivio, salió a un claro en una de esas espirales que sus pies habían continuado dando, a pesar de que la cabeza se había rendido ya a la soledad absoluta y eterna. Pero sólo él se había percatado de su ausencia, sólo él se había sentido perdido, y la eternidad que había pasado perdido entre la maleza del cañaveral, si acaso había sido de diez minutos en el mundo conocido: el juego de los demás niños continuaba sin interrupción. No lloró de alivio al salir a la libertad: contuvo las ganas. Pero le había bastado respirar profundamente una sola vez para regresar a las escondidas y sólo unos minutos más para olvidar para siempre el terror que acababa de pasar.

Ahora necesitaba más que un momento para recuperar el aliento y la brújula: ya no era ese niño ágil y de fácil recuperación de antes. Ahora una caída lo tumbaba como a un gran árbol que, una vez caído, no se vuelve a levantar. Tal vez esto significa que me estoy haciendo viejo, pensó con miedo.

Ahora sentía una necesidad apremiante de levantarse y sacudirse el miedo. Urgía. Urgía por... ¿Por qué urgía? Tenía que levantarse porque había caído, pero ¿por qué había caído? Algo lo había empujado. ¿Dónde está Francisco chico? De reojo vio el árbol que se disponían a sembrar, esperando ver a Francisco salir de detrás, con un brinco y un grito para asustarlo, pero luego pensó que un árbol con un tronco tan joven no serviría de escondite ni siquiera para un niño pequeño. Y no había un solo ruido. Sólo el aire que pasaba por los arbustos lejanos y que luego pasaba suave, pero helado, por su cara. Y ese silencio no le gustó, pues nunca se había conocido que éste pudiera existir cuando Francisco chico se encontraba en los alrededores.

Trató de llamarlo, de reprenderlo: no te escondas, Francisco. No es momento para las escondidas. Ya sal, que me estás asustando. Pero las palabras se formaban en su mente, mas no en su lengua ni en su aliento, porque apenas tenía la fuerza para respirar sin llenar los pulmones a plenitud. Entonces lo oyó otra vez: un débil suspiro que venía de debajo de él, y volvió a recordar que, al caer, lo había hecho encima de su hijo, y que ahora Francisco moría de asfixia bajo el peso del cuerpo de su padre. Bajo el peso de las torpes decisiones de su padre.

Entonces toda la confusión que se había apoderado de él lo abandonó de súbito, si bien con la clarificación de las ideas no llegaron el alivio ni la solución a su predicamento. Con la clarificación de las ideas sólo llegó el terror.

Trató de moverse, pero no pudo. Trató de sentir a su hijo bajo él, pero sólo percibió la tierra helada en su cara y la piedra contra la que se había golpeado la sien.

Entonces recordó a Espiricueta en la distancia y a su saludo de plomo.

Un saludo que le había dado en la espalda, concluyó, porque notó con desesperación que su cabeza era lo único que parecía funcionarle, y a duras penas: toda sensación en el resto del cuerpo se le había extinguido. Frente a sus ojos veía una mano acariciando la tierra. La reconoció como propia por la cicatriz en los nudillos y los dedos largos y chuecos que había heredado de su padre —sí, ésa es mi mano—. Él la reconocía, pero ella ya no lo reconocía a él: la mano, antes siempre remilgosa, se negaba a obedecer sus órdenes de limpiarse la tierra, de quitarse rápido del camino del arroyo de sangre que corría hacia ella. Que la alcanzó. Que la mojó.

Esa mano era la única parte de su cuerpo que veía, y le parecía que era lo único de su persona que le quedaba, porque al no verlos, la otra mano, los brazos enteros, el torso, la cadera, las piernas, parecían ya no existir para él.

Entonces comprendió que, antes que él, su cuerpo entero se había entregado a la muerte.

Y se le rompió el corazón, ese órgano que se siente, si ya no latir en el cuerpo insensible, sí latir en el alma. Pero ya ni siquiera podía entregarse al llanto abierto que lo tentaba. No había aire para eso. Sólo había humedad para las lágrimas, que fluían con libertad y sin vergüenza y que, en su imaginación, regaban el naranjo y se mezclaban con la sangre que sabía que estaba entregando a su tierra, vaciándose, aun sin sentirlo.

A esa tierra heredada siempre había estado dispuesto a entregarle todo sin reparos: familia, mente, tiempo, juventud, sudor, estudios y hasta lágrimas secretas. Pero nunca imaginó que ésta también le exigiría el llanto abierto y la sangre. Que le exigiría la vida de su hijo.

¿Crecerá fuerte este naranjo nutrido con mi sangre y mis lágrimas? ¿Se notará nuestra sangre en su fruta? No me tocará verlo, concluyó.

Esto es muerte, se dijo. Esto es mi muerte y la de mi hijo, que no puedo evitar, por más que quiera. Entonces deseó ver a sus hijas una vez más, pero en especial a Beatriz, porque siempre pensó que moriría mirándola a los ojos.

Creyó que en ese final que había imaginado serían viejos los dos, como se habían prometido, y para entonces habrían tenido tiempo de decirse todo y de decírselo muchas veces, sin importar las repeticiones, sin llegar nunca al hastío.

Pensó que habría tiempo.

Ahora, demasiado tarde, sin aliento en el cuerpo, deseó poder regalarle en una sola, porque sólo le alcanzaría fuerza para una, todas esas miradas intensas de amor que había ido ahorrando para gastarlas en épocas mejores, por falta de tiempo, por falta de energía, por sumirse en la rutina y rendirse ante las preocupaciones. Si tuviera a su mujer enfrente una sola vez más, encontraría la manera de repetirle con una última mirada todo el cúmulo de palabras tiernas que le había dicho desde que la conoció. Él se encargaría de que esa última mirada también le alcanzara para crear palabras nuevas sólo para ella.

Ahora era demasiado tarde, y aunque quisiera encontrar sólo palabras de amor y de despedida, nada más encontraba palabras de dolor, de pesar y de recriminación.

¿Las aceptaría ella?

Porque si estuviera Beatriz ahí, acariciándole la sien adolorida, abrazándolo, compartiendo su tibieza, no podría hacer más que pedirle perdón y aceptar con humildad cualquier sermón que saliera de su boca, de su mente, de su corazón, porque los merezco todos. Merezco todos los regaños, si no por la tierra que cubre la ropa de nuestro hijo juguetón, sí por confiado y por arrogante; por escoger la ceguera, al no haber querido ver lo que tuve con claridad enfrente durante tanto tiempo: el peligro en casa. Pediría perdón por abrirle la puerta. Perdóname por llamar a la muerte cerca, por enviarle un saludo cuando debí haber corrido. Perdóname, Beatriz, por matar con mi torpeza al hijo que te di tan tarde y que ahora te arrebato tan pronto.

Le pediría perdón, de haber podido, por la tierra que cubriría a éste para siempre. Por ésa sí. Pero era demasiado tarde para disculpas y más para enmiendas, porque entonces lo oyó, suave, por lo bajo, pero cada vez más fuerte, cada vez más cerca: ese estribillo que nunca había entendido porque nunca había prestado atención, porque nunca había querido, porque nunca había sido importante hasta ese momento.

Ya el águila real voló
y se incomodó el jilguero.
Se ha de llegar la ocasión
en que el burro mande al arriero...

Oyó el andar arrastrado de Espiricueta a unos pasos, y de haber sido capaz de hablar Francisco le habría rogado por la vida de su hijo, que en ese momento de seguro se extinguía poco a poco, sin aliento, entre la tierra y el pesado torso que lo mataba mientras lo protegía. No lo veía, pero deseó al menos sentirlo una última vez, hablarle una última vez en vida aunque fuera con la mirada, para decirle: traté. Traté y fallé. Te fallé: te dije que conmigo estarías seguro, que no tuvieras miedo, y me equivoqué. Pero ahora sí, hijo, no tengas miedo. Nos vamos juntos. Toma mi mano, apriétala fuerte. Nos vamos juntos. Salta alto. Salta. Ya nada te hará caer.

Francisco Morales ya no era capaz de nada más que de esperar, y sabiendo lo que venía, en su silencio impuesto por una bala lanzó una plegaria ferviente, si no convencional, sí desde el fondo de su ser y con toda la fuerza que le quedaba: que sea rápido, que no entienda, que no sufra; que lo mate yo mejor; que mi cuerpo lo ahogue antes de que aperciba mi niño aventurero, mi niño valiente, que está a punto de conocer a su verdugo; que de esta aventura no hay retorno; que la muerte no le duela y que no conozca el miedo; Dios: que le apaguen la vida rápido; que sea rápido…

Cerca, demasiado cerca de su cara, vio unas viejas botas gastadas que, sin consideración, levantaron el polvo a su alrededor, impidiéndole tomar el poco aire limpio que su cuerpo tenía fuerza para inhalar. Las vio pararse sobre su mano ajena y agradeció no sentir nada. Cerró los ojos esperando patadas, pero los abrió cuando, en cambio, en su oído, percibió el tibio y húmedo aliento de Espiricueta cantándole quedo, casi con ternura.

…en que el burro manda al arriero…

De aún haberle pertenecido su cuerpo, habría sentido un escalofrío recorrerlo. En cambio, sintió en su cuello el hierro que lo amenazaba, helado.

Pero ya no sentiría el plomo ardiente que lo mataría.

73

Demasiado tarde

De lejos, todavía corriendo, sin darse permiso para detener el paso ni cerrar los ojos ante nada, Simonopio vio al coyote acercarse a su padrino y darle un beso, como Judas. Luego vio el segundo beso: el de plomo, el de muerte. Vio a Espiricueta erguirse, satisfecho, para mostrar a su hijo el resultado de su violencia sobre el cuerpo detestado, ya sin vida, y picarlo con irreverencia en las costillas con la punta de su bota.

Ahí yacía el león, a los pies del coyote, muerto a manos del coyote, como en muchas de las versiones que Simonopio había construido sin desearlo, sin poder evitarlo, del cuento que su padrino le contó cuando era niño. Lo había visto desde entonces, pero no lo había comprendido bien: él no era el único león que el coyote veía con rencor, con odio, y ese día del enfrentamiento tan temido no era él el león que había caído, no. Él estuvo a salvo en el río —se recriminó—, distraído con un espectáculo soso por el cual había olvidado la promesa hecha a Francisco chico una mañana, años atrás, al pie de su cama: No me vuelvo a ir sin ti.

Por un espectáculo la había olvidado, y al hacerlo había abandonado a su suerte a Francisco Morales y a su hijo. Por hacerlo, el precio que todos pagarían sería muy costoso. Por su descuido la vida había cambiado, si acaso continuaba para alguien.

¿Dónde estaba Francisco chico? Cerca. Lo sentía. Simonopio no lo veía a la distancia, pero debía encontrarlo antes que el coyote. ¿Habría tenido tiempo su padrino de ponerlo a salvo?

No.

Este ataque del coyote no había sido de frente, con aviso. Había atacado por la espalda, artero y traidor como era, con el calor de dos balazos que penetraron el cuerpo del patrón, el primer objetivo del día. Leyéndole o sintiéndole la intención, Simonopio comprendió que del hijo del león se encargaría después, y lo haría de cerca, sin prisas, porque el coyote no teme enfrentarse con una cría a la que disfrutará matar con lentitud, como había matado a Lupita al hincarle los dientes, arrancarle la carne y los ojos, cerrarle el aire, viendo con sorpresa las lágrimas correr a pesar de sus órbitas vacías, y ya cansado de los gritos, apretarla hasta callarla para siempre; luego levantarse, cargarla, arrastrarla hasta el puente del río y aventarla sin más, abandonando los ojos muertos donde el cuerpo de Lupita había abandonado la vida.

Simonopio no se detuvo ante la comprensión, el odio ni la tentación de la venganza. Siguió corriendo, con un paso llamando a Francisco chico y con el otro a sus abejas, a las que ya oía cerca. Habían acudido a su llamado, desafiando al frío y a sabiendas de que muchas morirían ese día. Dispuestas al sacrificio.

—Vamos. Vamos —le decían en enjambre, al unísono, y ese sonido empezó a invadir y a hacer eco entre los montes, hasta convertirse en tormenta, en huracán en honor al león inerte y en defensa del hijo amenazado.

Simonopio pensó que el coyote reaccionaría, pero Espiricueta parecía sordo a todo, menos a la dulzura que aún le retumbaba en el oído —ésa del disparo de lejos y del disparo a quemarropa— y menos a la exigencia que hacía eco en su cabeza de encontrar al crío y también matarlo, para acabar de una vez por todas con el impedimento de reclamar la tierra.

Mientras corría, Simonopio vio cuando la cara de Espiricueta cambiaba: debajo del cuerpo del padre, al que rodó sin consideración, había encontrado al del hijo, al cual levantó en vilo, tomándolo por la camisa y sacudiéndolo.

Hasta los oídos de Simonopio llegaron los débiles sollozos del niño. Vivo aún, pero en camino hacia la muerte.

De Simonopio salió esta vez un rugido: era un león que se arrojaba en defensa de lo suyo.

Simonopio había llegado demasiado tarde para salvar a uno, pero, con ayuda, a tiempo para salvar al otro.

Tal vez.

74

El trueno del demonio

Anselmo Espiricueta no había tenido prisa en bajar de la colina tras el primer disparo. Se había dado el tiempo de recoger el morral y el cartucho usado y aún caliente de su máuser, que guardó en el bolsillo como recuerdo mientras disfrutaba el olor a pólvora quemada que lo envolvía.

No fue el tiro perfecto que había planeado. Hubiera querido darle a Francisco Morales en la frente, volarle los sesos, deshacerle la mirada y la altura, borrarle para siempre la arrogancia, como lo había imaginado en tantas sesiones de práctica. En cambio, éste no había cooperado, y lo que Espiricueta había calculado que sería un tiro a un blanco estático y fácil, se había complicado: al adivinar las intenciones de su empleado, supuso que Morales había dado la media vuelta para correr. Por eso, en lugar de darle en la frente le había atinado en la espalda alta. No era lo mismo.

—Pero muerto es muerto —le presumió a su hijo.

No recordaba si había discutido sus planes con él y suponía que no, porque tras el disparo a éste se le notaba la sorpresa en la cara y un poco de terror en la mirada, aunque nunca se atrevería a cuestionar las acciones de su padre. Cuando Espiricueta dio el primer paso de descenso, su hijo se limitó a seguirlo sin hacer ruido. A los caballos los dejaron amarrados al árbol: no los necesitarían para ese paseo colina abajo.

La satisfacción le llenaba a Espiricueta los pulmones al respirar profundo, al ritmo de cada paso. Cantaba, como siempre, aquel estribillo del que no se cansaba. Le había tomado casi diecinueve años, aparte del resto de su vida anterior, pero al fin lo había logrado: con un solo disparo había cambiado su vida para siempre.

Ya se llegó la ocasión...

Ya no viviría encorvado, servil. Había llegado el día en que el burro levantaba la cabeza y se negaba a reconocer al patrón, porque sabía, como siempre lo había sabido, que a los dueños de la tierra nadie les dice qué hacer; que los propietarios no pasan hambres, carencias ni preocupaciones; que por eso crecen altos y erguidos y que miran a cualquiera de frente a los ojos.

Y ése era ahora él: dueño de su tierra.

Respiró a profundidad el nuevo aire de su propiedad, llenando sus pulmones de tierra y libertad.

...en que el burro manda al arriero.

En su ensimismamiento, caminó sin levantar la mirada. Caminó sin dedicar un solo pensamiento al niño Morales, pues al caer muerto el padre, lo desechó de su mente. Sin embargo, al acercarse al cuerpo ensangrentado de Morales lo sorprendió su ausencia. Se detuvo a unos metros, contrariado.

¿Se habría subido a la carreta? No tenía importancia: él lo encontraría. El niño estaba muerto aunque todavía no lo supiera.

También se sorprendió al ver que el cuerpo de Francisco Morales continuaba vivo. Estuvo a punto de decepcionarse de sí, pero luego vio que no había errado el tiro: veía con claridad la entrada de la bala en la espalda y el correr de la sangre por debajo del cuerpo, lo cual significaba que el proyectil lo había atravesado.

Respiraba, pero se ahogaba. Vivía, pero moría.

Deseoso de no participar en lo que vendría, su hijo se mantuvo lejos y prefirió ir a curiosear en la carreta de los Morales.

A Espiricueta no le importó: como ahora la tierra, ese momento le pertenecía a él y a nadie más.

Se acercó y pisó la mano inerte para evitar que el herido se defendiera de algún modo, pero éste no reaccionó: no se quejó de dolor ni hizo el esfuerzo por sacarla de debajo de la bota que, más que lastimarla, la insultaba. Lo único de Francisco Morales que parecía seguir con vida eran sus ojos y su boca. Los ojos, llorosos, entendieron que les llegaba el final y se dieron cuenta de parte de quién. La boca trataba de formar palabras, sin éxito. Francisco Morales parecía intentar rogar, aunque a Espiricueta ya no le interesaba lo que el patrón querría decirle al que fuera su peón convertido en verdugo. Le interesaba ver que ahora el patrón estaba postrado a sus pies sin remedio, contra su voluntad. Observaba con avidez que toda arrogancia y toda elegancia habían abandonado ya su cuerpo y su semblante.

Había llegado el día en que el patrón callaba, en que el peón hablaba, y le dio gusto tenerlo como público cautivo: a Francisco Morales no le quedaba más remedio que escuchar lo que él quisiera decirle.

Ya se lo había dicho con fuerza con aquella bala. Ahora se lo diría con un susurro.

Espiricueta decidió entonces que el balazo mal dado había sido lo mejor: le dio tiempo de asestarle una muerte de cerca, íntima —casi como la de Lupita—; vería en sus ojos el momento preciso en que se diera cuenta de que estaba muerto, aunque aún respirara.

Se acercó al muerto en vida, se acuclilló y se inclinó sobre él, y tan cerca como se hace con un amante, le cantó al oído, en pocas palabras, cuanto siempre había deseado.

Ya el águila real voló
y se incomodó el jilguero.
Se ha de llegar la ocasión
en que el burro manda al arriero…

Al hacerlo, al repetir las palabras que se habían quedado en él por demasiados años, repitiéndolas como una obsesión, como una plegaria, se prometió que sería la última vez que salieran de su boca.

Ya era hora de cambiar de tonada.

Erguido de nuevo, colocó el cañón del rifle en el cuello de Morales y sin dudar ni prolongar el momento disparó, satisfecho de la efectividad del arma. La bala terminó de hacer su recorrido como un relámpago, pero su trueno permaneció en sus oídos, como recordatorio constante —imaginó— de que ya no había marcha atrás.

—Muerto es muerto.

Oír y distinguir su propia voz, envuelta en el trueno que continuaba, le permitió concentrarse en otro leve sonido: un quejido, casi tan suave como un suspiro. Entonces notó que debajo del cuerpo del padre estaba el del hijo, muriendo poco a poco, ahogado por el peso muerto de Morales. Le dio gusto no tener que perder el tiempo buscándolo. Le complació saber que el niño había quedado atrapado, que se ahogaba. Podría dejarlo ahí, acompañarlo hasta que el pequeño cuerpo ya no tuviera fuerza para inhalar; acompañarlo hasta que muriera y después gozar la ironía del caso, casi como si con un balazo mal dado hubiera matado a dos pájaros de un tiro, pero recapacitó: ¿por qué esperar, si ya había esperado tanto? ¿Por qué no matarlo él y dejar el problema resuelto de una buena vez?

Con la punta de la bota y con gran fuerza logró rodar al muerto y vio que, aunque había perdido parte de la cara con el trayecto de salida de la bala, la frente permanecía intacta, y que los ojos azules, abiertos, ahora miraban hacia el cielo. Por un momento, y con un escalofrío que le recorrió la piel, temió que el patrón siguiera vivo y moviera sus ojos acusatorios hacia él, pero no.

—Muerto es muerto —se consoló.

Ahora tenía al niño a sus pies, igual que había tenido al padre: vivo, pero medio muerto. Sin el peso encima, éste empezó a intentar moverse, a tomar aire con más fuerza, determinado a aferrarse a la vida.

Espiricueta lo ayudó en el intento, ignorando las señales que desde lejos le hacía su hijo. Sus gritos de algo viene pa'cá no tenían significado para él, entre el trueno que crecía en sus oídos. Tampoco notó —y de cualquier modo no le habría importado— que el caballo de los Morales se desbocaba, despavorido, como si no tuviera el peso de la carreta tras de sí. No existía nada más importante en ese momento que terminar lo que había empezado: tomó al niño por la camisa y lo elevó, sacudiéndolo con violencia para que la espesa neblina que se había apoderado de su conciencia se disipara rápido, para que éste también supiera quién y cómo lo mataría.

Sacó el cuchillo de la funda.

Cuando el niño abrió los ojos, no notó el filo que los amenazaba. Sólo miró a Espiricueta con fijeza y dijo, débil, algo que éste oyó sin entender:

—Coyote.

Entonces, inevitable, incontenible, oyó un rugido que sobrepasó al trueno en sus oídos y supo de inmediato que era el grito del demonio, que venía por él.

Luego de tantos años de buscarlo por el camino, sin encontrarlo, sin verse a la cara, ese día supo que el encuentro sería inevitable y el miedo se apoderó de Anselmo Espiricueta. Ya no quería verlo, ya no quería enfrentarlo, pero comprendió que ya no podía evitarlo. Levantó la mirada y vio varias cosas a la vez: que su hijo huía veloz, que el demonio en cuerpo de niño ahora vivía en cuerpo de hombre, y que tras él, sobre él, delante de él, como si hubiera abierto las puertas del mismísimo infierno, llegaba una tormenta viva, furiosa y vengativa.

Una tormenta alada que acudía para llevárselo. El trueno en su oído.

75

Matar y morir

En la carrera más larga de su vida, ésa interminable que parecía
no llevarlo a ningún lado, sintiendo ya la garganta desgarrada por
la sed y el esfuerzo de su rugido y sus pulmones oprimidos
por pisar la tierra que sólo había pisado antes una vez, Simonopio supo el momento exacto en que Espiricueta sintió miedo por
su vida, cuando soltó al niño y cuando éste azotó contra el suelo
blando entre los montículos de tierra que su padre y él habían
ido acumulando mientras cavaban sus pozos.

Notó que Francisco chico no se movía de donde y como había caído, pero que respiraba.

Vio que Espiricueta corría, perseguido por esa nube violenta
que, implacable, a cada instante se le aproximaba más y que tarde o temprano cobraría venganza. Que el hijo, que le llevaba
ventaja, tampoco se salvaría de las abejas, las cuales habían salido de su colmena tras el llamado urgente de Simonopio.

Por él, y con gran sacrificio, habían desafiado al frío y a su
propio instinto que, con razón, años atrás les prohibía internarse en esa tierra.

Sabían a lo que iban: matarían ese día y la mayoría de ellas
moriría al hacerlo.

Sin voltear, las sintió primero detrás de él, pero pronto le
dieron alcance y luego lo sobrepasaron. Jamás las había visto
volar a esa velocidad ni con esa intensidad: eran de una sola voluntad y de una sola idea: matar. Simonopio, que siempre había

vivido rodeado por ellas, sintió miedo cuando se encontró en el ojo de esa tormenta, a sabiendas de que esa energía de furia no la dirigían contra él y que ellas conocían bien a su objetivo. Se vengarían del que, por existir y pisar un territorio, las había exiliado de ahí para siempre.

Quizá ese día ellas mismas acabarían su destierro.

Simonopio las vio pasar sobre los cuerpos de los dos Franciscos sin detenerse, pero ya no miró más allá. No tenía importancia si Espiricueta lograba subir la colina e intentaba esconderse en el monte: confiaba en que las abejas lo encontrarían donde fuera, porque ahora era él el que estaba en su mirilla y las abejas nunca olvidan: así fracasaran ese día, así les tomara años y varias generaciones, Espiricueta y su hijo eran hombres muertos, aunque todavía no lo supieran.

Cuando al fin llegó al cuerpo de su padrino, apenas le dirigió una mirada de pesar: era ya tan sólo un cascarón vacío. Ya habría tiempo después —toda una vida— para llorarlo.

En ese momento no. A él ya sólo le importaba Francisco chico. Sólo la vida. Hacía frío y caía la noche.

—Francisco. Francisco. Soy yo. Ya llegué —le dijo mientras lo examinaba, sin recibir respuesta.

En la sien, cerca del ojo, tenía la cortada que Espiricueta le había alcanzado a hacer con el cuchillo antes de dejarlo caer. En la parte de atrás de la cabeza tenía otra herida profunda, grande, quizá al golpearse fuerte contra una piedra en la caída. Sangraba de una, pero ya no tanto de la otra: la tierra había absorbido casi toda la sangre que su cuerpo había estado dispuesto a donarle. Además tenía por lo menos una costilla rota por el impacto y la presión del peso de su padre.

Francisco chico respiraba con dificultad debido a la fractura, pero Simonopio notó que a él mismo le faltaba el aire y que no llenaría los pulmones hasta alejarse de ahí, de ese aire nocivo, de la tierra del coyote. Y la incertidumbre lo invadió. ¿Qué hacer? Mover a Francisco lo lastimaría, pero no moverlo lo mataría.

Decidió que debía llevárselo rápido, ponerlo a salvo, porque mientras Simonopio no tuviera la certeza de lo contrario —de que estaba muerto—, el coyote continuaría siendo peligroso.

Y cada vez hacía más frío. Y se hacía de noche.

Y el coyote andaba suelto.

Imposible llevar a Francisco chico hasta la casa distante en el estado en que se encontraba: cortado, golpeado, inconsciente, casi helado.

—Yo te cargo, Francisco. Tú duerme. Mañana te llevo a la casa.

Con Francisco en brazos como cuando era bebé, protegiéndolo bien del frío, cuidándole la cabeza y tratando de no apretarlo mucho en consideración de las costillas, Simonopio se internó en el monte con la meta de sólo llegar hasta donde fuera más fácil respirar, sólo hasta rebasar el límite del territorio del coyote.

76

De entre lo malo, lo peor

A las diez de la noche de ese sábado, con la plaga de polilla dominada, si no vencida, con la cena esperando fría desde hacía horas y las velas del pastel sin encender, Beatriz Cortés de Morales se dejó vencer por el pánico.

Hacía horas que Pola, Mati y Leonor, tras atestiguar el chasco de Bonilla, habían regresado a contarle los pormenores: el fraude, el chorro de agua, los naranjazos y por último, el grito de Simonopio.

Mientras que no se había sorprendido con la narración sobre la conclusión del evento, Beatriz se alarmó con el estallido inusual de Simonopio. Con esa información se le formó un nudo en la boca del estómago: algo había pasado para que Simonopio gritara así, de la nada, como nunca, y temió que el causante de tal reacción fuera Francisco chico. Pero él está con su papá, así que ¿qué puede pasar?, pensó, tratando de asirse a algo positivo.

Para las ocho de la noche había mandado a nana Pola a preguntarle a Martín y a Leocadio si habían visto a su patrón por ahí ese día: por la mañana o cerca de mediodía, le respondieron cuando los encontró en camino al pueblo, donde esa noche había baile.

A esas horas se les veía bien. Iban contentos, le dijeron.

Sin embargo, cuando dieron las diez sin recibir noticias, Beatriz mandó a Pola por un lado y a Mati por otro. Una al baile para sacar a los hombres y pedirles que regresaran de emergencia y la otra a dar aviso a Emilio y a Carlos Cortés: los dos Franciscos estaban perdidos.

Todos llegaron rápido, lo cual la había angustiado aún más: significaba que sus miedos no eran infundados. Prometieron que los buscarían y los encontrarían. De seguro se habían guarecido del frío y los verían regresar temprano por la mañana, desearon y auguraron antes de partir.

Beatriz pasó la noche sentada a la mesa del comedor, donde un pastel de cumpleaños aguardaba a un cumpleañero que no había llegado a su cita. No quería nada, gracias. ¿Café? No. ¿Chocolate caliente? No.

—¿Te acompaño, Beatriz?

—No, mamá. Ve a dormir.

—Puedo hacerte un té…

—¡Que no! ¡Déjame en paz!

Y Sinforosa la dejó, muy a su pesar, pero sin resentimiento, comprendiendo y compartiendo la angustia de su hija. Ella misma se fue a montar su guardia en la soledad de su recámara, internada en el refugio que le ofrecieron las cuentas del rosario.

Desde su puesto en el comedor, sin moverse, Beatriz miró el amanecer. De haber sido posible se habría negado incluso a parpadear para no perderse el momento en que su esposo y su hijo aparecieran en el horizonte. Cuando eso sucediera, no sabía lo que haría: correría hacia ellos, seguro, pero ¿qué sería lo que primero saldría de su boca? ¿Un regaño o un saludo de alivio?

Lloraría, lo sabía. Ese día lloraría.

Cerca de las siete vio la carreta aparecer en el corto horizonte, escoltada por varios jinetes. Corrió, como predijo que haría. Pero al acercarse vio que no era Francisco el que la conducía. Era Carlos, su hermano.

Entonces detuvo su carrera en seco por la brusca falta de aire en sus pulmones, pero también para prolongar un poco más —aunque fuera por un minuto más— su ignorancia. Y de haber tenido un poco menos temple, de haber estado un poco menos consciente de su dignidad como mujer del dueño de esas tierras, se habría dado la media vuelta y se habría encerrado en su cuarto, negándose rotundamente a recibir noticias de cualquier índole.

En cambio se quedó ahí parada, inmóvil, con las rodillas temblorosas y el corazón detenido, esperando de frente a que las noticias llegaran a vuelta de rueda hasta ella. Y así ni siquiera un minuto más le duró la ignorancia: habían encontrado a la carreta y su caballo en medio del campo, sola. A Francisco lo habían hallado más adelante, al pie de unos pozos, custodiado tan sólo por un joven naranjo. Asesinado.

Eso lo entendió.

El nudo que se había formado en la boca del estómago desde el día anterior se apoderó del resto del cuerpo de Beatriz, desde el cerebro hasta las extremidades, pasando por los ojos, que se negaban a parpadear para no llorar; luego por los oídos, para no oír más, y por la cuerdas vocales, que se habían paralizado, impidiéndole gritar.

Así que se mantuvo de pie en medio del camino, sin preguntar nada ni moverse, obstruyendo el paso a la carreta mortuoria y a otras malas noticias. Pero comprendió que, ya que habían llegado, no habría cómo detenerlas, aunque se quedara de pie ahí todo el día.

Sin embargo, se mantuvo firme, a la espera de que llegaran solas, sin su ayuda.

—Beatriz... —¿era acaso su hermano pequeño el que le hablaba? ¿Carlos? ¿Cuándo había perdido el aire juguetón que lo distinguía? ¿Cuándo su cara había adquirido esa severidad, esa palidez?, se preguntó mientras éste hablaba—. Francisco chico... —era su hermano, pero ella no lo reconocía así y no quería saber nada de lo que él le dijera—. ¿Me estás oyendo? ¡Beatriz!

Pero su hermana mayor, perdida en medio de su propio camino, no encontraba ni parecía entender palabra. Entonces la tomó por los brazos para sostenerla o sostenerse, abrazarla o abrazarse de ella, para consolarla o consolarse o simplemente para hacerla reaccionar. No lo sabía.

—Beatriz —frotándole los brazos hasta notar una reacción en la mirada, Carlos se animó a darle la noticia por segunda vez—: Francisco está muerto y Francisco chico, desaparecido.

Ya no logró contener a su hermana más que a la fuerza, cuando sorprendentemente ella empezó a gritar, una y otra vez, el nombre de Simonopio a todo pulmón.

Quizá no lo había entendido, pensó Carlos, y en su desesperación se unió a su hermana, pero llamando a gritos a la única persona que a él se le ocurrió.

—¡Mamá!

77

Satín de otros tiempos

Ella no había querido ver el cuerpo. No quiso limpiarlo ni cambiarle la ropa. Lo que había hecho con gran aplomo por su padre y por Lupita, se negó a hacerlo por el que era su propia carne, según la ley de Dios.

—¿Qué ropa quieres que le pongamos? —le preguntaron, pero ella no contestó.

Tampoco había sido ella la que organizó el velorio ni la que dio aviso a familiares y amigos de la muerte de su marido. No había pensado en sus hijas, ni en pagar el telegrama que les mandarían, ni había preguntado a qué hora llegarían. Cuando le preguntaron si no le importaba que se usara el féretro que tenían guardado, bien protegido y cubierto en una bodega, ni siquiera cuestionó qué hacía un ataúd en una de sus bodegas: no recordaría, hasta verlo cerrado sobre la mesa del comedor, que ella misma lo había comprado sin necesidad el día de la llegada de Simonopio. Que ella lo había mandado guardar para una eventualidad.

Una eventualidad como ésa.

Si tras casi veinte años el satín del interior estaba amarillento y no blanco como originalmente, a ella no le importó. A Francisco tampoco le importaría y sabía que, de aún poder, le diría que los hombres no nos fijamos en eso y que más vale no gastar en otro si ya tenemos uno que sirve. ¿Qué dirían las tías y las damas del casino sobre el asunto? Tampoco le importaba.

Nadie vería el interior, porque lo único que había pedido con firmeza era que mantuvieran la caja cerrada en todo momento.

No quería que nadie lo viera así: muerto, vencido, destruido.

A ella misma su madre la había cambiado a ropa de luto, tras darle unas horas para tranquilizarse y, por recomendación del médico, varios tés de tila para los nervios.

—Apúrate, Beatriz —le decía cuando ella no hacía nada—; ya va a llegar la gente.

Sin cooperar siquiera con un solo botón, después la habían llevado a sentar a un lado de la caja de su marido para recibir a los asistentes, que le daban sus pésames sin importarles que ella no quisiera recibirlos.

A un lado de ella le habían acercado también una silla a nana Reja, que abandonó su mecedora para hacer con lentitud el viaje hasta el comedor convertido en velatorio. Había conocido a su niño Francisco de recién nacido. Ahora lo acompañaría de recién muerto. Y Beatriz supo que la viejita no era tan insensible como aparentaba a veces. Que le dolía. Como si batallara para pasar el aire hacia dentro o hacia fuera, desde su pecho gemía de modo bajo y profundo después de cada inhalación, pero sólo para oídos de Beatriz, sólo para la mujer que compartía ese dolor y que pronto la imitó.

A la mujer de madera nadie le ofreció condolencias. Nana Reja se sentó, cerró los ojos y no los volvió a abrir durante el proceso. Los visitantes la pasaban de largo como si ella nada tuviera que ver en el asunto.

En cambio Beatriz no quería cerrar los ojos ni un solo instante, ni siquiera por alejar a la marea de gente que se le aproximaba.

No había tenido la fuerza para decir o gritar que no, que no quería ver a nadie ni hablar con nadie; que no quería que nadie le hablara ni la mirara; que la dejaran en paz, pues ella misma se sentía muerta, vencida, destruida. Que si encontraban otra caja en alguna bodega, bien la podían meter dentro a ella también de una vez; a ella, la del marido asesinado y el hijo desaparecido, a los cuales no había salido a despedir por última vez sólo por atacar una plaga de polilla.

Sentada ahí, casi sin parpadear, estaba consciente de la ausencia prematura, nueva, violenta, cruel y permanente de Francisco.

Permanente. De ahora en adelante. Para siempre.

Sabía que tarde o temprano la tendría que enfrentar. Llegaría el día en que necesitaría contemplar su vida en completa soledad, llenando las horas de los días para sobrevivirlos, y sobreviviendo las noches vacías.

Sabía que el dolor por Francisco saldría a la luz.

Por el momento, ese dolor lo tenía casi guardado, pendiente. Lo había domado por necesidad con el otro dolor, el más exigente, el más urgente. Porque ese día ella no tenía tiempo de pensar en su viudez ni de recibir conmiseración de nadie, pues quería preguntarles a todos: ¿qué hacen aquí velando a un muerto, si hay un niño vivo ahí afuera, perdido en el frío?

Si ella hubiera sido capaz de confiar en que su cuerpo no la traicionaría, se habría levantado de inmediato a deambular por el monte para gritar sin parar el nombre de Francisco chico hasta encontrarlo. Pero en ese momento su cuerpo no recordaba cómo hablar. Mucho menos cómo caminar ni cómo sostenerse sin una silla con respaldo que lo mantuviera erguido.

Ella era la madre de un niño perdido, pero en su cuerpo no tenía la fuerza ni en su espíritu las agallas de levantarse e ir tras él, por miedo a lo que encontraría o por miedo a lo que nunca hallaría, destinada a vagar por la serranía llamando eternamente a su hijo perdido, como la Llorona de leyenda.

Se dejaba abrazar un poco y dejaba que a su alrededor flotaran las palabras de compasión que le dirigían, pero no le daba entrada a ninguna, porque en ese momento no había nada que la distrajera del miedo ni de la incertidumbre, del hueco que sentía en el centro de su existencia.

Había sido hija y luego huérfana de padre, a lo cual se había acostumbrado. Había sido esposa y luego viuda, a lo que quizá algún día se resignaría. Había sido madre y… ¿cómo se les llama a las madres que pierden a un hijo?

¿Amputadas? Así se sentía.

Ahora era ella una madre amputada.

¿Cómo se resigna una a eso? ¿Cuándo?

La gente se le acercaba, le hablaba, le ofrecía consejos que ella no pedía. Le ofrecía de comer o de beber, pero ese día ella sólo podía mirar por la ventana hacia el horizonte, concentrada, pendiente, deseosa de la aparición milagrosa de su niño perdido. Y no había lugar en su cabeza más que para los gritos silenciosos que le retumbaban constantes por dentro: ¿dónde estás, Francisco? ¿Tienes frío, Francisco? ¿Estás solo? ¿Tienes miedo? ¿Te duele algo? ¿Estás vivo? ¡Francisco!

Mientras la vestía, una vez que dejó atrás los gritos y los forcejeos, su madre le había asegurado que sus hermanos continuarían la búsqueda, a la que ya se había unido la policía rural, y que la continuarían hasta encontrar al niño.

—Simonopio lo ha de estar buscando también, y si Francisco chico está vivo, como siempre lo va a encontrar, ya verás.

—¿Y si está muerto?

—Si está muerto, también.

¿Lo sabría ya? ¿Sabría Simonopio que su padrino estaba muerto y Francisco chico, perdido? Si Simonopio vivía, lo sabría. Si Simonopio lo sabía, lo encontraría. Pero Simonopio tampoco había regresado desde el día anterior, cuando lo vieron huir del río de manera intempestiva e inexplicable.

No estaban muertos. Simonopio también estaba perdido, como Francisco chico. Perdidos nada más.

Francisco.

No te siento. ¿Tienes frío, Francisco? ¿Dónde te duele, Francisco? Sana, sana… ¿Estás solo? ¿Tienes miedo? No le tengas miedo a la oscuridad, porque ¿qué más nos puede hacer? ¿Qué más? Y ya va Simonopio por ti. ¿Lo oyes? Simonopio: ¿lo oyes? ¿Dónde estás? ¿Estás escondido? No te oigo. ¿Te fuiste? No te siento, vivo ni muerto. Ni vivo ni muerto. Y yo no salí a despedirme. ¿Dónde estás tú? ¿Vivo? ¿Dónde están, Simonopio? ¿Vivos? ¿Muertos? No, no, no. No, Francisco. ¿Francisco, estás solo? ¿Estás vivo? ¿Tienes frío, Francisco? De seguro ya perdiste tu suéter, Francisco, o lo agujereaste, niño. ¿Y las cobijas? Te di cobijas. Creo que sí. Les di dos. ¿O fueron tres? Eran azules. Eran las buenas. Pero no salí. No te dije adiós. No les dije adiós. Había que salvar los otros cobertores. Era muy importante salvar los cobertores. No importa. Si los perdiste no importa. Ven. Ven ya. Vente conmigo. Vivo o muerto, ven. No me importan las cobijas. No tengas miedo ya. Nadie te va a regañar. ¿Te duele algo? … colita de rana, si no sana hoy… Yo no tengo fuerza. No tengo fuerza para buscarte. No tengo fuerza para perderte. ¿Estás vivo? Francisco, Francisco, no te siento y no me despedí. No te siento porque no me despedí. No me despedí. ¿Por qué no me despedí? Por necia, Francisco. ¿Te duele algo? Algo duele adentro. Algo se me quebró adentro y si no sana hoy, sanará mañana… No. No. No sanará si no estás. No sanará si no regresas. Nunca sanará. Regresa o nunca sanará. ¿Dónde estás vivo, Francisco? Dime. Dime dónde estás muerto. ¿Por qué no salí? ¿Tienes frío donde estás, Francisco? Yo sí, y no hay cobertor que sirva. Ya, Simonopio, ya tráelo y ven tú también. Si hubiera salido, los habría detenido. Lo habría sabido. De alguna manera lo habría sabido. Los habría detenido. Duele. A mí. Tal vez a ti ya no. Si estás muerto ya no. Y sí duele, a mí me duele porque aquí sigo y te espero. Sola. Me duele la espera. Me duele la duda. Sana, sa… Francisco, Francisco, Fr… ¿Estás solo? Yo sí. ¿Tienes miedo? También yo, Francisco. También yo. También yo. Mucho. De saber y de no saber.

Muerto o vivo, si vivía Simonopio lo encontraría, porque vivo o muerto ella lo quería de regreso: para recibirlo o para despedirlo. Aunque ella se fuera detrás de sus Franciscos, con ese último adiós.

Antes del anochecer, en compañía de sus maridos, Carmen y Consuelo llegaron de Monterrey para hacerse cargo de los preparativos. Habían imaginado que al llegar se derrumbarían por la pena en los brazos de su madre, la cual las consolaría como siempre. Pero al ver el estado en que ésta se encontraba, entendieron, alarmadas, que no tenían tiempo de dejarse caer, que ellas debían hacerse responsables, porque en ese momento su madre no era capaz de nada, ni siquiera de ofrecer consuelo.

La familia ya estaba completa, dijeron, por lo que anunciaron la misa de difunto y el entierro de Francisco Morales para el día siguiente.

Batallaron para alejar a Beatriz del lado del féretro de su marido, junto al cual se había apostado en vela no por el muerto, sino por el perdido.

78

Miel en la herida

Francisco chico estaba perdido.

Habían pasado muchas horas, pero seguía sin despertar en sus brazos, y Simonopio llevaba ya las mismas horas asustado.

—¿Dónde estás, Francisco? Ya regresa.

Simonopio le cantó una y otra vez todas las canciones que sabía. Le contó todos los cuentos, menos el del león y el coyote, porque ni él mismo quería recordar a uno ni a otro.

A veces se debe dejar al espíritu descansar, alejándolo de lo que lo lastima.

—¿Es lo que estás haciendo, Francisco? ¿Descansando?

Había caminado con Francisco en brazos, hasta ese lugar de aire limpio fuera de la tierra de Espiricueta, a lo que se podía describir más como una hendidura en una roca que una cueva. Éste no era el sitio ideal para pasar las horas de esa noche, pero ofrecía algo de protección contra el aire frío. De todos modos ya no habría podido avanzar más: la carrera desde el río lo había extenuado, y cargar a Francisco ya no era tan fácil como cuando era bebé.

Así que se había dirigido a ese sitio que le era conocido de alguna otra vez. Se sentó, apoyado contra el fondo de la roca, sin soltar a Francisco, negándose a regresarlo a la tierra fría donde ya había pasado tanto tiempo bajo el cuerpo de su padre. Lamentó no haber cargado con su bolsa de noche, pensando que el paseo sería de unas cuantas horas, aunque agradeció nunca salir sin la vieja navaja que le había regalado su padrino. Del escaso inventario de su saco extrajo su tarro de miel y le untó a Francisco una poca en sus heridas, para protegerlas. Sus brazos debían de bastarle para cubrirlo contra el frío.

Pero no durmió, temeroso de perderse en el sueño profundo, como Francisco.

Cuando despertara —lo decidió durante la primera noche—, irían por la carreta para regresar a casa. Pero Francisco chico no despertaba. El nuevo día había llegado y se había ido ya, pero el niño seguía perdido en la inconsciencia. Sabía que para entonces su madrina estaría angustiada por su marido muerto y su hijo perdido, y habría querido aliviarle en alguna medida ese pesar, pero era imposible. Sabía también que había un grupo de hombres buscándolos, pero lo hacían lejos y en otras direcciones, y no había manera de que Simonopio fuera a su encuentro: por ningún motivo dejaría solo al niño ni lo movería más de lo necesario.

—No me vuelvo a ir sin ti —le repetía entre cuento y cuento, entre canción y canción.

Había faltado a su promesa una vez. Nunca volvería a hacerlo.

Francisco estaría bien. El niño despertaría, se decía Simonopio a manera de consuelo, aunque sin la certeza de estar augurándolo o deseándolo.

Pero Francisco no despertaba, a pesar de los intentos que hacía Simonopio de regresarlo al mundo con su voz.

Poco a poco, gota a gota, le fue dando toda la miel que había llevado consigo al río. Con una esquina de la frazada Simonopio se dedicó con constancia a recolectar el agua que se trasminaba y se filtraba por la roca, para también, exprimiéndola gota por gota, mantenerle al niño la lengua y el cuerpo hidratados. Ahora se había acabado la miel y pronto tendría que tomar una decisión: levantarse y andar, emprender el camino de regreso a pesar del estado delicado del niño y del peligro del coyote.

Porque mientras Simonopio sabía que un grupo de búsqueda recorría el monte, no sabía si el coyote se encontraba entre ellos, tal como en aquella ocasión años atrás, cuando a él lo habían dado por perdido. No podía saberlo, porque sus abejas permanecían en un mutismo desconocido en el que no le transmitían noticias de ningún tipo. Simonopio no sabía con certeza si habían logrado cazar al asesino. No sabía si habían sobrevivido a la noche para seguir la cacería al día siguiente.

Ya habían pasado casi cuarenta y ocho horas cuando al fin percibió la cercanía de un grupo de búsqueda. Decidió que era tiempo de salir de su escondite. Con su navaja a la mano como precaución y Francisco chico en brazos, tratando de no maltratarlo ni agitarlo más de lo necesario, Simonopio salió a su encuentro.

Simonopio vio con alivio que era el tío Emilio Cortés, acompañado sólo de Gabino y de Leocadio: aunque Simonopio prefería a Martín, los dos hombres eran de fiar. Sobre todo confiaba en el tío, que además no había cesado la búsqueda para descansar ni para comer. Aun así se negó rotundamente a entregarle al niño, porque era a él a quien le correspondía cargarlo todavía, a pesar de tantas horas, a pesar de estar exhausto, a pesar de tener los brazos acalambrados.

A él y a nadie más le correspondía entregarlo a su madre.

79

Vivo o muerto

El entierro de Francisco Morales fue al mediodía del lunes, justo después de la misa, la cual el nuevo padre Pedro se había esmerado por hacer emotiva y personal, al hablar de Francisco Morales con respeto, admiración y cariño auténticos.

Las hijas se dejaron vencer por el llanto, en anticipación al dolor de extrañar al padre al que, entre tanto preparativo y procesos legales, todavía no habían tenido tiempo de echar de menos. Sinforosa, la suegra del muerto, saturó de lágrimas uno de los pañuelos que había llevado. El otro, el que había destinado para Beatriz, permaneció sin uso, pues en toda la iglesia sólo quedó un par de ojos secos: los de la viuda, que seguía incapaz de poner atención a lo que acontecía a su alrededor.

Años después, y tras haber ganado fuerza para hablar sobre el episodio con Carmen y Consuelo, Beatriz seguiría sin lamentar su catatonia temporal y hasta grosera, ya que ésta le había evitado los disgustos que pasó durante el duelo por su padre, cuando su cordura había imperado, a pesar de la pérdida. Si en los días de velorio y entierro de su esposo algunos bienintencionados le dijeron que lo que había sucedido eran pruebas de Dios, ella no lo escuchó. Si otros insensibles o insensatos le hablaban sobre los dos ángeles que había ganado el cielo llamados por Dios, ella, más insensible, no se dio por aludida. Si el nuevo padre Pedro se había acercado, declarando que la solución a todo y la recuperación recaían en su capacidad de perdón y de

414

oración por el esposo muerto, por el hijo perdido y por el enemigo, ella fingió ser de palo, como la nana Reja.

Por lo pronto, en todo ese proceso sólo faltaba el triduo de misas que se ofrecería por la salvación del alma de Francisco Morales, ya que había muerto sin unción. Beatriz iría: su madre, con una fuerza que parecía haberse extinguido al quedar viuda, no le permitiría menos, así como en esos días no le permitía negarse a comer, a bañar, a dormir, aunque lo único que ella quisiera hacer fuera mirar por la ventana y ser la primera en ver a su hijo regresar.

Vivo o muerto.

Llegaría el día en que agradecería la testarudez de su madre, pero aún no.

Iría al triduo, porque la costumbre y su madre la obligaban, pero rezaría por el regreso de su hijo: las oraciones por Francisco podían empezar después. Él entendería. No había prisa.

—Beatriz. Mírame, Beatriz —hizo con esfuerzo lo que su madre le pedía—. Vino Leocadio por la carreta.

—¿Qué…? —le parecía imposible. Desde su ventana habría visto algo.

—No sé. Me avisó Pola. Vino y se fue rápido sin decir nada, pero no por ahí —dijo, indicando al camino que ella veía desde su puesto—. Por atrás, por el camino de Reja. ¿Quieres esperar allá?

Desde hacía años que llamaban a ese sendero el camino de Reja, porque era para donde ella siempre dirigía el cuerpo, si no la mirada; por donde se había ido en busca de un bebé que lloraba, y también por donde había regresado, bebé en brazos, en la misma carreta que ese día esperarían juntas, una en su mecedora y la otra en su silla.

Una con los ojos cerrados y la otra con los ojos bien abiertos.

Ambas de guardia por sus niños.

¿Vivos o muertos? ¿Vivos o muertos? ¿Vivos o muertos?

Al ritmo de la mecedora de la nana.

Cuando ya era inminente la respuesta a la pregunta que obsesivamente se venía haciendo en su interior desde hacía casi dos días, Beatriz Cortés, viuda de Morales, estuvo tentada a regresar a su ventana para mirar hacia otro lado. Había pensado que preferiría saber. Encontrar a su hijo aunque fuera muerto. Entonces se le ocurrió que acaso lo peor sería enterarse de que el hijo había fallecido con el padre, y con igual violencia que el padre; que sería peor recibir su pequeño cuerpo maltratado, sin vida, descompuesto, al que no podría negarle sus atenciones, aunque fueran mortuorias, porque en lo que le quedara de vida no podría perdonarse tal descuido.

No se alejó de su puesto, pero cerró los ojos como nana Reja. Imposible, no obstante, cerrar los oídos: oía cada vez más cerca, ominosas, las ruedas de la carreta y las pisadas de los caballos sobre piedras y tierra. Cerrar los ojos era inútil y resultaba peor: lo que sus ojos no veían, su mente lo imaginaba, así que los abrió, así que se paró, así que caminó al encuentro de la carreta, así que vio que ni Francisco ni Simonopio iban montados en la banca delantera de ésta, así que concluyó, contuvo el aire, el cuerpo y las lágrimas, y se dijo:

—Viene muerto como su papá.

80

Un techo vacío

Si se había ido a su recámara a descansar y no al monte, no era sólo por cumplir con su promesa de no dejar a Francisco de nuevo; era también porque, mientras que antes no las había sentido, de repente las heridas de los pies le empezaron a doler mucho y la sola idea de ponerse zapatos y alejarse caminando le pareció muy mala. Entonces recordó que había perdido los únicos zapatos que tenía, que en su prisa los había dejado casi como una ofrenda para que los devorara el río. También permaneció en su cobertizo porque necesitaba el consuelo de los restos de la colmena en su techo: de la abeja reina y de las abejas que, por su inmadurez, no habían salido con su llamado.

Ellas también lo necesitaban a él: todos estaban de luto. Todos habían perdido demasiado.

Bajo la gran estructura casi vacante construida por ellas a lo largo de cerca de diecinueve años entre los maderos del techo, Simonopio se permitió dormir profundamente, suspender la vigilia. De igual manera se dio permiso de descansar de las heridas del cuerpo y del corazón.

Tras atenderse, comer y beber, porque no lo había hecho desde que encontró a Francisco chico, Simonopio durmió dos días seguidos. A veces abría un poco los ojos durante la noche para encontrar a nana Reja sentada a los pies de su cama o meciéndose a su lado, pero se le volvían a cerrar por su propia voluntad. Tal vez era que Simonopio no tenía fuerza para abrirlos el tiempo suficiente para explicarle a la viejita, con una mirada, todo lo que les cambiaría la vida, todo lo que les dolería la vida. O tal vez era que sus ojos aún se negaban a ser los mensajeros de la noticia.

En otras ocasiones había sentido que era su madrina la que venía a verlo, la que le ofrecía comida o agua limpia, la que le tocaba la frente, la que le acariciaba la mejilla, la que le limpiaba las cortadas de las manos, cara y pies, y le aplicaba ungüento, pero él no había sido capaz de escapar de su estupor para preguntar por Francisco, para responder a nada ni para agradecer sus gentilezas.

Estaba consciente de las palabras que ésta le dirigía mientras permanecía en su recámara, atendiéndolo: Francisco había mejorado, recobraba el conocimiento a ratos, hablaba un poco, preguntaba por él.

—El doctor dice que hiciste bien en no moverlo mucho, por el golpe en la cabeza y la costilla quebrada.

Recordar la sacudida que le había dado Espiricueta y pensar en el dolor que esto le habría provocado al niño, más tarde agravado por cada paso que Simonopio había dado con él en brazos, casi lo hizo renunciar a su descanso, mas no se lo permitió: se recordó que Francisco ya estaba a salvo. Recibía la atención necesaria y ahora él también debía descansar a fin de estar listo para las decisiones que venían.

Sólo despertaría cuando sintiera que Francisco regresaba por completo en sí: se necesitarían mutuamente. Ése era el plazo que se había concedido y que cumpliría. Con esa decisión tomada, Simonopio se forzaba a seguir insensible a todo, desde el desconcierto que le provocaba el techo casi vacío y silencioso bajo el cual dormía, el vaivén rítmico de la mecedora de la nana Reja, hasta las invariables palabras de despedida de Beatriz:

—Gracias, Simonopio. Gracias. Por favor, perdóname.

Había comprendido la reacción de su madrina que, al verlo llegar con su niño en brazos, sin saber si estaba muerto o vivo, tras dos días de angustia continua lo había recibido con una bofetada.

Él lo entendió: había sido eso o caerse en pedazos y, fiel a su esencia, Beatriz Cortés de Morales había optado por la fortaleza. Al recuperar a su hijo pequeño, a su mirada había regresado esa catarata, esa tormenta surgida con la muerte de Lupita y que se había ido extinguiendo con el paso del tiempo.

Esa furia no iba dirigida contra él. Esa furia era para el coyote.

No había nada que agradecer. No a él. Y nada que perdonar.

81

Tu mamá nunca se perdonó esa cachetada,

y hasta el día de su muerte, cuerda como se mantuvo siempre, continuó reclamándose ese desliz violento.

Cierto. Mi mamá siguió cosiendo en su Singer casi hasta su último día, en su afán por recordar lo bueno, olvidar lo malo y fortalecerse para enfrentar las sorpresas de la vida, buenas y malas. Por cierto que nunca quiso la máquina de coser eléctrica que le regalé —no cose igual, no suena bien, no puedo acomodar mis manos, diría, siempre buscándole algún defecto—, así que moriría con piernas más fuertes que una corredora de maratón de tanto pedalear al ritmo que la sosegaba y que sólo perdía cuando, en su ensimismamiento, se le escabullía el recuerdo del recibimiento que le había dado a Simonopio aquel día. Entonces su trácata, trácata se convertía en un desordenado tra-ca-tá que terminaba por enredarle el hilo y desviarle la tela. Entonces se detenía sin terminar el proyecto y deambulaba un rato por la casa como perdida, desolada, repasando los eventos de mi cumpleaños número siete y deseando haber obrado de manera distinta con Simonopio, con mi papá, conmigo.

Pero ésa había sido su reacción y ya no había manera de borrarla; no había manera de hacer realidad los "hubiera" con que continuó el resto de su vida: lo hubiera abrazado, le hubiera dicho que también pensaba en él, que también había temido por él.

En su defensa, debo aclarar que lo hizo con Simonopio en cuanta oportunidad tuvo, que en realidad era lo que contaba, aunque a ella nunca le pareció suficiente: lo dado, dado, y esa bofetada ya estaba bien dada por mi mamá, que afirmó el resto de su vida, con una seguridad inquebrantable, con un arrepentimiento punzante, que nunca antes —ni después— había golpeado a nadie.

Jamás quiso escuchar mis protestas: las nalgadas, mis nalgadas, para ella no contaban como golpes.

—Además tú te las merecías. Simonopio no —me contestaba siempre que intentaba desmentirla.

82

Preguntas sin respuesta

Su hermano Emilio se sentía tan orgulloso de ser el que había encontrado a Simonopio y a Francisco en el camino, que Beatriz no tuvo el corazón de desengañarlo ni decirle: fue Simonopio el que te encontró a ti.

Beatriz agradeció el enorme esfuerzo de él y de todos los hombres que, sin descanso, habían buscado a su hijo. Aunque ignoraba los detalles, sabía que Simonopio había sido su salvador. ¿Cómo entender o explicar lo que Simonopio hacía? ¿Cómo explicar su intempestiva e inexplicable huida del río? Siempre lo había sospechado, pero para Beatriz ésa era la primera evidencia irrefutable y directa de la habilidad especial de su ahijado, de ese don muy suyo que siempre mantuvo discreto y que no le correspondía comentarlo con nadie que no fuera su marido.

Sintió un pellizco en el corazón: él ya no estaba.

Nadie preguntó dónde habían estado Simonopio y Francisco o qué habían hecho durante la espera. Lo único que sabían con certeza era lo que Simonopio había estado dispuesto a compartir. Mientras esperaban la carreta para transportar en forma segura a Francisco, Emilio le preguntó si había visto algo, a lo cual asintió.

Emilio y los hombres ya sospechaban algo, pero les dio gusto contar con un testigo, aunque fuera mudo y simple como Simonopio.

—Encontramos los caballos de Espiricueta y de su hijo en el cerro, arriba de… arriba del lugar. ¿Fueron ellos?

Simonopio asintió con firmeza.

—¿Qué pasó?

Simonopio se negó a responder a esa pregunta y nadie, ni siquiera su madrina Beatriz, se enteraría por él de los detalles.

Simonopio comprendió que no había manera de relatarlos, pues aunque hubiera podido hacerlo, aunque hubiera podido darse a entender, jamás repetiría verbalmente las imágenes sangrientas que conservaría para siempre en la memoria. Implicaría hacerles un mayor daño, a lo cual se negaba. Además, ¿cómo traducir la humillación, la angustia, el terror, el horror, el dolor, la crueldad, la frialdad y la pérdida de lo que había atestiguado? No había manera. Él no podía ni quería. Vencido por el recuerdo, en lugar de responder Simonopio se echó a llorar, hasta bañar con esas gotas de dolor, sin darse cuenta, la cara de Francisco chico.

Con palmadas toscas en el hombro, sin saber qué resultaría apropiado decir, Emilio intentó consolar al muchacho, que parecía no saber que los hombres no deben llorar, al menos no frente a otros. Pero éste no desistió de sus sollozos hasta que sintió que la carreta que los transportaba se acercaba a la casa.

Aun sin conocer los detalles, la que al principio fue una sospecha para todos se convirtió en un hecho irrefutable: había un testigo del asesinato de Francisco Morales y el culpable era Anselmo Espiricueta. También mencionaban al hijo, pero Beatriz dudaba que ése hubiera jalado el gatillo. En cambio, no dudó ni un instante de la culpabilidad del peón.

Ambos se habían esfumado y su desaparición era motivo de incógnita y de alarma.

La policía rural los buscaba, aunque los Espiricueta no habían regresado a su casa y nadie los había visto desde antes del sábado. No habían dejado rastro. Abandonaron los caballos y no se fueron en tren. Todos llegaron a la misma conclusión:

continuaban rondando por los cerros, evadiendo la justicia, quizá viviendo en cuevas, por lo que habían creído conveniente ofrecer una cuantiosa recompensa al que los delatara. Además consideraron necesario montar guardias alrededor de la casa de los Morales Cortés, en caso de que decidieran atacar de nuevo.

Beatriz sabía que no tenían muchos fondos disponibles tras el desfalco del banco, pero no escatimaría. Ya después vería cómo pagar recompensas y salarios, aunque necesitara pedir prestado sobre la cosecha de la siguiente temporada. Y ya vería qué haría, qué exigiría Beatriz, la civilizada, cuando los apresaran. Ya vería qué le diría —o qué le gritaría— cara a cara al asesino de su marido. También llevaba dentro a una Beatriz primitiva, una a la que nunca dejaría salir a la luz, la vengativa, a la que por lo común mantenía bajo buen control, pues de dejarla salir no se conformaría con menos que sacarle los ojos y hacer jirones la piel del asesino.

Imposible. Imposible, aunque lo encontraran. Era mujer, y la venganza seguía sin ser asunto de mujeres.

Por lo pronto había algo que podía hacer para satisfacer en algo su impulso por regresar el daño en alguna medida.

—Vayan a la casa de Espiricueta con el tractor y tírenla.

Leocadio y Martín la miraron, consternados.

—¿Con la muchacha adentro?

—¿Cuál muchacha?

—La hija. Margarita. Ahí la dejaron.

Entonces recordó a la niña que, emocionada, había recibido una ropa y una muñeca de trapo que ella le había cosido, aquel día en que intentó dar el pésame a la familia, el día en que el hombre intentó atacar a Simonopio, aún niño; aquel día en que ella regresó a su casa, resuelta a pedirle a su marido que corriera al campesino.

Lo había olvidado a medio camino, ya no recordaba por qué, y no había hecho nada por alejar de su familia al asesino cuando aún tenía tiempo. Se había mostrado negligente.

No le había hecho caso al instinto ni a la evidencia, y ese descuido les había costado muy caro, al cambiarles la vida para siempre con ausencias dolorosas.

Por su culpa.

Deseó tener la oportunidad de pedirle perdón a su esposo, pero ya era demasiado tarde. Ya era demasiado tarde para todo.

—No. Tiren la casa, pero dejen que la niña junte sus cosas y salga, claro. Que se vaya si quiere. Denle dinero para que se vaya en tren. Si quiere quedarse, llévenla con las monjas o consíganle trabajo en alguna casa. Yo no quiero verla ni saber más de ella.

No recibió a nadie esos días.

Sus amigas de toda la vida llegaban a hacerle compañía, a distraerla, a felicitarla por el hijo recuperado, pero ella no tenía tiempo ni ganas de distraerse.

El hijo recuperado aún no estaba bien. Cuando Francisco chico volviera a ser el mismo de siempre, cuando no hubiera que responderle las mismas preguntas cada vez que despertaba porque no retenía la información, cuando él dejara de disculparse por alguna fechoría de la que se imaginaba responsable, cuando ella dejara de llorar cada vez que lo mirara a los ojos confundidos, entonces consideraría si podía recuperar algo de la Beatriz que había sido. Ya habría tiempo de ver qué tipo de vida construiría.

Aquella mujer nueva de nueva cuenta, mujer golpeada otra vez por la violencia, ya no tenía marido, y por lo pronto tampoco quería amigas ni distracciones. Ahora era una mujer sola a cargo de todo: desde los salarios de la semana y la polilla que había regresado, hasta la planeación del futuro.

Su Singer la llamaba, constante, con su canto de sirena: ven y olvídate de todo; arrulla el dolor con trácata, trácata. Beatriz no se permitía ese descanso prometido. No era el momento. Ya habría tiempo después. Habría tiempo en un futuro, aunque le resultara imposible pensar en éste.

Ahora era tiempo de atender lo inmediato y de aparentar la fortaleza de antaño, para darle al menos un merecido descanso a su madre, que desde aquel sábado de abril había llenado todos los huecos que ella había permitido en los días perdidos en la angustia. Beatriz ahora le agradecía todo lo que en esos días le había reclamado, resentido. Le agradecía que nunca la hubiera dejado caer, que le impidiera desmoronarse por completo. Y que hubiera postergado el triduo de misas para Francisco para mejor fecha, sin que Beatriz se lo pidiera.

Su madre había vuelto a su olla de cobre, meneando la leche de cabra y el piloncillo mientras rezaba, incansable en su búsqueda de consuelo con sus rosarios. ¿Por quién los ofrecía? ¿Por el alma de su yerno asesinado? Posiblemente. ¿Por la salud de su nieto? Seguramente. ¿Por su hija con el peso del mundo encima? Ojalá.

Ella, en cambio, pasaba horas a un lado de la cama de su hijo lastimado, contemplándolo, velándole el sueño, esperando a que despertara un poco más despejado. Cuando sus hijas se sentaban con ella, no respondía a sus preguntas de ahora qué harás. Aún no lo sabía. Por primera vez en su vida, Beatriz Cortés de Morales no sabía qué hacer con el resto de su vida. Y peor: con la vida de su hijo.

Tenía miedo.

Para no responder, para que no la presionaran, dejaba a Carmen y a Consuelo cuidando a Francisco chico mientras ella se iba a atender un rato a Simonopio, que también la necesitaba, aunque nana Reja no se apartara, aunque nana Pola se encargara.

O tal vez era que ella lo necesitaba a él.

Quizá necesitaba verle el perdón en su mirada, ya que podía fingir que se había vuelto loca por la angustia y que era la locura la que había propinado esa cachetada al muchacho en vez de ella, pero a Beatriz Cortés no le gustaba engañarse ni le gustaba negar la responsabilidad de sus actos: locura o no, Simonopio no merecía ese trato y ahora ella se dedicaría por completo a que él lo entendiera así y a que la perdonara.

Quizá, cuando Francisco y Simonopio recobraran la salud, ella tendría tiempo de pensar en el futuro.

A corto plazo debía prepararse y juntar las palabras precisas para la respuesta que ofrecería en el momento en que su hijo recobrara los sentidos y la lucidez, y empezara a preguntar por el paradero de su padre.

Esperaba que para entonces sólo fuera necesario darle la mala noticia una sola vez. Que la mente se le hubiera esclarecido lo suficiente para que la entendiera y la retuviera. Que la sufriera sólo una vez, pues algo seguro era que la sufriría y le dolería, como ya estaba ella permitiéndose el dolor y sintiendo la soledad.

—Mamá, apúrate. Francisco chico se despertó y está preguntando por papá y por su veintidós.

Aún no se sentía lista para responder a esa pregunta, pero ¿lo estaría alguna vez? ¿Había una manera mejor que otra para responder que tu papá está muerto; nos lo mataron? No. No existían alternativas a la respuesta, pues sólo había una: la muerte es definitiva.

—Voy para allá. Y, Carmen: tu hermano se llama Francisco. A secas.

El único Francisco que les quedaba.

83

Murió tu padre,
pero en lo único que pensabas

era en el veintidós.

No, no, no. Tal vez se entendía así, tal vez mi mamá y mis hermanas lo entendieron así, pero no.

De las últimas cosas que yo recordaba de ese sábado, era el momento en que mi papá me regaló el rifle. No recordaba, ni me importaba, si éste era de madera fina en tono claro u oscuro.

Nunca lo toqué, como nunca toqué la promesa que, con el obsequio del rifle, me hizo mi papá.

Y he ahí mi problema, porque no era el rifle lo que yo quería cuando preguntaba por él. Era a mi papá al que buscaba, porque él me había dicho que el arma era para usarse exclusivamente cuando saliera con él.

El regalo del veintidós implicaba que pasaríamos mucho tiempo juntos, y creo que en mi mente, confundida por el trauma cerebral y por la edad, pensaba que si aparecía el rifle, aparecería mi papá para invitarme de nuevo a acompañarlo.

Preguntando por el veintidós recordaba a mi papá.

Pero el rifle nunca apareció.

84

No. Se lo llevó Espiricueta hijo.

Siempre lo sospechamos.
　　Ahora lo sé.

85

Si tu madre hubiera sabido

lo que fue de ellos, tal vez habría tomado otra decisión. Pero tras un mes desde la tragedia seguía sin atreverse a salir de la casa ni a dejarte salir, a pesar de que casi te habías recuperado del todo, de que tenías energía y ánimos de jugar y hasta ganas de regresar a la escuela.

Los guardias permanecían afuera de la casa. Para ella —para todos— el asesino andaba suelto. Rondaba y amenazaba. Temían. Así que ni acompañado por Simonopio te dejaban salir. Beatriz Cortés no quería apartar la vista de ti, milagro que ahora eras, su único Francisco, pues tu nueva cicatriz en la cara le recordaba lo que había perdido y lo cerca que había estado de perderlo todo.

86

El futuro está en otra parte

Beatriz Cortés de Morales sabía que estaba enferma de algo que ni el doctor Cantú se atrevía a diagnosticar. Físicamente no tenía nada, lo sabía, pero algo parecido a un cáncer llamado *pobreviuda* la iba carcomiendo, y sentía que entre más creciera ese cáncer, más desaparecería su esencia.

Qué tentación fue rendirse y perderse en éste para siempre. Pobreviuda. Para siempre, como su propia madre. Haciéndose vieja, pobreviuda. Sola, pobreviuda, porque el que la acompañaría a través de los años, hasta el final de la vida, hizo una promesa que sólo había cumplido a medias: nunca me voy a hacer viejo y tampoco voy a dejar que te hagas vieja.

Qué tentación le presentaron cada día las amigas que la visitaban, que la compadecían, que la pobreteaban, que se ofrecían a solucionarle todo, hasta la compra del mandado, aunque no atinaran a comprar lo que a ella le gustaba. Qué alivio que todos le permitieran su claustro sin cuestionarla, pensando que era por el luto que guardaba por su marido. Por lo mismo ya nadie esperaba nada de ella: ni su asistencia a las juntas con las damas del casino ni su presencia durante la supervisión de las obras de construcción. Ni siquiera que aportara su buen gusto para comprar o diseñar el mobiliario del nuevo edificio.

Qué seductor le resultaba que sus hermanos se hubieran ofrecido a manejarle tierras, empleados y cosechas —tú no debes preocuparte por nada, Beatriz—, consintiendo, como estarían

431

dispuestos a hacer en lo que les quedara de vida, la recién descubierta indecisión de la hermana mayor.

Por el momento ese —previamente— inusual titubeo se manifestaba en cuestiones de la tierra, que antes le habrían atañido a su marido: ¿plantamos más o lo dejamos para otro año? No sé, lo que ustedes digan. ¿Vendemos todos los árboles injertados? ¿Ustedes qué opinan? Sabía que, si cedía, terminaría apareciendo también en cuestiones de vida: ¿lo cambiamos de escuela? ¿Hará la primera comunión este año o el próximo? ¿Quién será su padrino? ¿Irá a estudiar fuera? ¿De qué color me visto? ¿Puedo ir a Monterrey?

Trácata, trácata… Qué agradable sería perderse por horas sometida al embrujo hipnótico de su Singer, olvidándose del miedo, trácata, trácata, de la incertidumbre, trácata, de lo inadecuada que se sentía, de lo sola, de las preguntas de su hijo, de su exigencia de ver a Lázaro, el Resucitado, de la deuda eterna con el ahijado, de la vieja madre que resentía su abandono y del hijo recuperado, que ahora resentía su atención constante. Trácata, trácata, trácata, trácata, trácata.

Qué tentación tan grande de evadirse sintió por la crueldad de las noches vacías, por la oscuridad, por la soledad, por la cama fría, por las sábanas que iban perdiendo el aroma del cuerpo tan querido al que habían arropado por tantos años.

Pero el tiempo no se detiene. A pesar de la dolorosa ausencia a su lado, el sol salía y se ponía a diario, aunque este hecho ahora no la sorprendiera tanto, ya veterana de la pérdida. Las vacías horas de la noche pasan y no en balde, porque en su crueldad sin tregua no admiten descanso, dan mucho que pensar y exigen mucho, porque es entonces cuando el miedo da más miedo, sí, pero también cuando los pesares se hacen más profundos y lo que se hizo o se dejó de hacer se lamenta más.

Es en la oscuridad más profunda cuando se ven las cosas con mayor claridad. Así como la tentaban al abandono de todo por su desierto de negrura, las noches no le permitían a Beatriz Cortés ni siquiera la más leve miopía, y lo que ella veía en esa clara retrospectiva a la que se sometía sin querer la obligó a sacudirse de toda tentación, la obligó a decidir a curarse de esa oscuridad que la invadía, mas no con medicamentos innecesarios: con voluntad.

Había pasado un mes —¿ya un mes entero?— desde la muerte de Francisco, y si no por ella, lo haría por lo que a él le debía: saldría adelante, se reencontraría con aquella mujer fuerte que él había dejado en casa al morir, a cargo del hijo de ambos y de todos sus negocios.

Todavía tenía miedo de salir de casa. Ésa era la verdad. Porque ese sábado de abril Espiricueta no sólo le había arrebatado a su marido. También le había robado la paz. Pensar en mandar a Francisco a la escuela cuando estuviera del todo sano la llenaba de terror, temerosa de que Espiricueta le saliera en el camino como el lobo de los cuentos. Por el mismo miedo no permitía que la querida nana Pola fuera sola por el pan diario, como de costumbre. Ahora siempre debía acompañarla Martín, lo cual no le gustaba a una ni al otro.

Ya no le cedería ni un pedazo de su vida ni de su voluntad a nadie. Lo decidió esa buena noche en que encontró sosiego con una dulce canción que no le cantaban a ella. Tomaría sus decisiones con voluntad y con voluntad erradicaría el miedo. Recordó la promesa que alguna vez le había hecho a nadie más que a ella misma: ni aun en su vejez se permitiría convertirse en la sombra de nadie. Nunca quedaría a la deriva, a merced de las decisiones de otros. Jamás se permitiría estancarse.

Ésa fue la misma noche en que, con pesar, recordó cuántas veces había impedido que su marido planteara la idea de un cambio radical, cuando los cambios la aterraban, cuando se sujetaba a las tradiciones como si éstas definieran a su familia. Mejor irse a Monterrey, le había empezado a sugerir Francisco en esas noches cuando éste se dejaba invadir por el desaliento, pero ella nunca le permitió seguir hablando, nunca le permitió exponer la idea completa. Siempre se negó a dejarlo seguir rumiando esa noción loca, mientras que lo alentaba a seguir con lo mismo, en lo mismo, en donde mismo y con la misma gente.

¿Dejar la casa de los ancestros? ¿Dejar a los amigos con que se había compartido la vida por generaciones? ¿Dejar las promesas que la vida les había hecho?

Ella se había negado rotundamente.

¿Y dónde habían quedado esas promesas? ¿Con qué derecho las había sentido garantizadas? La ausencia permanente de su marido no le había dado más remedio que admitir en voz alta para no volverlo a olvidar:

—La vida no da garantías. A nadie. No espera a nadie. No tiene consideraciones con nadie.

Qué arrogante había sido por haberse sentido, con el solo hecho de existir, merecedora de lo mejor de la vida, digna de estar sólo en lo alto; arrogante por no haberse dado cuenta de que, al creerse fuerte —un pilar en la vida de su marido—, en realidad había sido presa del miedo al cambio, y por ese hecho le había coartado a él la oportunidad de labrarse un destino diferente al que ella había contemplado para él, para ellos, para todos.

Su arrogancia le coartó a Francisco la posibilidad de vivir hasta la vejez, le truncó la oportunidad de fallar a esa promesa que había hecho con ella sentada en su regazo, años atrás, en una tarde de bromas.

Sujetarse al pasado le había costado a él la vida.

Un costo que Beatriz se negaba a que su hijo pagara también.

¿Cuántas veces había que aprender la misma lección? ¿Cuántas veces había que olvidar y volver a aprender que la vida da vueltas en todas direcciones? ¿Que no hay un límite de veces en que se puede enviar a una persona hasta el fondo, porque la vida no conoce el dicho aquel de "la tercera es la vencida"?

Ninguna más. A ella la tercera la había vencido. La tercera le enseñó lo que nunca más volvería a olvidar. Así le tomara el resto de la vida, se recuperaría de esa tercera porque se sentía obligada. Pero una cuarta la mataría.

Entonces se le ocurrió que el futuro ya no era coherente con el pasado.

—El futuro está en otro lado —dijo al aire, decidida, a oscuras, envuelta entre sábanas que ya no olían a su marido.

87

Si mi mamá hubiera sabido todo

tal vez no habría decidido mudarnos a Monterrey, no sé.

Aunque quizá lo habría hecho de todos modos.

Porque los ruidos nocturnos tan conocidos de la casa la acorralaban, en lugar de consolarla, y hasta el *clunc* del mosaico suelto, antes tan útil, ahora la enervaba. La idea de rondar los largos pasillos le recordaba su soledad constante y permanente. El olor que despedía la casa no la dejaba dormir por la noche y la falta de zumbidos de abeja la despertaba por la mañana.

De dejar pasar el tiempo, ¿se habría acostumbrado? ¿Habría vuelto a encontrar sosiego entre esas paredes tan queridas?

No podemos saber lo que habría sido, sólo lo que fue.

Tuvimos buena vida en Monterrey. No teníamos dinero ahorrado, pero allá poseíamos la casa y los terrenos que venderíamos poco a poco, de ser necesario. Mi mamá encargó a sus hermanos vender todas las propiedades de la familia en Linares, que mientras tanto seguirían produciendo y vendiendo cosechas bajo su cuidadosa supervisión. Las tierras dadas en aparcería a sus empleados se las dejó para que las terminaran de pagar con una renta fija —cifra simbólica— por los siguientes cinco años, cuando realizaran el traspaso definitivo.

Los ranchos en Tamaulipas fueron los primeros en venderse, malbaratados pero a tiempo: a ése que había aprovechado la oportunidad al pagarle un precio ridículo a la viuda de su vecino ranchero, al poco tiempo le quitarían la mayoría de sus propiedades, por decreto de Lázaro Cárdenas y en apego a la ley.

Mi papá había muerto, pero la Reforma Agraria continuaba con vida.

Nunca, ni de visita, regresamos a Linares. Mi abuela decidió seguirnos, siempre apoyando y acompañando a su hija sin lamentar la vieja vida, aunque la nueva gente, los nuevos ritmos y los nuevos lugares la abrumaran. Ahí, por fin se quitó el luto que había llevado desde la muerte de mi abuelo. Veía a sus nietos y a sus bisnietos todos los días y eso le compensaba el desconcierto de vivir en la ciudad. Lo que nunca entendió y jamás aprobó fue que mi mamá tomara la loca decisión de inscribirme en una escuela nueva, laica —loca, diría mi abuela—, llamada American School Foundation of Monterrey.

—Puro gringo y puro ateo o aleluya.

—No creo, mamá. No me importa: en ése no lo van a recibir soldados armados todos los días al entrar y salir, cuidando que los niños no recen ni un padrenuestro.

La guerra del gobierno federal contra la Iglesia continuaba, aunque ya no hubiera balazos. Cuando hice mi primera comunión aquel año, lo hice como si cometiera traición a la patria: de noche, en secreto, en casa de alguna familia, la ceremonia oficiada por un sacerdote que en la calle, a la vista de todos, fingía no serlo.

Los colegios católicos continuaban existiendo en la clandestinidad.

En cambio no había que esconderse para ir al mío. No había que fingir que no se aprendía lo que ahí se aprendía. El certificado que ahí recibiría sería reconocido por el gobierno. Un poco después, cuando a Cárdenas se le vino la ocurrencia de imponerlo, nosotros fuimos exentos de cantar el himno nacional socialista. Además, y muy importante, había niñas y niños juntos en los salones y a mí siempre me gustaron mucho las niñas, aunque de chiquillo lo que disfrutaba era aterrorizarlas con mis cuentos importados del pueblo, con las leyendas que les contaba en el recreo, cuando nos sentábamos en un pequeño círculo en alguna sombra y ellas, gozando su sufrimiento, me imploraban: cuéntanos más.

Por primera vez en mi vida acudí contento a la escuela.

Ahí compartí mis momias y mis fantasmas contra las cuales palidecían las abundantes historias de cuatreros. Ahí fue donde se quedó a vivir la leyenda de la muñeca, que resurgiría en forma cíclica y permanecería vigente aun cuando mis hijos fueron alumnos de la misma escuela, en un edificio más moderno.

Ahí, un poco mayor, me obsesioné con *La máquina del tiempo,* de H. G. Wells. Porque nunca pude olvidar lo que perdí ese sábado. Y tras hacerme fanático de la ciencia ficción, llegué a creer y a soñar que una máquina del tiempo sería la solución a todo. Viajaría hacia atrás, hacia ese sábado de mi cumpleaños. De algún modo salvaría a mi papá y erradicaría de nuestra memoria la tristeza que de vez en cuando sorprendía a mi mamá, la nostalgia por la vida vieja que asaltaba a mi abuela, el sentimiento de culpabilidad que me invadía, sin saber por qué, por la muerte de mi papá, y la sensación de un abandono que nunca superé. Por supuesto, pronto entendí que eso no era posible: que no hay manera de volver en el tiempo, de enmendar el pasado.

Pero bueno.

En los pasillos de ese colegio conocí a la que sería mi esposa, aunque cuando compartíamos el espacio yo casi ni la volteara a ver por chiquilla y a ella yo le cayera mal por distraído.

También ahí me preparé para después estudiar la carrera en Estados Unidos, aunque mi mamá se opusiera a mi primera opción de universidad.

—A Texas A&M no te vas. Estudia lo que quieras, menos agricultura.

Cuánta razón tuvo. En Monterrey no había lugar para tierra ni tractores: sólo para fierros de otro tipo.

88

Construyeron buena vida…

Sí, pero nunca logré deshacerme del recuerdo agridulce de Simonopio, porque todos los buenos recuerdos los manchó con su abandono.

89

Ya llegamos; da vuelta aquí

—Pero ¿qué pasó con Simonopio? —me pregunta ansioso Nico, el taxista, mientras sigue mis instrucciones.

Ésta es su primera intervención desde que partimos de Monterrey.

Me doy cuenta entonces de que viene callado, mas no por aburrimiento, como creí en un principio, ni por el deseo de estar en otra parte o de encender su radio, sino por no interrumpir mi ritmo ni la historia que comencé a contarnos esta mañana, desde que cerramos las puertas de su taxi y arrancamos. Y sé que, de habernos conocido antes, de haber tenido más tiempo, este joven, al que muy pocas historias o cuentos le han contado en su vida, pudo haber llegado a ser amigo mío.

Pero ya no hay tiempo. No hay remedio: ya llegamos y el "hubiera" no existe. Nico no tiene de qué preocuparse: ya no busco detener mi relato. Todas las versiones de esta historia, que por años me tuvieron sitiado dentro de las murallas del olvido que erigí, hoy me tomaron por asalto. Son de otros, son mías y juntas son una esfera: veo el todo y ya no puedo ignorarlo ni quedarme a medias.

Me siento conminado a llegar hasta el punto final.

90

Dulce ignorancia

Cuando Beatriz decidió que no quería volver a recorrer los pasillos de su querida casa ni las calles de Linares, ni seguir recibiendo miradas de compasión; cuando decidió retomar la idea que había surgido de su marido de inventar una nueva vida en Monterrey, lo hizo con el propósito de incluirlos a todos.

Su hijo, por supuesto, no tenía opción: iría a donde ella dijera.

Bendita edad que le había permitido a éste recuperarse más rápido que ella, pensaba, porque mientras que ella seguía rememorando vívidamente a su hijo inconsciente, lastimado, éste ya ni recordaba de qué lado había estado la fractura de costilla, y atrás de la cabeza el pelo ya le había cubierto aquella herida que requirió doce puntadas para cerrar. Ni siquiera la cicatriz en la sien, aún roja a un lado del ojo, que a ella aún le provocaba escalofríos, le llamaba la atención a Francisco al verse en el espejo por las mañanas: era como si la hubiera tenido toda la vida.

La sorprendía además que del padre ausente hablara con entusiasmo, a veces en tiempo pasado, pero a veces en presente: parecía olvidar, o no entender, que la muerte es permanente; como si no entendiera que el padre no se había ido, como en muchas otras ocasiones, de visita temporal a un rancho u otro. A veces, por la noche, porque de noche —y ella lo sabía bien por experiencia propia— no hay disimulos, distracciones ni manera de fingir que se ha olvidado lo que nunca se logrará olvidar, tan imperturbable como fuera su sueño infantil, hablaba ininteligiblemente y lloriqueaba dormido.

Yo nunca había hecho eso antes.

Cuando Beatriz —cuando mi mamá— acudía a revisarme, alarmada por los gritos que salían de mi conciencia dormida, Simonopio siempre estaba ahí, intentando borrar para siempre los malos recuerdos con caricias suaves —pero firmes— en mi frente, en mi entrecejo, igual que como lo había visto mi mamá hacer cuando yo era un bebé. Me cantaba bajito, sin intentar interrumpir su canción cuando entraba su madrina al cuarto.

Mi mamá no entendía sus palabras, aunque reconocía las tonadas. Muy pronto se acostumbró a ese idioma exclusivo de Simonopio y mío, y muy pronto le pareció bello, porque Simonopio tenía una voz melodiosa. Era una voz que envolvía, serenaba y alejaba no sólo a las pesadillas del niño huérfano, sino a los miedos y las dudas de una madre sola. De su madrina.

Era una voz consoladora.

Aunque nunca desperté durante esas serenatas nocturnas, hoy puedo ver a mi mamá sentada en la vieja mecedora, sin interrumpir, sin intervenir, pero sin alejarse. No quería perderse ni un minuto de esa extraña convivencia entre su hijo y ese ahijado que la vida les había regalado. Porque una buena noche, entre una canción de notas dulces y otra, comprendió que aunque la vida no da garantías, a veces sí da regalos, y comprendiendo eso, aceptándolo aun sin estar plenamente consciente de ello, fue que la amargura, la pena y la profunda herida de Beatriz Cortés, ahora viuda de Morales, comenzaron a sanar y su vieja veta de determinación resurgió.

Si desde el momento de la muerte de su esposo y de mi desaparición había caído en una vertiginosa espiral descendente, ése fue el momento en que el descenso se detuvo. Ése sería el punto de ascenso de la nueva Beatriz, la que nacería por pura fuerza de voluntad y la que perduraría mientras le durara la vida en el cuerpo. La arrogante que había sido de joven, la nueva temerosa y la otra, más nueva, la más golpeada, aprenderían a convivir en paz hasta lograr una fusión completa. Tardaría años y el ascenso sería lento, aunque para todo había un comienzo y para ella éste había llegado entre canción y canción cantada por Simonopio.

Determinada, una mañana llamó a todos al comedor: a la abuela Sinforosa, a Pola, Mati y Leonor, y a Simonopio. En esa sesión no les explicó —y nunca lo hizo— todas sus razones. Ahí sólo dijo: la tierra ya no es para mujeres solas con niños pequeños, así que nos vamos.

No todos aceptaron la invitación: Leonor no. Mati tampoco. Una se quería casar y la otra deseaba ser abuela para el nieto que le había llegado. Pola no había dicho sí ni no, pero a nadie le cabía duda.

Al discutirlo después en privado con su hija, mi abuela Sinforosa entendió que las razones de la mudanza iban más allá de un simple no puedo manejar la tierra sola, pero no dijo nada. Estuvo de acuerdo en que era más sano —y más seguro— para mi mamá y para mí alejarnos del pueblo, aun a expensas de lazos y tradiciones. Y cuando su hija le dijo si quieres quédate a vivir con alguno de mis hermanos, mamá, ella no lo pensó dos veces.

—Yo me voy con ustedes.

A mi abuela Sinforosa no le habría gustado ser un estorbo ni tener estorbos, como sabía que sería en caso de quedarse a vivir con las nueras.

—Además, la que me necesita eres tú, Beatriz.

Simonopio había salido del comedor en silencio, como siempre, pero con una mirada de resignación que mi mamá quiso interpretar como de aceptación.

—Claro que nos vamos a llevar a nana Reja, Simonopio.

Sabía que, de entre todos, Simonopio sería al que le costaría más el cambio, así que estaba dispuesta a encontrarle algo que hacer en Monterrey, a donde Simonopio se había negado a regresar desde la visita al circo. Encontrarían algo que le agradara, estaba segura. En Monterrey también había cerros y hasta montañas. Montañas enormes. Tal vez a Simonopio le gustaría ir y venir, para explorarlo todo.

Tal vez.

La decisión que tanto le había costado tomar pronto se convirtió para Beatriz Cortés en el foco de su atención y hasta de su entusiasmo. Porque, una vez aceptada, también decidió que el cambio sería inmediato: para disgusto de muchos, no esperarían al fin de cursos ni a que yo hiciera ahí mi primera comunión, ni a que pasara el debut de las hijas de sus amigas y mucho menos la inauguración del casino de Linares.

¿Para qué, si ni iría?

No. En cuanto terminara de organizar todo se iría y me llevaría de ahí, lejos de amenazas contra la vida y la tierra. Lejos de tentaciones y dependencias.

Muchos intentaron disuadirla, incluidos mis tíos —sus hermanos—, al ofrecerse una vez más a manejarle todos sus asuntos.

—Ayúdenme a vender todo y a manejar todo mientras se vende. Nada más.

—Piensa en el futuro de Francisco.

—No pienso en otra cosa, pero en la tierra está el pasado.

—Pero, Beatriz, aquí está tu familia, la gente que te quiere —le decían todos, hermanos y amigos.

—Mis hijas y mis nietos están allá.

Aceptaron la encomienda, aunque le advirtieron que llevaría tiempo, en especial porque muchas propiedades estaban a nombre de amigos de su marido y habría que convencerlos de aparentar que ellos eran los que las vendían. A Beatriz no la sorprendió que todos, sin excepción, aceptaran regresarle aquello que le pertenecía como viuda. Mi papá había escogido muy bien: ninguno de sus amigos faltó a su palabra, reconociendo que la tierra que resguardaban a su nombre contra el agrarismo pertenecía a la viuda de Francisco Morales. La ayudarían con gusto a venderla.

444

Poco a poco mi mamá arregló los asuntos pendientes, manteniéndose ocupada, descansando un poco de los huecos que tanto le pesaban en la noche, cuando se resguardaba en el consuelo que le daba la canción de su Singer y las de Simonopio, aunque una fuera mecánica y las otras no estuvieran dirigidas a ella.

Y si mi vida y mis días estaban llenos de Simonopio, de sus cuentos y de sus canciones, ahora la de Simonopio le parecía a mi mamá vacía y triste.

No era resentimiento, estaba segura: él la había abrazado tras una de sus constantes peticiones de perdón por la bofetada y Beatriz sintió el alivio de esa muestra de cariño.

No era eso. Entonces ¿qué?

Era el luto lo que lo afectaba: desde que había salido de su cuarto, descalzo, dos días después del regreso, su mirada no volvió a ser la misma. En los primeros días Beatriz se había concentrado en su bienestar físico, pero distraída por la preocupación que sentía también por la recuperación de su hijo y porque éste encontrara su equilibrio en la nueva vida sin padre, había pasado por alto el equilibrio del ahijado, que había perdido más a un padre que a un padrino.

Y también era desolación: pasaron semanas y ella no había advertido que lo que en esos días a ella la despertaba antes de lo acostumbrado cada mañana era la ausencia de ruido; la ausencia del zumbido con que, desde fuera de su ventana, la había arrullado la proliferación de abejas instaladas en el cobertizo hacía casi diecinueve años, acostumbrándola con su canto a asirse con gran facilidad a la última hora —los últimos minutos— de sueño antes de enfrentar el día.

Habían llegado con Simonopio y no se habían vuelto a ir.

Sin embargo, ahora la despertaba por las mañanas el silencio del simple canto de los pájaros. No obstante, de manera inexplicable ahora veían la cara de Simonopio libre de abejas, mientras que aun en invierno, si no hacía mucho frío, jamás faltaba alguna que la adornara, y en primavera o verano lo seguían como a una flor. Sin embargo ahora, en plena primavera, veía sus ojos verdes y sus largas pestañas sin extensiones de alas móviles. Veía su boca tal y como se la había dado Dios, sin que se la taparan las abejas, como queriendo disimularla o alimentarse de su sonrisa. Veía que su piel no estaba manchada por lunar alguno, cuando antes siempre parecía que los tenía, aunque de vistazo en vistazo éstos cambiaran de lugar.

No lo sabía con certeza, por haber estado distraída por semanas y ensimismada en su dolor de viuda nueva, pero sospechaba que éstas habían dejado por completo solo a Simonopio desde el día de la muerte de Francisco.

¿Por qué lo habían abandonado? ¿Por qué lo desamparaban las que lo habían ayudado a vivir?

Al ver cómo Simonopio pasaba el día entre pláticas, cantos y cuentos en los que tenía a su único miembro del público por completo interesado y participativo, mi mamá pensó que podría preguntarle qué te pasa y recibir respuesta mediante su pequeño intérprete. Decidió que lo haría en un rato más, pero ese rato llegó y se fue sin que lo abordara. Lo interrogaría mañana, pero mañana se hizo pasado mañana y luego una semana y dos.

Y ella no preguntaba.

De haberse atrevido a preguntarle eso, ¿qué le habría impedido a ella seguir con su atropello y pedirle que le narrara los hechos de aquel sábado? Nada la detendría, ni siquiera a sabiendas de que lastimaría a todos. Sabía que a él le dolerían las preguntas y por nada quería lastimarlo. Pero más temió odiar —y nunca olvidar— la respuesta. Temió también lo que yo, como intérprete, estaría obligado a narrar, a saber, a recordar.

Y había cosas de las que era mejor no enterarse.

Nos iríamos para olvidar lo malo: las ausencias y los abandonos. Nos alejaríamos para sólo recordar lo bueno. Y en la ignorancia sanaríamos.

91

Canción del pasado

Como siempre, transcurra lento o rápido, el tiempo pasa seguro, y de grano de arena en grano de arena, toda fecha se cumple.

Y así, seguro, también llegó el sábado de nuestra partida.

Lo que había de empacarse se había empacado ya. Lo que había de regalarse ya había encontrado a su nuevo dueño, incluyendo la ropa de mi papá, que al vivir en el cielo como me habían dicho que hacía ya no la necesitaba. También regalamos a mi Rayo, que sería muy infeliz en Monterrey, porque en esas calles de ciudad no tendría dónde correr y sería más feliz en la huerta de mis primos, que se comprometieron a cuidarlo muy bien.

Mi mamá llevaba sus muebles antiguos para sustituir a los de Monterrey, de menor calidad y mucho menos valor sentimental. Llevaba un baúl de ropa de invierno y otro de verano. Llevaba su Singer y todas sus telas e hilos. Había empacado las pocas fotos familiares que teníamos. Eran pocas, tal vez, porque ése era un servicio muy caro entonces, pero también quizá porque habrían pensado que siempre habría tiempo de tomar más. De la cocina llevaban la cazuela de cobre de mi abuela y sus cucharones de madera. Nada más.

A mí me habían empacado muy poco: algo de ropa y algunos juguetes. Yo no tenía mucho, y en el pequeño baúl que me asignaron quedaba un espacio: un espacio en el que habría cabido muy bien mi rifle veintidós, el único recuerdo mío, muy mío, de mi papá. Pero bueno, ése era un hueco imposible de llenar, por lo que, con ese vacío, cerramos el baúl.

Nos despedimos de todos los empleados de La Amistad, y hubo algunas lágrimas. Sobre todo extrañaría a Leonor y a Mati, que hasta entonces había creído parte de la familia Morales Cortés, por lo cual me parecía inconcebible que no quisieran seguirnos. Nana Pola, en cambio, lloraba de tristeza porque iría, porque dejaría atrás todo lo conocido, pero supongo que le habría dolido más que la dejáramos y eso la orilló a seguirnos.

Viviría con nosotros por el resto de su vida. Conocería a mis hijos y, ya a puras tientas, a mis primeros nietos, porque, Francisco, me decía ya anciana, estos ojos míos ya no ven.

Se le habían gastado por completo al verme crecer a mí.

Dos años después de nuestra mudanza, cuando yo tenía nueve años, aventurera nostálgica que la nana Pola era, descubrió que entre los espectáculos de las tandas de Monterrey se presentarían el mismo día Marilú Treviño y Soledad Betancourt.

—¿Quieres ir conmigo, Francisco?

Acepté gustoso. Había crecido con sus cuentos y sus canciones, con su voz en mi oído, y ya había pasado mucho tiempo desde la última vez que las había visto en Linares.

Mi mamá nos dio dinero y nos fuimos en camión. Cuando llegamos, compramos nuestros boletos de permanencia voluntaria, aunque mi nana Pola me advirtió que para las ocho debíamos regresar a casa.

—¿Por qué?

—Porque es cuando salen los pelafustanes.

A mí eso de los pelafustanes me sonaba interesante, pero había aprendido a no insistir cuando reconocía que la batalla estaba perdida desde el comienzo. Nana Pola había declarado, con una autoridad que parecía emanar de los diez mandamientos, que no veríamos a los pelafustanes y ya. Así que, niño inteligente como era, reconocí que lo único que lograría con

448

mi necedad sería que nana Pola me dijera pues entonces nos vamos de una vez, sin ver nada.

Pensando que el tiempo se me pasaría demasiado rápido, pero resignado al horario impuesto, la seguí hasta nuestros asientos en una banca.

En la carpa se presentaría primero Marilú Treviño y luego, después de los malabaristas y el mago, Soledad. Yo sólo llegué hasta Marilú. Incluso tuvimos que salirnos antes de que ésta terminara su repertorio de la tarde, obligados por los reclamos de la gente a nuestro alrededor.

—Señora: saque a ese niño chillón, que no nos deja oír.

Obligados o no, para mí fue un alivio salir, escapar de las notas de esas canciones, de la profundidad y ligereza de esa voz tan dotada, tan familiar. Me negué a dar explicaciones o a quedarme a esperar a que fuera el turno de Soledad Betancourt.

—Ya me quiero ir a la casa, nana.

Ahora pienso en la decepción que habrá sido para mi nana Pola perderse el resto del espectáculo y lo arrepentida que habrá estado por haberme invitado a ir en lugar de a la nana de los vecinos, la única amiga que había hecho en Monterrey hasta entonces.

—Siguen los malabaristas, Francisco. Después el mago —me insistía, tratando de seducirme con el atractivo de esas variedades, para que dejara de llorar.

Pero yo, que no había llorado ni al despertar de mi conmoción cerebral con una costilla rota, no quería dejar de hacerlo. Es más: entre más me pedía que no llorara, más me asía de mi llanto e incluso más lo disfrutaba. Estaba convencido de tener todo el derecho a mi berrinche. Yo, que cuando había despertado de mi coma, aún conmocionado, confundido por mi estado y por lo abrupto de la partida de mi papá al cielo —un inocente que no entendía que para ir al cielo primero había que morir—, casi no reaccioné, casi no lloré cuando mi mamá me lo dijo.

—Francisco, tu papá se fue al cielo y desde allá te cuida.

—¿Por qué?

Me di cuenta de que ésta era una pregunta que le era difícil responder.

—Porque le habló Diosito.

—Pero no se despidió de mí y yo perdí el veintidós que me regaló.

—Sí se despidió. No te acuerdas por el golpe, pero sí se despidió de ti, porque te quiere mucho. Y ya no te preocupes por el rifle.

Y ya. La explicación estaba dada y yo me dediqué a sanar del cuerpo para regresar a ser el mismo niño inquieto de siempre.

De ahí la confusión de mi nana: ¿por qué lloraba entonces? ¿Qué había provocado mi llanto? Nunca respondí a sus preguntas ni a las que haría mi mamá al llegar a casa. Me fui a acostar y no salí ni para cenar.

¿Sabes?, dos años atrás, aquel sábado de nuestra mudanza, yo había amanecido con más energía que nunca, listo para vivir cerca de mis hermanas y mis sobrinos; emocionado de encontrar una buena escuela en Monterrey, pero más aún de ir allá con Simonopio por primera vez.

Tenía días hablándole de lo que haríamos en Monterrey: iríamos a la Alberca Monterrey a nadar, para empezar. Era verano, por lo que sería tolerable meter el cuerpo en esa agua helada que emanaba de un venero y almacenaban para deleite de los regiomontanos antes de dejarla seguir su curso natural hacia Santa Lucía y luego al río Santa Catarina. Quedaba muy cerca de nuestra casa, así que podíamos ir caminando cuando quisiéramos. Llevaríamos a mis sobrinos, a los cuales les daba miedo meterse, ya que imaginaban que junto con el agua, por el venero, aparecería también una gran víbora subterránea para devorarlos. Yo tenía años asegurándoles que Simonopio nos defendería de una y mil víboras sin importar el tamaño, y ésta era mi oportunidad para demostrarlo.

—¿Verdad que tú nos cuidas, Simonopio?

Yo nunca esperaba respuesta, porque, creyendo que la sabía, la daba por dicha, y además tenía mucha prisa por seguir planeando nuestra nueva vida como para detenerme. Y fue por hablar tanto que no me di cuenta de que Simonopio no aportaba un sí ni un no a la conversación.

Que se trataba de un monólogo y no de un diálogo.

Entonces llegó la mañana del sábado de nuestra partida. Había que subirse al carro que nos llevaría a la estación de ferrocarril. Y Simonopio no aparecía. Y mi mamá decía vámonos, Francisco. Y yo le decía sin Simonopio, no. Y Simonopio no estaba por ningún lado. Y la nana Reja tampoco. Y la mecedora había desparecido con ellos. Y en el cuarto de Simonopio no quedaba nada de Simonopio ni de sus abejas. Y hasta la pequeña montaña de miel cristalizada que se había ido formando en una esquina, en el transcurso de los años, había desaparecido.

Entonces me di cuenta. Y entonces lo acepté: Simonopio se fue y se llevó todo. Todo, menos a mí.

Regresé al automóvil y nos fuimos para siempre de ahí. Me gustaría decirte que lo hice en forma dócil y tranquila, que no dije nada en todo el camino porque los niños son valientes y no lloran. La verdad, porque ya no estoy en edad para disimulos, es que Martín tuvo que ir corriendo tras de mí. No llegué muy lejos por el camino de Reja, porque iba ciego por las lágrimas y falto de aliento debido al grito constante que no lograba transformarse en las dos únicas palabras que se arremolinaban en mi cabeza.

Discúlpame: tampoco es cierto que haya vuelto al auto. Decir eso implicaría que se trató de un acto de voluntad de mi parte, y no: Martín me regresó. Me cargó todo el camino a pesar de mis patadas. Creo que lo habría mordido como animal salvaje de no haber seguido yo con mi grito. Así, pataleando, me subió al auto y luego al tren.

Mi mamá trataba de calmarme. Pero cuanto dijera resultaba inútil: yo no escuchaba. No podía ni quería. No quería consuelo ni explicación, porque no existían. Creo que todavía entonces seguía mirando a mi alrededor, con la esperanza de que Simonopio llegara de último momento. Creo que, a pesar de la evidencia, muy en el fondo seguía creyendo que era imposible que Simonopio me abandonara. Por eso cuando el tren arrancó sin él, apreté el pecho. Cuando las ruedas del tren dieron su primera vuelta, toda esperanza se extinguió.

Y con la fuerza del pecho, y quizá también la del estómago, contuve el llanto. Y el llanto contenido se transformó en náusea. Vomité todo el camino. Vomité tanto y por tantos días que mi pobre mamá creía que moriría. Y yo también, pero los niños no lloran, y qué orgulloso me sentí de primero rozar la muerte antes de permitirme vivir llorándolo, extrañándolo, recordándolo, mencionándolo.

Fue un artificio; las lágrimas guardadas algún día salen, por lo que un llanto explosivo me sorprendió esa tarde en las tandas, mientras escuchaba a Marilú Treviño cantar el mismo repertorio de siempre, el que tanto me había gustado oír en su voz o en la voz de Simonopio: el que sólo había escuchado en compañía de mi hermano. Desde las primeras notas la música me transportó a mi altura de gigante sobre los hombros de Simonopio, a días cálidos en el agua del río, a los sapos que croaban al anochecer, a las chicharras veraniegas, a los laberintos de naranjos, a los pasos de una abeja en mi cara y a su sonido cuando se alejaba. Me transportó a su peculiar y querida sonrisa y a sus cuentos, a las lecciones enigmáticas que siempre me dio gusto recibir, aunque nunca comprendí; luego al hueco en mi baúl, al rifle perdido, a la ausencia involuntaria de mi papá y a la ausencia premeditada del que siempre creí que me quería como hermano.

Así que, a la distancia, en su ausencia absoluta, castigué a Simonopio con mi silencio: mi boca no volvió a pronunciar su nombre por años, y no tan pronto, pero sí seguro, mi mente dejó de pensar en él, porque la obligué.

Empecé a hablar de él otra vez, con una nostalgia que superaba cualquier rencor que le pude haber guardado, cuando tuve a mi primera —y única— novia, cuando en el enamoramiento nuevo se quiere saber todo y se quiere compartir todo, sin límite.

Ella me preguntaba sobre mi vida en Linares y yo le contaba, al principio tratando de hacer una edición selectiva y premeditada. Le hablaba de mis primos, de su casa, convertida en escuela, del Rayo, de las guerras de naranjas, del río, de las espinas del nopal, pero ninguna de esas anécdotas parecía interesante. Todas quedaban truncas. Pronto me di cuenta de que no había manera de abordar esos temas, contarlos bien, inyectarles emoción, si me negaba a admitir la existencia de Simonopio.

Gracias a él tenía anécdotas que contar, y ésa fue la verdad que comprendí durante ese ejercicio narrativo. Sin Simonopio como protagonista de la historia de mi vida, sólo quedaban hilos sueltos sin anudar ni afianzar. Hablar de Linares era hablar de Simonopio. Comprendí con resignación que hablar de mí, abierta y honestamente, era por necesidad hablar de Simonopio. Y fue al hablar sobre él, al recordarlo, como me di cuenta de que nunca lo había olvidado; de que nunca había dejado de extrañarlo, aunque nunca pudiera perdonarlo.

Mi mamá nos encontró un día hablando sobre su ahijado. Tenía años de no oírme hablar de él y, por lo tanto, de no hablarme ella sobre él, intuyendo que era un tema doloroso. Llegó a pensar que su hijo había olvidado a su ahijado con el paso de los años. Le sorprendió y agradó que ése no fuera el caso.

Los recuerdos son algo curioso: mientras que siempre me sentí afortunado por tener unas cuantas fotografías de mi papá, éstas terminaron por contaminar mis recuerdos de él, porque al verlas tanto fueron sustituyendo a la imagen del hombre de carne y hueso cuyo cuerpo tenía un aroma, cuya voz tenía un timbre, cuyo pelo se despeinaba y cuya risa había sido, cuando la soltaba, más contagiosa que la influenza.

En las fotografías de entonces a las personas casi siempre se las captaba de tres cuartos: mirando a la distancia y nunca a la cámara; siempre serias y, por algún motivo, en su mayoría con vestimentas formales, de negro, con cada cabello en su lugar.

Guardaba recuerdos de mi papá, sí, pero ver esas fotografías impersonales, frías, impresas en papel, pronto había ido borrando su aroma de mi nariz, su voz de mis oídos, su calor de mi piel y su cara en movimiento. Se esfumaron de mi mente las arrugas que se le formaban en el borde de los ojos al sonreír o al hacer algún esfuerzo, como cuando cavó conmigo cinco pozos para cinco árboles. Recordaba los pozos, recordaba los árboles, pero mi papá siempre estaba rígido, en posición de tres cuartos, como la imagen grabada en papel.

Ese olvido me dolió mucho, en especial durante mis años de adolescente, cuando más culpable me sentía por olvidar su esencia poco a poco, cuando traté de concebir una máquina del tiempo como la de H. G. Wells, si no para salvarlo, sí para recuperarlo.

En cambio, de Simonopio no teníamos una sola fotografía, y como te dije: por mucho tiempo me negué a pensar en él. Sin embargo, cuando me abrí a hacerlo, por amor a mi novia o por lo que fuera, Simonopio se conservaba intacto en mi memoria: su aroma, su voz, su calor, su risa, su mirada, los gestos que hacía cuando me hablaba, sus canciones, sus cuentos, sus lecciones, sus palabras en ese otro idioma que aprendí desde la cuna, su mano cuando me la daba, su espalda cuando me cargaba, su resignación cuando me encontraba vagando, su serena compañía cuando me inquietaba.

La vida se atravesó, la rutina interrumpió, los años se me echaron encima. Y aunque ya no había tanto tiempo para hablar de él o ya no tantos escuchas ávidos, jamás perdí a Simonopio.

Y si en un principio su recuerdo fue más agrio que dulce, ya de viejo lo amargo se me fue haciendo dulce.

Me tomó mucho tiempo, pero creo que con los años llegué a entender los motivos de Simonopio para dejarme: ¿qué habría sido de él viviendo en Monterrey? En Monterrey se habría ido extinguiendo de tristeza, de hastío, de soledad, de incomprensión.

En Monterrey habría muerto antes de morir, como ese león del circo que él había visto cuando niño.

92

Montón de ladrillos

Nací entre este montón de ladrillos de sillar, enjarres y pintura hace mucho, no tiene importancia cuánto.

En ese tiempo éstos guardaban el orden que les había dado su constructor original, y uno sobre otro y a un lado del otro formaron el hogar de varias generaciones. Ahora míralos ahí, tirados sin más. Al demoler la casa lo hicieron sin consideración a lo que pudieron haber destruido con ella: anécdotas y aroma, recuerdos y ecos.

Mi esencia.

Este pueblo se hizo ciudad y se reinventó, y sin abandonar la agricultura, conservando los naranjos que los hombres de la época de mi papá le impusieron para salvar la tierra de manos ajenas, se llenó también de industria. Y así se ha transformado, ha crecido. Así se hizo ciudad y ya no cabe en ella la última huerta que hasta hace poco quedaba dentro del área urbana: la huerta La Amistad. La huerta que mi papá creó a partir de unos azahares que llegaron hasta él tras un largo viaje.

Supongo que el nuevo dueño hará aquí un desarrollo habitacional o comercial. No hay lugar en éste para una casona construida grande por necesidad, pero sencilla, sin lujos ni grandes adornos. Una casa sin valor histórico para nadie más que para mí, que soy el último de los dueños originales.

Hoy vine creyendo que buscaba verla por una última vez para contemplar el último vestigio de mi niñez, para tocar los ladrillos que me protegieron cuando niño, para tratar de captar, siquiera una vez más, los aromas que me arroparon y que aún hoy me definen. Pensé que la reconocería y que ella me reconocería a mí. Pensé que la encontraría igual, inalterable, y que al verla, al sentarme a su sombra, me sería más fácil recordar todo y a todos. Que sería menos doloroso.

Me equivoqué. Aunque el destino siempre fue éste —y aún lo es—, no necesitaba llegar hasta aquí para recordar. Además, los recuerdos duelen igual aquí que en mi casa de Monterrey o que en el trayecto desde allá.

Duelen porque tenían que doler. Y vine porque tenía que venir.

Contrario a lo que creí, lo que vine buscando no está aquí, tirado entre estos sillares. Nunca estuvo aquí, porque siempre estuvo en mí, desapareciendo de este espacio, de estos ladrillos y componentes desde el día en que me fui con mi mamá a Monterrey. Porque mi papá tenía razón aquella vez en que tomó un plumero como arma: las casas mueren cuando no se alimentan de la energía de sus dueños. Y esta casa, al ya no reconocer otro dueño que a nosotros, empezó su lento regreso a la tierra desde el día en que cerramos mi baúl, proceso que continuó cuando la última abeja abandonó su colmena, cuando la nana Reja y su mecedora le dieron la espalda, y más cuando la presencia de Simonopio dejó de sentirse en ella.

Sin darme cuenta, en ese baúl donde viajaron mis pertenencias y que yo siempre creí medio vacío, en ese baúl que era yo, había empacado todos los recuerdos que me pertenecían. Todos. Completos.

La casa viva que me vio nacer, muerta por completo desde ayer, cuando la tumbaron, me regaló con mi partida todo lo que la definía. Están sus ladrillos tirados por ahí, sin ton ni son, pero la máquina que la terminó de matar no pudo destruir sus ecos ni el *clunc* del mosaico ni sus aromas ni sus crujidos nocturnos. Porque yo me los llevé todos conmigo, como hoy me traje también el aroma de la sopa que preparaba Hortensia antes de que yo saliera de mi casa.

Igual que me llevé de niño y me traje en este regreso, ya de viejo, los recuerdos de Simonopio. Completos. Intactos.

93

El futuro sin él

Desde mucho antes del primer anuncio público de mi mamá respecto a que nuestro futuro estaba en Monterrey, Simonopio supo que así era y que así sería.

Había futuro en Monterrey, pero éste no lo incluía a él ni a nana Reja, por más que los invitáramos a compartirlo. Sabía que, de aceptar acompañarnos, ambos morirían de lenta asfixia en esa ciudad que ya lo había comprimido a él en su única y corta visita, y sabía que, de irse, la historia que tanto se había empeñado en tejer cambiaría sin remedio. Así que fue desde ese primer momento cuando supo que no seguirían a lo que quedaba de la familia Morales Cortés, y fue desde ese momento cuando su corazón se empezó a partir, lento.

Cuando mi mamá le pedía que ayudara a empacar esto o lo otro, lo hacía deprisa para regresar lo antes posible a mi lado y hacerme compañía. Mi recuperación continuaba más rápido de lo que mi mamá creía posible, pero más lento de lo que para mí era tolerable, pues mientras que mi cuerpo iba ganando movilidad más despacio de lo que me gustaba, la mente ya me daba saltos y piruetas. Necesitaba distracciones constantes para mantenerme quieto, y Simonopio las proveyó porque sabía que sin él me aburriría, que me inquietaría, y lo peor: que me pondría necio. En esos ratos Simonopio me hablaba de todo menos del sábado de mi cumpleaños ni de los días que le siguieron, cuando me creyó perdido aun teniéndome en sus brazos. Yo no preguntaba nada sobre el tema y Simonopio me lo agradecía.

Pensar en ese viejo día era doloroso, como también lo eran cada minuto y cada día de los nuevos. Porque Simonopio lo había sabido desde pequeño: un día el león y el coyote se enfrentarían. Y la historia que el viento, los árboles y las jóvenes abejas ya contaban de ese día era una que Simonopio habría preferido nunca escuchar, nunca conocer y mucho menos haber vivido jamás. La vida cambiaría, había predicho desde niño: la propia, la del enemigo, la mía, la de su madrina, la de todos, y ya nada volvería a sentirse normal.

Y tuvo razón: nos había cambiado a todos.

Su madrina parecía querer volver a ser de una pieza, pero la muerte de su marido y los días de angustia y de incógnita sobre el paradero y el bienestar de su hijo la habían resquebrajado como a un polvorón. Su proceso de reconstitución sería muy largo, y él no lo terminaría de ver, aunque a Simonopio le daba gusto saber que ya había empezado: ella fingía fortaleza, como lo haría durante mucho tiempo, y fingiendo terminaría por creerlo, y creyéndolo, por hacerlo realidad.

Ella estaría bien, y con ella mi abuela Sinforosa, nana Pola —que por supuesto había aceptado venir a Monterrey— y yo. Pero ya no estaríamos cerca para dejarlo ser testigo.

Simonopio nos extrañaría a todos, pero mi ausencia en particular le dejaría sólo la mitad del corazón: la mitad que le mantenía el cuerpo vivo. La otra mitad me la llevaría yo a mi nueva vida; la empacaría en mi baúl; me la regalaría con gusto para que me acompañara siempre, para que lograra hacer algo bueno de ella sin arrastrar el peso intolerable de los sucesos dolorosos.

Simonopio no sabía cuándo, pero llegaría el día en que yo estaría listo para recordar. Para regresar.

Todavía a mi lado, aprovechando el tiempo que nos quedaba en esos últimos días, Simonopio me hablaba de todo y de nada.

Sin poder salir conmigo a caminar al campo, como le habría gustado, impedidos por mi recuperación y por la prohibición comprensible de mi mamá, Simonopio me entretenía hablándome de lo que sabían las abejas y de cómo lo sabían, y me recordaba lo importante que era escuchar: escuchar lo que la vida a veces susurra al oído, al corazón o a la tripa.

—Escucha con atención y haz caso, Francisco.

Me contaba los mismos cuentos de siempre, y yo los escuchaba como siempre: como nuevos cada vez.

Y así como hacía cada noche para sosegarme en la profundidad de mis pesadillas, que yo no recordaría al día siguiente, la noche anterior al sábado de nuestra partida Simonopio pasó las horas oscuras en vela, aprovechando cada minuto, aplacándome el entrecejo, donde de bebé había tenido un remolino de pelusa, hablándome y cantándome al oído sobre la verdad.

Imperturbable, ya tranquilo por el efecto hipnótico de su voz y de sus palabras, yo dormía profundamente, y ni cuando Simonopio me sacudió un poco esa noche para sacarme de la inconsciencia, me apercibí de ninguna de las palabras del que me quería como a un hermano; ni de las primeras ni de las del medio ni de las últimas, las más duras, las de despedida:

—Adiós, Francisco. Te vas porque allá es donde te harás hombre, donde está tu futuro. Yo me quedo. Si te sigo, me acabo. Si las dejo, se acaban; se acaba todo. ¿Entiendes? No. Por mucho tiempo no lo entenderás, pero cuando entiendas, ¿regresas por mí? ¿Regresas a buscarme? Sí. Adiós, Francisco. Aquí te espero.

Al salir de esa recámara donde había pasado tantas noches en vela, se encontró a su madrina, mi mamá, que lo esperaba, expectante.

—¿Ya empacaste la mecedora de nana Reja?

Tenía semanas de repetírselo varias veces al día: no olvides la mecedora, o vamos a tener que cubrir la mecedora muy bien para que no se maltrate en el camino. Ésa era su manera indirecta de dejarle claro que la familia no abandonaría a la nana y de darle a entender que, si la nana iba, daba por hecho que Simonopio lo haría también. Era la manera en que ella creía hacerlo sentir la obligación, pero que en realidad comunicaba lo que ella ya había intuido desde un principio: que él no se incluía en nuestro futuro.

Que venía una despedida.

Simonopio negó con la cabeza. Ya no tenía caso seguir fingiendo.

—Ay —suspiró ella, como cuando hacía con alguna de mis travesuras. La diferencia era que ese suspiro no era de exasperación, sino de resignación—. ¿Necesitas algo? —Simonopio no necesitaría nada, así que rechazó la oferta—. ¿Qué le voy a decir? ¿Qué vamos a hacer sin ti? —mi mamá ya no esperó respuesta, porque esas preguntas no eran para él. Sin embargo, continuó—: ¿Te vas a quedar con ella?

Él asintió. Nana Reja era parte de su vida y dejarla no era una opción.

—Adiós, Simonopio —con el abrazo que le dio y que él regresó, se dijeron todo lo que no había necesidad de decir con palabras.

94

Adiós, Francisco

El amanecer de ese sábado los había sorprendido por el camino de Reja, pero no tan lejos como habrían deseado. Nana Reja avanzaba lento. No era la falta de luz lo que le impedía avanzar con más rapidez, pues de todas maneras daba sus pasos con los ojos cerrados.

Y cargaban muy poco: en un morral la poca ropa de ella, y en el otro la de él.

Un día antes las abejas no habían batallado para hacer su mudanza, ya que, teniendo ellas mismas poco apego al lugar y a la estructura que por tanto tiempo les había dado refugio, pero que ahora les quedaba vacía y grande, se habían instalado en forma temporal en una de las cajas de apicultura que, hacía años, les habían traído junto con el tractor de mi papá.

Habían llegado con y por Simonopio. Ahora se irían con y por él.

Por eso, desde la primera luz del día anterior, las pocas que quedaban permitieron que Simonopio las llevara al inicio de todo, al lugar donde el destino había entretejido la historia de sus vidas por primera vez, bajo un puente; al lugar donde construirían una nueva colmena, otra que crecería tan exitosa como la anterior. A ellas la tierra y los naranjos todavía las necesitaban.

La mecedora de la nana había presentado más problema para transportar, pero Reja se negaba a dejarla atrás y Simonopio la comprendió: habría sido como si, de buenas a primeras, alguien decidiera abandonar una pierna, así sin más. Así que, en otro viaje el día anterior, sin ser visto, también la había llevado a donde seguirían sus días, cerro arriba, esperando el arribo de su vieja compañera.

Ese día de la partida, cargados con el pesar de las despedidas insuficientes, más que con el peso de los morrales, se detuvieron con el primer rayo de luz: Reja fingiendo que necesitaba descanso y Simonopio fingiendo que sus zapatos nuevos lo incomodaban.

De mirar atrás, sabían que desde ahí todavía verían el último despertar de la casa, y ni uno ni el otro resistieron la tentación de hacerlo.

Fue desde lo alto del cerro donde Simonopio me vio buscarlo en su recámara del cobertizo. Fue desde ahí donde luego me vio salir, con la cara desencajada. Fue así como leyó en ella mi comprensión de que partiría solo. Fue desde ahí donde distinguió las palabras que por mis gritos y mis lágrimas mi voz no podía formar: venvenvenvén, Simonopio, venvenvenvén.

Mi llamado sin respuesta lo atormentaría para siempre. Qué fácil habría sido ir a mi encuentro. Olvidar todo. Olvidar deudas y compromisos. Olvidar el peligro por unos días más a mi lado. Quiso correr tras de mí, debilitada su resolución. Pero se contuvo: su destino era el mismo destino del azahar que había dado fruto en esa tierra. Lejos se marchitaría. El mío estaba en la ciudad. Nuestra vida —la vida entera— dependía de nuestra separación.

Adiós, Francisco.

Simonopio cerró los ojos para no verme partir. Se dio la media vuelta, con mi grito remolineando en sus oídos, y esperó a que la nana la diera también, para continuar el camino hacia un pequeño puente que cruzaba un arroyo donde, años atrás, nana, abejas y Simonopio habían comenzado su historia.

95

Siempre pensé

que fue Simonopio el que me había abandonado.

Nunca se me ocurrió que fui yo el que lo abandonó a él, dejándole sólo la esperanza de mi regreso.

96

Me tomó más tiempo de lo que él creyó,

pero al fin regresé.

En parte —y sin remordimiento alguno— culparé de mi tardanza al hecho de que me convertí en el hombre que él vio en mi futuro: un hombre que, si bien no pasó por las mismas pruebas que su padre, que si bien no se vio forzado a defender la tierra y al hijo atravesando su cuerpo ante una bala, hizo siempre todo lo posible por enfrentar la vida con entereza, con valentía —que nunca ha sobrado tenerla en estas tierras—, y por mantenerse cerca de su familia.

Ése no habría podido venir de joven, con las ataduras que había logrado en su vida, con las raíces urbanas que ya había echado y regado, y que tan por completo dependían de él.

El tiempo pasó, y hace años que ya nada ni nadie depende de mí, ni para su sustento ni para su carácter. Ya ni siquiera como ejemplo o compañía. Hace mucho que allá me volví superfluo, innecesario. Hace mucho que, en completa y resignada soledad de viudo, sólo espero sentado en un viejo y desteñido *lazyboy* a que se me pase la vida para reunirme con los que se fueron antes que yo.

¿Por qué no escapé antes de caer en eso? ¿Por qué no escuché? ¿Por qué no regresé?

Admito que también debo mi tardanza a un factor con el que Simonopio no contó y del que ahora me culpo a mí y a nadie más: la misma terca energía que, cuando niño, me movía a insistir e insistir hasta lograr lo que me proponía, la invertí en el rencor que nació al sentirme abandonado.

Por algún motivo, tal vez por no recordar cómo había sido, para mi mente infantil fue más fácil entender la muerte de mi papá, a pesar de lamentarla siempre.

Pero el abandono de Simonopio, encima de la ausencia de mi papá, fue imposible de superar. Me hizo creer, a los siete años, que contrario a lo que yo percibía, a lo que creí que era un hecho incuestionable, Simonopio no vivía para mí ni por mí. Ya sé: a esa edad era un egoísta que creía que el sol orbitaba a mi alrededor. Yo, mi, me habrán sido mis palabras favoritas entonces. Fue un golpe muy duro darme cuenta de que Simonopio tomó a conciencia la decisión de dejarme, que empacó cuanto era importante para él —sin olvidar nada—, aunque a mí ni adiós ni explicación me había dado.

Creí que Simonopio no estaba atado a mí como yo me sentía atado a él.

Así que por mucho tiempo lo desterré de mi mente, como él me había desterrado de su vida.

Y luego hablé de él otra vez, y lo empecé a recordar con mayor dulzura con el paso de los años, si bien no dejaban de colarse entre mis recuerdos estas preguntas ácidas: ¿por qué ni siquiera se despidió de mí? ¿Por qué fingir que iría con nosotros, cuando no pensaba hacerlo? ¿Por qué el engaño?

Tanto tiempo perdido en esas preguntas sin sentido.

Escucha con atención y haz caso, Francisco, me dijo Simonopio, pero yo no escuché ni hice caso.

Hasta ahora, cuando al fin me abrí a ver en realidad y a escuchar el todo, como él intentó enseñarme, como él me lo pidió en las últimas palabras que me dijo, es cuando sé y comprendo por qué lo hizo, el porqué del disimulo y el engaño: yo era la única persona en el mundo que, con mi terquedad —¿y mis chantajes tal vez?— habría logrado disuadir a mi mamá de mudarnos. Él supo que yo me habría negado a dejar Linares, en caso de que me hubiera enterado a tiempo de que no vendría con nosotros.

Y él no veía mi futuro en Linares por más que buscó posibilidades. No sé exactamente qué habrá visto: quizá sólo una línea de vida rota por un ahogamiento bajo la rueda del molino en el río o por otra bala bien dada. Tal vez acabaría mi vida por otro desafío al tren en mi salvaje juventud pueblerina. No sé. Sólo sé que algo me habría robado ahí mis días y mis años. En Linares no habrían ocurrido enamoramientos, estudios, hijos ni preocupaciones. Tampoco viudez, almorranas ni los problemas de digestión de los últimos años. Ya no soy el mismo, lo reconozco, y por eso es que Hortensia me hace puras sopas.

Disfruté muchísimo todo el paquete de lo que hoy, en retrospectiva, puedo ver que es mi vida: lo mucho de bueno y lo no tanto de malo —vejez incluida, porque no la habría si no hubiera existido juventud—. Soy lo que soy por lo vivido. No habría sido nada sin el sacrificio de Simonopio, y se lo agradezco. Apenas hoy, pero se lo agradezco.

Me dejó ir, me vio partir a mí y me dejó que le rompiera el corazón cuando di la media vuelta y me subí al auto para irme. Yo, mi, me, yo, mi, me… No aprendo. Soy terco: sigo con lo mismo. Soy un viejo y sigo con lo mismo. Regreso aquí y sigo y sigo.

97

Pero no todo se trató de mí

Con mi partida, él se quedó solo, compartiendo en esta tierra el destino de la nana, de las flores y de las abejas, esperando mi regreso. En deuda por mi vida y comprometido de por vida.

Una pregunta asediaría a mi madre todos los días y noches de su vida: ¿qué fue de los Espiricueta? Cuando se atrevía a hacerla al aire, a nadie, a Dios, yo nunca fui capaz de oírla sin complementarla —en silencio— con la propia: ¿Qué fue de mi veintidós? Sabrá Dios, se respondía sola —como me respondía yo también— a esas preguntas para las que no había respuesta posible entonces.

Es hasta hoy que la tengo.

El mismo día en que murió mi padre de dos balazos, mi veintidós terminó con su nuevo dueño en el fondo de un barranco.

Y ahí sigue, deshaciéndose poco a poco a la intemperie, regresándose a la tierra, que lo reclama todo: desde la carne hasta el hierro.

Aunque el hierro dura más que la carne.

Es lo que todavía permanece en esa tierra como recuerdo del sábado de mi cumpleaños: el hijo Espiricueta ya iba muerto antes de terminar de caer al fondo del barranco. Las abejas no le dieron tregua, por más rápido que corriera, por más que intentara evadirlas, por más que hubiera gastado contra ellas hasta la última bala con que mi padre había cargado el rifle veintidós.

Todo en vano. Murieron todas ellas, sí, pero no de bala: murieron matándolo.

El hijo se despidió de la vida sin conocer el destino del padre y el padre murió sin pensar siquiera en el del hijo, pero murió minutos después, aunque no cayera como su hijo por el barranco, aunque no hiciera el mismo vano intento de exterminarlas con su máuser, aunque no tratara de esconderse de ellas, quizá intuyendo que sería inútil.

Primero lo atacaron por la espalda, como hizo él con mi padre. Murió envuelto por ellas, aterrorizado, recordando a un recién nacido con el cuerpo tapizado de alas y aguijones. Murió a sabiendas de que el diablo las había enviado tras él; de que el demonio lo había matado a aguijonazos. Murió lejos de su hijo, boca abajo, probando la tierra que tanto había deseado.

No tardaron mucho, abejas, padre e hijo, en convertirse en polvo. Lo hicieron por Simonopio, pero las abejas, en enjambre, murieron por salvar mi vida y por vengar a mi padre y a la tierra manchada de la sangre de su dueño. La deuda era mía, pero Simonopio la asumió.

Y yo nunca pensé en ellas; nunca noté su ausencia ni cuestioné a Simonopio. Ni siquiera me detuve a notar su tristeza y su soledad en los días previos a mi partida.

Nunca agradecí el sacrificio.

Ahora sé que muy pocas de las abejas que acudieron al llamado de Simonopio para salvarme, regresaron a la colmena. Llegaron débiles por el vuelo helado y por el calor de la furia que no gastaron con su aguijón. Ahí las recibieron su reina y sus crías; ahí las recibió un silencio lleno de lamento y ecos en el vacío. Las recibió una gran incertidumbre: ¿qué será del mañana? ¿Qué será de las flores, de los árboles que las dan, de la tierra que nos necesita? ¿Qué será de nosotros, Simonopio?

Bajo ese dolor se cobijó Simonopio todas las noches hasta mi partida, pero le había bastado sólo una para saber lo que debía hacer por ellas.

Reducido su número, necesitaban cuidados; requerían de alguien que completara su memoria, que transmitiera el mapa de vuelo a las nuevas generaciones. Así como ellas lo habían guiado a él, ahora ellas lo necesitaban como guía y maestro. Necesitaban tiempo y necesitaban fortalecerse para volver a ser las de antaño.

Siempre creí que Simonopio era mío: mi hermano, mi guía, mi salvador... pero Simonopio les pertenecía a ellas. Como ellas le pertenecían a él. Antes de ser mío, él fue su hermano, su hijo. Simonopio de las abejas, las abejas de Simonopio. Así fue desde el principio. Fue lo primero que supo en su vida. Se lo dijeron en el primer murmullo a su oído, la madrugada de su primer día, cuando abrigado con sus alas tibias lo introdujeron a la vida.

Y se lo recordaron la primera noche que Simonopio pasó bajo su techo frío y vacío.

Simonopio habría muerto lento en Monterrey, sin duda. Pero quizás, por mí —tan sólo por evitarme el dolor de su abandono— se hubiera dado a esa vida incompleta y a la muerte. Se habría entregado a las limitaciones de los que vivimos sordos y ciegos con sólo cinco sentidos.

Pero sabía que las pocas abejas que quedaban en la colmena, esas que lo vieron nacer, que lo arroparon y guiaron toda su vida, esas que fueron su primera familia, ahora lo necesitaban más que yo. Él les pertenecía a ellas y ellas a él. Ambos, a su vez, pertenecían a la tierra, a esa que habían llenado de naranjos tras muchos años de paciencia y muchos viajes por los montes. No había manera de faltar a ese pacto. No había manera de que uno de los elementos de ese triángulo sobreviviera sin el otro.

De irse lejos, él moriría una muerte inútil. Sin él, morirían ellas y, sin ellas, la tierra y los árboles por los que tanto habían luchado.

No todo se trataba de mí.

Aun sin plagas, aun sin heladas, Linares tuvo muy pobre cosecha de naranja los siguientes años. Los dueños, acostumbrados ya a la abundancia, las contaron una por una y las volvieron a contar múltiples veces, pero por más que hacían sus números, no había manera de engañarse: en las cajas de empaque quedaban huecos que no podían llenar.

Nadie de ellos extrañó a las abejas. Ninguno se tomó la molestia de contarlas.

Sólo Simonopio.

98

Y aquí sigo

Terco, necio, egoísta que soy, sigo hablando contigo a sabiendas de que él tiene todos estos años esperándome con paciencia; que me espera más allá de esa colina, por el camino de Reja.

99

Sabe que llegué,

pero es paciente: ha esperado tanto tiempo, que no le importa aguardar un poco más.

Tiene todo el tiempo del mundo.

Nana Reja se mece a su lado, en ese mundo que les dio ingreso y bienvenida bajo el puente donde ambos vieron sus primeras horas y su primera luz. Esperan en ese mundo donde no pasa el tiempo, donde han reservado un espacio para mí.

Quiero ir, pero me da miedo. Me da miedo que me vean como soy ahora: un viejo. Temo que Simonopio me espere para volver a subirnos a los naranjos, cazar sapos, cascar nueces con los dientes y llenarme, sin empacho, con los herederos de los mismos piojos, pulgas o garrapatas que nos habitaron en el cuerpo hace décadas.

Pero hace mucho tiempo que aprendí a olvidar ser niño.

Escucha con atención y haz caso, Francisco.

Ahora lo oigo claro, como si me hablara al oído, pero me resisto. Me llama con su voz conocida, me canta con su voz querida, pero me da miedo. Me da miedo verlo a la cara y confesarle que durante años lo negué y que por décadas, a propósito, ensordecí y me cegué a sus llamados. Que los últimos quince años los desperdicié en la nada, y siendo que ahora veo, escucho y entiendo lo que antes no podía, reconozco que su llamado estuvo ahí, siempre presente, constante, fuerte.

Me da miedo verlo a la cara y leer ahí su decepción en mí.

100

Pero ahora vuelan estas abejas
a nuestro alrededor

y entiendo lo que quieren decirme con su murmullo: venven-venvén, ven rápido, ven rápido, corre. Y sé que las envió para guiarme hasta él.

Ahora también lo oigo: es un pequeño suspiro infantil que proviene de mi interior. Busco dentro de mí, en la profundidad, y encuentro al niño que fui. No desapareció con los años, como había creído. Me esperaba y me hablaba igual que Simonopio: resguardado en lo profundo de los recuerdos, callado a veces, pero paciente, a la espera de que lo invitara a salir.

En él, en mí, ya no caben rencores ni resentimientos, y se emociona, me emociono, porque al fin llegó el día.

Me saluda como a un viejo amigo y me recuerda que un día fuimos valientes y temerarios; que no nos deteníamos ante nada. Me pide que emprendamos el camino cuanto antes, que ya está aburrido, dice, y la emoción que él siente de volver a las guerras de naranjas, a correr sin impedimentos, a trepar a su antojo, a jugar a las escondidas, a nadar en el río, a tomar la mano segura de Simonopio, me invade y me contagia.

Y la dejo.

Los recuerdos dejan de ser lejanos. Dejan de medirse en años y empiezan a medirse en emoción pura.

Ahora me da la mano. Le doy la mía. Me pide que siga a las abejas por el camino de Reja, porque al final de éste nos espera nuestro hermano. Y le digo: aguarda un poco. Hay algo que debo hacer antes, porque aunque empiezo a desprenderme del hombre viejo en que me convertí con el día a día, todavía —todavía— sigo atado al sentido de responsabilidad más básica —al último lazo con las enseñanzas de mi mamá—. No lo puedo olvidar tan fácil. No puedo irme sin más y sólo por la emoción enorme de un reencuentro. Tengo que dar aviso.

Te miro a ti, Nico, y sé que ya sabes lo que te voy a decir:

—Ya no regreso contigo.

Me miras atónito, pero ya nada me detiene.

—Toma todo el dinero de mi billetera, pero cuéntale esta historia a mis hijos. La saben sólo a pedazos. Ya es hora de que la conozcan completa. Diles que los quise tanto, que por ellos valieron la pena los años que pasé sin ver a mi hermano. Diles que caminen por la sombra. Que escuchen con los ojos, que vean con la piel y que sientan con los oídos, porque la vida nos habla a todos y sólo debemos saber y querer escucharla, verla, sentirla.

Sé muy bien que son lecciones tardías, pero no estaba preparado para enseñarlas antes de hoy.

Me invade un sentimiento de pesar por todo el tiempo perdido en que pude haberles dicho todo en persona, cuando contaba: cuando niños, cuando me miraban con estrellas en los ojos. Ahora es demasiado tarde, y el recado, entregado por un desconocido, deberá bastarles.

—Buen viaje para ti y para mí. Te dejo ya, porque el niño que fui y que se llamó Francisco chico insiste mucho. En este momento me dice, ándale, Francisco, vámonos ya, deja de hablar, que quiero salir.

Y yo no puedo más que escuchar y hacer caso.

Porque este niño siempre ha sido muy tenaz o muy terco, según la ocasión y el que lo diga. Por lo mismo sé que, antes de que lleguemos a nuestro destino, habrá logrado salir por completo, dejar al viejo atrás de una vez por todas y correr como tiene tanto tiempo de no hacerlo. Quiere llegar rápido a su destino.

Al destino de los azahares, al de Simonopio, al propio, al suyo, al mío, antes de que caiga el sol. Porque una vez ahí tomará con su mano pequeña —ya sin venas aparentes, sin manchas y sin líneas— la mano joven de su hermano.

Como ha esperado tanto tiempo para hacer.

Doy la media vuelta y un paso vacilante. Luego otro. Me doy cuenta de que ya en mi cuerpo hay más fuerza de la que hubo en años. Sigo a las abejas, cada vez más hábil y más rápido, con el horizonte antiguo a mis espaldas. Caminamos sin mirar atrás, porque en este viaje lo único que nos importa es nuestro destino.

La tierra de las luces
(O la fábula que le contó Francisco Morales a Simonopio)

Por todo el valle corrió el rumor: León había muerto. ¡Una muerte de héroe! ¡Una muerte gloriosa!

Por todo el valle corrió el rumor: ¿qué mejor manera de morir que por la mano y voluntad del supremo? ¿Y quién lo vio morir? Gacela, quien gracias a un rayo oportuno no es hoy Gacela Devorada.

De todo el valle acudieron a ver al gran León partir. Todos juraron que había sido el mismísimo ser supremo quien lo había recibido en la entrada del jardín, quien con llaves de oro le había abierto las puertas de par en par, quien lo había envuelto en su abrazo eterno.

En el valle se celebró la partida de León Escogido con una fiesta que duró días y días. Días de viento suave, de lluvia serena, de abundante sustento, de hermandad infinita. Para cuando terminó la celebración, todos habían perdido la cuenta de los días que habían transcurrido. Cuando la fiesta se iba apagando, todos empezaron a tomar por su camino: los insectos a serlo, los ratones a escabullirse, las víboras a reptar, las aves a sus aires, los monos a trepar los árboles de los monos, los elefantes abriéndose paso por el bosque, las gacelas por el camino de las gacelas, de prisa y temerosas, pues detrás de ellas acechaban los leones.

—Arrogantes leones. Quieren toda la gloria para ellos.

Por días y días sólo uno había sido testigo de los festejos a la distancia. ¿Por qué todo lo bueno le sucedía a León? León Escogido, León de oro. Toda su vida venerado y respetado por los más débiles. Y ahora esto: venerado y respetado cuando no quedaba en la tierra de él más que su cascarón abrasado. Convertido para siempre en leyenda del valle por un rayo bien dado, pues según Gacela —la cual había esparcido el rumor— uno se había desviado desde Monte Luminoso para pegar en el corazón de León. León Escogido. Escogido por un rayo. Escogido por el dedo del ser supremo. ¡La suerte! ¡El destino!

—¿Por qué no me cae un rayo a mí? —dijo Coyote, mirando a lo alto hacia el Monte Luminoso—. Cuando camino, cuando acecho, ¿me ves también a mí? Cuando camino, cuando cazo, mírame a mí. ¡Tócame a mí! ¡Escógeme a mí!

Deseaba ser admirado en vida, ser héroe. Deseaba ser venerado en la muerte. Deseaba ser recordado para siempre. Ser leyenda. Haría lo que fuera para que, cuando sus días se acabaran, cuando los insectos y las aves de los muertos vinieran por su cuerpo, cuando lo borraran del paisaje y sólo quedaran sus huesos, todos sintieran la ausencia del fuego del valor, la gallardía, la entereza. Tal como León Escogido, Coyote Escogido.

¿Por qué no?

Con un aullido lanzado al viento, interrumpió lo que quedaba de fiesta, lo último del festín de los insectos de los muertos. De un solo aullido dio aviso de que se dirigía a Monte Luminoso.

Los insectos detuvieron su comelitona por un instante, las aves dejaron de agitar sus alas, los monos de balancearse, las víboras de tragar el ratón que habían atrapado. Las que no detuvieron su camino fueron las gacelas, pues sabían que un León nunca detendría su andar ni su hambre ante ningún aullido de Coyote, por más furioso que éste fuera.

Por todo el valle corrió el rumor.

—¿Está loco? Nadie va a Monte Luminoso… Muerte segura… ¡Le caerá un rayo!

Días y días trepó Coyote. Entre más subía, más débil se sentía.

—¡Regresa! ¡No sigas! —entre rayo y rayo, los topos más atrevidos se asomaban para advertirle.

Pero él ya no sólo no escuchaba, tampoco oía: los rayos no sólo caían con cegadora luz, sino con estruendo ensordecedor. Sólo podía poner atención a sus patas: a poner una delante de la otra, a no permitirles desandar el camino, a no permitirles parálisis o vuelta.

Y tenía sed, pues del cielo no caía agua para él ni para apaciguar la lengua ni para refrescar la frente.

Y tenía hambre. Entre más cerca de los rayos de Monte Luminoso, menos ratones había —y a Coyote le encantaba comerlos—, así que cuando no hubo más, se tuvo que conformar con hierbas para llenar el hambre y engañar al cuerpo.

Y entre más subía, menos hierbas había y las que había tenían un desagradable sabor a ahumado. No deleitaban el gusto, pero fortalecían la voluntad: el humo era señal de fuego, el fuego de rayos, los rayos del ser supremo y el ser supremo de su gloria, gloria de Coyote, de Coyote Escogido. Cuando fuera así.

Iba por buen camino. Estaba cerca. ¡Lo lograría después de todo! Lo que no se explicaba era por qué, si ya estaba tan cerca, el ser supremo no hacía por él lo que por León: desviar un rayo que diera directo a su corazón. Caían a la distancia que justo le permitía a Coyote avistar un elusivo conejo en el valle antes de verlo huir para no dejarse comer; sólo la distancia levanta la esperanza para continuar, para insistir, para volver a intentar: por poco y sí. Por poco y sí, pero no. Será el siguiente, tal vez. O el siguiente.

De siguiente y en siguiente hubo muchos, pero todo rayo fallaba. Y de siguiente a siguiente sus pies siguieron andando.

Por fin llegó a la planicie que parecía ser el punto de concentración de todos los rayos. El acre aroma a tierra quemada le echó a perder el olfato para siempre, lo supo, pero no le importó. La oscuridad que lo rodeaba hubiera ahuyentado a cualquiera, pero sus pies ya no sabían dar la vuelta. Lo único que vencía a la oscuridad eran los rayos. Coyote decidió que se sentaría en el núcleo del lugar a esperar con el pecho al cielo al mejor rayo de toda la historia: el suyo.

Días pasó en esa misma posición, sin un momento de flaqueza, sin olvidar la fortuna de León, sin amainar su deseo de compartirla. Días sin dudar su derecho a merecer el mismo fin, siempre seguro de que el próximo rayo sería el definitivo.

Hubo un momento en el que, súbitamente, se apoderó de él la desesperación. Decidió seguir los rayos, calcular dónde caerían para estar en el lugar preciso, en el momento preciso del siguiente. Si alguien hubiera ahí para atestiguarlo, habría confundido al enflaquecido Coyote con una cabra montesa. Un salto y otro y otro. Y otro.

Diez años de salto tras salto, pero Coyote nunca estaba en el lugar preciso, en el momento preciso. Coyote nunca era escogido. Un instante cualquiera, de un día cualquiera, de uno de esos años cualquiera, se detuvo. Sólo se detuvo. Tuvo que admitir que sus rodillas no aguantaban más, que sus aullidos se habían debilitado y que sus ojos —abiertos o cerrados— ya no veían más que ecos de los rayos de luz. Tendría que regresar al valle a morir una muerte de anciano, sin gloria.

Se despediría de Monte Luminoso con cinco saltos más. Tal vez de entre cinco, uno le pertenecería. No fue así. Ordenó a sus patas a aprender a darse la vuelta, a desandar el camino, a caminar de bajada. Cabizbajo, cojeando, sordo y ciego, le dio la espalda al Monte Luminoso.

Apenas había avanzado unos cuantos pasos, cuando sus oídos sordos oyeron una voz que parecía venir de cada rayo y cada partícula de tierra quemada. La voz suprema.

—Te he estado mirando. Te he estado escuchando. No me gusta que me presionen —dijo.

No alcanzó a darse cuenta Coyote de lo que sucedió, pues súbitamente, tan veloz como se sabe que son los rayos, uno le partió la cabeza y no el corazón.

A ese Coyote que deseó ser escogido, nadie lo vio partir y nadie lo recibió en las puertas del jardín del ser supremo. Nadie supo más de Coyote Olvidado.

Y todavía hoy en el valle todos siguen su propio camino: los insectos a serlo, los ratones a escabullirse, las víboras a reptar, las aves por sus aires, los monos a trepar en los árboles de los monos, los elefantes a abrirse camino entre el bosque, las gacelas por el camino de las gacelas de prisa y temerosas, pues detrás de ellas acechan los leones.

En Monte Luminoso queda una mancha más oscura que las demás, mientras que en el valle, todavía hoy, las madres cuentan a sus hijos la leyenda de León Escogido. De Coyote Olvidado nadie habla, pues nadie lo recuerda ni a él ni a su aullido de despedida.

Aclaraciones y agradecimientos

Ésta es una novela de ficción inspirada en la historia real de un pueblo de la zona citrícola del norte de México.

No hay mayor libertad que escribir una historia de ficción, aun cuando ésta se inspire en hechos históricos, como la mía.

La palabra clave aquí es "inspiración", pues me abre a un sinfín de posibilidades y me concede —me concedo— la prerrogativa de moldear ciertos hechos a mi conveniencia, para el mejor desarrollo de mi novela tal y como la imaginé.

A esto se le llama "licencia artística". No existe dependencia alguna de gobierno alguno que la otorgue. Uno se la otorga cuando quiere, y de ahí la libertad.

No obstante, la investigación para esta novela fue muy extensa. Y aunque respetar los hechos históricos y técnicos —como existieron— era muy importante para mí al narrar la historia de mis personajes ficticios, no lo era tanto respetar las fechas exactas. Muchas son tan precisas como lo permitió mi investigación: la gubernatura de Ángeles, las fechas de las guerras, la pandemia de la influenza española, las referencias que se hacen a la Constitución de 1917 o la ley de tierras ociosas, por ejemplo. Otras no tanto: la fecha exacta de la visita de Ángeles a Linares, la ley de árboles frutales, el comienzo de la evolución de Linares hacia la producción citrícola, ciertos eventos de la Reforma Agraria en la región: con algunas llegué atando cabos, y a otras les adelanté las fechas algunos años.

En estas páginas no busqué ser fiel al dato histórico: busqué ser fiel sólo a mi imaginación.

Por eso es que en estas páginas existe Simonopio. Por eso es que propongo que todo lo que es hoy una importante zona citrícola existe gracias al viaje de un niño y a la visión de unas abejas. Por eso es que en *El murmullo de las abejas* me atrevo a incluir un aguerrido torneo de canasta, cuando este juego de barajas tardaría cerca de treinta años más en ser inventado por algún uruguayo —o uruguaya— aburrido. También por eso es que en esta novela conviven personajes ficticios, extraídos de mi imaginación, con personajes que están en algunos o en todos los libros de historia (decidí, para todos los ficticios —menos Espiricueta—, usar apellidos típicos del lugar donde se desarrolla esta novela, aunque esto no significa que hayan existido de verdad). Y por eso incluí también algunos personajes que existen o existieron, aunque no en el contexto donde y como existen en esta novela, como Soledad Betancourt o la cantante e historiadora Marilú Treviño.

Que es otra cláusula muy aceptable en la licencia artística que me otorgué.

Me siento muy agradecida por todas las anécdotas que compartieron mis antepasados conmigo —con mi generación— porque, si algo he aprendido en esta aventura de escribir, es que de anécdotas se construye la historia.

La real y la imaginaria.

Quiero agradecer a Felipe Montes, gran escritor, maestro, mentor y amigo, por su tiempo y su asesoría invaluables.

A Wendolín Perla, mi maravillosa e intrépida editora en Penguin Random House que se atrevió a darme la bienvenida cuando llamé a la puerta: gracias.

Gracias a Lourdes de León, querida amiga y editora autónoma.

Agradezco por su apoyo a Stiva, constructora de ciudades de cemento y acero, por creer que también se puede construir a base de tinta y papel.

Doy gracias por la oportunidad que tuve de entrevistar a queridísimas y valiosísimas personas antes de su partida definitiva, y la energía, el entusiasmo y la paciencia con que respondieron a mis preguntas. Ya se fueron, pero dejaron su huella en mí, en esta historia y en las vidas que tocaron con su paso por este mundo.

Índice